머나먼 산들

지은이

이즈미 세이이치 泉靖一

1915년 일본 도쿄 출생. 1927년 부친 이즈미 아키라가 경성제대 교수로 부임하면서 조선으로 이주하였다. 경성공립동대문소학교(이후 동대문초등학교, 1972년 폐교), 경성부립중학교(현 서울고등학교)와 경성제대 법문학부를 졸업했다. 1949년 메이지대학 조교수, 1951년 도쿄대학 조교수와 교수를 거쳐 1970년에는 도쿄대학 동양문화연구소 소장직을 역임하였다. 1970년 11월 뇌출혈로 급서하였다. 주요 저서로는 『잉카제국—사막과 고산의 문명(インカ帝国—砂漠と高山の文明)』(1959), 『안데스의 예술(アンデスの芸術)』(1964), 『제주도(済州島)』(1966), 『필드노트—문화인류학 · 사색의 길(フィールド・ノート—文化人類学・思索の旅)』(1967), 『머나먼 산들(遥かな山やま)』(1971), 『이즈미 세이이치 저작집(泉靖一著作集)』(전7권, 1971~1972) 등이 있다.

옮긴이

김영수 金永秀, Kim Young-soo

서울대학교 법학과를 졸업하고 삼성중공업, 한국장기신용은행, 국민은행에서 근무했다. 2004년부터 연구 공간 '수유+너머'의 일본근대사상번역팀, 영문고전 읽기 세미나에 참여하여 『삼취인경륜문답(三醉人經倫問答)』(2005), 『근대 일본 사상사(日本近代思想史)』(2006)를 공동 번역하였고, 한국정신대문제대책협의회의 『히로히토 유죄(International Women's Tribunal)』(2007)를 번역하였다. 그밖에 『사회혁신이란 무엇이며, 왜 필요하며, 어떻게 추진하는가?(Social Innovation)』(2011)와 『필란트로피란 무엇인가?(Understanding Philanthropy)』(2017)를 옮겼다.

머나먼 산들

초판인쇄 2024년 1월 10일 **초판발행** 2024년 1월 20일

지은이 이즈미 세이이치

옮긴이 김영수

펴낸이 박성모 **펴낸곳** 소명출판 **출판등록** 제1998-000017호

주소 서울시 서초구 사임당로14길 15 서광빌딩 2층

전화 02-585-7840 **팩스** 02-585-7848

전자우편 somyungbooks@daum.net **홈페이지** www.somyong.co.kr

값 22,000원

ISBN 979-11-5905-852-3 03830

문학인 산문선 05

머나먼 산들

遥かな山やま

이즈미 세이이치 지음
김영수 옮김

추천사

번역은 또 하나의 창작이다. 필자가 이즈미 세이이치泉靖一, 1915~1970의 『머나먼 산들』을 처음 읽었던 시점이 1997년 오사카의 국립민족학박물관國立民族學博物館 연구실에서였다. 어설픈 일본어 실력으로 읽었던 이즈미의 책은 '산'이나 '등산'에 관한 것이라기보다는 그의 학문적 자서전이었다. 당시 이 땅에서 이루어졌던 인류학이란 학문의 족적을 추적하던 필자는, 일본인 학자로부터 이 책을 추천받았다. 일본어 자습용으로 읽었던 책이었기 때문에 제대로 된 번역서가 출간되기를 갈망하였고, 죽마고우인 김영수에게 번역을 권고하였던 것이 어언 십여 년을 훌쩍 넘겼다.

원저의 제목을 보면 언뜻 등산에 관한 서적일까 하지만, 실상은 그렇지 않다. 이 책은 일본을 대표하는 문화인류학자 이즈미 세이이치의 학문적 자서전이다. 흔히 한국인들이 고정관념으로 갖고 있는 등산에 대한 몰이해의 에피소드를 한 가지 소개한다. 한국문화인류학회의 월례발표회가 끝나고, 이즈미에 관한 이야기가 나온 자리에서 이즈미보다도 훨씬 연상이었던 노교수 한 분께서 "산에나 흔들흔들 다니던 인물"이라고 했던 단평을 들은 적이 있다. 산과 등산이라는 현상의 역사를 몰라도 한참 모르는 고루한 발언이었다. 테니스를 치는 서양인들의 모습을 본 고종高宗이 "하인들을 시키면 될 일을 왜 저리 땀을 흘리고 있나?"라는 평을 했다는 일화를 생각나게 하는 발언이었다. 할 일 없는 사람들이 괜히 시간을 보내기 위해서 하는 것이 등산이 아니다. 수양이나 취미 정도로 등산을 생각하는 것도 등산에 대한 이해가 모자라는 생각이다. 등산이라는 수단을 통하여 종합적인 학술 조사가 이루어졌던 사실을 잘 알 필요가 있다. 식물학, 동물학, 지질학, 곤충학, 산림학, 의학을 비롯한 자연과학뿐만 아니라 언어학방언학을 포함과 민속학 그리고 종교학을 하기 위하여 산악지대에 거주하는 사람들을 찾아 다니는 연구자들은 필수적으로 등산을 할 수밖에 없었다. 학문사를 조금이라도 생각해본다면, 등산에 관한 잘못된 고정관념을 일소할 수 있는 것이 이 책의 또 다른 장점이다.

근대적인 의미에서 학문이란 것이 일제 식민지시대에 설립되었던 경성제국대학을 통하여 시작되었다고 말하는 것이 크게 빗나간 판단은 아니다. 따라서 근대화 이후 이 땅에서 진행되었던 학문의 역사를 살피기 위해서는 경성제국대학의 역사와 내용을 살피는 작업이 필연적이다. 경성제국대학 법문학부에는 인류학이란 강좌가 없었다. 종교학 강좌의 아카마쓰 치조赤松智城 교수와 사회학강좌의 아키바 타카시秋葉隆 교수가 함께 '조선의 무속'에 관한 연구를 하면서 의지하였던 방법으로서의 학문이 인류학이었다고 말하는 것이 가능하다. 아카마쓰는 교토제국대학을 졸업하면서 작성한 논문에서 '종교인류학'을 거론하였었고, 아키바는 도쿄제국대학의 세계의 좌속坐俗에 관한 풍속을 주제로 졸업논문을 작성하였다. 둘 다 1920년대 초반의 작품들이었다. 그들의 공통적인 관심이 인류학이었음을 말해주는 단서다. 두 사람이 경성제국대학에서 길러낸 유일한 제자가 이즈미 세이이치이며, 그는 졸업논문으로서 「제주도-그 사회인류학적 연구」1938를 제출하였다. 이즈미는 제국일본의 패전 후, 도쿄대학 문화인류학연구실 교수가 되었으며, 일본에서 문화인류학계의 중추적인 인물로 역할하였음은 주지의 사실이다.

식민지의 경성제국대학 출신으로서 도쿄대학의 교수가 되었다는 사실은 여러가지 의미를 내포한다. 이즈미와 가장 절친하였던 한국인 학자가 이두현1923~2013 교수였다. 이두현은 서울대학교 사범대학 국어교육과 교수를 하면서 연극과 가면극에 대한 연구를 주로 하였고, 1961년 여름 하와이에서 개최되었던 태평양학술회의에서 한국의 가면에 관한 발표를 한 적이 있었다. 발표가 끝난 후, 방청석에 있었던 도쿄대학 문화인류학자 이시다 에이치로石田英一郎 교수가 이두현에게 다가가서 명함을 건네었다. "서울로 가는 도중에 도쿄에서 꼭 이즈미를 만나라"는 주문이었다. 이두현은 1961년 8월 26일 도쿄대학에서 이즈미와의 운명적인 만남을 가졌고, 이즈미의 인생 행적도 급전하게 되었다. 패전으로 단절되었던 조선 연구의 불씨가 살아나는 계기가 되었던 것이다. 1965년 한일국교정상화에 의해서 이즈미는 제일차로 한국을 방문하였고, 이두현과 재회함으로써 한국 연구의 발판을 마련하게 되었다. 1968년부터 1년간 이두현은 이즈미의 초청으로 객원교수의 자격으로 도쿄대학에서 강의를 하였고, 그때의 제자가 이토 아비토伊藤亞人 교수이다. 1969년부터 1년간은 장주근張籌根 교수가 동일한 자격으로 초청되었고, 시마 무쓰히코嶋陸英彦 교수가 한국연구자의 길을 걷는 계기가 되었다. 경성제국대학에서 시작하였던 인류학적인 연구가 도쿄대학을 중심으로 일본에서 되살아나는 계기의 교두보를 만든 사람이 이즈미라는 점은 부인할 수 없는 사실이다.

1970년대 이후 한국문화인류학회를 중심으로 연구자들의 활동은 거의 무속샤머니즘이라는 현상에 집중되어 있었던 이유도 이즈미의 관심으로부터 비롯되었다고 생각한다. 평소의 월례발표회에는 대여섯명 정도 모였던 것이, 무속이라는 주제가 공고되면 방청석은 만원이었다. 이즈미의 한국방문은 주로 무당과 굿판을 찾아다니는 행적이었고, 그곳에는 한국인 안내자가 있게 마련이었다. 학생 시절 이즈미는 아카마쓰와 아키바를 따라서 북만주로부터 제주도에 이르기까지 답사를 하면서 가장 많은 시간을 보내었던 현장의 장면이 샤머니즘이었다. 한국을 방문하면서 동시에 이즈미는 카고시마의 남쪽에 있는 아마미 오오시마의 여러 섬들에서 유타무당을 말하는 류큐어들을 만났다. 아카마쓰의 무파론巫波論이 지적하였던 대륙으로부터 이어지는 무속 문화의 전승이라는 주제가 그의 핵심적인 관심이었던 것이고, 한국의 연구자들도 자연스럽게 이즈미의 영향을 받는 모양새가 드러났음을 알 수 있다.

학연學緣으로 보나 인연人緣으로 보나, 이즈미는 한국인류학과는 땔래야 땔 수 없는 인물이다. 그는 소학생 시절부터 경성서울에서 살았고, 청년기를 조선에서 보냈다. 그에게 한국식의 습성이 두 가지 있다. 하나는 음주 습성이고, 다른 하나는 우는 행동이다. 일본인들이 술을 "홀짝"거리는데 반해, 한국인들은 "벌컥" 들이킨다. 이즈미도 한 손에 술잔을 들고 고개를 뒤로 제끼면서 한꺼번에 "벌컥" 들이킨다. 1965년 그가 제주도를 재방문하였을 때, 삼십 년만에 재회한 제보자를 붙들고 "엉엉" 울었다. 일본인들은 소리를 내지 않고 고요히 흐느끼는 습성이 일반적이다. 폭주暴酒의 습성을 가진 이즈미를 만류했던 이두현이 이즈미로부터 들은 말이 있다. 도쿄대학 교수 시절 이즈미를 가장 괴롭힌 것이 도쿄대학 분위기였다고. 식민지 경성제국대학 출신이 받았던 도쿄대학으로부터의 심리적 압박이 있었던 모양이다. 그것이 이즈미의 자격지심이었는지는 몰라도 식민지 출신의 이즈미에게는 도쿄대학 분위기로부터의 돌파구가 필요했던 것이다. 그것이 그를 안데스로 내몰았는지도 모른다. 구덩이를 파고 발굴을 해보면, 그 시간 동안은 세상만사의 시름이 다 사라진다. 이즈미가 등장하는 많은 사진들 중에서 파안대소를 하는 모습은 양주의 무당과 함께 찍은 사진이다. 그렇게 편한 얼굴 모습을 보이는 사진은 거의 유일한 것이 아닌가 생각된다. 그는 "조선"이 편했던 것이다. 그리고 조선의 무당과 함께 있는 자리가 그에게 안심을 제공했을 것이다. 그 사진의 촬영 시간으로부터 한 달 뒤, 이즈미는 도쿄의 간다神田에 있는 중국요릿집 입구에서 쓰러졌다. 1935년 5월 제주도에서 무당의 굿판을 본 후, 전공을 국문학으로부터 사회학으로 바꾼 이즈미의 학문적 고향이 굿판이었음을 새삼스럽게 생각하게 된다.

필자가 추천사를 쓰게 된 경위를 적는다. 일본 문화인류학계의 대표적인 학자였던 이즈미 세이이치는 한국의 인류학사에서도 중요한 인물로 꼽힌다. 그의 『제주도』라는 제목의 저서에서 보듯이 그가 보인 한국 연구의 결과는 아직도 제대로 평가되어 있지 못하다. 일본인류학사의 정리에 관심을 갖고 있는 필자는 이즈미의 장남이 보관하고 있는 그의 야장野帳 : 필드노트을 모두 복사해서 갖고 있다. 태평양전쟁 중 해군자원조사대의 일원으로 파푸아의 비악Biak 섬을 답사하였던 족적을 찾아서 학생들과 함께 두 번 현장을 방문하여, 이즈미가 숙소로 이용하였던 오래된 교회 건물도 확인하였다. 브라질의 한국 이민을 연구하기 위하여 상파울루를 방문하였던 필자는 브라질의 일계인日系人들이 운영하고 있는 '상파울루인문과학연구소'에서 이즈미의 족적도 확인할 수 있었다. 이렇듯, 필자는 인류학이란 학문을 공부하면서 자연스럽게 맺어진 학연으로서 생면부지인 이즈미 세이이치를 대하게 되었다. 이즈미의 도쿄대학 문화인류학연구실 제자인 이토 아비토 교수의 전언에 의하면, 이즈미가 쓴 글은 일본인들이 읽어도 아주 잘 쓰여진 좋은 글이라고 하였다. 이즈미가 경성제국대학 국문학과에 진학하였던 배경이 글쓰기에 있었던 점도 확인할 수 있고 그가 지었던 단편소설도 남아 있다. 문학도가 인류학도로 전향하였던 것이다.

역자인 김영수는 경상북도 포항 출신이며, 필자와는 가족들까지도 친밀한 죽마고우로 맺어진 인연을 갖고 있다. 고등학교 시절부터 준재의 면모를 보였던 그는 서울대학교 법학과를 졸업한 후, 장기간 장기신용은행에서 근무하였다. 은행 업무로 인하여 일본

어를 습득하였던 그의 일본어 실력은 나의 일본어 실력이 평가할 수 있는 정도가 아니다. 일찍이 그의 일본어 실력을 알고 있었던 나는 아주 오래 전에 이즈미 저서의 번역을 권하였다. 차일피일 미루어지다가 이제 상재하게 된 번역서에는 역자의 노력이 원저자의 오류를 수정하는 작업에까지 이르고 있음을 확인할 수 있다. 일본어의 모음 수가 적기 때문에 발생하는 독일어나 영어 단어와의 표기 차이를 이해하기가 쉽지 않았을 것이다. 그러한 문제들까지 모두 각주를 달아서 번역자의 역할을 수행한 그의 노고에 경의를 표하며, 인연으로 맺어진 관계로 흔쾌히 추천사를 쓰게 되었음을 밝힌다. 학연으로 맺어진 이즈미 선생, 인연으로 맺어진 김영수 군의 '합작'으로 등장하게 된 이 번역서는 한마디로 '이즈미 세이이치의 학문적 자서전'이다. 원저의 제목이 '머나먼 산들遥かな山やま'이라고 다분히 문학적인 표현을 쓰고 있지만, 사실 그가 올랐던 산들을 배경으로 한 그의 학문적 개인사를 보여주고 있다. 일본의 인류학이란 학문에 관심을 갖고 있는 학도들뿐만 아니라 등산에 관심을 갖고 있는 분들께도 일독을 권한다.

2023년 12월

서울대학교 명예교수, 인류학자

전경수

일러두기

1. 이 책은 신쵸샤(新潮社)에서 1971년 간행된 『遥かな山やま』을 완역한 것이다.
2. 우메사오 다다오(梅棹忠雄)의 「이즈미 세이이치에게 산과 탐험」을 제외한 본문의 각주는 모두 역주이다.

차례

시작하며

산과 알게 되다

내금강 장안사

지나간 일을 즐겨 이야기하고 싶어 하는 것은 노화현상의 시작인 것 같다. 나는 원래 지나간 일을 다른 사람에게 이야기하는 것을 좋아하지 않는다. 언제까지나 젊은 기분으로 있고 싶어서 그런 것은 아니고, 천성적으로 기억력이 좋지 않아서 지난 일들은 오래된 순으로 잊어버리고 말기 때문에 말하는 것이 어려운 까닭이다. 특히 산에 대해서는 수중에 기록다운 기록은 거의 남아있지 않다. 내가 산에 자주 올랐던 것은 패전 전의 일이다. 몸 하나 달랑 조선에서 귀환해 왔을 때 그때까지의 등산일지와 사진 등 거의 모두를 정리해 버렸다. 돌이킬 수 없는 일을 해버리고 말았던 것이지만, 지금에 와서는 어떻게 할 수도 없다.

편집자로부터 나의 과거의 산행부터 최근 수년의 남아메리카에서의 작업을 하나의 연쇄적인 체험으로 쓸 수 없겠는지 권유받고 펜을 들어 볼 기분이 되었지만, 그 전반부는 앞에 말한 이유로 희미한 기억에 의존할 수밖에 없는 것이다. 하기는 이와 같은 기회에 가능한 다른 기록을 확인하고 기억을 새롭게 하여 정확을 기하려고 생각하고 있지만 착오가 있다면 알려주시기 바란다. 언제라도 즐거이 정정하려고 생각하고 있다.

선배들의 추억

나는 1915년에 도쿄의 조시가야雜司ヶ谷에서 태어났지만 본적은 지금도 홋카이도에 두고 있다. 그것은 센다이 번사藩士였던 조부 린타로麟太郎가 하마구리고몬蛤御門의 전투[1]에서 패한 결과, 봉록을 잃은 시골무사들과 함께 홋카이도로 건너가 고향마을과 동명인 가쿠다마을角田村을 유바리夕張 땅에 개척한 것에 대하여 어린애처럼 자랑을 품고 있었기 때문이다. 아버지인 아키라哲는 조부 린타로의 차남이었는데 삿포로농학교를 중도 퇴학하고 미국으로 가서 햇수로 16년이나 귀국하지 않았다. 말을 타고 둘째부인 집으로 오가는 조부의 태도에 반항한 행동이었다고 조모와 어머니가 나에게 말해 주었지만, 아버지로부터 직접으로는 아무것도 들은 바가 없다.

그 아버지가 조모의 간청에 따라 1913년에 귀국하여 다음 해에 결혼하고 내가 장남으로 태어난 것인데, 그즈음의 아버지의 생활은 불안정했던 것 같다. 홋카이도 출신이면서, 게다가 16년이나 조국을 떠나 있었던 청년이 일본에 따뜻하게 받아들여질 리가 없다. 다행히도 도쿄에서 열렸던 만국박람회 사무소에서 일할 수 있었다. 영어가 가능했기 때문이다. 그 후에 도쿄외국어학교에 들어가 척식과拓殖科를 만들고 그 곳의 교수가 되었다. 어머니의 이야기에

1 1863년 8월의 사쓰마번과 아이즈번에 의한 쿠데타(8 · 18정변)로 교토에서 쫓겨난 조슈번이 황궁의 하마구리고몬전투를 시작으로 교토에서 일으킨 반란(1864.7.18). 초반에는 반란군이 우세하였으나 사쓰마번과 아이즈번을 중심으로 한 막부군이 황궁을 방어하는데 성공하면서 제1차 조슈정벌로까지 이어졌다.

의하면 브라질에 척식회사를 만드는 방안을 몇 번이나 세워서 인쇄까지 했던 것이 그즈음의 일이었다고 한다. 그러나 그 계획은 계획만으로 끝났다. 대체로 아버지는 실무적인 면은 완전히 빵점인 사내였다.

도쿄외국어학교에서 교편을 잡는 한편 아버지는 메이지대학에서도 강의를 하였다. 다이쇼 초년의 메이지대학에는 법학부와 상학부가 있었을 뿐이다. 고바야시 고사부로小林午三郎 교수와 아버지 중 어느 쪽이 이야기를 꺼냈는지 모르지만, 법학부의 정치학과 상학부의 경제학을 각각의 학부에서 분리시켜 정치경제학부로 통합할 계획을 세웠다. 여기에 사회학을 더하면 미국식의 사회과학부와 같은 것이 되는 것이다. 어쨌든 이 계획은 보기 좋게 성공하여 메이지대학에 정치경제학부가 생기게 되었다. 아버지는 그 책임으로 메이지대학의 전임교수가 되었다. 1921년쯤 다카하시 분타로高橋文太郎 씨와 아버지는 메이지대학에서 만났다. 그것이 어떤 계기였는지 나로서는 잘 알지 못하지만, 다카하시 씨가 상학부 학생이고 아버지가 교수였다는 것만은 틀림없다. 아버지는 다카하시 씨의 권유로 호야保谷에 3천 평의 토지를 빌렸다. 지대는 한 평에 1년에 1전이었던 것으로 기억한다. 우리 일가족은 간토대지진을 계기로 호야로 이사했다.

3천 평 토지를 빌렸을 때 아버지는 '계획'을 갖고 있었다. 그것은 미국식의 농장 생활을 여기에 건설하려 했던 것이다. 그 점에서 호야촌의 부호의 장남이었던 분타로 씨와 의기투합했을지도 모른다.

3천 평의 토지를 손에 넣고 아버지는 우선 깊은 우물을 파고 높은 망루 위의 탱크에 전기로 물을 끌어 올려 그것을 농장 여기저기에 뿌렸다. 이 탱크는 무사시노에 봄 아지랑이가 끼었을 때에도 증기차 — 도쿠로자와선에는 아직 증기차가 다니고 있다 — 의 창에서 뚜렷이 보일 정도였다.

다음으로 아버지는 연못을 파고 동산을 만들었다. 연못에는 탱크에서 물을 끌어들여 잉어와 장어 등 물고기를 길렀다. 동산 한쪽에는 클로버 씨를 뿌리고 시골에서 옮겨온 옛집의 현관에는 큰 박달나무를 심었다. 봄이 되면 그 달콤한 향기가 역전까지 떠돌게 되고, 하녀들이 깔깔대던 것이 생각난다. 3천 평 토지의 대부분은 밭으로서 그 한쪽에는 닭장이 세워지고 100마리 정도의 흰색 레그혼이 사육되었다. 밭과 닭집의 일은 아버지와 정원사인 손 씨가 맡았는데 매우 어려운 일이었다. 매주 일요일 아버지는 고무장화를 신고 밭을 갈았고 저녁 식사는 겨울을 제외하면 식구 모두가 바깥에 모여서 먹었다. 큰 쇠냄비를 삼각기둥으로 짠 통나무 걸개에 걸고 불을 지펴 돼지고기 찌개를 잔뜩 만들었다. 다카하시 씨를 비롯하여 수많은 학생이 그 불길을 둘러싸고 모였다. 따뜻한 돼지찌개를 나누어 먹었던 사람들 속에서 그 후의 메이지대학과 그 정치경제학부를 짊어진 학자가 많이 나왔다.

다카하시 분타로 씨는 이들 사람들과 다른 길을 걸었다. 분타로 씨는 메이지대학의 산악부 간부이면서 산의 민속학에 흥미를 갖고 있었다. 큰 륙색을 등에 메고 산에 간다든지 산에서 돌아올 때의 그를 나는 자주 만났다. 소학생이었던 나에게 그것은 다른 우주로 나갔다가 또 다른 우주로 돌아온 사람인 것처럼 생각되지 않을 수 없었다. 저녁 안개가 자욱이 낀 오동나무밭을 통하여 다카하시 씨 집의 벚꽃 숲으로 접어들었을 때, 나무 아래 길을 조용히 걷고 있는 등산 차림의 분타로 씨를 만나면 나는 인사를 하는 것도 잊은 채 그를 지켜보기만 한다. 경외심이라고나 할 동경이었다.

메이지대학 산악부 기관지인 『노변爐邊』에 다카하시 씨는 그 당시 빈번히 산포수 이야기를 싣곤 했다. 소학생인 나로서는 어떤 이유인지도 몰랐을 것임에 틀림없다. 그러나 나중에 이야기할 조선에까지 그 『노변』을 가지고 가서 중학생이 된 뒤에 읽었던 것은 사실이다. 나중에 조선의 화전민에 내가 흥미를 가지고 그들과 함께 생활하려 생각했던 것은 틀림없이 다카하시 씨의 산포수 연구에 자극받은 것이리라.

도쿄의 시내에서 무사시노로 옮긴 소학생은 자연 속으로 들어가 자연에 흥미를 가지기 시작했다. 마침 그때에 다카하시 씨가 나타나서 나는 그를 통하여 산의 향기를 맡았다. 그대로 도쿄에 머물러 중학교, 고등학교, 대학으로 진학했더라면 틀림없이 다카하시 씨에 의해 산으로 이끌어졌을 것이다. 그러나 1926년 우리 가족은 호야의 멋진 '농장'에도 손을 놓고 조선으로 이주했다. 그 이후 나는 다카하시 씨가 쓴 것을 읽을 기회는 있었지만 끝내 다시 한 번 만날 기회는 잃어버리고 말았다. 그렇지만 기묘한 운명으로 나는 다카하시 씨가, 적어도 젊은 시절의 다카하시 씨가 진정 소중하게 생각했던 메이지대학 산악부 부장을 1948년부터 2년간 맡게 되었다. 마지막으로 다카하시 씨와 헤어진 뒤 그때까지의 20몇 년간은 나의 지독한 방랑 시절이었다.

금강산의 방갈로

한반도의 중부로부터 남부에 걸쳐 동해안을 따라 태백산맥이 달리고 있다. 해발 2,000미터 이하의 그다지 높은 산맥은 아니지만 바위산이 많다. 금강산은 그 태백산맥의 북쪽으로 떨어져 있어서, 현재는 북한에 속해 있다. 금강산은 주봉인 비로봉毘盧峰, 1,638미터을 포함한 분수령을 경계로 하여 서쪽부분 즉 바다로부터 떨어져 있는 지역을 내금강이라 부르고, 동쪽의 바다에 가까운 곳은 외금강이라고 불렀다. 서쪽 끝에서부터 동쪽 끝까지의 거리는 30킬로미터에 달하고, 산 전체가 화강암 계통의 바위산으로서 뾰족한 봉우리와 한 개의 큰 바위로 된 암벽들이 빽빽하게 솟구쳐 있다. 외금강에 접하여 현무암의 주상절리柱狀節理로 알려져 있는 해금강 해변이 이어지고 있는데, 경관으로 보자면 내외금강과는 또 다른 것이었다.

금강산지역은 예로부터 불교의 영산으로 알려져 큰 불교사찰 외에도 골짜기마다 봉우리마다 생각지도 못한 곳에 작은 암자들이 지어져 수도에 열심인 승려들이 적지 않게 보이곤 했다. 한반도에서는 이조시대가 되면서 특히 주자학의 힘이 강화되어, 그 이전에 매우 융성했던 불교가 급격히 힘을 잃고 산악지대에 얼마 안 되는 여명을 부지하고 있었을 뿐이다. 게다가 도시 근교 산악지대의 사찰은 여관 혹은 요정고급유흥요릿집 같은 것이 되어 단지 손님을 받고 수입 획득에 안달하던 그 때, 금강산지역에는 불교가 아직 살아 있었다. 아침저녁의 수행은 말할 것도 없고 심산유곡의 작은 암자에는 독경으로 시간 가는 줄 모르는 스님들도 적지 않았던 것이다.

그즈음의 금강산으로 가는 교통은 극히 나빴고, 금강산 안쪽의 도로는 더욱 지독했다. 외금강 쪽으로는 원산으로부터 비교적 쉽게 갈 수 있었지만, 외금강으로부터 산을 넘어 내금강으로 넘어가는 것은 아예 길이 없어서, 금강산지역의 바깥쪽을 아주 멀리 도는 길을 가지 않으면 외금강의 온정리에서 내금강 입구의 장안사로 가는 것은 불가능했다.

1929, 1930년의 두 해 여름을 나는 아버지의 주선으로 장안사의 방갈로임대별장에서 지냈다. 일본에서 조선으로 부임한 사람들이 가끔 감염되었던 것처럼 나도 경성에서 중학교에 입학하자 가벼운 폐침윤을 앓았다. 휴학은 하지 않았지만 여름을 공기가 좋은 장안사에서 보내게 하려는 것이 아버지의 생각으로서 7월 26, 27일이 되자 일가족 전부가 경성에서 장안사로 향했다.

경성에서 철원까지 철도를 타고, 거기에서 금강산 전철로 갈아탔다. 당시 전철의 종점은 창도昌道로서 거기에서 장안사까지는 택시를 타야만 했다. 중첩된 산맥들을 올라가서는 내리고 내렸다가는 올라 장안사에 도착하는데 한나절 이상이 걸렸다. 장안사 일대는 깊은 침엽수림으로 덮여 있는데 거기에는 철도국 직영의 조선 호텔 분관과, 같은 호텔이 경영하는 방갈로가 있었으나 민간인이 경영하는 여관은 초라하고 그 수도 얼마 되지 않았으며 가게라고 할 만한 것도 거의 없었던 것으로 기억된다. 그 때문일까 우리는 경성에서 대량의 식료품에다가 식기와 취사도구까지 가져갔던 것이다.

경성의 거리와 그 주위의 해안밖에 알지 못했던 나에게 장안사의 자연은 매우 산뜻한 것이었다. 첫 해에는 맴맴하는 매미 울음이 몸속으로까지 스며드는 듯 진기한 느낌이었다. 장안사 스님들의 독경에 놀라고 맑디맑은 개울물 소리에 귀를 기울였다. 절의 바깥쪽은 내금강 중심부를 향하여 작은 골짜기를 따라 이어져 있었다. 동생들과 이 작은 길을 몇 번이나 올랐지만 오르면 오를수록 한 덩어리로 된 큰 바위들과 폭포가 나타나곤 했으며, 자연은 하늘에서부터 쏟아져 내리기라도 할 것 같았다. 특히 계곡 위의 푸른 하늘에 흰 구름이 떠가는 것을 보면 하늘과 구름이 내 머리 위로 떨어져 내려올 것 같은 환상에 사로잡혔다. 그런 때에는 나는 동생들을 데리고 쏜살같이 방갈로로 도망쳐 돌아온 것이 생각난다.

한적한 내금강 산길에서 만나는 사람들은 대개 파란 눈의 외국인뿐으로, 조선인도 일본인도 승려를 제외하면 매우 드물었다. 또 가끔 만나는 조선인과 일본인은 예외 없이 단체손님들이었고 소수 여행자들을 만나는 일은 거의 없었다. 그즈음의 금강산은 조선과 일본보다도 동양에 머물고 있는 외국인들에게 유명했다. 방갈로의 이웃 사람들도 호텔에 머물던 손님도 대개는 외국인이었는데, 상하이와 홍콩에서 여름휴가를 시원한 곳에서 보내기 위해 온 사람들이었다. 장안사의 시원한 여름을 느긋하게 즐길 수 있는 경제적 여유가 있는 사람이 아직 조선인에게도 일본인에게도 적었다는 것과, 여유가 있는 사람들도 마음의 여유까지는 없었던 것이 현실일 터였으리라. 조선에 와서 우리집의 경제는 도쿄 시절과 비교하면 안정된 것 같았다. 1920년대 중반의 사립대학에서는 전임교수에 대해서도 월급은 시간급이었다. 실제 강의를 한 시간에 대응하여 월급이 지불되었을 뿐 휴가와 쉬는 시간에 대해서는 지급되지 않았다. 따라서 특히 여름휴가 동안의 생활비를 준비해야 하는 것은 상당히 어려웠던 것 같다.

그것이 경성의 국립대학으로 옮긴 뒤부터는 여름휴가에도 월급이 지불되었으므로 아버지는 타고난 성격에다가 나의 건강도 생각하여 도시를 벗어난, 그러나 비교적 설비가 좋은 피서지에서 생활하려 했던 것 같다.

아버지는 매일 나무 그늘에서 책을 읽고 아이들은 매미를 잡는다든지 이쪽저쪽 골짜기들을 걷는다든지 점심 도시락을 야외에서 꺼내 먹는다든지 했지만 그다지 산 깊숙이까지는 들어가지 않았다. 이럭저럭하고 있는 동안에 1929년의 여름휴가도 끝나고 우리 가족은 경성으로 돌아왔다. 가을이 오고 겨울로 접어들자 우리는 어느샌가 다음 여름을 기다리게 되었다.

산 오르기

중학교 3학년 겨울에는 집 부근의 장충단의 연못에서 스케이트를 배웠다. 딱딱한 얼음 위를 철사를 붙인 신발로 미끄럼타는 것은 쉬운 기술이 아니어서 나중에 가서 제법 탈 수 있게는 되었지만 끝내 좋아하게는 되지 못했다. 그렇지만 장충단에서 한강까지 범위를 넓혀서 미끄럼타는 것만은 계속했다. 1930년 여름이 오기까지 나의 건강은 눈에 띄게 회복되고 덩치도 제법 커졌던 것으로 기억된다.

여름휴가가 시작되면 일가족은 곧 다시 내금강 장안사의 방갈로로 가게 되었는데, 그전만큼 식료품이나 도구류를 가지고 가지는 않았다. 도구류 일부를 현지에 맡겨 두기도 했고, 그해부터 전철이 철원부터 장안사까지 들어와 그 전에 비하면 눈에 띄게 개발되었기 때문이었다. 방갈로에 자리잡고는 나는 이미 나비와 잠자리를 쫓아다니기를 그만두고 산을 오르기 시작했다. 미리 준비해온 가는 밧줄을 허리에 두르고 부근 바위 봉우리에 오르려고 했던 것이다. 화강암 한 장으로 된 큰 바위들이 많은 금강산 봉우리들은 뒤에서도 말하겠지만 바위 오르기에 아주 멋진 연습 슬로프들이었다.

7월의 어느 날 나의 신체를 쭉 진찰해오던 의사 미키 선생이 방갈로를 방문해 와서 며칠간 머물렀다. 바로 그때 호텔 지배인의 동생인 이토 씨도 장안사에 와서, 어떤 계기였는지는 모르지만 미키 선생과 의기투합하여 내금강 안쪽의 가장 험준한 망군대라는 산에 오를 계획을 저녁나절의 화제로 올렸던 것이다. 나는 꼭 동행시켜 주십사라고 이야기했더니 아직 신체가 완전히 낫지는 않았다고 해서 어머니가 반대했다. 그 때 미키 선생이 별문제 없다고 생각하니 시험적으로 오르게 해 보자고 말해 주었고 그제서야 어머니도 "주치의가 말씀하시니까……"라면서 허락을 해 주었다.

장안사에서 망군대로 가는 길은 그 당시는 아직 발자국 흔적만 있는 정도여서 낙엽이 깊이 쌓일 때에는 무릎까지 쑥 빠지는 곳도 있었다. 계곡물은 맑고 깨끗해서 가는 곳마다 작은 폭포가 걸려 있었다. 개울을 거슬러 올라가는 길의 여기저기에 통나무 다리가 걸려 있었는데 대부분은 노후해 있어서 위험했다. 작은 골짜기와 절벽 위에 지어진 암자에 오르기 위해 샛길들이 매우 많이 있었지만 길안내 표지 같은 것은 거의 없어 우리는 몇 번이나 헤메곤 했다.

망군대 오르기는 정상에 가까워짐에 따라 급격히 험악해졌다. 특히 정상의 바로 아래 암벽에는 위로부터 굵은 쇠줄이 내려져 있었다. 그 쇠줄에 매달려 작은 바위 봉우리 정상에 섰다. 두 사람의 어른들은 재빨리 나를 두고 지나쳐 갔지만, 나만은 정상 아래에서 이미 완전히 지쳐 버려서 물통의 물을 벌컥벌컥 마셨다. 이까짓 것! 하고 기를 쓰며 나도 두 사람을 좇아갔던 일을 지금도 기억하고 있다. 암자에 살고 있는 승려를 제외하면 그 날은 어느 누구도 만나지 못했다.

망군대는 험준한 산이지만 조망은 그다지 뛰어나지는 않다. 더 높은 봉우리가 북쪽에 솟아 있었기 때문이다. 망군대에 올라 자신이 붙은 나는 이 봉우리의 북으로 달리고 있는 금강산에서 최고봉인 비로봉에 오르고 싶어졌다. 이 봉우리는 그 뒤에 외금강 쪽으로부터도 오를 수 있게 되었지만, 당시는 장안사로부터 정상까지 작은 길이 나 있었을 뿐이었다.

내금강의 중심이 되는 계곡들은 비로봉에서 발원하여 장안사로 흘러 내려온다. 그래서 이 계곡을 거꾸로 올라 비로봉 정상에 도달하는 코스는 예전부터 내금강의 간선 코스였다. 따라서 길도 망군대보다는 상당히 훌륭했다. 나는 비로봉에는 이토 씨와 오르기로 했다.

작년에 구름이 휘리릭 떨어져 오는 것에 놀라서 누이와 동생을 끌고 도망쳐 돌아왔던 협곡 입구를 새벽 어스름 속에서도 거침없이 지나갔다. 일 년 사이에 이 정도까지 늠름해진 것이 이상하게 생각될 정도였다. 조금 앞쪽에서 관광객이 장안사의 여관을 나서고 있었는데 우리는 가볍게 그 사람들을 뒤쫓아 따라잡고 4시간 후에는 비로봉 산록의 너덜지대[2] 아래에 도착했다. 이 근방에 사선교四仙橋 찻집이 있다. 찻집에서 자작나무숲을 조금 오르면 숲은 없어지고 키가 작은 관목지대가 되어 조망이 확 열리게 된다.

그 다음다음 해에 멋진 지그재그 도로가 여기에서 정상 쪽으로 만들어지고, 더 나아가 외금강의 구룡연까지 연장되어 내외 양 금강산이 연결되게 되었다. 그때까지는 직경 1~2미터의 화강암으로 이루어진 긴 너덜지대를 네 발로 기어오르지 않으면 안 되었던 것

2 기계적 풍화작용에 의해 절벽에서 분리되어 떨어진 바윗덩어리들이 비탈면 하부쪽에 돌 부스러기로 흩어져 있는 지대. 너덜겅이라고도 한다.

이다. 그러나 내게 있어서는 그것은 즐거운 운동이었다. 한 여름의 태양이 쨍쨍 비추고 있었지만 하늘은 한없이 높고 공기는 건조하여 상쾌했다. 바위에 자라고 있는 이끼의 까슬까슬한 감촉도 쾌적하였다.

너덜지대를 다 오르게 되면 산등성이를 따라 정상에 도달할 수 있다. 비로봉은 이 근처에서 가장 높은 봉우리여서 진정 원하는 만큼 멀리 조망할 수 있는 곳이었다. 처음 오른 비로봉 정상에서의 한 시간을 나는 잊어버릴 수 없다. 금강산의 장대함을 통해 산의 굳건함과 그것을 받아들이는 인간의 힘과의 관계를 몸이 저릿할 만큼 느꼈다고나 할…… 그런 느낌이었다.

바다에 가까운 외금강 바위산 저쪽에서부터 구름이 솟아나 어느샌가 나는 혼자 안개 속에 있었다. 안개는 증기처럼 따뜻하고 작은 물방울들을 품고 있었다. 너덜지대를 내려오기 시작했을 때 아래로부터 몇 사람의 남자가 올라왔다. 그것이 우리를 포함하여 그날 온종일 비로봉에 오른 사람들 전부였을 정도였으니 금강산의 참으로 유장하면서도 한가한 한 시절이었다.

스포츠 알피니즘의 싹틈

금강산 집선봉 암봉들 중 S_2봉의 암벽
위가 저자, 오르고 있는 사람은 크리스찬 후퍼

서울 근교의 산들

여름휴가가 끝나고 경성에 돌아오자 근교의 산을 닥치는 대로 오르기 시작했다. 경성의 거리는 좁은 분지에 있어서 주위 산들에는 화강암이 노출된 바위 봉우리가 많았다. 그즈음 마침 조선산악회가 결성되었다. 회장은 나카무라 료조[1] 교수로서 회원에는 경성대학 예과의 다케나카 요[2] 박사, 동양척식주식회사의 시모데 시게오下出繁雄 씨와 조선철도국의 이이야마 다쓰오飯山達雄 씨가 이름을 올리고 있었다. 이 산악회는 전통적인 등산회이어서, 이이야마 씨를 제외하면 다른 회원들은 바위 오르기는 하지 않았다. 그러나 경성 근교의 산들은 바위 오르기를 위한 절호의 암벽이었기 때문에 일본으로부터 스포츠 알피니즘의 파도가 닥쳐오는 것을 멈추게 할 수는 없었던 것이다.

정확하게 평가하기는 어렵지만, 조선에서 스포츠 알피니즘은 북한산 인수봉 첫 등반에 의해 그 방아쇠가 당겨졌다고 나는 생각

---

1 中村両造 : 1887년 도쿄생. 1916년 도쿄제국대학 의학부를 졸업하고, 게이오대학 및 도호쿠제국대학 의학부 강사를 지낸 후 1924년 모교의 조교수를 역임하였다. 그 후 1926년 조선총독부 부속의원 의관(醫官) 겸 경성제국대학 의학부(정형외과) 교수로 부임하였고, 1928년 4월 이후는 경성의학전문학교 교수도 겸임하였다.

2 竹中要(1903~1966) : 식물유전학자로서 도쿄제대 이학부 졸업 후, 1929년부터 패전 시까지 경성제대 예과 교수를 역임했다. 1949년부터 국립유전자연구소원으로서, 당시 미국의 식물학자가 주창한 '소메이요시노사쿠라(染井吉野櫻, 현 일본 사쿠라의 주종)는 일본 원산종인 오오시마사쿠라(大島櫻)와 에도히간사쿠라(江戸彼岸櫻)의 잡종'이라는 가설을 수차례의 잡종 교배 실험으로 실증하는데 성공하여, 외래종이라는 논란을 잠재우는데 크게 공헌한 것으로 평가된다.

북한산 인수봉(우), 백운대(중앙), 만경대(좌)

하고 있다. 경성의 북쪽을 장악하고 있는 북한산에는 밋밋하게 큰 바위 한 장으로 된 암벽들이 많이 있어, 루트를 택함에 따라서는 상당히 만만치 않은 산이기도 했다. 그런 한편 그 대부분의 봉우리에는 옛날부터 그 지역 주민에 의해 정상으로 가는 길이 열려 있었던 것도 사실이다.

여담이지만 조선 사람들은 산을 숭배하고 때때로 신에 비유했던 것 같다. 조선의 높은 산에는 '백白'자를 앞에 붙인 이름이 많다. 지금 이야기하고 있는 북한산의 최고봉은 백운대라고 하고, 북조선의 백두산, 북수백산 등도 좋은 예이다.

이 점에 대해 민속학자인 고 최남선 교수는 다음과 같이 말했다. 현재의 조선어에서 '白'의 음은 pak이지만, 옛날에는 bak 또는 bul로 발음했다. 그것은 퉁구스어의 bol, 즉 bolkan이었고 '신들'이라는 의미이다. 이 점은 예전에 산이 '신들'로서 존경받았다는 것의 문화적 잔존일 것이라고 생각된다. 또 조선의 대중들은 자연을 좋아했다. 봄이 되면 봄나물을 뜯으러 나간다든지 음식을 준비하여 약수라는 깨끗한 물이 솟는 아름다운 계곡에서 노니는 것이 큰 즐거움이었다. 따라서 조선의 산과 들에는 어디를 가더라도 작은 길들이 나 있었다.

그렇지만 경성 근교에 있는 인수봉만은 그때까지 등반했던 흔적이 없었다. 주봉인 백운대의 동북으로 우뚝 솟은 밋밋한 종 모양의 이 바윗덩어리 꼭대기에 오르기 위해서는 매끈하면서도 약간 돌출한 듯한 바위틈overhanged crack을 오르고 다시 아슬아슬한 균형으로 긴 트래버스[3]를 하지 않으면 안 되었다. 만약 내 기억이 정확하다면 첫 등반은 임 아무개 씨[4] 일행에 의해 이루어졌다. 중학교 3학년인 내 앞에 이 초창기의 여러 산들이 우뚝 솟아 있었던 것이다. 일요일마다 아침 일찍부터 밤늦게까지 나는 혼자서 산들을 걸었다. 그런 중에 같은 경성공립중학교[5]의 동급생인 카스야 유이치粕谷勇一 군과 일 년 아래인 사카이 요시유키坂井芳之, 하라 마사노리原正典 두 사람을 포함한 세 사람이 특별한 사연도 없이 서로 친하게 되었다. 그 후 토요일 오후에 집을 나서 절간이나 골짜기에 1박하고 일요일은 하루 종일 바위 오르기를 즐겼다. 우리에게는 숙달된 리더가 따로 없었기 때문에 어쩔 수 없이 책으로 바위 오르기 기초를 배웠다. 조지 아브라함George D. Abraham의 *The Complete Mountaineer*를 찾아내어서 자일을 묶는 법, 하켄[6]과 카라비너[7]의 사용법 그리고 압자일렌[8] 방법 등을 사전을 찾아가며 읽고 실행해 보았다. 중학교 3학년 때였으니까 제법 조숙한 아이들이었다.

책과 경쟁이라도 하듯 바위 오르기를 배운 것을 나는 잘했던 일로 생각하고 있다. 전혀 미지의 기술을 한걸음 한걸음 습득해 가는 것은 그 자체가 탐험이었다. 압자일렌을 예를 들어보자. 여러 가지

---

3 Travers : 산허리를 횡단하는 일.

4 1925년 10월 한국계 일본인 임무(林茂)와 일본 및 조선에 근무했던 영국 외교관 아처가 자일파트너로 인수봉을 최초 등정했다고 한다(손경석, 『한국등반사』).

5 현 서울고등학교의 전신.

6 Haken [독일] : 바위틈새에 박아 자일을 꿰거나 손잡이로 쓰는 등산용구.

7 Karabiner [독일] : 하켄, 너트 등과 로프를 연결할 때 쓰이는 금속제 쇠고리.

8 Abseilen [독일] : 급사면을 자일을 타고 내려오는 일.

의 자일을 거는 방법 중에서 어느 방식이 어떤 상황에서 가장 적합하면서도 자기 자신의 신체에 꼭 맞는가를 알기 위해서는 여러 가지 테스트가 필요하다. 오버행의 바위 모서리에서 처음으로 시도한 자일 감는 방식으로 공중에 매달려 떠 있을 때의 공포스러움과 쾌감은, 그 실제 도전 이전에 자일 감는 법을 이해하고 완만한 경사면에서 테스트해 보았을 때의 고생을 잊어버리게 해 주었다. 또 침니[9] 클라이밍의 요체를 익히기 위해 우리 집의 좁은 복도에 있는 양쪽 벽은 더러운 발자국으로 시커멓게 되었고, 누이나 하녀들은 천정에 숨어있는 닌자같은 내 그림자에 겁을 먹기도 했다. 나는 원래 무엇을 해도 솜씨가 없다. 그림도 형편없고 스케이트도 어설프며 자동차 운전은 위태롭고, 야구는 싫어하여 고작 앞으로 쭉 내달리는 것밖에 할 수 없었기 때문에 육상경기부에 적을 두었지만, 허들은 서툴기만 했다. 그렇지만 이상하게도 바위 오르기만은 숙달이 빠르고 게다가 좋아하기도 했다. 그래서 세 사람의 등산친구 중 항상 선두에 섰다.

바위 오르기 기술이 발전함에 따라 우리는 우선 인수봉에 올랐다. 다음은 백운대를 일반적인 루트로가 아니라 남쪽 정면에서 직등하는 것을 생각했다. 이것은 매우 어려운 등반이다. 백운대의 지면에서의 높이는 해발 836미터이지만 남쪽 면의 암벽은 골짜기 밑바닥 끝에서부터 300미터 이상의 높이가 추가로 있고 경사면

9 Chimney : 암벽을 타고 오를 수 있도록 세로로 길게 갈라진 곳.

은 곳곳이 직각에 가까웠다. 우리 네 사람의 중학생은 어느 일요일 아침 일찍부터 이 벽에 도전했다. 긴 크랙[10]과 침니를 오르고 게다가 다음 루트를 찾아내기 위하여 몇 번이나 마음을 졸이게 하는 트래버스를 되풀이하지 않으면 안 된다. 피통[11]을 박을 틈도 없는 어쩐지 기분 나쁜 큰 바위 하나를 비지땀을 흘리며 올라 드디어 정상 아래에 도달한 것은 석양 무렵이었다. 그곳에서 정상을 향하여 홀드[12]는 확실하게 잡았지만 거의 수직에 가까운 벽이 앞을 막고 있었다. 나는 이 벽을 다 올라가서 정상에 가까운 테라스에 섰다. 그 다음은 하라 차례이다. 내가 위에서 확보[13]하여 하라가 오르기 시작했지만 테라스 아래의 오버행을 피해 경사면 쪽으로 루트를 바꾸는 찰나 미끄러졌다. 아차 하는 사이에 하라의 신체는 옆으로 미끄러져 공중에 매달리게 되었다. 내가 선 발판이 든든했기 때문에 확보할 수는 있었지만 다시 그를 원래 루트에 올려놓기 위해서는 매우 힘이 들었다. 질끈 숨을 참게 하고 하라를 테라스에 끌어올렸을 때 나의 손가락은 자일의 마찰로 하얗게 화상 물집이 생기고 엄지를 제외한 네 손가락이 들러붙어 떨어지지 않았다. 새파랗게 맑은 조선의 가을하늘에 황혼녘 햇살이 황금빛 화살과 같이 내리 쏟아지는 가운데 안자일렌[14]한 채로 완만한 큰 바위 한 장을 따라 올

---

10 Crack : 바위의 갈라진 틈새.
11 Piton [프랑스] : 하켄의 프랑스어.
12 Hold : 암벽등반에서 손으로 잡거나 발로 디딜 수 있는 곳.
13 등산자가 자일을 사용하여 자신과 동료의 추락을 방지하는 것.
14 Anseilen [독일] : 함께 등반하는 일행끼리 자일로 연결하여 상호 확보와 안전을 꾀하는 일.

라 백운대 정상에 섰다. 그리고 나는 양손에 붕대를 감고 서울로 돌아왔다. 하라의 미끄러짐은 큰 쇼크였지만 이 사건을 통해 우리들 동아리는 확실하게 한걸음 전진했던 것이다.

겨울산으로서의 금강산

카스야와 내가 중학교 5학년, 그리고 하라와 사카이가 4학년이 된 해의 가을 즉 1932년 가을에 '큰 과제'가 제시되었다. 이 해부터 조선철도국 외곽단체인 금강산협회에 의해 금강산의 적극적인 개발이 진행되었다. 우선 비로봉을 넘어서 내외 금강산을 잇는 횡단도로가 생기고 그 위에 비로봉의 외금강으로부터의 사면에 등산산장이 세워졌던 것이다. '큰 과제'란 조선철도국의 이야마 다쓰오 씨로부터 이야기를 들은 것인데, 그해 겨울 만약 비로봉 정상에 도달할 수 있으면 산장뿐만 아니라 그곳에 저장된 식료품까지 사용해도 좋다는 것이었다. 우리는 바위 오르기 입문을 끝내고 겨울산에 흥미를 품기 시작한 상태였다. 그러나 카스야도 나도 입학시험을 앞두고 있었고, 사카이와 하라 입장에서도 4학년 때 시험을 치르고 조기입학할 계획이 없었던 것도 아니었다. 그렇지만 그 무엇보다도 우리는 겨울 금강산 정상에 올라 그 산장에서 해를 지내고 싶었던 것이다.

이제 와서 생각해보면 당연한 일이지만, 입학시험을 앞두고 있

한겨울의 금강산, 비로봉에 선 저자

었기 때문에 가족이 승낙하지 않았다. 여러 가지 상의했지만 결국 카스야는 일고一高를 진학하기 위해 포기하고, 나는 일본 본토內地의 고등학교에 가는 것을 부모가 반대했기 때문에 그쪽을 단념하고 경성의 대학에 가기로 하여 겨울산행 승낙을 받았다. 4학년생 두 사람도 내가 가기로 한 것에 힘을 얻어 끝내 가족을 설득할 수 있었다. 입학시험의 준비와 최초의 겨울산행을 위한 준비를 병행해 진행시켰기 때문에 지금 생각해보면 무모한 것이었다.

조선에서의 겨울철 등산은 그 3년 전부터 시작되었을 뿐이었다. 이야마, 이누마 씨 등이 내금강 측과 외금강 측으로부터 비로봉 등반에 성공한 것이 겨울 등산의 시작이다. 또 스키는 수년전부터 외금강의 온정리溫井里와 삼방三防이 슬로프로 막 개발된 상태로서 조선의 겨울산은 처녀지에 가까웠던 것이다. 조선의 겨울은 특히 북부에서는 일본보다 훨씬 춥지만 강설량은 적다. 기후는 대륙에 나타나는 고기압에 좌우되어 정기적으로 삼한사온, 즉 3일간 춥고 4일간은 조금 따뜻한 현상이 반복된다. 사온인 날들은 산에 눈이 내리는 경우가 많다. 우리는 조선에서의 선배들의 경험과, 일본 본토와 외국의 등산 기록을 읽고 겨울 금강산 등반을 서로 검토했다. 그때 아버지 서재에서 우연히 『노변爐邊』을 발견하고 다카하시 분타로 씨의 추억을 새롭게 했던 일이 생각난다.

겨울 금강산의 상태에 대해서는 알지 못하는 점이 매우 많았다. 외금강 측은 온정리에 스키장이 있었던 관계로 구룡연九龍淵까지 계곡의 적설 상태는 거의 확실하게 알고 있었으므로, 스키를 사용하는 편이 좋을 것으로 판단하였다. 구룡연부터 그 위 산허리는 보다 깊은 적설이 비로봉 정상까지 예상되었다. 그렇지만 내금강 측은 거의 아는 바가 없다. 우선 첫째로 장안사로부터 비로봉 바로 아래까지의 소위 만폭동萬瀑洞계곡의 적설이 어느 정도인지, 스키를 사용하는 편이 좋은지 어떤지도 전혀 알지 못했다. 조선산악회 멤버들이 2년 전에 일출봉日出峰의 바로 밑에서 깊은 적설에 갇혀 설중 야영을 한 적이 있었지만, 지형으로부터 생각해 본다면 내금강은 외금강보다 적설이 적기 마련일 터이다. 다음으로 문제인 것은 비로봉의 남쪽 사면의 너덜지대의 상태였다. 이 사면이 만약 깊은 눈에 덮여 있다고 하면 눈사태의 위험이 있어, 스키를 신은 채 괴로운 지그재그 등반이 예상된다. 또 만약 바람이 세차게 불어 얼어 있다면 아무래도 슈타이그 아이젠[15]과 피켈[16]에 의존하지 않으면 안 되게 된다. 이런 점들을 전혀 알지 못했기 때문에 우리는 스키, 실,[17] 아이젠, 피켈 외에 도중에서 야영하는 것도 생각하여 즈다르스키[18] 텐트, 륙색과 침낭도 준비했다. 한마디로 말하면 간단하지만 그 시절의 조선에서 이만큼의 물품을 구하는 것은 매우 어려웠다. 일본 본토의 미즈노사와 코지츠好日산장[19]과 편지를 주고받는 데 시간을 보내고 경성의 와타나베 구두점을 몇 번이나 오가곤 했

15 Steigeisen [독일] : 아이젠의 원래 명칭.
16 Picke [독일] : 빙설로 덮인 경사진 곳을 오를 때 사용하는 지팡이 모양의 등산 용구.
17 Seal : 스키용 접착제.
18 Zdarsky : 오스트리아 스키의 개척자.
19 일본의 유명 등산용품점.

다. 등산의 준비는 오르는 일 그것 이상으로 즐겁지만 입학시험의 준비는 즐겁지 않다. 즐거운 일과 즐겁지 않은 일을 병행해서 하게 되면 즐거운 쪽에 힘이 주어지는 것은 당연한 일이다.

12월 24일에 방학에 들어가자 우리는 그날 밤 경성을 출발했다. 역에 환송하러 나온 카스야는 쓸쓸한 것 같았다. 친구들이 마지막 수험준비를 시작하는 그 밤에 우리는 최초의 겨울산으로, '미지의 세계'로의 여행을 나선 것이다. 그리고 크리스마스 이른 아침 장안사에 도착했다. 나에게는 낯익은 장소이다. 미리 부탁해 둔 인부를 만나자, 금년은 눈이 적으므로 산기슭의 사선교 찻집까지 물건들을 운반해줄 수 있다고 쾌히 승낙해 주었다.

룩색을 모두 두 사람의 인부에게 맡기고 스키와 스톡[20]만을 가지고 우리는 만폭동계곡을 오르기 시작했다. 확실히 눈은 많지 않아 거의 일반 등산로를 걷듯이 갈 수 있었다. 그렇지만 큰 바위벽에 새겨진 계단을 오른다든지 트래버스할 때는 딱딱하게 언 얼음을 떼낸다든지 새파란 얼음에 새로운 스텝[21]을 만들지 않으면 안 된다. 그렇지만 피켈로 얼음을 깨는 것은 책에서 읽긴 했지만 처음 하는 일이다. 장안사로부터 사선교 찻집까지는, 여름이라면 4시간이면 갈 수 있는 거리이지만 아이스테크닉 연습을 하느라 둘러가는 길을 걷기도 했기 때문에 배 이상의 시간이 걸려서, 자작나무 숲에 들어섰을 때 쯤에는 해가 저물고 달이 떠올랐다. 인부는 이미

20 Stock [독일] : 스키용 지팡이.
21 Step : 급사면 등에 피켈을 박는 발판.

사선교 찻집에 도착해 있을 터였다. 우리는 그늘로 이어진 숲의 눈길을 묵묵히 걸었다. 산뜻한 차가움이 몸 전체를 둘러싸서 눈썹에 얼음기가 돌기 시작했다.

드디어 산기슭의 찻집에 오자 인부들도 찻집 아저씨도 밖에 나와 맞이해 준다. 재빨리 따뜻한 온돌로 맞아들인 뒤 놋쇠 사발에 하얀 김이 모락모락 오르는 따뜻한 밥을 가져다준다. 거기에 된장국과 김치만의 간소한 저녁 식사이긴 하지만, 몸도 마음도 온통 따뜻해진다. 다음날 아침의 일을 생각하여 빨리 잠자리에 들었지만 좀처럼 잠을 이룰 수가 없다.

아침, 찻집 주인이 깨워 주었으나 아직 사방은 깜깜하다. 주인 아낙이 새롭게 따뜻한 밥을 지어 가져왔다. 매운 김치에 따뜻한 흰쌀밥을 먹으니 몸 전체가 따뜻해져서 한겨울에도 땀이 솟아 나온다. 우리는 그들과 작별을 고하고 자작나무 숲을 오르기 시작했다. 숲속의 적설은 1미터를 넘고 있었지만 표면이 딱딱하여 걷는 것이 불편하지는 않았다. 간신히 눈 없는 길을 짚어가며 올라갔다. 무엇보다도 모든 장비와 식료품을 지고 있어서 한 사람의 짐이 30kg에 가깝다. 그것은 아직 신체가 충분히 영글지 않은 4, 5학년에게는 조금 무리한 무게였다.

너덜지대에 이르자 우리는 완전히 놀라고 말았다. 관목지대는 가루눈이 깊이 쌓여 있었지만 너덜지대에는 눈 없는 등산로가 절반 이상 시커멓게 드러나 있었다. 이래서는 도저히 스키를 사용할 수 없었다. 포기하고 눈 없는 길을 따라 오르기 시작하자 생각지도 못한 함정이 숨어있었다. 그 길도 군데군데 눈에 덮여 있었는데 실은 가루눈이 흩뿌려 쌓여있는 상태로서 생각 이상으로 깊어 무릎까지 파묻히고 말았고, 또 장소에 따라서는 아이젠 없이는 위험할 정도로 얼어붙은 경사면도 있었다. 어쩔 수 없이 아이젠을 신고 무거운 짐과 스키를 짊어진 채 우리는 허덕허덕 등반을 계속한다. 지독한 등반이었다.

마침내 비로봉 산등성이의 어깨목쯤에 도달했을 때는 이미 해가 완전히 지고 있었다. 외금강 쪽 북측은 예상한대로 깊은 눈에 덮여있었다. 고갯마루에서 스키를 신고 어둠 속에서 정상을 향한다. 나는 정상까지의 길은 알고 있었지만 거기서부터 외금강 쪽으로 내려가는 새로운 길에 대해서는 전혀 알지 못했고, 헤드라이트 불빛을 의지하여 찾아 보았지만 등산로의 흔적을 찾아낼 수가 없었다. 스키를 벗고 설피[22]를 신기로 했다. 깜깜한 미지의 경사면을 서툰 스키로 내려가는 것은 위험하다고 생각했기 때문이었다. 지도를 의지하여 허리까지 눈에 빠져 가며 산장을 찾는다. 헤드라이트가 바람에 흔들리고 추위가 몸 전체로 격심하게 닥쳐든다. 최악의 경우는 눈 속에 텐트를 펼치고 비박[23]할 작정이지만, 산장을 찾는 노력을 조금 계속해 보기로 한다. 다행하게도 산장으로 가는 표지판이 헤드라이트 불빛 속에 잡혔다. 그리고 오후 8시 반 즈음에

---

22 雪皮 : 강원도 산간지대에서 눈에 빠지지 않도록 신 바닥에 대는 넓적한 덧신. 원문에는 '輪樏(와칸지키)'라는 일본어로 표기되어 있으나 현지 용어를 따랐다.

23 Bivouac [프랑스] : 산장이나 텐트를 이용하지 않는 야영.

금강산 집선봉 봉우리 중 하나, C_2봉(960미터)의 정상. 뒷쪽은 세존봉

기왕에 알려져 있던 용마석龍馬石산장에 창문으로 뛰어들었다. 그날 밤 먹은 콘 비프가 들어간 라이스 카레의 맛을 지금도 잊을 수가 없다.

다음날 아침은 개었다. 스키를 신고 비로봉 정상에 오르자 조망도 눈도 실로 멋지다. 하루 종일 스키를 즐기고 산장으로 돌아오자 밤부터는 세찬 눈보라가 불어왔다. 나흘간 눈보라가 이어진 뒤 31일에는 잠깐 갠 순간이 찾아왔다. 조선철도국의 이야마 씨 일행도 외금강의 구성동九成洞계곡을 경유하여 올라왔다.

새해 첫날을 산장에서 보내고 철도국 일행과 함께 우리는 외금강으로 내려갔다. 길은 온통 풍성한 눈에 덮여 있어 하루만에 온정리에 내려올 수 있었다.

경성에 돌아온 뒤부터 무사태평한 나도 입학시험 공부를 하지 않을 수 없었다. 그렇긴 하지만 고작 한 달 반의 노력으로 경성제국대학 예과에 입학할 수 있었던 것은 기적이었다.

집선봉集仙峰 바위 오르기

비로봉과 채하봉彩霞峰을 이으며 동서로 달리는 산등성이가 금강산의 척추인 셈이다. 채하봉에서 동으로 비스듬한 1,440미터 봉우리를 기점으로 하여, 대체로 동쪽과 동북쪽으로 날카로운 바위 능선이 내달리고 있고, 산등성이에는 무수한 바위 봉우리들이 산재해 있다. 특히 그 북쪽 면에는 해발 1,000미터를 넘는 큰 암벽이 드러나 있는데, 이들 한 무리의 바위 봉우리들을 현지 사람들은 집선봉이라 부른다. 외금강의 온정리溫井里에서 극락고개를 넘어 신계사神溪寺로 향하는 고갯길로부터, 집선봉의 다이내믹한 바위 봉우리들이 맑은 날에는 뚜렷이 보인다. 해질녘이라도 되면 그것은 더욱 아름답다. 바위 표면은 회색에서 붉은색으로 그리고 마지막에는 짙은 보라색으로 시시각각 색채를 바꾸어 가고 마침내 영겁의 어둠 속으로 침잠한다. 집선봉의 대부분의 바위 봉우리들은 근대적 암벽등반 기술을 갖고 있지 못한 인간은 접근조차 거부하는 신비적인 존재였다.

1932년 여름 도쿄제국대학 스키산악회가 집선봉과 그를 마주하고 있는 세존봉世尊峰에 원정을 시도했다. 만약 내 기억이 맞는다면 대학의 산악단체가 행한 해외 원정의 선구적 업적 중 하나였다.

도쿄제대 등산대는 8월 25일부터 9월 7일까지 집선봉의 주된 봉우리들과 세존봉의 주봉1,160미터의 첫 등반에 성공했다. 그 보고 강연회가 조선산악회의 주선으로 경성에서 열려서 나도 들으러 갔다. 중학교 5년생인 나에게 이 강연회의 모든 강연은 신선하기만 했다. 그리고 어떤 식으로든 나도 자신의 힘으로 집선봉에 오르고 싶다고 생각했지만, 그해 겨울은 앞에서 말한 비로봉 적설기 등반과 입학시험으로 보내고 말았다. 경성제국대학 예과의 시험이 끝났을 때, 이야마 씨가 합격 통지를 기다리고만 있는 것은 별 의미가 없으니 미리 축하 겸해서 집선봉에 오르지 않겠느냐고 유혹해 왔다. 다른 학교 시험을 치를 준비는 하지 않고 있었기 때문에 마침 잘 되었다고 동행하기로 했다. 그때 이미 도쿄제대 등산대의 보고가 「회보 1936년」에 실려 있었기에 우리는 그 내용을 상세하게 검토할 수 있었다. 그러나 막상 3월의 집선봉에 대해서는 말할 것도 없이 무엇 하나 기록이 없다.

경성을 밤에 출발하여 아침에 온정리에 도착, 파출소를 방문한다. 순사부장인 구니모토國本 씨는 외금강의 관리자인 셈이어서 도쿄제대 등산대가 많은 신세를 졌으며, 게다가 나의 친구인 하라 마사노리 군의 부친과는 아주 친밀한 관계이기도 해서 우리도 여러 가지로 폐를 끼쳤다. 그 구니모토 씨에게 요청하여 인부 한 사람을 소개받고 짐들을 지워서 집선봉 산허리에 있는 법기암法起庵으로 향했다. 극락고개로부터 바라본 집선봉은 골짜기마다에 눈이 깊이 쌓여서 여름보다 한층 아름답기도 하면서 무섭게도 느껴졌다. 법기암은 비구니암자이지만 구니모토 씨의 알선으로 우리에게 온돌방 하나를 제공해 주었다. 시험공부로 신체가 다소 지쳐 있었지만 나는 하룻밤 사이에 완전히 원기를 되찾았다. 젊음은 그 무엇과도 바꿀 수 없는 소중한 것이었다.

다음날 아침 이야마 씨와 나는 도중에서 이틀간의 비박을 예정했기에 조금 무거운 륙색을 지고 법기암을 나섰다. 동석동動石洞 입구에 다다르자 거기에서 집선봉 전모를 올려볼 수 있게 된다. 바로 오른편으로 주봉인 1,351미터 봉우리가 덮어씌우듯이 우뚝 솟아 있고, 정면에는 동북쪽 능선이 톱니 같은 날카로운 모양새를 보

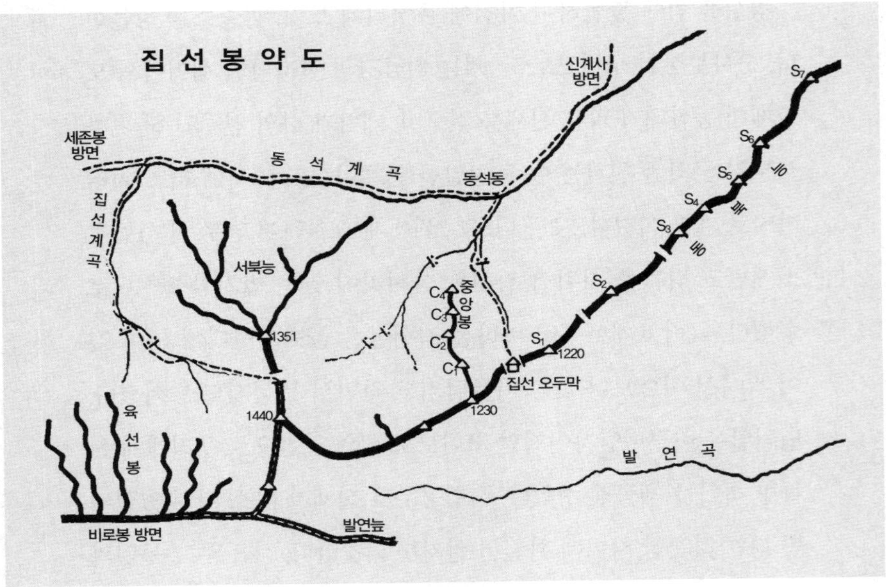

이야마 다쓰오, 『조선의 산』(조선산악회, 1941)에서

이고 있다. 동석동에서 본 집선봉을 중심으로, 거기에 다른 방향에서 본 관찰을 덧붙인 '집선봉군 개념도'가 도쿄제대 스키산악회의 「회보 1932년」에 실려 있다. 그 후 이 지도의 명칭이 그대로 조선에서도 사용되게 되었기에 여기에 옮겨 실어두기로 한다.

우리는 동석동에서 동석계곡을 오르기 시작했다. 계곡 속으로 조금 들어가자 계곡은 딱딱한 눈으로 덮여있어 오르기가 훨씬 편하게 된다. 그러나 왼쪽으로 갈라지는 길의 바로 앞까지 왔을 때 예상하지 못했던 일 때문에 꼼짝도 못하고 멈춰서 버리고 말았다. 전층 눈사태[24]의 퇴적물이 그 갈림길을 완전히 덥고 있을 뿐 아니라, 그 위에는 다섯 겹이나 되는 큰 돌과 무참하게 찢겨진 자작나무 줄기가 흩어져 있는 것이다. 채하봉의 북면과 동석계곡의 맨 안쪽을 올려다 보니, 계곡들에는 잘려진 듯한 빙설이 오버행을 이루고 있는 것이 눈에 비친다. 왼쪽 갈림길을 여름에 도쿄제대 등산대가 갔던 루트라 해서 그대로 따르는 것은 위험하다. 한시라도 빨리 서북 능선에 도착하여 눈사태 영역 밖으로 나가지 않으면 안 된다. 눈사태의 퇴적물 위에 올라서 우리는 서북 능선을 올려다보았다. 이 산등성이의 끝에서부터 세 개로 갈라져 내닫고 있는 바위 능선의 왼쪽 면 옆구리와 그보다 더 북서쪽에서 아래로 빠지는 바위 등성이 사이에 한 가닥 꿀르와르[25]가 길게 패여 있는 것을 알아챘다.

---

24 눈이 쌓인 층 전체가 무너져 내리는 현상.

25 Couloir [프랑스] : 거대한 암벽이나 산줄기를 파고 들어간 길고 급한 바위 도랑. 대개 눈이나 물에 의한 침식으로 생긴 것이며 눈사태나 물 또는 낙석의 통로가 된다.

우리는 그 꿀르와르에 들러붙어 타고 오르기 시작했다. 안자일렌 할 마음의 여유도 없었다. 어디에서라고 할 것 없이 덮쳐오는 눈사태의 공포에 내쫓기면서 몸과 륙색을 위로 위로 밀어 올려 갔다.

한 시간정도 올랐을 때 쏴…… 하는 웅성거림이 동석계곡에 솟아올랐다. 아래를 보니 눈사태가 피우는 연기가 계곡을 메우고 그것이 무서운 속도로 이전의 눈사태로 쌓여있던 퇴적물을 넘고 지나간다. 피부에 순간 소름이 오싹 돋았다. 출발이 한 시간만 늦었더라면, 또는 우리가 잘못 판단하여 저 계곡을 통해 끝까지 올라갔다면 어떻게 되었을 것인가. 두 사람은 말을 잊은 채 꿀르와르를 올라갔다. 그리고 서북쪽 줄기의 능선 바로 아래에 있는 작은 테라스에 이르렀을 때 날이 저물었다. 주위 바위에 피통을 박고 몸을 자일에 동여매고 저녁을 먹는다. 그리고는 테라스 바로 아래 약간 들어간 곳에서 침낭을 파고들어 웅크려 앉은 채 밤을 지샌다. 밤중에 두 번 눈사태 소리에 잠이 깨었다. 아침은 박명薄明과 함께 찾아왔다. 테라스 위에 올라보니 몹시 거친 바위 사면에 얼음이 두껍게 눌러 붙어 있다. 피켈로 긁어내서 코펠에 넣고 물을 끓인다. 뜨거운 홍차는 세상 모든 것을 따뜻하게 해 주었다.

아침 식사 후 서북쪽 줄기의 능선에 올라보았더니 기복이 매우 심한 나이프 리지[26]여서 도저히 능선을 따라 오를 수 없다는 것이 확실해졌다. 어쩔 수 없어서 검붉게 탄 북사면을 주의 깊게 게걸

26 Knife ridge : 칼날처럼 날카로운 바위 능선.

음질하면서 1,351미터 봉우리 바로 아래로 나왔다. 수직에 가까운 암벽을 다 오르니 정상이었다. 도쿄제대 등산대의 케른[27]이 서있다. 이 날은 날씨가 아주 좋은 날이었고 하늘은 구름 한 점 없이 맑게 개어 금강산의 전망을 원하는 만큼 음미할 수 있었다. 그 위에 바람 하나 없는 봄날의 햇살은 1,351미터 봉우리 정상인데도 지난밤의 추위가 생각나지 않을 정도로 따뜻했다. 두 시간 정도 바위 사이에서 낮잠에 빠졌다가 일어나 1,230미터 봉우리를 휘돌아 간다. 1,230미터 봉우리에서 동북 능선 쪽으로의 산등성이는 그다지 어려운 루트는 아니다. S_1봉의 안부[28]로 내려가는 사면에서 한 번 압자일렌했을 뿐이다. 1,230미터 봉우리의 바로 동쪽 옆에 있는 1,220미터 봉우리, 즉 S_1봉의 서쪽 편 안부는 서쪽 편으로부터 빽빽한 숲에 맞닿아 있고 물웅덩이도 있어 최상의 숙영지였다. 여기에서 슐라프작[29]만으로 또 하룻밤을 밝혔는데 바람도 없이 쾌적한 밤이었다.

다음날 우리는 그 안부에서 도쿄제대 등산대와 같은 루트를 지나서 S_1봉1,220미터의 정상에 섰다. 여기서부터 S_2봉982미터으로 향하는 바위 능선은 험준하다. 도쿄제대 등산대는 S_1봉 쪽에서부터 이 바위 능선을 오르기에는 실패했다. 우리는 긴장한 채 하강해 갔다. 풍화된 화강암의 큰 바윗덩어리는 생각지도 못한 위험을 불러오

---

27 Cairn [독일] : 산이나 등산로 등에 기념이나 표시로 돌을 쌓아놓은 것.
28 鞍部 : 산의 능선이 말안장 모양으로 움푹 들어간 부분.
29 Schlafsack [독일] : 침낭, 슬리핑백.

기도 해서 주의 깊게 서로를 확보하면서, 한 번도 압자일렌 하지 않고 내려가서 S_1과 S_2의 안부에 다다랐다. 그리고는 S_2봉으로 나아갔다. S_2봉은 집선봉 중에서 가장 멋진 바위 봉우리이다, 도쿄제대 등산대의 기록대로 조금 동쪽으로 걸쳐가며 침니를 올랐는데, 그 출구의 트래버스 상황에서 도저히 앞으로 나갈 수가 없게 되었다. 미묘하게 균형을 잡고 경사면에 올라타야만 하는 것은 감당할 수 있지만, 그 경우 큰 바윗덩어리에 홀드해야 하는데 전혀 자리를 찾을 수가 없다. 피통을 두세 개 박아보았지만 아무래도 잘 되지 않는다. 피로가 격심했기 때문에 무리하지 않고 결국 등정을 포기하였다. 돌아오는 길은 S_1봉과 S_2봉 사이의 꿀르와르를 통한다. 큰 돌 사이에 낀 조금 오버행 느낌의 곳을 압자일렌으로 내려오니 바로 급격한 눈 경사면으로 나오게 되었다. 경사의 딱딱함이 꼭 알맞은 정도여서 글리세이드[30]로 눈 깜짝할 사이에 동석동으로 돌아왔다.

이 3일간의 등반은 확실히 힘든 것이었다. 그런 만큼 그 후 나의 산 생활에는 강한 자신이 붙었다. 법기암에 돌아와 여스님이 해 준 밥으로 라이스 카레를 만든 것까지는 기억나지만 그 뒤부터는 확실한 기억이 없다. 아마도 밥을 먹는 동안에 잠들어 버린 듯하다. 구니모토 씨의 큰 소리에 눈을 뜨자 얼굴을 냄비 속에 박은 채 자고 있었다. 머리칼에 밥알이 붙어 있는 데다가 냄비 그을음이 턱 양쪽에 묻어 있었다. 문을 열고 들여다본 구니모토 씨가 웃음을 터

30 Glissade [독일] : 속도를 조절하면서 등산화 뒤축으로 눈 사면을 미끄러져 내려가는 것.

신계사의 봄, 뒷쪽은 집선봉(1,351미터)

뜨렸다. 밖에는 봄날의 햇살이 춤추고 있다. 법기암 지붕의 눈이 녹아서 낙숫물 소리가 땅 위에 튕기고 있었다. 구니모토 씨가 그때 어머니가 친 합격 통지 전보를 가져와 주었다.

이 해로부터 몇 년 동안이나 집선봉은 나의 산이었다. 북조선의 산들을 걷고 있었을 때도 북만주의 다싱안링[31]과 몽골을 헤매고 있었을 때도 나는 지칠 때마다 집선봉으로 돌아갔다. 이때 오르지 못했던 S_2봉은 말할 것도 없고 채하봉의 저 험준한 북벽도 올랐고, 한겨울에 S_1봉의 안부에서 며칠간을 지낸 일도 있었다. 또 예과에서 독일어 교사를 했던 크리스찬 후퍼[32] 씨가 돌로미티[33] 스타일의 바위 오르기를 보여준 것도 이 집선봉에서였다.

그렇지만 1942년 이후 나는 집선봉을 방문할 기회를 갑자기 잃게 되었다. 처음은 전쟁의 분주함에 쫓겨서 경성을 떠나 등산을 할 시간을 짜낼 수 없었기 때문이다. 그러나 1945년부터 북조선은 매우 먼 존재가 되어버렸다. 집선봉과 헤어져 이십 몇 년의 세월이 어느샌가 흘러갔다.

---

31 大興安嶺 : 중국 둥베이(東北) 지구와 내몽골(內蒙古)자치구의 경계에 있는 큰 산맥.

32 당시 경성 주재 독일 영사관의 직원으로서 예과의 독일어 강사였으나 강의실에서의 친나치 발언으로 학생들과 논쟁도 있었다고 한다.

33 Dolomiti [이탈리아] : 이탈리아 북동부에 있는 산지로서 동알프스 산맥의 일부이며, 석회암과 백운암으로 이루어진 3,000미터가 넘는 18개의 암봉과 41개의 빙하 등이 드넓은 초원 및 맑은 계곡과 함께 어우러져 '알프스의 숨겨진 보석'으로 알려져 있다. 특히 나란히 선 Tre Cime di Lavardo(라바르도의 세 봉우리)라는 암봉들은 전세계 암벽등반가들의 성지로 불린다.

북조선의 산들

관모연산 운령(2,340m)에 서다

'스키산악회'와 '산악부'

내가 경성제국대학 예과에 입학했을 때, 식물유전학의 고 다케나카 요 박사는 예과에서 가장 젊은 교수 중 한 사람이었다. 그때까지도 조선산악회에서 때때로 얼굴을 대하긴 했지만, 1933년에 내가 입학하자 예과에 '스키산악회'를 만들자고 선생께서 말을 꺼냈다. 경성제국대학은 개교한 지 10년 정도 지나고 있었지만, 아직 등산과 스키를 위한 단체가 학우회 중에는 없었다. 다케나카 선생은 학우회 속의 정식 부部로 만들려고 하면 반대가 나오니까, 전혀 학우회에 속하지 않는 동호회적 존재로 하려는 의향이었다. 나중에 알게 된 일이지만, 학우회 속에 부를 늘리는 것은 제한된 학우회 예산이 분산되므로 기존의 부들이 새로운 부를 만드는 것을 좋아하지 않았던 것이다. 한편 다케나카 선생은 스키산악회를 언제나 자신의 주위에 두고 싶어 했으므로 오히려 동호회 쪽이 꼭 맞는 것으로 생각했음에 틀림없다.

어쨌든 간에 경성공립중학교에서 함께 산행했던 친구들이 모두 각각 다른 학교에 진학하여 그들과 산에 오르는 일이 불가능하게 된 나로서는 입학한 학교에 '스키산악회'가 생기는 것은 기쁜 일이었다. 그러나 우선 처음으로 맞은 어려움은 회원이 될 친구를 찾아낼 수 없는 것이다. 나는 토요일과 일요일에 경성 근교의 산을 오를 때에도, 또 교정에서도 "이 친구야……"라고 생각되는 남학생을 물색했다. 그러나 좀처럼 적당한 남학생이 발견되지 않았다. 다케나카 선생이 강단에서 학생들에게 말을 걸고 거기에 응한 남학생을, 나는 경성 근교의 산에 데리고 갔다. 이리저리 시도하고 있는 동안에 나보다 1년 위의 이과반 학년에서 자못 지성파로 보이는 학생이 나타났다. 그즈음의 경성제국대학은 법문학부와 의학부 두 개 학부로 구성되어 있었다. 이에 대응하여 예과는 문1법경학과에 진학하는 자과 문2문학과로 가는 자 각각 20명이고 이과는 40명으로 1학년 합계 80명이라는 단출한 규모였다. 이럭저럭하는 사이에 나와 같은 학년의 이과로부터는 역시나 활동적인 한 무리가 나타났지만, 어찌된 일인지 문과에서는 나를 제외하고 적극적인 멤버가 나타나지 않는다. 스키산악회의 회의에서 나는 문과생으로서 고립되어 있게 되었지만, 어느샌가 일반 문과생보다는 스키산악회 이과생과 깊이 사귀게 되었다.

그러나 등산이라는 점에서는 스키산악회의 동료들에게 100퍼센트 만족할 수는 없었다. 많은 '스키산악회'의 회원들은 취미로 등산을 즐기려 하는, 소위 양식 있는 학생이 대부분이었다. 그즈음의 나에게는 산은 모든 것이었고 학업 및 기타의 것은 부차적인 존재에 지나지 않았다. 또 많은 회원들은 다케나카 선생의 영향도 있어서 여름과 봄의 고원과 산들을 산책하는 것에 흥미를 갖고 있었지만, 나는 난코스의 등산과 적설기 등반에 모든 것을 걸고 있었다. 돌이켜보면 그즈음의 자신의 미숙함에 낯간지러움을 느낄 수밖에 없고, 그때 일이 화제가 될 때는 그 시건방짐을 듣고 있기가 불편한 생각이 든 적도 있었다. 그러나 지금에 와서는 가장 사랑스런 과거의 한순간으로까지 여겨진다.

이야기가 나온 김에 시간이 조금 뒤로 돌아가지만, 경성제국대학의 산악부 설립에 대해서 한마디 해두자. 예과 쪽은 학우회와 관계없는 스키산악회로 출발하여 1945년 패전에 의해 경성제국대학이 폐교될 때까지 그 상태가 변하지 않았다. 그러나 학부 쪽은 그렇게 되어서는 안 되는 일이었다. 학부 학생으로서 지방을 여행한다든지 국경지대의 산에 오르기 위해서는, 학교의 증명서와 공문에 의한 의뢰서가 필요했다. 공인받지 못한 단체에는 공문서를 발급해 줄 수 없고, 그렇다고 해서 학교가 학생의 행동을 전혀 모른다고만 해버릴 수도 없다. 1935년에 학부에 진학했을 때 나는 산악부를 만들려고 스스로 결심하고 학생과에 상담하러 갔다. 학생과로서는 관리의 필요성에서 보더라도 정식의 부로 하는 게 좋겠지만, 기존 부의 리더회학우회의 이사회가 좀처럼 승인해주지 않을 것 같으니 사전에 잘 협의하는 편이 좋겠다는 의견이었다.

나는 각부를 돌면서 산악부가 필요한 이유를 설명하고 다녔다. 많은 사람들은 그것을 이해해 주었지만, 학우회의 예산 이야기가 되면 십중팔구 좋은 얼굴을 하지 않았다. 즉 학우회의 공인된 부로는 받아들이지만 상당 기간 동안 예산은 배분하지 않겠다는 것이다. 결국 그해에 경성제국대학에 산악부를 설치하는 것은 인정받았지만, 예산이 부수되게 된 것은 나의 끈질김이 부족했던 탓도 있어서 몇 년이 지난 뒤였다. 기존 조직 속에 새로운 조직을 만드는 일의 어려움을 나는 이때 싫증이 나도록 맛보았다. 그러나 그 뒤에

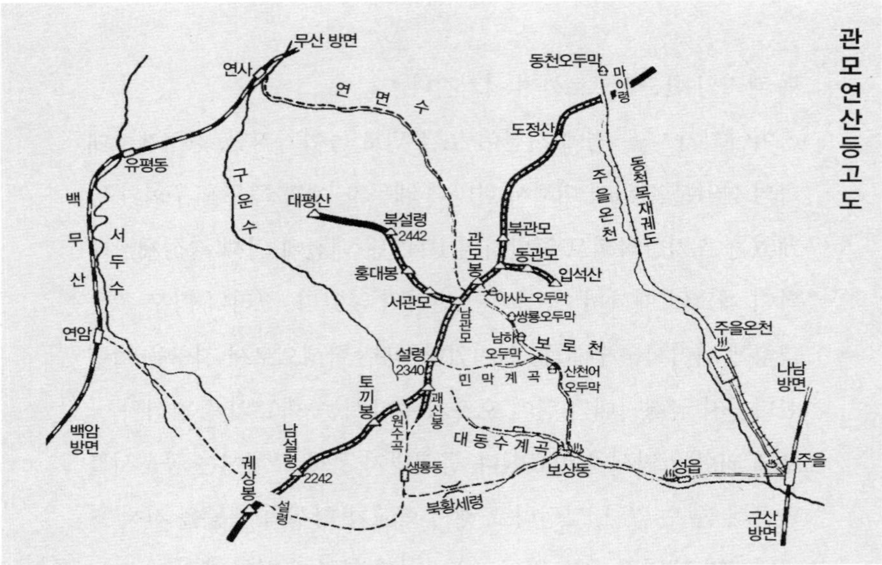

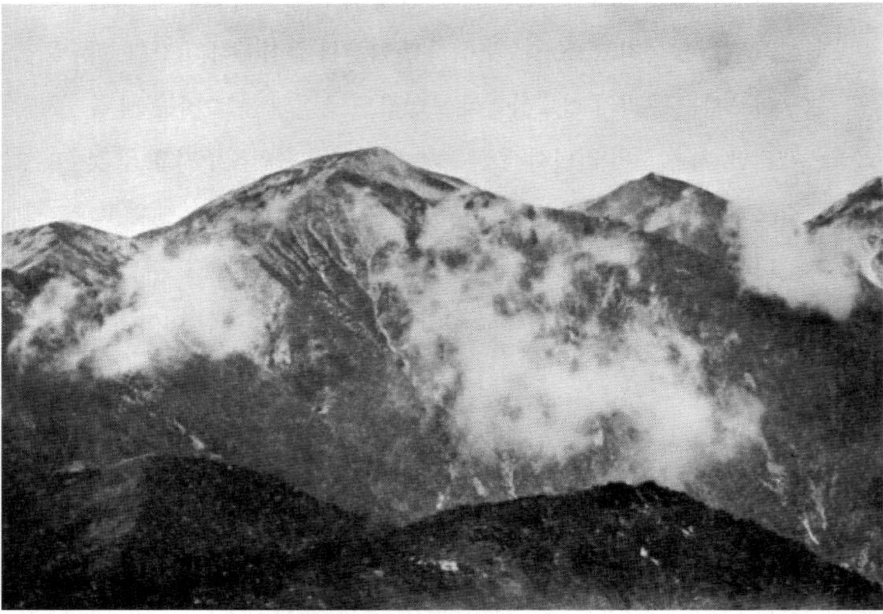

(상) 이야마 다쓰오, 『조선의 산』(조선산악회, 1941)에서
(하) 여름의 관모봉. 남하단 근처에서

도 새로운 조직을 만들고 기존 조직에 잘 융합되도록 하기 위해서는 끊임없는 노력을 일생동안 계속하게 될 것이라는 사실을 그때는 꿈에도 생각하지 않았다.

관모연산冠帽連山

경성제국대학 예과의 스키산악회와 경성제국대학 학우회 산악부의 발족에 의해 대학으로서의 산행 활동은 경성 근교와 금강산으로부터 북조선으로 옮겨갔다. 북조선에는 백두산군, 관모연산 및 부전고원赴戰高原이라는 세 개의 산 덩어리山塊가 거의 북에서 남으로 늘어서 있다. 이들 중에서 백두산은 그 정상이 당시의 만주국과 겹쳐있고 국경지대였던 관계상 치안이 좋지 않았기 때문에 민간인만으로 이 지역에 들어가는 것은 불가능했다. 1년에 한 번 국경경비대가 백두산으로 행군할 때 그 속에 민간인도 참가시켜 올라갈 수 있었다.

백두산은 기슭의 산자락이 매우 긴 화산으로서 오르는 것은 그다지 어렵지 않아 정상 바로 아래까지 말을 타고 오를 수가 있었다. 1923년 스키산악회가 생겼을 때 우리는 최초의 산행으로 이런 백두산을 선택하지 않고 자유롭게 오를 수 있는 관모연산을 우선 골랐다. 관모연산은 동북조선의 개마고원이 동해로 빠져드는 그 동쪽 끝에 솟아있는 소백 및 장백산맥의 북부를 차지하고 있다. 북은 도정산渡正山에서부터, 남은 설령雪嶺에 이르는 약 80킬로미터 지대에는 해발 1,000미터를 넘는 몇 개 봉우리가 있는데, 주봉인 관모봉은 2,541미터로 조선에서 백두산을 제외하고는 가장 높은 산이다.

다케나카 선생을 리더로 하고 철도국의 이야마 다쓰오 씨도 참가하여 스키산악회 최초의 등반이 이루어졌다. 주을朱乙역에서 하차하여 읍내까지는 버스로 가고 여기부터 인부를 써서 보상동甫上洞에 도착한다. 온천이 많은 지대이다. 그즈음의 보상동에는 몇 채의 민가와 노천 온천이 있었다. 우리는 보상동의 여관을 겸한 민가에 1박하고 처음으로 보로천甫老川에서 잡은 산천어로 입맛을 다셨다.

관모봉에 직접 오르기 위해서는 보상동에서 보로천을 곧바로 거슬러 오르는 루트를 택한다. 나는 보상동에서 북극권을 둘러싸고 있는 침엽수림인 타이가에 처음으로 발을 들여놓았다. 시베리아를 중심으로 스칸디나비아 반도와 알래스카 및 캐나다까지 통하는 북방의 대삼림지대에 대한 실감은, 남부 및 중부 조선의 검붉은 민둥산에 자라고 있는 왜소한 수목과는 아주 다른, 야생적인 것이었다. 타이가의 아름다움은 나중에도 몇 번이나 맛볼 수가 있었지만, 처음으로 보상동에서 받은 인상은 지금도 사라지지 않고 남아있다.

보로천에는 길다운 길은 없고 다람쥐와 담비를 잡는 수렵꾼과 산천어잡이 어민들의 발자국이 불규칙하게 찍혀 있을 뿐이었다.

좁은 골짜기에는 다람쥐잡이 덫을 놓은 통나무가 걸쳐져 있어 습지를 오르는 것은 쉽지가 않다. 민막골民幕谷에 다다라서 왼쪽을 내다보면 병풍처럼 설령의 경사면이 바짝 다가서 있지만 정상 부근은 보이지 않는다. 우리는 남하서南河瑞의 오두막에서 1박하고, 여기에서 관모 주봉으로부터 동남으로 내달리는 산등성이에 올라붙는다. 산등성이는 이쪽 편까지는 아직 타이가에 덮여있다. 이틀째의 정오를 지나면서 산등성이에서 떨어져있는 무인의 아사노 오두막을 발견한다. 벽은 나무껍질이지만 바닥은 온돌이어서 불을 피우니 제법 따뜻해진다.

보상동을 떠나 3일째 아침, 오두막을 나서서 산등성이를 따라 오르자 마침내 삼림 한계 밖으로 나왔다. 관모연산이 일망무제로 펼쳐진다. 금강산과 경성 근교의 산들에 비하면 도무지 상대로 삼을 수 없을 정도로 웅대한 조망이다. 정상에 서서 북쪽으로 도정산까지 이어지는 산등성이와, 남쪽은 궤상봉櫃床峰으로 뻗는 황량한 산굽이들을 멍하니 바라본다. 그러자 주봉의 남쪽에서 서쪽으로 뻗는 홍대봉虹臺峰과 북설령을 잇는 거대한 산등성이 줄기도 저절로 시야에 들어왔다. 거기는 산등성이에서 계곡으로 떨어져 내리는 경사면 전부가 사발의 안쪽처럼 옴팍한데 그럼에도 바닥은 평평한 것을 알 수 있다. 다케나카 선생도 물론 그것을 알아채고 다음과 같이 말했다.

"저 사발 같은 지형은 카르 지형[1]과 닮았네. 위도가 북쪽에 가까우니까 이 정도 해발 높이라면 북조선에는 카르가 있어도 될 터이지……. 나는 전문가는 아니지만…….”

관모연산의 카르 모양 지형은 그 후 큰 이슈가 되었고 도쿄대학 이학부의 다다 후미오[2] 교수와 내가 가을의 끝 무렵에 관모봉을 반대쪽에서 오른 것은 그로부터 5년 뒤의 일이다.

우리는 그해 여름 주봉을 중심으로 몇 개의 정상에 올랐는데, 하나하나의 봉우리 등반은 그다지 어려운 것은 아니었다. 그리고는 산등성이를 따라 남쪽으로 내려왔다. 설령에서 내려다본 민막골의 인상은 무시무시했다. 작은 폭포가 무수히 연속되며 급한 경사를 이루고 있다. 게다가 남하서의 왼 갈래로부터 일거에 해발 1,500미터까지 우뚝 솟아있어서 겨울철에 오르면 빙상 기술을 단련하는데 최적의 벽이 틀림없다고 생각했다.

설령에서 궤산봉机山峰으로 나와서 원수곡源水谷으로 내려오고 보상동에 돌아오기까지 2주가 걸렸다. 나의 산에 대한 태도는 한 단계 높아진 것으로 생각된다. 또 암벽 등반과 빙상 기술만에 집중하고 있던 관심이 보다 넓게 산들과 산야에까지 확대되었다. 게다가 함께 걸었던 인부들과 친구가 되어 서툰 조선말로 그들의 생활에 대해 여러 가지 이야기를 흥미 깊게 나눌 수 있었다. 특히 북조선의 산들에서 불을 질러 화전 경작에 종사하는 화전민들의 생활을

---

1 Kar [독일] : 빙하의 침식으로 생긴 산간의 U자형 분지. 권곡(圈谷)이라고도 한다.

2 多田文男(1900~1978) : 지리학 및 지형학자. 도쿄제대 지리학과 졸업 후 동 대학 지진연구소 조교수를 거쳐 지리학과 교수를 역임했다. 활단층 연구의 선구자 중 1인으로서 응용지형학 분야에서 하천 지형과 수해 피해에 관한 연구를 주도했으며, 1935~1941년간 조선반도 지형 조사를 한 바 있다.

다카하시 분타로 씨가 말한 '산포수 생활'과 무의식적으로 비교해 보게 되었다. 탐험이라고는 할 수 없어도 소위 탐험에 대한 관심이 이 여행을 통해 싹트기 시작했던 것으로 생각할 수밖에 없다.

겨울의 부전고원赴戰高原

1934년 말경부터 1935년 초에 걸쳐 이마니시 킨지[3] 박사를 대장으로 하는 교토제국대학 산악부의 등반대가 엄동의 백두산 등정에 성공했다. 이 등반은 조선산악사朝鮮山岳史뿐만 아니라 일본의 등산·탐험사에 있어서도 지나칠 수 없는 중요성을 가지고 있다는 점을 강조하고 싶다. 백두산은 앞에서도 말한 것처럼 오르는 것이 어려운 산은 아니지만, 무엇보다도 마지막 민가로부터 정상까지의 거리가 멀다는 점과 겨울철에는 기온이 영하 40도 이하로 내려간다는 점에서 등산 시스템과 장비에 상당한 배려가 필요했다.

이때 처음으로 극지법[4]이 전면적으로 도입됨과 동시에, 천막, 의

---

3 今西錦司(1902~1992) : 생태학자, 문화인류학자, 등산가. 교토제대 농학부 농림생물학과를 졸업하고 동교 인문과학연구소 교수를 역임했다. 생태학자로서 일본알프스 삼림대의 수직분포와 계곡천의 수생곤충 생태연구로 '공서(共棲)' 이론을 수립하고 전후 영장류사회학의 기초를 구축했다. 등산 및 탐험가로서는 다수 고산의 초등정 기록을 갖고 있고, 교토대학 백두산원정대장과 일본산악회 회장을 역임했다.

4 極地法 : 험준한 산에 대하여 사용되는 등산법의 하나로서 포위법이라고도 한다. 처음에 안전한 지점에 베이스캠프를 설치하고, 거기에서 비교적 연락을 취하기 쉬운 거리에 차례차례 전진캠프를 설치한다. 대원은 캠프 간을 오가면서 필요한 물자를 운반한다. 각각의 캠프 대원들의 도움을 받으면서 마지막으로 소수 대원이 정상을

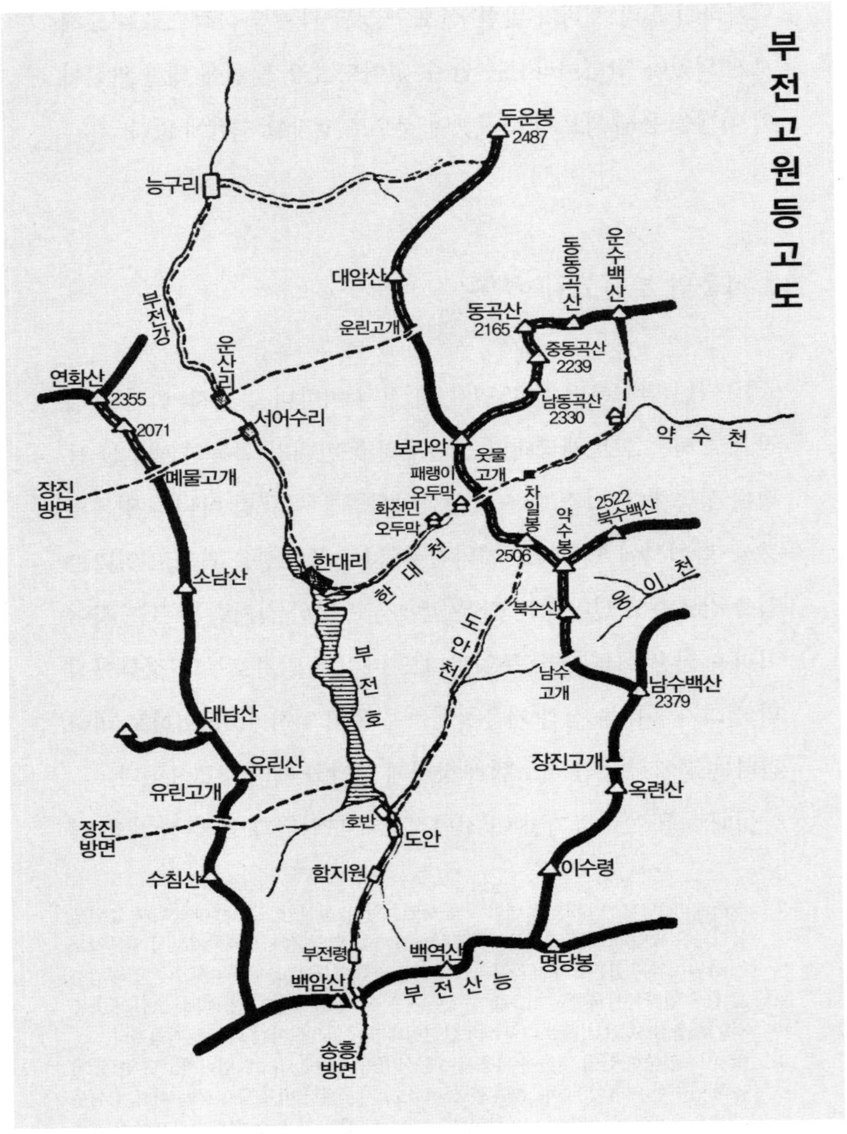

이야마 다쓰오, 『조선의 산』(조선산악회, 1941)에서

복, 신발, 식료품 기타에 걸쳐 새로운 방식이 채용되었다. 일본에서의 현재 등산기술은 이 원정을 경계로 하여 크게 전진했던 것이다. 전후 히말라야와 기타 고산으로의 원정과 남극에서의 탐험도, 그 원점으로 돌아가면 백두산의 경험 위에 축적되었던 것이라고 생각하고 있다.

나는 잘 준비된 그러한 원정 시스템을, 경성의 한구석에서 선망의 눈으로 가만히 지켜보고 있었다. 현지의 인간으로서 겨울철 백두산으로의 등반이 내지 대학의 손으로 이루어지는 것은 정직하게 말해서 유감스럽고도 어쩔 수 없었지만, 발족이 얼마 되지 않은 그즈음의 경성제국대학 예과 스키산악부의 실력으로는 어떻게도 할 수 없었다. 이야마 다쓰오 씨는 조선 현지로부터 유일하게 수송반 담당과 통역을 겸하여 이 원정에 참가했다.

이 대원정을 곁눈질로 바라보면서, 내가 감당할 수 있는 산을 골라서 그곳에 동계 등반을 시도하기로 했다. 동북조선의 해안을 따라 달리는 대단층大斷層이, 동쪽으로는 해발 1,700미터의 낭떠러지를 이루고 서북쪽으로는 대고원으로 전개되어 가는 지역을 부전고원이라 부른다. 그즈음 이미 이 고원을 서북으로 달리는 부전강을 제방으로 막아 인공 호수를 만들고, 그 호수물을 터널을 통해 동쪽으로 유도한 뒤 낭떠러지에서 낙하시킴으로써 막대한 전력을 발전시키는 공사가 끝나가고 있었다. 인공 호수인 부전호를 둘러

향하는 것이 이 등산법이다.

싸고, 그 동서로 솟아있는 해발 2,000미터를 넘는 산들 중에서 가장 높은 것이 2,522미터인 북수백산北水白山이고, 그 다음이 2,506미터의 차일봉遮日峰이다. 여러 가지로 조사해 본즉 차일봉에는, 적설기에도 한대천漢垈川의 가장 안쪽에 있는 화전민의 오두막에서 왕복할 수 있을 것으로 보였다.

그러나 단독 행동은 무리이다. 스키산악회에는 동지를 찾을 수 없어서, 그즈음 경성제국대학 의학부의 해부학 교실에서 기술원으로 있던 고토後藤 씨에게 의논해 보았다. 고토 씨는 기술원을 하면서 의사검정시험을 치려고 노력중인, 대인의 풍모를 띤 진지한 사람인 데다 산을 좋아하기도 했다. 나는 고토 씨의 방에 몇 번이나 찾아간 덕분에 함께 가 주기로 되었다. 그때, 나중에 신세를 지게 된 이마무라 유타카[5] 교수는 "이즈미 집안의 망나니 녀석과 너무 어울리면 안 돼"라고 고토 씨에게 주의를 주셨다고 한다. 어려운 검정시험 준비가 한창인 가운데 산에 빠져들어서는 곤란하다고 생각하셨기 때문일 것이다. 고토 씨는 그 후 시험에 합격하여 의사가 되었지만, 유감스럽게도 일찍 돌아가시고 말았다.

우리는 빈약한 준비를 추스르고 12월 20일 저녁 무렵 부전고원으로 향했다. 아침에 함흥역에 하차하여 거기서부터 신흥 철도의 허름한 기차로 바꾸어 타니, 정오를 지나서 함남 송흥松興역에 도착

5 今村豊(1896~1971) : 해부학자 및 형질인류학자. 교토제국대학 의학부 졸업 후 경성제대 교수가 되어 의학부장을 역임했으며, 다수 인골의 해부학적 연구를 통해 골격인류학을 중심으로 한 형질인류학의 기초를 닦았다.

얼어붙은 부전호(항공사진)

한다. 거기에 부전호에서 흘러내려오는 수력을 받아들이는 제1발전소가 있었다. 발전소에 들어서서 부전호반의 산장에 머물 수 있도록 양해를 구한다. 송흥에서 인클라인[6]을 타고 일거에 1,200미터 정도 오르자 백암산白巖山역에 닿는다. 이 역으로부터 얼어붙은

6 Incline : 경사면에 레일을 깔고 동력으로 배나 화물 따위를 운반하는 장치.

고원의 굽이굽이를 끝 간 데 없이 볼 수 있다. 다시 기차를 갈아타고 북으로 북으로 계속 나아가자 짧은 해가 이미 저물어 간다. 종점인 부전령역에 도착하자 달이 떠올랐다. 무시무시한 추위다. 미리 발전소에 부탁해 두었던 말썰매가 왔다. 썰매 속으로 화물과 몸을 내던지듯 올라타자 말이 뛰쳐나갔다. 희디흰 호수면이다. 모피를 덧댄 바지와 상의 그리고 스키 모자 위에 빈트얏케[7]를 껴입어도 여전히 춥다. 달빛이 창백하게 비치는 속을 말썰매 그림자가 비스듬히 내달린다. 때때로 바닥의 얼음에 금 가는 소리가 밤의 고요함을 찢곤 한다. 밤이 끝없이 계속되고 말썰매 또한 기약없이 달려가는 것은 아닐까라는 착각에 휩싸인다. 이렇게 하여 오후 9시가 지나 부전호의 북측에 있는 부전산장에 도착했다.

아침은 눈부시게 열렸다. 호수의 얼음은 고아한 줄무늬를 그리며 반짝이고 하늘은 끝없이 푸르다. 우리는 오전 중에 거대한 댐을 견학하고 오후부터 인부에게 짐을 지워서 화전민의 오두막으로 향했다. 그 지역은 깊은 침엽수림타이가에 덮여있다. 논농사는 전혀 불가능하고 강바닥에는 바위들이 굴러다닐 정도로 황폐하기 이를 데 없다. 급경사면의 화전에는 마령서[8]와 밤 그리고 피[9]가 재배될 수 있을 뿐이다. 화전을 새롭게 만드는 것은 금지되어 있었기에, 그즈음은 예전부터 화전을 일구고 있었던 주민들을 화전민이라

---

7 Windjacke [독일] : 방풍 재킷, wind jacket.

8 감자(馬鈴薯). 그 모양이 말에 다는 방울과 닮았다고 해서 생긴 이름.

9 찰피(稗). 벼과인 피의 한 종류로서 찰기가 있다.

불렀다. 한대천 유역은 모조리 화전민에 의해 점유되고 있다. 우리가 그 안쪽 끝의 화전민 오두막을 방문하자, 미리 연락해 두었기에 온돌방 하나를 빌려주었다. 그 오두막에서 약간 위로 올라가자 눈으로 빈틈없이 덮인 웃물고개[10]가 눈앞에 보인다. 그때까지 겨울 동안에 웃물고개를 넘은 사람은 없었다고 한다.

다음 날부터 날씨가 궂어지기 시작했다. 스키로 웃물고개까지 오르자 고갯마루는 지독한 눈보라였다. 고개로부터 등성이를 따라 삼림 한계까지 올라 보았지만 바람이 매우 심하여 그 위로는 도저히 나설 수 없었다. 그러나 깊은 눈으로 뒤덮인 삼림지대와 고개로부터 스키로 활강하는 것은 멋진 일이었다. 다음 날도 또 그 다음 날도 눈보라는 계속되었다.

나흘째 되는 날 기온이 내려가 삼한인 날이 닥쳐오자 날씨는 회복된 것처럼 보였다. 우리는 아침 일찍 화전 오두막을 나섰다. 힘들게 깊은 라셀[11]을 해 가면서 오르고 있는 사이에 도중에 햇살을 볼 수 있었다. 정오를 지나 고갯마루에 도착했는데, 거기에는 아직

---

10 원문에는 운수상(雲水峠 : 구름물고개). 이야마 다쓰오의 지도 '부전고원등고도(赴戰高原登高圖)'에도 운수령(雲水嶺 : 구름물고개)으로 표기되어 있으나, 독음으로 ウンムルコーゲ(운무르고-게)가 부기되어 있는 것으로 보아서 현지의 발음이 '웃물(雲水가 아닌 上水)고개'인 것으로 추정되며, 앞의 한자표기들은 고유어의 한자로의 가차(假借) 과정에서의 음사(音寫) 오류로 보임. 특히 일반적으로 문헌상의 표기보다 현지인들로부터 직접 청취한 호칭에 큰 비중을 두는 필드워커(fieldworker)로서의 이즈미의 입장, 또 위의 지도에서나 원문의 설명에서도 雲水峠 또는 雲水嶺이 漢垈川의 상류 수원 즉 웃물(上水)에 위치한 것을 감안하면 위 추정은 확실성을 더하는 것으로 판단됨.

11 Russel : 깊은 눈을 쓸어 헤치며 나아가는 일. 제설차를 발명한 Russel(미국인)에서 유래한 등산용어.

눈이 계속 내리고 있다. 등성이의 삼림지역을 다 오르자 바람은 그다지 없으나 짙은 안개로 시야는 전혀 트이지 않는다. 스키를 신은 채 우리는 거대한 언덕을 계속 올라갔다. 하나의 언덕을 넘으면 또 다음 언덕이 꿈처럼 앞을 막아선다. 그 언덕을 다 오르자 다시 또 보다 큰 언덕이 있다. 관모봉에서는 볼 수 없는 언덕들이 거대한 기복을 이루고 있다. 하여간 위로 위로 올라가자 오후 3시를 지나며 차일봉의 삼각점에 도달했다. 여전히 시야는 트이지 않고 눈에 바람까지 불어왔다.

무시무시한 추위. 내려가기 시작하면서 나는 차츰 방향감각을 잃기 시작했다. 두루뭉술한 산의 기복, 오를 때의 쉬프르[12]는 사라져서 산등성이 줄기로 내려가는지 계곡에 발을 들이고 있는지 전혀 판단할 수 없다. 오만분의 일 지도를 세밀하게 더듬어 온 터이지만 이미 지도위에서 자신의 위치를 판단할 수 없게 되어버렸다. 날이 저물어간다. 바람이 뚝 그쳤다. 간신히 골짜기로 내려온 것 같다. 산등성이 줄기로 되돌아가자 다시 바람이 세차게 불기 시작한다. 이런 식으로 거대한 흰 언덕을 오르고 내리기를 해가면서 산등성이 위의 삼림 한계를 찾아내었을 때 주변은 이미 어둠이 감싸고 있었다.

헤드라이트를 켜고 웃물고개를 내려가기 시작했을 때 아득히 아래쪽에 불빛이 타오르기 시작했다. 우리는 주의깊게 슬라롬[13]을

12 Spur [독일] : 눈 위에 스키를 타고 활강한 자국.
13 Slalom : 스키의 활강 경기.

그리면서 경사면을 내려간다. 불빛은 가까이 감에 따라 커지면서 그 주위에 사람 그림자가 보이기 시작했다. 이윽고 화전 오두막 가족들이 우리가 돌아오기를 걱정하며 피워준 모닥불이란 것을 알았을 때 갑자기 뜨거운 것이 복받쳐 올라왔다.

화전 오두막의 아낙과 딸은 꽁꽁 언 손으로 돌아온 우리를 위해 감자전분으로 만든 뜨거운 국수를 데워 주었다. 그로부터 3일간 우리는 화전 오두막에 머물게 되었다. 그 뒤에도 몇 차례 이 오두막을 방문했는데 가족과 같은 대접을 받은 것이 생각난다. 이 집의 할머니는 처음으로 겨울철 웃물고개를 오른 우리를 '서울의 범'[14]이라 부르며 이웃 사람들에게 자랑하곤 했다……. 그때부터 시커먼 삼림에 둘러싸인 순백의 웃물고개를 지금도 선명하게 떠올린다.

---

14 원문은 '경성의 호랑이(京城の虎)'로 되어 있으나 독음으로 '서울의 범'이 부기되어 있다.

화전민의 집

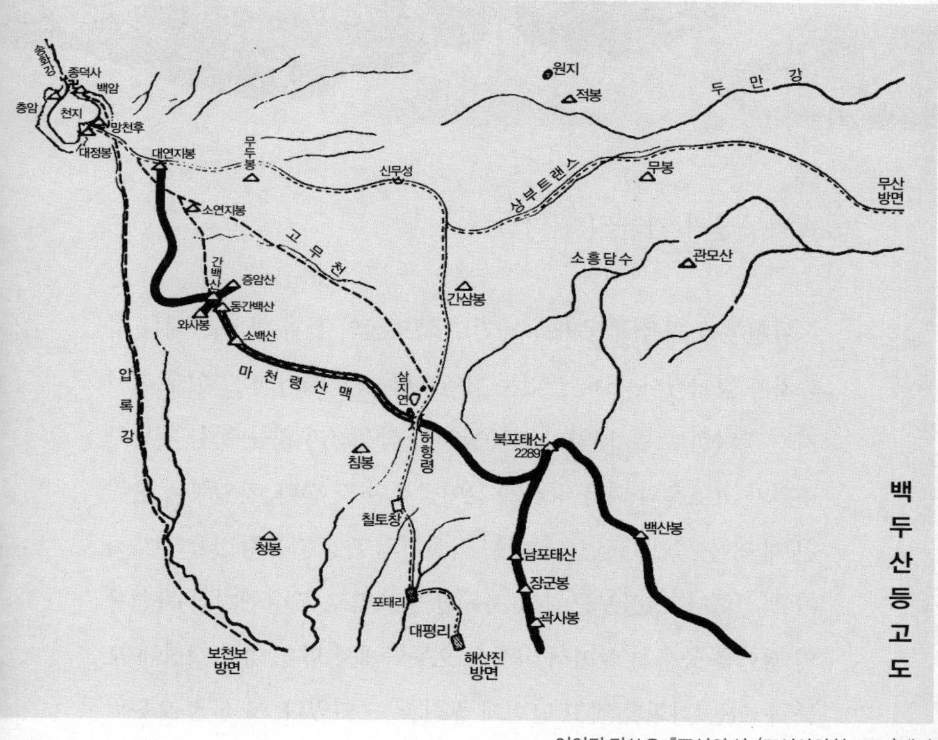

이야마 다쓰오, 『조선의 산』(조선산악회, 1941)에서

백두산과 겨울의 민막골

차일봉의 겨울철 등반을 계기로 북조선의 산과 나의 관계는 차츰차츰 깊어졌다. 특히 끝없는 침엽수림 — 타이가와 그 위로 펼쳐지는 황량한 고원, 태양의 따뜻함조차 작용하지 않는 듯한 지독한 추위가 그즈음의 나를 강하게 끌어당겼던 것 같다. 차일봉에 올랐던 해의 봄, 즉 1934년 3월에는 적설기의 관모봉 초등반을 시도하여 성공했다. 정상부근에서 지독한 눈보라로 고생했지만 차일봉의 경험을 충분히 살려서 아사노 오두막에서 힘을 내어 정상에 오를 수 있는 기회를 잡고 단번에 공격할 수 있었다. 이 산은 오두막에서 눈이 적은 능선으로 곧바로 오를 수 있어서, 바람만 불지 않으면 정상에 도달하는 것은 어렵지 않다는 것을 이때 알게 되었다.

1935년 여름이 가까워지면서 조선질소주식회사로부터 경성제국대학의 산악단체에 부전호반의 토지를 제공할 수도 있다는 제

의가 있었다. 말할 것도 없이 대학에서 휘테[15]를 세우는 것이 조건이다. 산악부와 스키산악회의 담당 교수였던 아베 요시시게,[16] 오다카 토모오[17] 및 다케나카 요竹中要 교수 세 분 — 이미 3인 모두 고인이 되셨다 — 을 모시고 초여름에 현지답사에 나섰다. 부전고원은 고산식물의 꽃들이 만발하였고, 다케나카 교수가 나비처럼 날아다니며 식물을 채집하자 즉석에서 아베교수가 그 이름들을 읊어대는데 용케도 그 절반 이상을 제대로 알고 있는 것이었다.

이 답사 결과 땅을 받아 휘테를 세우게 되었다. 물론 건물을 세

15 Hütte [독일] : 스키나 등산인을 위해 만든 산에 있는 작은 산장.

16 安倍能成(1883~1966) : 교육자 및 관료. 도쿄제국대학 철학과 졸업 후 호세이대학 교수를 거쳐 경성제국대학 교수로서 법문학부장을 맡았다. 종전 후에는 일본국 귀족원 의원으로서 문부대신, 국립박물관장을 역임했다.

17 尾高朝雄(1899~1956) : 법학자, 전공은 법철학. 도쿄제국대학 법학부 졸업 후 경성제국대학 법학부 교수를 거쳐 도쿄제국대학 법학부 교수를 역임했다. 경성제대 재임시 독일 유학하여 한스 켈젠, 에드문드 훗설 등을 사사했으며, 실증법 전공자의 부전공으로서가 아니라 법철학을 전공한 일본 최초의 법철학자로 인정된다.

울 정도의 돈을 대학이 낼 리가 없다. 자금 마련을 해야겠다고 고민하고 있자 오다카 교수가 "내게 맡겨주게"라고 하여 일거에 돈 문제는 처리되어 버렸다. 참으로 좋은 시절이었다.

이 산장의 착공을 기념하여 부전고원의 북수백산과 차일봉에 산악부와 스키산악회 전원이 그해 7월에 집중등산을 하게 되었다. 여덟 골짜기에 흩어진 여덟 등산대가 차일봉과 북수백산의 안부에 일제히 등반을 시작하여, 삼사일간의 등반 뒤에 전체 등반대가 무사히 악수를 할 수 있었다. 누구도 보지 않는 곳에서 벌어진 한바탕 멋진 쇼이다.

집중등산이 끝난 뒤 나는 세 사람의 친구와 웃물고개를 넘어 두만강의 지류로 나가서 걷거나 뗏목에 타거나 하면서 십여 일 후 국경마을인 혜산진惠山鎭에 도착했다. 거기서 일 년에 한번 백두산 등산대가 편성된다. 백두산 일대의 만주와의 국경지대에는 그즈음 조선 독립을 도모하는 빨치산과 강도 집단인 비적들이 뒤섞여 활동하고 있었기 때문에 단독 등산은 불가능했다. 그래서 경비대가 훈련을 위해 백두산을 오를 때 민간인들의 동행을 허락하는 식으로 백두산행이 가능하게 되었다. 그 전해의 교토제국대학의 동계 백두산행에 즈음해서는 경비대가 특별히 그를 위해 동행, 경비 배치에 임했던 것이다.

혜산진에서 포태리胞胎里까지는 트럭 위에서 흔들리며 가고, 거기부터는 도보로 끝없는 삼림 속을 간다. 매일같이 비가 내려서 타이가 숲속은 어쩐지 쓸쓸했다. 잠시 들른 무인 오두막 벽에 "김일성은 일주일 후에 온다"라고 조선어로 써진 것을 보고 놀랐던 것이 생각난다. 그즈음 이미 '김일성'은 국경의 빨치산 지휘자로 일본 정부의 눈엣가시였다. 말할 것도 없이 조선인민공화국 주석인 오늘날의 김일성과 당시 백두산 둘레에서 게릴라전을 전개했던 '김일성'이 동일한 사람인지 어떤지에 대해서는 많은 의문이 남아있다.

나의 북조선 산행에서 마지막 추억이 된 것은 1936~1937년 겨울철에 했던 관모연산의 민막골 등반이었다. 그 전 해에 지금부터 이야기하게 될 제주도에서의 비참한 조난 사건을 일으킨 책임을 지고 나는 산악부 리더를 그만두었다. 그러나 산악부의 기술과 장비는 그 제주도에서의 경험을 통해 비약적으로 발전했다. 우리는 자신을 가지고 빙폭이 연이은 민막골에 텐트를 쳐가며 설령을 거쳐 관모봉에 등정할 계획을 세울 수 있었다.

이해 와세다대학의 산악부가 세키네 요시로[18] 씨를 단장으로 한 원정대를 관모봉에 보내게 되었다. 와세다등반대는 훨씬 남쪽의 궤상봉에서 산등성이를 따라 텐트를 쳐가며 관모의 주봉에 등정할 예정이었다. 우리는 와세다등반대와 의논한 뒤 1월 3일까지는 서로 간에 등정을 삼가기로 약속했다. 민막골은 발을 들여놓고 보니 예상보다 멋진 골짜기로 푸른 빙벽이 끝없이 위로 위로 이어져 있다. 게다가 얼음은 딱딱하여 어딘지 모르게 히말라야를 연상시

18 關根吉郎(1915~1994) : 화학자, 등산가, 탐험가. 와세다대학 응용화학과 졸업 후 화학과 교수를 역임했다. 산악부 감독, 탐험부 초대 부장을 맡았고, 남미의 아콩카과, 아프리카의 킬리만자로 등정 후 아프리카를 횡단했다.

키는 점이 있었다.

중학교시절부터 리더만을 해 왔던 나는 이때 비로소 일개 대원으로 등산대에 참가할 수 있었다. 책임자가 아닌 자유를 듬뿍 맛보며 빙벽에 과감히 도전했다. 스텝을 파서 고정 자일을 설치하여 텐트를 전진시키는…… 처음부터 끝까지 최선두에 섰던 것이다. 어려운 등반은 그 시절의 나에게는 오히려 즐거움이었다. 아마도 다음해에는 군대에 가야만 하는…… 운명을 생각하고 있었기 때문이었을 것이다. 자신도 모르게 청춘의 생명을 한순간에 폭발시키려 했던 것일지도 모른다. 다행히도 어떤 사고도 없이 민막골 등반에 성공하여 약속대로 1월 3일에 관모 주봉 정상에 섰다. 와세다 등반대는 깊은 눈에 고생하면서 일주일 정도 등정이 늦어졌기 때문에 산에서 두 등반대는 만날 수는 없었다. 세키네 요시로 씨와는 그 뒤 16년이 지난 1953년에 브라질의 상파울루에서 만났다. 아르헨티나 쪽에서 아콩카과봉 등정에 성공하고 일본에 돌아가는 길에 상파울루에 들러서 코치아[19]농업협동조합에서 강연을 하셨다. 때마침 아마존에서 돌아온 나는 이 강연회에 참석했다. 오랜만에 세키네 씨를 만나고 싶었기 때문이다.

---

19 Cotia [브라질] : 브라질 상파울루주의 대상파울루 도시권에 소속된 도시로서, 20세기에 일본 이민자가 본격적인 감자 재배를 개시하여 감자 주산지로 알려졌으며, 1927년 12월 11일 일본계 브라질인에 의해 브라질에서 최초의 농업생산자협동조합이 창립되었다.

제주도와 남조선의 산들

산촌 사람

지리산과 남조선의 산들

1935년 3월, 나는 경성제국대학 예과에서 법문학부로 진학하여 국어·국문학과[1]로 입학했다. 산 오르기 이외에 아무것도 생각하지 않았던 그즈음의 나로서는 공부 같은 것은 어찌되어도 좋았다. 그래서 지금 아무리 생각해 보아도 그때 왜 국문학을 전공할 생각을 하게 되었는지 잘 알 수 없다. 당시의 경성제국대학 국어·국문학과의 교수진은 다카기 이치노스케,[2] 도키에다 모토키,[3] 아소 이소지[4] 세 교수였는데, 지금 생각해보면 나에게는 아주 과분한 학자들뿐이었다. 그렇지만 나는 부끄럽게도 공부는 조금도 하지 않고 산에 오를까 조선의 들판을 걸을까를 생각하며 캠퍼스의 잔디밭에서 뒹굴면서 매일을 보냈다.

그해 여름의 대부분을 부전고원에서 보냈던 나는 여름의 끝자락이 되면서 남조선의 산을 걸어보기로 했다. 그때까지 남조선의 산에 오른 사람은 경성의 일본인 중에는 드물었다. 다들 처음부터 산으로서의 매력이 없다고 치부해 버렸기 때문이다. 그렇지만 이야마 다쓰오 씨가 철도국 방침으로 남조선에도 등산지를 개발할

---

1 일어·일문학과를 의미함.

2 高木市之助(1888~1974) : 일본문학자. 도쿄제국대학 국문학과를 졸업하고 경성제국대학 교수를 거쳐 규슈제국대학 문학부 교수, 종전 후 니혼대학 교수를 역임했다.

3 時枝誠記(1900~1967) : 일본어학자. 도쿄제국대학 국어학과를 졸업하고 경성제국대학 국문학과 교수를 거쳐 도쿄대학 국어학과 교수를 역임했다.

4 麻生磯次(1896~1979) : 일본문학자. 도쿄제국대학 국문학과를 졸업하고 경성제국대학 국문학과 교수를 거쳐 도쿄대학 교수로서 문학부장을 역임했다.

필요가 있다고 하여 나를 파트너로 이끌었던 것으로 기억하고 있다.

처음에는 호남의 지리산에 올랐다. 이 산은 금강산과 마찬가지로 불교의 산이었다. 산과 산, 계곡들마다에 사원과 작은 암자가 흩어져 있고, 그것들이 자연 속에 완전히 녹아들어 있는 것이 특징이다. 지리산 산괴 중 최고인 천왕봉은 해발 1,915미터의 높이로, 풍경상으로는 상당히 멋진 산이다. 그러나 등산이란 점에서 보면 깊은 활엽수림으로 덮여 있어 금강산과 같은 바위타기의 재미, 북조선의 산들과 같은 험준함은 부족하다. 일주일 정도 이 산을 걷고 나서 우리는 대망의 제주도로 향했다.

그즈음 제주도로 가려면 목포에서 배를 타고서 하룻밤이 걸렸다. 새벽녘 밤이 채 밝기 전에 갑판에 나가면, 배가 가는 저 앞쪽에 한라산1,950미터을 중심으로 길고 완만한 산자락을 펼친 섬의 모습이 바다 위에 떠있다. 주변이 밝아져 옴에 따라 넓은 산자락의 여기저기에 작은 화산들이 쭉 늘어선 모습들이 마치 달 표면과 같다. 뭐라고 꼬집어 말할 수 없는 이상한 지형인 느낌이다. 돌담으로 에워싸고 지붕에 새끼줄을 둘러친 집들, 넓은 목초지, 해변의 마을들에는 현무암으로 쌓아올린 작은 방파제가 있었다.

아무튼 제주도에 대한 첫 번째 인상은 강렬했다. 북조선의 산들과 금강산, 경성과 도쿄밖에 알지 못했던 나에게 제주도는 아주 이질적인 세계였다. 섬의 북측인 제주읍에 도착한 다음날, 우리는 자동차로 관음사까지 오르고 거기에서 삼림 속으로 들어가 개미등 분지에 발을 디뎠다. 측화산[5]의 하나인 삼의양三義讓 오름[6]의 둥글고 아름다운 산 모습에 감동받은 것은 이 때이다.

제주도는 하나의 화산섬으로서 한라산을 중심으로 부채꼴을 하고 있으며, 면적은 대략 1,792제곱킬로미터로 일본의 카가와香川현과 비슷하다. 전체 섬이 현무암으로 덮여있어 강들 중에서 물이 흐르고 있는 곳은 한라산 정상에 가까운 아주 상류와 해안 근처로 한정되어 있다. 즉 그외 지역은 무수지대로서 대부분의 물은 지하의 복류수伏流水가 되어버린다.

한라산의 등산로는 북측의 제주읍으로부터 정상을 거쳐 남쪽 서귀포로 향하는 길이 예전부터 개발되어 있었다. 한라산 정상의 바로 아래로부터 북측으로 길게 펼쳐진 분지가 개미등이라고 불리는 곳이다. 주위가 활엽수림으로 뒤덮여 있는데 이 분지에는 키 낮은 조릿대가 자라고 있을 뿐이다. 북쪽으로부터 한라산으로 가는 길은 지금도 다음과 같은 경로를 따르고 있다. 관음사로부터 개미등에 오르고 이 분지를 세로로 질러가서 동쪽의 탐라계곡[7]으로 한번 내려간 뒤, 그 왼쪽 갈림길을 꼭대기까지 올라서 분화구로부

---

5 제주도에서 산 같은 언덕을 오름이라고 부르는데, 큰 화산의 주 분화구 등성이에 생기는 작은 화산을 뜻하며, 주 분화구가 분출을 끝낸 뒤 화산 기저에 있는 마그마가 약한 지반을 뚫고 나와 주변으로 분출되어 생성된 것이며 기생화산이라고도 한다. 이 오름을 한자로 표기한 것이 측화산(側火山)이다.

6 산꼭대기에 샘이 솟아나와 '세미오름'이라 부르며 한자음을 빌어 삼의양악(三義讓岳), 삼의악(三義岳)이라고도 한다. 여기서 '세미'는 '샘'을 가리키는 제주방언이다.

7 이즈미는 '大石澤(큰바위계곡)'으로 쓰고 있으나, 당시의 현지 지명이 아닌 일본식 한자 표기로 추정되므로 현재 지명인 '탐라계곡'으로 표기하였다.

터 북으로 달리는 왕관 능선에 올라선다. 주목나무가 자라있는 능선을 따라가서 분화구 북쪽으로 나서면 거기에서 정상까지는 분화구 벽의 능선을 따라가는 얼마 안 되는 거리이다. 한라산 정상에는 화구호火口湖인 백록담이 있어, 여름에는 방목하는 마소들이 물을 마시고 있다. 이 호수는 백두산 천지처럼 깊지는 않고 흐르지 않는 물이 고여 있는 정도에 지나지 않는다.

우리는 한라산 정상을 거쳐 남으로 내려왔다. 남쪽 사면에는 표고버섯 재배자들의 오두막이 곳곳에 있어서, 우리는 그 오두막 한 곳에 머물게 되었다. 생표고버섯을 안주로 제주도 소주를 대접받았는데 술을 잘 마시지 않는 나에게 소주는 폭탄 같은 작용을 하여 완전히 취해 뻗어버리고 말았다. 처음으로 겪은 취한 경험 탓이었을까 그 때의 꼬락서니를 지금도 기억하고 있다. 표고버섯 오두막을 지나자 남쪽 사면에는 넓은 목장이 펼쳐진다. 우리는 바다가 보이는 목장 풍경을 즐기면서 남쪽 항구인 서귀포 읍내로 나갔다.

그곳에서 버스로 섬을 일주하며 제주도 주민의 생활과 옛스런 마을들을 걸어보았는데, 그즈음 나를 즐겁게 했던 것은 겨울철 한라산의 모습이었다. 사람들의 말에 의하면 한라산은, 북쪽으로 개미등보다 위쪽으로는 눈이 깊게 쌓여서, 12월 중순 이후 다음해 4월 말까지는 정상에 오른 사람이 없다는 것이었다. 그것은 식물들의 모습을 보아도 충분히 추측할 수 있었는데, 그럼에도 고지대에 살고 있는 산촌사람들은 태왈[8]과 가죽옷을 갖고 있어서 겨울철에도 적설을 이용한 몰이사냥을 왕성하게 하고 있는 것이었다.

겨울철 제주도! 완전한 미지의 세계가 나의 눈앞에 갑자기 나타났다. 어떤 식으로든 올라가 보고 싶다는 의욕이 강하게 용솟음쳐서, 기후 상황과 기타 필요한 자료를 가능한 모아서 경성으로 돌아왔다. 그리고 산악부 회의에 자문을 구했다. 백두산, 관모봉, 차일봉, 금강산 등 유명한 봉우리들의 적설기 등반은 이미 끝나 있었다. 그런 중에 한라산이 안개 속으로부터 그 모습을 드러낸 셈이어서, 부원들은 들뜬 마음으로 겨울철 한라산 등반을 위해 산악부의 체제를 확실하게 다잡았다.

적설기의 제주도

1935년 12월부터 다음해 1월에 걸쳐 경성제국대학 산악부는 적설기의 제주도 한라산 등반을 시도하게 되었다. 등반대 대장은 나였고, 조선철도국의 이야마 다쓰오 씨가 지도원으로 참가해 주었다. 기타 대원은 전부 경성제국대학의 학부 또는 예과 학생이다. 북조선에서의 동계등반을 시작할 때는 아직 나를 제외하면 경성제대 학생이 제일선에는 참가하지 않았다. 그러나 이 2, 3년 동안에 산악부와 스키산악회는 눈부시게 커졌기 때문에, 9명의 한라

8 깊은 눈 위를 걸을 때 빠지지 않도록 덧신는 도구를 이르는 제주어로서 강원지역의 설피와 같다. 여기서도 원문에는 '輪樏'라는 일본어로 표기되어 있으나 현지의 명칭을 따랐다.

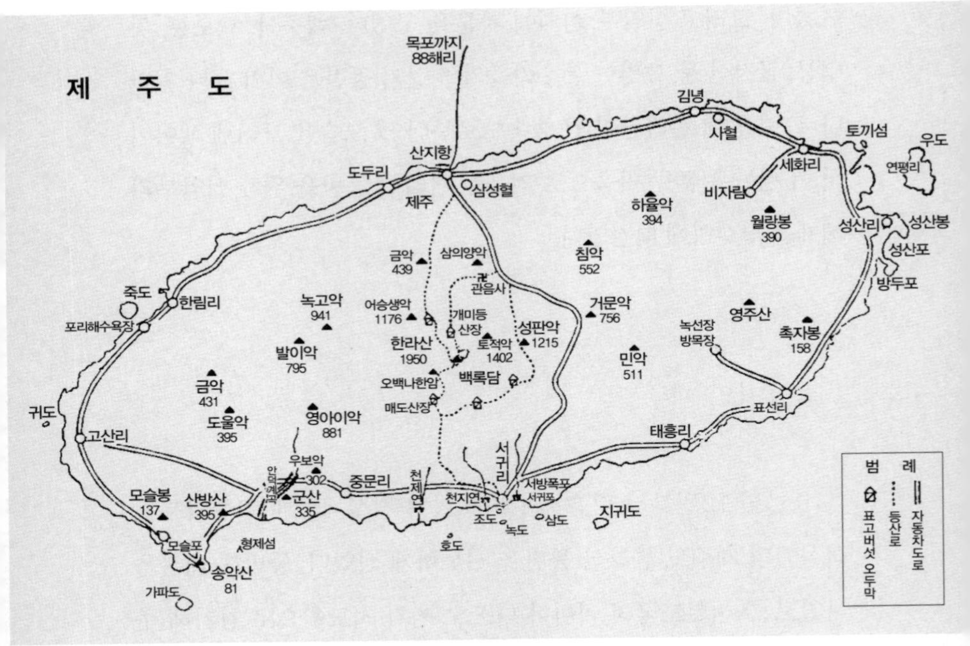

『호남지방』(구 조선총독부철도국, 1941년판)

* 서귀포 오른편의 서방폭포는 정방폭포의 오기
  (正의 일본어 음독이 西과 같은 '세이' 임).
* 천지연 아래의 조도는 띠풀(제주어로 '새')이 많아 '새섬'으로 호칭된 것을 조류의 鳥로 착오한 것.
* 좌측 한림리 아래의 포리해수욕장은 현재의 옹포리해수욕장, 그 아래 귀도는 차귀도로 판단됨.

현지어를 일본어로 표기하는 과정에서의 착오로 보인다.

산 등반대는 순식간에 채워져서 그중 몇 사람은 오히려 사양할 수밖에 없게 되었다. 그래서 제주도에 가는 사람 외의 다른 사람들은 금강산에서 스키 합숙을 시행하게 되었던 것이다.

제주도에 대해서는 내가 얻어들은 것도 있고 기상대의 자료도 있어, 이제까지 경험한 북조선의 겨울산과는 기후 조건이 아주 다르다는 것을 충분히 알 수 있었다. 그중에서 특히 문제가 되는 것이 있었다. 그것은 북조선의 겨울은 앞에서 말한 소위 삼한사온 현상이 규칙적으로 나타나서 삼한인 날은 기온이 내려가지만 틀림없이 쾌청하고 바람도 그다지 심하지 않은 반면, 제주도에서는 삼한에 해당하는 날들에 바다를 건너 불어 닥치는 북북서의 계절풍이 육지와는 달리 대설을 불러온다는 점이 동해 쪽 일본과 마찬가지라는 것이다. 그래서 겨울철 제주도의 기후는 매우 불안정하여 바람과 눈에 고생할 것은 충분히 각오하고 있었고, 그것에 대한 가능한 한의 준비도 했던 셈이었다.

이와 같은 우리의 준비에 대하여 제주도의 영림서[9]도 협력해 주었다. 개미등을 끝까지 올라 탐라계곡으로 내려가는 곳에 산장을 만들어 주었고 그것을 '개미등산장'이라고 이름 붙였던 것이다. 이 산장이 생긴 것은, 내 기억이 정확하다면 11월 말이고 마지막으로 산장의 상황을 끝까지 지켜본 뒤 영림서 직원들이 하산한 것이 12월 초였다.

9 營林署 : 현재의 산림청.

12월 하순, 제주에 도착한 우리 일행은 영림서 사람들로부터 그 당시의 상황을 들었다. 12월 초순 이미 탐라계곡은 눈으로 덮여 있었지만, 아직 개미등 분지에는 눈이 그다지 깊지 않아서 도보로 아주 쉽게 하산할 수 있었다는 이야기였다. 그렇지만 악천후의 구름 틈새로 불쑥 생각이라도 난 듯이 드러나는 개미등 능선을, 제주읍에서 올려다보니 온통 새하얗기만 했다. 아마도 직원들이 내려온 뒤 눈이 많이 내렸음에 틀림없다고 나는 생각했다.

우리가 겨울철 한라산에 오를 계획을 세우고 있었을 때, 나니와浪速고등학교 산악부로부터 연락이 있었다. 이마니시 토시오[10] 씨 외 2명의 부원이 우리와 마찬가지로 겨울 한라산에 오르려고 하니 양자 간에 협력관계를 정해두고 싶다는 취지였다. 말할 것도 없이 그때까지 그다지 알려지지 않았던 조선의 산들을 일본 측 사람들에게 보다 많이 알릴 수 있는 찬스이면서, 일본 측 학교 산악부 사람들과 접촉할 기회가 없었던 경성제대 사람들에게는 새로운 친구가 생기는 것이기도 하여 우리는 크게 환영했다. 그래서 다음 두 가지 점에서 약속이 이루어졌다. 나니와고등학교는 남측인 서귀포로부터 표고버섯산장을 거쳐 한라산 정상에 이르는 루트를 취한다. 경성제대측은 북측인 제주로부터 관음사를 거쳐 개미등-탐라계곡을 경유하여 등정한다. 그리고 두 등산대 모두 1936년 새해

10 今西壽雄(1914~1995) : 일본의 등산가이며 전 일본산악회장. 나니와고등학교를 거쳐 교토제국대학 농학부를 졸업했다. 고교 시절부터 산악부를 이끌었고, 1956년 세르파 갈젠 노르부와 함께 마나슬루봉을 세계 최초로 등정하였다.

첫날까지는 한라산 정상에 오르지 않는다…….

우리는 이 약속에 따라 우선 관음사까지 짐들을 올려두었다. 그리고 관음사로부터 탐라계곡의 산장까지의 루트를 정찰해 보니, 밑에서 올려본 개미등 능선은 온통 흰색이었지만 바람이 센 탓이었을까 눈은 그다지 깊지 않아 걸어서 통과할 수가 있었다. 그리고 능선의 꼭대기로부터 탐라계곡으로 내려가는 곳은 깊은 적설로 덮여 있어, 스키를 사용하면 문제없이 통과할 수 있을 뿐 아니라 태왈로도 지나갈 수 있을 것 같았다. 게다가 섬의 산촌 사람들은 방목하고 있는 마소들을 찾아서 눈 덮인 산야를 방황한다든지 적설을 이용하여 노루와 토끼몰이 사냥을 하기도 해서, 눈 속에서 불편없이 행동할 수 있는 사람들이 많았다. 우리는 그러한 베테랑 인부 세 사람을 찾아내서 개미등산장까지 동행해 가기로 했다.

무거운 짐을 등에 지고 세 사람의 인부와 우리는 아침이 채 밝지 않은 동안에 관음사를 출발했다. 삼림지대로부터 개미등 능선으로 나가자 적설이 바람이 부딪치는 곳에는 50센티미터 내외, 서쪽의 낮은 지대는 1.5미터 정도이다. 도보로 가는 인부들에게는 눈이 얕은 동쪽 루트를 취하게 하고, 스키를 신은 우리는 능선을 큰 지그재그를 그리며 오른다.

탐라계곡으로 내려가는 길은 2미터 이상의 적설에 덮여 있어 태왈을 신어도 가슴까지 묻혀버린다. 세 사람의 인부가 지고 온 짐을 능선 꼭대기에 데포지트[11]하게 한 뒤 인부들을 돌려보낸다. 다행히도 해가 아직 높이 떠있던 터라 그들은 손을 흔들어가며 돌아갔다.

개미등산장은 그다지 크지는 않지만, 경사면을 이용하여 단단하게 지어졌다. 뭐니뭐니해도 나무 향기가 물씬 풍겨서 갓 신축된 산장은 마음이 매우 편하다. 이 산장 입구는 탐라계곡에 직접 면하고 있어,, 계곡의 오른쪽 갈림길을 곧장 올라가면 한라산 서쪽의 화구벽 아래로 나가게 된다. 한라산으로 가는 여름 등산로는 산장 앞에서 탐라계곡과 갈라져 왼쪽 갈림길인 좁은 계곡을 오르고, 왕관능선에 올라선 후 능선을 따라 화구벽으로 향해 달린다. 우리는 우선 그 등산로로 갈 예정이었다. 왜냐하면 탐라계곡의 상류 쪽에 눈이 너무 쌓이게 되면 눈사태의 위험이 있고, 탐라계곡의 가장 깊숙한 곳에서 정상으로 가는 화구벽은 현무암의 흉벽으로 되어있어 거기에 눈이 쌓이면 속수무책이 되지 않을까하는 두려움이 솟아났기 때문이다.

12월 30일 밤 우리 멤버끼리만으로 개미등산장에 묵었다. 처음에는 이 산장을 사용할 수 있다고 기대하지도 않았기 때문에, 천막을 이 장소쯤에 친 뒤 화구호인 백록담 근처에 다시 전진캠프를 차릴 예정으로 준비를 해왔다. 특히 바람이 매우 심할 것이 틀림없을 백록담에 비박하면서 기상관측과 천막의 내풍耐風 시험을 할 수 있을 것으로 기대했기 때문이다. 31일 아침은 거짓말처럼 날이 개었다. 일행은 전원 백록담에서 쓸 캠프 물건들을 짊어진 채 스키를 신고 출발했다.

---

11 Deposit : 등반 시 장비나 식량 등을 보관하는 것 또는 그 장소.

예정대로 깊은 눈으로 뒤덮인 경사면을, 왼쪽으로 왕관바위를 쳐다보면서 끝까지 올라가 능선에 발을 딛는다. 여름에는 주목이 무성하지만 그것이 눈을 온통 뒤집어쓰자 어여쁜 순백의 여인들이 연이어 서 있는 듯하다. 게다가 그 사이를 가루눈이 깊이 메우고 있어서 돌아가는 길이 즐겁기만 하다. 산등성이를 끝까지 오르자 한라산의 외륜산[12]들의 조망이 확 펼쳐진다. 검붉게 탄 바위는 눈을 덮어쓰고 있어 여름에는 도저히 상상이 가지 않을 만큼 험준한 풍경이다. 여기에서 외륜산의 바위 능선을 따라 서쪽으로 돌아가면 한라산의 최고점에 도달하는데, 나니와고등학교와의 약속에 따라 왕관 능선과 외륜산들의 접합점에서 우리는 그대로 화구호인 백록담으로 내려갔다. 안쪽 화구벽의 눈은 바람 때문에 크러스트[13]가 되어 있었지만 스키를 벗지 않고 내려갈 수 있었다. 천막은 다음날 치기로 하고 짐들을 풀어놓은 뒤 개미등산장으로 모두 철수했다. 그날 밤은 즐거운 송년의 시간이었다.

---

12 外輪山. 이중화산 또는 그 이상의 복합화산체에서 중앙화구구(中央火口丘)를 감싸고 있는 원 또는 초승달 모양의 산릉(山陵)이나 산.

13 Crust : 눈 표면이 바람이나 태양광선의 영향으로 단단하게 얼어붙은 상태.

현무암 분출로 생긴 한라산 정상(1,950미터)

조난

1월 1일은 어둠침침하게 흐린 채 날이 샜다. 햇빛을 보지 못한 채 산장을 출발. 왕관 능선과 외륜산의 접합점에서 스키를 벗고 아이젠으로 갈아 신는다. 만일을 생각하여 안자일렌한 채로 정상을 향한다. 남쪽으로부터 나니와고교 등산대가 올라오지 않는지 눈을 크게 뜨고 살펴보면서 한걸음 한걸음 정상으로 가까이 갔지만, 끝내 그들의 모습을 발견하지 못한 채 정상에 올라버렸다. 서남쪽의 완만하게 경사진 자락에서 바다까지에 걸쳐서 해가 비치면서 하늘은 아래쪽 부근부터 환해지기 시작했지만, 그것도 아래쪽에서 불어온 눈구름에 뒤덮이게 되면서 이윽고 강한 바람이 불기 시작했다.

백록담으로 내려가 천막을 친다. 그날 밤은 세 사람이 비박하기로 하고, 오후에 다시 한번 산장에서 식량을 올려오기 위해 여섯 사람이 되돌아갔다. 남게 된 하토리, 마에카와, 사토 세 사람은 그들을 왕관 능선까지 배웅하고 돌아갔다. 날씨는 험해지고 눈보라가 능선 위에서 미친듯이 으르렁거리고 있었지만, 계곡에 들어가면 거짓말처럼 조용하였다. 산장에 도착하여 불을 피우기 전에 내려온 대원 중 세 사람이 짐들을 가지고 다시 백록담으로 되돌아갔다. 식량을 보급하고는 재빨리 돌아올 예정으로…….

산장에 남은 우리 세 사람은 잽싸게 불을 피우고 저녁 준비를 시작한다. 밥이 다 되고 냄비 속에서 라이스 카레가 좋은 냄새를 풍

길 즈음에는 산장 주위에 밤의 어두운 장막이 둘러싸고 있었다. 벌써 돌아왔어도 될 보급대가 좀처럼 돌아오지 않는다. 스키를 즐기고 있다고 해도 어두워지게 되면 어쩔 수 없다. 라이스 카레를 데우기도 했다가 불에서 내려놓기도 하는 사이에 오후 8시를 지났다. 불안이 언뜻 내 머리를 스쳐간다. 남은 세 사람 중 한 사람을 산장에 머물게 하고 나는 이토 대원과 암흑 속으로 왕관 능선 쪽을 향했다. 계곡의 고요함은 능선 위로 나오자 심하게 불어대는 바람 소리로 바뀌어 버렸다. 헤드라이트의 불빛마저 떨기 시작한다.

우리는 큰 소리로 고함지르면서 능선을 오른다. 말할 것도 없이 고함소리는 바람에 지워지고 낮 시간의 활강 자국 같은 것은 흔적도 없다. 분화구 안쪽은 역시 지독한 크러스트다. 어둠이 깊이 스며든 크러스트 위를 스키로 내려가는 것은 위험하다. 스키를 벗는다든지 어떻게든 해보려 하면 스키까지 모두 공중으로 휘말려 가버릴 것 같다. 그러나 그 어둠 속에서 스키를 데포지트해 두면 돌아갈 때 찾기가 곤란하게 된다. 바람과 스키에 골치를 썩이며 크러스트 위를 킥스텝으로 화구 쪽으로 내려간다. 텐트 쪽을 향하여 소리쳤지만 전혀 들리지 않는 것 같다. 마침내 눈보라의 어둠에 눈이 익어 불빛이 보였다. 우리는 종종걸음으로 다가가서 입구를 밖에서 열었다. 깜짝 놀란 여섯 개의 얼굴이 순간 나를 응시했다.

사정은 이러했다. 보급대가 천막을 나와서 화구벽의 크러스트를 오르기 시작했을 때 이미 주위가 어둡게 되었다. 그 때문에 아무리해도 왕관 능선과의 접합점이 눈에 띄지 않아서 천막으로 되돌아가서 아침을 기다린 후 산장으로 돌아가기로 했다고 한다. 그러나 밤에 들어서부터 화구호 안의 바람은 점점 험악해지고 천막의 폴대가 부러지면서 천막의 봉재선의 곳곳이 찢어 벌어졌다. 순간 풍속은 적어도 초당 40미터를 넘고 상당히 짧은 간격으로 불어대는 것 같았다. 천막은 그 안에 들어와 있는 여섯 명의 손으로 지탱되어 실로 처참한 상태이다. 게다가 그 이상 우리까지 수용할 수는 없다.

나는 아침 밤이 새면 곧 데리러 올테니, 내일은 전원 개미등산장으로 일단 퇴각하도록 하자…… 하고 지시한 뒤 어둠 속으로 돌아갔다.

마침내 화구벽의 크러스트를 끝까지 올라서 스키를 신는다. 지독한 바람이다. 왕관 능선을 내려가기 시작하자 바람은 바로 정면에서 불어 닥친다. 숨이 멎을 것 같다. 바람과 싸우면서 눈 덮인 나무들 사이를 누비고 나가는 동안에 이번에는 탐라계곡으로 내려가는 길을 놓쳐 버리고 왕관바위 아래까지 와버렸다. 그러나 이 바위의 바로 맞은편에는 개미등산장이 있을 터……. 눈을 크게 뜨고 살펴보니 내가 미리 말해 둔 것처럼 랜턴과 횃불에 의한 신호가 눈보라 속에서 점멸하고 있었다. 그 빛을 의지하여 가파른 눈 경사면을 가로질러 산장에 도착한 것은 12시를 조금 넘어서였다.

침낭에 들어가 잠시 졸자 곧바로 새벽이 찾아온다. 아직 눈은 내리고 있지만 지난밤만큼은 아니다. 바람은 등성이에 나가서 보지 않으면 알 수 없지만, 어쨌든 세 사람은 맨몸으로 스키를 신었다.

산장에서 백록담의 천막까지는 한 시간 조금 더밖에 걸리지 않았다. 지난밤의 일들이 꿈처럼 생각될 뿐이다. 고요한 아침이다.

천막에서는 여섯 사람의 대원이 짐정리를 마쳐두고 있었다. 약간의 짐과 식료품을 남긴 뒤, 나머지 짐은 우리 세 사람이 키높이까지 모두 지고 밤을 지낸 여섯 명은 몸을 가볍게 해주었다. 내가 선두에 서고 사토 대원이 후미에서 화구벽을 올랐는데, 바람은 지난밤에 비하면 무풍에 가까웠다. 왕관 능선에서 내려가기는 그 나름으로 스키를 즐길 수도 있었기 때문에 탐라계곡의 경사면을 넘어지고 일어서고 하면서 함께 내려왔다. 경사면이 완만하게 되는 곳 근처에 한 그루 자작나무가 자라있었다. 우리는 그 가지에 노랑과 빨강을 이어붙인 삼각 깃발을 묶어 두었다. 산장으로 가는 길을 표시해 주기 위한 것이다. 나는 이 깃발 아래에서 모두가 내려오는 것을 보고 있었다. 지난밤의 피곤은 그 누구에게도 나타나 보이지 않는 것……처럼 생각되었다. 거기에서 산장까지는 150미터 정도의 완만한 경사이어서 나는 한걸음 앞서 산장으로 돌아가 불을 지폈다. 모두가 차례차례 돌아와서 스키를 바깥에 세워놓고 산장 안으로 들어왔다. 마침내 후미의 사토 대원이 얼굴을 내민다. 나는 사토 군에게,

"모두 돌아왔나?"

라고 하면서 산장 안을 둘러보자 마에카와 대원이 없는 것을 깨달았다.

"마에카와는 어찌됐나?"

"아까 깃발 위에서 만났을 때 힘차게 활강해 갔으니까 벌써 돌아왔어야 하는데……."

"누구 여기서 마에카와를 만난 사람은 없는가?"

누구도 산장부근에서 마에카와 대원을 만난 사람은 없었고 사토 대원이 나무에 묶은 깃발의 조금 위쪽에서 그를 만난 것이 마지막이다. 나는 무언가 불길한 예감에 휩싸였다.

"두 대로 나누어 한 대는 깃발에서 위쪽을, 한 대는 아래를 찾아!"

전원이 수색을 시작했지만 전혀 단서가 없다. 다른 대원의 증언에 따라 왕관 능선에서 경사면을 내려가는 도중에 스키의 스톡이 떨어져 있는 것을 발견했다. 사토 군이 미처 눈치채지 못한 사이에 마에카와 군은 스톡 없이 깃발 방향으로 내려가서 그대로 행방을 감추어 버리게 된 것이다. 즉 한 줄기 밖에 없는 좁은 골짜기를 내려가기만 하면 자연스레 닿게 되는, 그 골짜기와 탐라계곡이 만나는 곳에 있는 산장에 도착하지 못한 것이다. 게다가 그 사이는 200미터 내외로서 눈은 깊었지만 바람은 없고 강설도 드문드문한 정도여서 시야도 그다지 나쁘지 않았다. 마치 여우에 홀린 것 같다.

따라서 수색도 우선 그 200미터 정도의 사이에 집중되었는데, 스키의 스톡을 거꾸로 잡고 눈 속을 계속 찔러보며 찾았는데도 마에카와 군의 행방은 전혀 알 수 없었다. 나는 밤이 되어 두 명의 대원을 제주읍으로 내려보내 마에카와 군의 가족에게 연락을 취하게 함과 동시에 수색에 대하여 지역민의 원조를 요청했다.

그다음 날은 우리가 이번에 제주도에 온 이래 처음의 맑은 하늘

(좌) 한라산 정상의 백록, 캠프에 매듭 로프를 펼쳐 새해를 축하하였다.
(우) 제주 심방의 굿거리, 이 대나무 막대로부터 신들이 강림한다.

로 눈에 덮였던 산들은 청정 그 자체였다. 나니와고등학교 등산대는 이날 등정하여 곧 우리의 수색을 도와주었고, 제주로부터 소방, 경찰, 영림서 사람들로 구성된 수색대가 파견되어 왔다. 나는 이날도 문제의 200미터에 수색의 중점을 두었지만 헛되게 하루가 지나갔다. 그 다음 날부터는 아무래도 수색범위를 넓히지 않으면 안 되었다. 하루, 이틀, 사흘……. 이레간 수색이 계속 되었지만 어떤 단서도 찾을 수 없다. 가족 여러분들의 권유도 있어서 끝내는 첫 번째의 수색작업을 끝낼 수 밖에 없었다.

제주도 사람들은 몰래 섬의 무당에게도 물어보았다. 섬에는 신방[14]이라고 불리는 무당이 많이 있어서 신내림을 받고 신탁을 고하는 것이다. 제주의 심방은 하나같이 "마에카와 군은 죽지 않았다. 신님들이 그를 숨기고 있다"는 신탁을 전해주었다. 우리 모두도 그렇게 바라고 있었던 것은 사실이다. 내가 이 같은 무속을 안 것은 그것이 처음이었다.

경성에 돌아와서 곧바로 조난의 전말을 그즈음의 산악부장이었던 아베 요시시게 선생과 스키산악회 회장인 다케나카 요 선생을 위시한 부원들 일동에게 보고했다. 보고는 이제까지 써온 정도에 그칠 수밖에 없다. 제3자의 입장에서 보면 전혀 믿음직스럽지 않은 보고이다. 아베 선생으로부터 "해군의 항공부대에서는 조난한 비행기 날개의 작은 파편으로부터도 조난의 원인이 명백히 밝혀

14 神房. 제주도에서 무속적 사제(무격, 무당)를 통칭하는 말로서, 현지의 발음은 구개음화로 '심방'이라 한다.

진다고 들었다. 그런데도 자네는 무슨 옛날 이야기 같은 보고밖에 할 수 없는가?"라는 꾸중을 들었다.

그러나 할 수 없는 것은 할 수 없는 것이다. 나는 골똘히 생각에 빠진 채 마음을 채찍질하다 끝내는 초췌해져 버렸다. 마에카와 군을 찾아내는 것은 불가능해도 다시 한 번 현장에 가서 생각해 보고 싶었다. 그래서 1월 말에 이토 다케오 군이 친구도 전사했다이라는 친구와 함께 제주도에 가게 되었다. 그러나 그것이 사전에 학생과장에게 알려져 버렸다. 호출되어 가서 그렇게 제멋대로 하는 식은 절대로 허락할 수 없다는 말을 들었지만, 그 말을 다 듣지도 않고 곧바로 제주도로 건너갔다. 관음사까지 올라가자 눈이 내리고 있었다. 개미등 능선에는 눈이 흠뻑 쌓여 스키로 편하게 오를 수 있었지만 산장에 도착해 보니 탐라계곡도 엄청난 눈이다. 그 같은 일은 전혀 있을 수 없다고는 생각했지만 만일 마에카와 군이 산장을 지나쳐가서 탐라계곡 아래로 내려갔다면 어떻게 되어 있을까……. 여름에는 폭포가 계속 이어질 것이니까 내려가기가 어려울 것이다……. 다음날 아침 일찍 우리는 이 골짜기를 내려가기 시작했다. 계곡은 험준하고 폭포는 눈에 뒤덮여 있었다.

골짜기 사이에서 올려다보니 개미등 능선 끝부분에 쌓인 눈더미가 차양처럼 툭 튀어 나와 있는 것이 잘 보인다. 그날은 쾌청했다. 정오 가까이 나의 바로 위에서 그 눈 차양이 무너졌다. 순간 경사면의 눈이 쫙 흘러내려서 눈구름을 일으키며 와락 덤벼 들어왔다. 반사적으로 나는 골짜기 밑을 향하여 직활강 자세로 내달렸다.

눈사태는 다행히 계곡의 모퉁이에서 반대 경사면을 타넘으며 멈추었다. 내 앞을 활강해 갔던 이토 군도 나도 아슬아슬하게 피했던 것이다.

몇 번이나 작은 눈사태에 쫓겨 가면서 그날 밤 내내 이런 위험한 골짜기를 빠져 나와서 관음사에 겨우 도착했을 때는 흐물흐물 지쳐 버렸다. 그러나 나의 안정되지 못했던 마음은 이제야 안정을 되찾았다. 마에카와 군은 탐라계곡을 내려가지 않은 것이다. 역시 깃발의 조금 위에서부터 산장까지 사이에 있음에 틀림없다. 그리고 그는 이제 더이상 살아있지 않다는 것도 확실하게 깨달았다.

5월 초순의 월요일 아침, 마에카와 군의 유체가 발견되었다고 하는 전보를 경성에서 받았다. 일요일에 제주의 유지들이 개미등 산장 부근을 수색하고 있던 때에 잔설 속에서 마에카와 군의 유체 한쪽 끝이 발견되었다는 것이다.

유족 여러분들과 나는 현장에 급히 갔다. 마에카와 군은 깃발의 조금 아래 쪽에서 엎드린 자세로 되어 잠든 듯이 죽어 있었다. 몇 번이나 수색했던 코스의 눈 속에, 게다가 산장까지 150미터도 못 되는 곳이다. 무엇이 그를 죽음으로 밀어붙인 것일까. 지금까지도 나로서는 잘 알 수 없다.

전향轉向

제주도에서의 조난은 나의 일생을 크게 바꾸었다. 조선 사람들의 사고 체계와 생활 방식을 나는 잘 알게 되었다. 그때까지도 북조선, 금강산과 경성 부근의 산들을 걸으며 조선의 산촌과 농촌 사람들과 이야기를 나눌 기회는 있었다. 그러나 나는 그들과 생활을 함께 하고 그들과 같은 사고방식으로 세상사를 바라보려고는 하지 않았다. 그러나 이 조난을 통해서 제주도 사람들과 생활을 같이 하고 심방의 신탁도 들었다. 눈 속에 쓰러진 마에카와 군이 살아있다는 신탁은 들어맞지 않았지만, 그들에게는 그들 나름의 논리와 사고 체계가 있었고, 그것이 우리의 논리나 사고와 동떨어져 있었던 것은 아니라는 점이 확실하게 되었다. 그들 입장에 서보면 그들을 이해하는 것은 어려운 것이 아니다.

나는 그저 멍하니 국문학과에 적을 둔 채 산에만 오르곤 해왔지만, 그때부터는 앞에서 말한 조선 사람들의 입장으로 할 수 있는 학문을 해 보고 싶다고, 특히 마에카와 군이 잠들고 있는 제주도의 사람들을, 그 섬사람들의 입장에서 그려내 보고 싶다고 진심으로 생각하게 되었다. 바로 그때 경성제국대학의 종교학·사회학 연구실의 아카마쓰 치조,[15] 아키바 타카시[16] 두 선생께서 조선의 무속

---

15 赤松智城(1886~1960) : 일본의 종교학자. 교토제국대학 문학부 종교학과를 졸업하고 1920~1923년 유럽 유학 후 경성제국대학 교수를 역임했다.

16 秋葉隆(1888~1954) : 일본의 문화학자. 도쿄제국대학 사회학과를 졸업하고(졸업논문 : 坐俗의 연구) 경성제국대학 강사로 부임, 유럽에 유학하여 런던대학, 파리대

실태 조사에 대한 연구를 하고 있었다. 나는 그런 것조차 잘 몰랐던 게으른 학생이었지만, 경성에서 발행되고 있던 『녹기綠旗』라는 잡지에 아키바 선생이 제주도 심방의 무가巫歌를 소개하신 논문이 게재되어 있었던 것이다. 그 논문을 정신없이 읽었다. 그리고 그즈음 내가 막연하게 꿈꾸고 있던 학문에 가까운 것이라고 감지했다.

나는 아키바 선생을 찾아뵙고 사회학을 전공하고 싶다고 말씀드려 보았다. 경성제국대학 법문학부에는 그때까지 아직 사회학은 독립된 학과는 아니고 윤리학과 중 한 코스에 지나지 않았다. 개강한 뒤 10년이나 지났지만 전공 학생은 한 사람도 없었다. 아키바 선생은 내가 우연히 제주도에서 조난한 것 때문에 제주도의 무속에 흥미를 가지고 사회학을 전공하려고 하는 것은 아닌가 하고 생각하셨던 것 같다. 그것은 당연한 일일 수 밖에 없는 것이, 분명히 선생이 염려하신 그대로 사실이었던 것이다.

선생께서는 말리노브스키의 『서태평양의 원양항해자』[17]를 빌려주시며 "이런 일을 한평생 하는거야. 그런데도 취직처는 거의 없지. 괜찮아?"라고 덧붙이셨다. 나는 두꺼운 영어책을 들고 집으로 돌아왔다. 집밖으로 나와 보니 경성의 일본인 사회는 너무 좁기도

학 등에서 문화인류학을 배웠다. 귀국 후 종래의 조선민속학에 최신의 문화인류학 방법론, 즉 필드워크를 사용한 조사 방법을 도입하였고, 조선, 몽골 등의 종교를 연구하여 아카마쓰 치조와 함께 『조선무속의 연구)』를 간행했다.

17 *Argonauts of the Western Pacific*. Bronislaw Malinowski에 의한 민족학 연구서로서, 1922년 출판되어 민족학 분야에 큰 충격을 주었다. 뉴기니섬의 북동쪽에 있는 작은 키리와나 군도에 사는 트로브리안드족을 대상으로 하는 말리노브스키의 3부작 중 하나이다.

해서, 제주도에서의 조난에 대해서 모두가 알고 있었다. 그리고 마치 정사情死에서 혼자 살아남은 자를 보는듯한 시선이 나의 등 뒤에 느껴졌다. 나는 집에 틀어박혀 이 책을 탐독했는데 서태평양 원주민들의 생활에 이상할 정도로 끌려들었다. 만약 나에게 똑같은 기회가 주어진다면 어떻게 할까……. 그런 식의 환상에도 사로잡혔다. 제주도 사람들의 생활을 이런 각도에서 그려낼 수 있다면 멋진 일일 것임에 틀림없다. 게다가 필드워크를 방법으로 하는 학문은 문헌에 끌려 다니는 학문과 비교하면 내 적성에도 맞는 것 같다. 등산과 양립할 수 있기 때문이다.

아키바 선생을 다시 한번 찾아뵙고 나는 자신의 생각을 솔직히 말씀드렸다. 선생은 10년 만에 드디어 제자가 생길 것 같다며 기뻐하시며 사회학을 전공하는 것을 허락해 주셨던 것이다.

그리고 졸업논문으로는 제주도 민족지를 쓰도록 정했다. 그것도 철저한 필드워크의 데이터에 근거하기로 했으므로 그 후 기회가 있을 때마다 제주도에 가서 연구에 종사했다. 이렇게 하여 1938년에 「제주도－그 사회인류학적 연구」라는 제목의 논문을 제출했다. 그 뒤 종전으로 일본에 돌아간 뒤에는 도쿄에 있는 제주도 사람에 대한 연구도 추가했다. 나아가 1965년 가을, 30년 만에 제주도를 방문했던 것이다. 그 사이에 제주도는 피비린내 나는 전투가 벌어졌다. 소위 4·3사건이라 불리는 소요사태로서, 1948년 4월 3일부터 1955년까지 전투가 이어졌다. 섬사람들은 게릴라전으로 한라산에서 버티면서 진압군과 격렬한 전투가 반복되며 섬

인구의 1/4, 약 7만 명이 죽었다. 대살육이었다.

1965년에 내가 제주도를 방문했을 때 해안지대에서는 전투의 여진을 찾아 볼 수 없었지만, 눈에 익은 산촌지역의 마을들은 전부 불타버리고 그 뒤 새로운 마을이 만들어져 새로운 사람들이 살고 있었다. 내가 예전에 연구 작업을 했던 즈음의 사람들을 찾으며 다녀보았지만 좀처럼 눈에 띄지 않았다. 마침내 단 한 사람, 교래리라는 산촌의 사람을 해안마을에서 찾아냈다. 그가 지금 자기 앞에서 있는 백발의 나를 30년 전에 그의 집에 머물렀던 일본 청년이라고 깨닫는 데는 제법 시간이 걸렸다. 그리고 30년의 세월이 한순간 되살아오게 되자 큰 소리로 울기 시작했다. 바다를 건너온 바람이 울음소리에 섞여서 표표히 불어왔다. 쾌청한 가을하늘에 한라산이 우뚝 솟아 있었다.

[붙임] 제주도에 대한 나의 연구는 『제주도』라는 제목으로 1966년에 도쿄대학 동양문화연구소 보고로 간행되었다. 또 말리노브스키의 『서태평양의 원양항해자』의 번역은 레비스트로스의 『슬픈 열대』와 함께 중앙공론사의 세계의 명저 중 제59권으로 출간되었고 그 해설을 내가 썼다.

등산에서 '탐험'으로

우루첸 여행 도중에 열차 홈에서
만두를 사고 있는 학생 시절의 저자

샤오우타이산小五臺山을 찾아서

그것이 나에게 최초의 대륙 여행은 아니었다. 경성공립중학교는 4학년 때 만주동북지구에 학생들을 수학여행에 데리고 가는 것이 관례였다. 1931년 봄 나도 학생의 한 사람으로서 안둥安東,[1] 펑텐奉天,[2] 다롄大連, 뤼순旅順 등을 여행했던 것인데 아무래도 그 인상은 희미하다. 애국자가 아니란 것을 자랑삼을 생각은 털끝만큼도 없지만, 203고지[3]와 기타 옛 전쟁터에 대하여는 아무것도 생각나지 않는다. 다만 일본항공의 조종사에게 시집간 사촌누나 세이코와 오랜만에 다롄에서 만나 맛있게 먹었던 중국 요리의 강렬한 맛을 잊을 수 없다.

그러나 제주도에서 행방불명된 마에카와 군의 수색을 단념하고 1936년 2월부터 3월에 걸쳐 훌훌히 나섰던 북중국 여행의 강렬한 인상은 지금도 내 안에 남아있다. 경성제국대학을 퇴직한 아버지는 삿포로농학교의 동기생이었던 오무라 타쿠이치[4] 씨가 남만주철도주식회사의 부총재가 되면서 만철滿鐵의 국제법 관계 고문으로 초청되어 그즈음 다롄에서 독신 생활을 하고 계셨다. 나는 학기

---

1 중국 랴오닝성에 있는 도시로서 1965년 이후 단둥(丹東)으로 개칭되었다.

2 중국 랴오닝성의 성도이고 중국 동북3성에서 제일 큰 도시로서 경제, 문화, 교통, 군사의 중심지인 선양(瀋陽)의 1945년 이전 명칭이다.

3 중국 랴오닝성 다롄시, 뤼순커우구에 있는 언덕. 러일전쟁에서 뤼순항 포위 때 가장 격렬한 전투가 벌어진 곳으로 해발 203미터이다.

4 大村卓一(1872~1946) : 철도관료 및 실업가. 삿포로농학교 졸업 후 조선총독부 철도국장을 지냈다.

말 시험을 치를 힘도 없고 해서, 아버지로부터 만철의 가족 티켓을 받게 되자 훌쩍 다롄으로 떠났다. 훌쩍이라고 하지만 다음과 같은 속내가 있었던 것이다.

그즈음의 행동적인 등산가들은 최종 목표를 히말라야에 두고 있었다. 나도 말단에 지나지 않았지만 히말라야에 오르는 것을 이상으로 삼고 있었는데, 유럽 사람들처럼 인도를 경유하지 않고 조선에서 육지로 이어지는 지역, 즉 중국령 투르키스탄[5]을 통하는, 소위 배후로부터 히말라야를 공략해가고 싶었던 것이다. 그러나 일본 육군이 만주사변을 계기로 만주국을 독립시키고 이를 발판으로 하여 북중국과 몽골에 진출을 꾀하고 있는 터라 시기적으로 이미 늦었다. 그러한 일본군의 태도에 대응하여 중화민국정부와 중국인들이 불신감을 드러냈던 것은 당연한 일이다. 도저히 중국의 오지에 등산대를 파견하는 일은 불가능한 이야기였다. 그래서 우선 비교적 의혹의 눈으로 보지 않는 산을 택하여 사전 탐색을 하려고 생각했을 때 내 눈에 들어온 것이 타이항산맥太行山脈 안에 있는 샤오우타이산이라는 산이었다. 수중에 있는 지도에는 이 산의 높이가 3,700미터로 표시되어 있는 것과, 2,800미터로 표시되어 있는 것 두 가지가 있어 확실하지 않았다. 만약 3,700미터가 맞다면 북중국에서는 상당히 높은 산이다. 우선 어느 쪽의 높이가 정확한지 확인해 보려고 생각했다. 그렇게 하려면 톈진天津으로 가서 프

5 투르크계 민족이 거주하는 중앙아시아 투르키스탄지역의 동부지역을 말하며 현재 중국의 신장 위구르 자치구에 해당한다.

랑스 신부 리쌍[6] 박사가 주관하고 있는 베이장박물원北疆博物院의 학자들을 만나 확인해보거나, 베이징北京에서 바오터우包頭로 비행하는 비행기를 타고 하늘에서 직접 관찰해보면 대체로 짐작이 갈 것으로 생각되었다.

제주도 조난의 뒤처리도 다 되지 않은 중에 이 같은 엉뚱한 생각을 품었던 것이므로 머리가 약간 이상했다고 말을 들어도 어쩔 수 없다.

다롄의 아버지 하숙에 겨우 도착하여 아버지에게 이 계획을 털어놓았다. 아버지는 가만히 듣고 있었는데, 다음날 장자커우張家口까지의 철도 티켓을 가지고 와서 용돈 50엔까지 주었다. 나는 혼자서 다롄을 떠나 밤에 펑톈에 도착했다. 북중국 철도로 갈아타자, 그날 아침 2·26사건[7]이 일어났다는 것을 알았다. 물론 자세한 일은 알 수 없었지만 근위사단의 일부가 쿠데타에 들어갔다는 것은 사실인 것 같았다. 펑톈역의 어두운 계단을 내려와서 중국인들만 타고 있는 삼등칸의 한쪽 구석에 걸터앉았을 때 일본의 먼 장래를 곰곰이 생각하면서 이제부터 앞날에 벌어질 일들에 대한 생각에 빠져들었다. 열차에 타고 있는 중국인들의 눈이 한 사람의 일본인

---

6 Emile Licent(1876~1952) : 프랑스 예수회 신부이며 자연사학자. 1914년 이후 25년 이상 중국에 머물며 톈진에 베이장(北疆)박물원을 설립·운영했으며 중국명은 桑志華이다. 1919년 내몽골 치펑(赤峰)을 1차 발굴한 후 1922년 예수회 동료 신부인 떼이야르 드 샤르댕을 초청하여 치펑 주변 북중국 요서지역의 신석기 유적을 발굴하였다. 그 지역이 BC 6500년 정도의 가장 오래된 신석기 문명으로 평가되면서 현재도 중국 학계에 의해 대규모 발굴 작업이 이어지고 있다.

7 1936년 2월 26일에서 29일 사이에 일본에서 육군 황도파의 영향을 받은 청년 장교들이 천황 중심 정치를 기치로 내걸고 벌인 쿠데타 미수 사건. 4일 동안 수상 관저와 의사당 등을 점거하지만 곧 진압되고 그 후는 통제파가 육군의 주도권을 잡게 된다.

학생에게 집중되고, 일본의 행동을 싸늘하게 꾸짖는 듯이 생각될 뿐이었다.

가만히 눈을 감고 잠깐 졸기도하고 문득 눈을 떠서는 생각에 빠져들기를 되풀이하는 동안에 그즈음의 만주국과 중화민국의 국경이었던 산하이관山海關역에 도착했다. 거기에는 2·26사건을 격렬히 비난하는 포스터들이 붙어있었다. 그리고 그 옆에는 시시각각 들어오는 사건 경과에 대한 기사가 걸려있었다. "돌이킬 수 없는 짓을 해 버렸군"이라고 혼잣말을 했던 것을 지금도 확실히 기억하고 있다.

밤을 새고 나서 나는 안정되지 못한 마음을 다른 데로 돌리려고 여행 가방에 넣어둔 『구름에 맞선 남자—Minya Konka 등정기』[8]를 꺼내 읽어본다. 시캉성[9]의 고산인 민야 콩카봉[10]에 올랐던 미국인의 기록이다. 이러한 평화로운 등산을 할 수 있었던 중국과 내가 그 당시 놓여있던 2·26사건 다음날의 중국은 아주 별세계였다. 나는 애써 평화로운 중국 쪽으로 몰입하기 위해 이 책을 탐독했다.

톈진에 도착하니 역이 다시 소란하고 항의 삐라들이 나붙어 있다.

베이징 학원에 도착하니 샤르댕 박사[11]를 포함한 몇 사람의 프랑

8 *Men Against the Clouds : The Conquest of Minya Konka* by Richard L. Burdsall, Arthur B. Emmons

9 西康省. 중화민국에 존재했던 성으로서 대체로 티벳의 캄지방에 해당한다. 1911년 창볜(川邊)특별행정구가 설치된 것이 1939년에 시캉성으로 되었으나, 다시 1950년에 시캉성과 창두(昌都)지구로 분할되었고, 그 후 시캉은 쓰촨성에, 창두는 티베트 자치구에 편입되어 소멸했다.

10 중국 쓰촨지역에서 가장 높은 산으로서 해발 7,000미터이다.

스인 신부들은 한 사람의 학생일 뿐인 나에게 싫은 내색을 보이지 않고 지도와 리쌍 박사의 기록을 보여주었지만, 그들 태도에서 어딘가 역시 차가운 점이 느껴졌던 것은 나의 자격지심이었던 것이었을까?

거기서 본 프랑스 측의 자료에서 샤오우타이산의 높이는 3,700미터가 아니라 2,800미터에 가깝다고 짐작할 수 있었다.

그리고 톈진天津을 뒤로하고 베이징을 향한다. 베이징에서는 베이징반점에 묵었다.

1박에 5엔으로 아침, 점심, 차, 저녁 식사 네 끼가 붙은 것이다. 50엔의 여비 중 1/10이지만, 비행기편이나 그 외 관계상 여기에 묵는 편이 편리했기 때문에 결심했던 것이다.

이때의 베이징에 대한 나의 인상은 호텔의 호화로움 외에는 아무것도 남아있지 않다. 그 후 베이징을 몇 번인가 방문했고 나중에는 베이징에서 사는 것까지 진지하게 생각하게 될 정도로 마음

---

11 Teilhard de Chardin(1881~1955) : 프랑스의 카톨릭 예수회 신부이자 고생물학자. 프랑스 및 영국의 예수회학교에서 교육받은 뒤 1911년 사제로 서품되었다. 어린 시절부터 지질학에 큰 관심을 가져 1922년에 소르본느대학에서 지질학 박사학위를 받은 뒤 1923년 예수회 동료이며 지질학자인 에밀 리쌍 신부의 초청으로 고생물학과 지질학 연구를 위해 중국으로 건너가 이후 20년 남짓 중국에 머물면서 베이징원인의 발굴등 중요한 학문적 연구에 참여했으며, 중국명은 德日進이다. 그는 철학 및 신학자로서도 널리 알려져 과학과 기독교를 종합한 독창적인 진화 이론을 구상해 1938년 주요 저서인『인간현상』을 완성했는데, 그 책에서 그는 우주의 질료 — 에너지는 점차 더 높은 정신적 단계를 향해 나아가며 존재하는 모든 것은 궁극적으로는 신 안에서의 합일을 향해 진화한다는, 물질과 정신을 포괄하는 우주적 진화론을 개진했다. 다만, 고생물학 사상 가장 악명 높은 필트다운인 위조사건에 초기 발굴부터 관여했던 사실 때문에 의혹의 중심에 섰던 것은 안타까운 일이다.

에 든 도시지만, 처음의 인상이 남아있지 않는 것은 참 이상한 일이다. 베이징반점에 1박하고 다음날 아침 일찍 바오터우행 비행기에 타기위해 비행장에 간다. 조종사는 일본인이었다. 앞에서 말한 사촌매형만주항공에 근무로부터 미리 받아 둔 소개장을 보이고 나의 계획을 꺼내놓자 그 사람이름은 유감스럽지만 잊어버렸다은 웃으면서 "등산인가요……. 좋군요……. 산에 느긋하게 오를 수 있는 시절이 내게도 온다면……. 알겠습니다……. 항로를 가능한 한 남으로 잡지요. 고도는 3,000미터……. 산은 슈안화宣化 상공에서부터 정남쪽으로 보일 겁니다".

비행기는 이륙했다. 다행히 하늘은 끝없이 맑아서 구름 하나 없다. 네이창첑선內長城線을 넘으면 북쪽으로 인산陰山산맥, 남으로 타이항산맥이 연이어 있다. 둘 다 눈을 덮어쓰고 그 사이의 분지에는 희끗희끗 황토가 드러나 있다. 북방의 겨울, 갖가지 여행기들이 주마등보다 빠르게 떠오른다.

나의 눈은 타이항산맥의 산들을 주의깊게 쫓기 시작했다. 쉬안화에 가까이 가자 눈에 띄게 높은 하나의 산 덩어리가 앞쪽에 나타나서는 항로와 직각 방향으로 조용히 이동하기 시작한다. 이 산 덩어리야말로 쉽게 찾을 수 없던 샤오우타이산임에 틀림없다. 경사계傾斜計 : clinometer를 꺼내어 들여다보니 산꼭대기와 비행기가 거의 수평이다. 조종사가 약속한대로 고도가 3,000미터라고 하면 샤오우타이산의 높이는 그것에 가까운 수치일 것이니, 3,700미터는 아니지만 2,800미터 보다는 높은 것이 틀림없다는 결론이 나왔다.

샤오우타이산맥

드디어 장자커우에 비행기가 착륙하자 조종사가 내려와서, "분명히 쉬안화 상공에서의 고도는 3,000미터입니다. 아름다운 산이네요. 그러면 또 어디서엔가……". 악수를 하고는 기내로 되돌아갔다. 비행기 앞쪽의 길을 완전무장한 군대가 끝없이 이동해 간다. 보병만이 아니라 기병도 포병도 군수병도 끝을 알지 못하는 강물처럼 모래 먼지를 일으키며 끊임없이 이동하고 있다. 이제 고작 20세가 되었을 뿐인 나는 길의 한구석에 서서 망연히 이 군대 행진을 바라본다. 무엇인가가 일어날 듯한 불길한 예감이 덮쳐온다.

쑹저위안宋哲元의 군대가 2·26사건에 따라 일본군 태도가 급변할 것에 대비하여 만주국과 내몽골 국경으로 병력을 이동하기 시작한 것이다. 쿠데타, 새로운 산, 군대 이동……. 처음으로 체험하는 이런 어수선함 속에서 앞으로 나 자신에게 덮쳐올 여러 가지 운명들이 어떤 것일까를 어렴풋하게나마 깨달았다. 그리고 맑게 갠 겨울 하늘이 황사로 어두워지는 것을 바라보면서 북중국을 떠났다.

다싱안링의 오로첸족[12] 조사

장자커우 여행에서 경성으로 돌아오자 새로운 학생 생활이 시작되었다. 오직 한 사람뿐인 사회학전공 학생이다. 원서 강독도 연

---

12 Orochon, Oroqin : 오로첸족 또는 오로촌족은 퉁구스족의 한 무리에 속하는 민족으로서, 러시아(바이칼호수에서 쿠릴열도까지)와 중국(만주 일부 지역, 내몽골)에 거

말을 탄 오로첸족 여성

습도 나 혼자 아니면 종교학의 고노 군과 윤리학의 최재희 군[13] 세 사람 뿐이었기 때문에 강의에 빠질 수는 없다. 아키바 선생은 소로킨[14]의 『최근 사회학설』과 시로코고로브[15]의 『북방 퉁구스의 사회조직』을 읽고, 아카마쓰 치조 선생은 오토[16]의 『성스러운 것』을 원서강독에서 다루었다. 전과했기 때문에 모든 것이 눈에 익지 않고 여건들도 달랐다. 그런 중에 지금도 인상에 남아있는 것은 우에노 나오테루[17] 선생의 『미술사』였다. 나는 그때까지 그리스 건물의 석조기둥이 미술사연구에 있어서 중요한 단서가 된다는 것을 상상한 적도 없었다. 우에노 선생은 환등기를 사용하여 그리스의 기둥에 대해서만 1년 내리 계속 강의하셨다. 또 고고학의 후지타 료사

주하며 문화적으로 중국과 러시아의 영향을 받았다.

13 1914~1984. 경성제국대학 법문학부 철학과 졸업 후 서울대학교 문리대 교수를 역임했고 한국철학회장, 학술원 회원이었다.

14 Pitirim Aleksandrovich Sorokin : 러시아 태생의 미국사회학자. 페테르부르그대학, 미네소타대학 교수를 역임한 후 하버드대학의 초대 사회학 주임교수가 되었다. 주된 연구는 사회계층과 이동, 혁명 연구, 농촌사회학, 사회학설사, 사회학 일반이론 등이다.

15 Sergei Mikhailovich Shirokogorov(1889~1939) : 러시아의 인류학자 및 민속학자. 프랑스 유학 후 페테르부르그대학 및 황실인류학·민속학박물관에서 연구에 종사하고, 특히 1913~1917년의 네 번에 걸친 동시베리아 탐험에 의해 퉁구스족 연구의 일인자가 되었다. 블라디보스토크 극동대학 교수 시 러시아혁명으로 중국에 망명하여 활동 후 북경에서 사거했다.

16 Rudolf Otto(1869~1937) : 독일의 루터신학 및 비교종교학자. 브레슬라우대학 교수를 거쳐 마르부르크대학 신학부 교수를 역임하고 가장 저명한 프로테스탄트신학자 중 한 사람이 되었다. 가장 유명한 저서는 『성스러운 것(*The Idea of the Holy*, [독일] Das Heilige)』이다.

17 上野直昭(1882~1973) : 미학자. 1924년부터 2년간 유럽 유학 후 경성제국대학, 규슈제국대학에서 교수를 거쳐서, 그 후 도쿄미술학교장, 도쿄국립박물관장을 역임했다.

쿠[18] 선생은 기와의 탁본 뜨는 법을 몇 차례에 걸쳐 설명하고, 실제로 학생에게 탁본 뜨기 훈련을 반복하여 가르치셨다. 인류학이 어떠한 학문인가를 어렴풋하게나마 내가 깨닫게 된 것은 1학기도 끝날 무렵이었다.

그즈음 아키바 선생 연구실로 요시오카 요시토吉岡義人라는 사람이 찾아왔다. 선생께서 불러서 나도 동석하자, 지난해 아키바 선생이 다싱안링에 살고 있는 퉁구스족의 한 부족인 오로첸족을 조사했을 때 안내한 사람이 이 요시오카 씨라고 말씀하셨다. 싱안링興安領의 자작나무숲 속에서 말 또는 순록을 사육하고 수렵으로 생계를 꾸리고 있는 오로첸족은, 교역을 할 때조차 거의 한인漢人들과 접촉하는 것을 좋아하지 않아서 좀처럼 그 안으로 들어가는 것이 어렵다고 알려져 있었다. 요시오카 씨는 광대한 다싱안링을 자유롭게 걸어 다닐 수 있는 이 종족들과 접촉에 성공하고 그들과 생활을 같이 하고 있었던 것이다.

나는 놀란 마음으로 요시오카 씨의 이야기를 들었다. 오로첸족의 거대한 집단이 그 여름에 북만주의 부흐토博克圖시 교외에 모여든다는 것을 알았을 때, 아키바 선생은 "이즈미 군 한마디 할 말 없는가?"라고 권유하셨다. 기다리고 있었다는 듯이 나는 요시오카 씨로부터 구체적인 이야기를 듣고 그날로 준비를 시작했다. 다행

18 藤田亮策(1892~1960) : 고고학자. 당초 의과대학에 입학했으나 근시 때문에 포기하고 문과대학으로 전학하여 국사학을 전공했고, 조선총독부 고적조사위원을 거쳐 경성제대 교수가 되었다.

히 연습 과목으로 퉁구스족의 권위자인 시로코고로브를 읽고 있었고 아키바 선생의 자료도 받아볼 수 있었다. 처음에 나는 이 조사여행에 학우인 스에마쓰 오사무末松修 군을 끌어들였다. 그러나 제주도에서 조난 사건을 일으켰다는 딱지가 붙은 내가 학교이름을 사용하여 여행을 하는 것과 그즈음 경성제국대학에 조직되어 있던 '만몽문화연구회滿蒙文化研究會'에서 약간의 예산을 받는 것에 반대가 있어, 이미 부흐토시에 선발로 가있던 나에게 그만두라는 전보가 와서 스에마쓰 군은 올 수 없게 되었다. 그러나 나로서는 이미 화살은 활에서 떠나버렸던 것이다. 동료가 올 수 없게 되어도, 지원이 끊어진다 해도 어쩔 수가 없다. 오직 앞으로 나아갈 뿐이다.

부흐토시는 다싱안링의 동쪽 편에 있고, 철도는 부흐토의 북쪽으로 산을 넘어 몽골초원으로 내려간다. 이 시로부터 삼림 철도로 약 한나절 산속으로 들어간 곳에 칸토라라는 백계 러시아인 마을이 있고, 마을에서 말로 거의 한나절 여정인 곳에 오로첸족의 여름 천막촌이 펼쳐져 있었던 것이다.

나는 삼림 철도를 집어타고 칸토라로 향했다. 밀가루 한 포대와 사탕 한 포대를 함께 싣고 밤늦은 기차로 덜컹거리며 간다. 싱안링의 자작나무는 아름답다. 도중에 백계 러시아인의 외딴집 앞에 기차를 세우고 사모바르[19]에서 뜨거운 홍차를 대접받았던 일을 지금

19 러시아 및 슬라브제국에서 전통적으로 물을 끓이는데 사용해온 금속제 주전자.

도 기억하고 있다. 칸토라에 도착한 것은 밤이었다. 임업사무소의 두꺼운 판잣집 안에 철침대가 놓여있다. 그곳으로 인도되어 램프심지를 돋우자 한 사람의 남자가 들어왔다. 가죽옷을 입고 앞머리 부분의 머리카락을 위쪽으로 밀고 뒷부분은 말총모양으로 묶어 늘어뜨리고 있다. 빈약한 중국어로 "나는 쿠보촌입니다"라고 하며 군대식 경례를 한다. 요시오카 씨로부터 들었던 용감하고 게다가 아주 머리가 좋은 쿠보촌이 마중하러 나와 주었던 것이다. 나는 기꺼이 손을 잡고 더듬거리는 중국어로 당신을 만날 수 있어 기쁘며 당신의 이름은 이미 요시오카 씨로부터 들어서 알고 있다고 말했다.

쿠보촌은 눈을 반짝이며 내일은 우리 천막으로 가자며, 이런 숨막히는 오두막보다 자작나무 껍질로 벽을 친 우리들 집이 훨씬 좋다고 말했다. 이런 이야기를 하고 있는 동안에 집밖에 기타가 울리고 노랫소리들이 들렸다. 쿠보촌과 함께 밖으로 나오자 칸토라의 러시아인들이 빙 둘러앉아 노래하고 춤추고 있다. 자작나무껍질에 불을 붙인 횃불이 환하게 반짝이고 그 건너편에는 끝없는 싱안링의 칠흑의 어둠이 펼쳐지고, 공중에 흩뿌려진 별들은 비처럼 쏟아져 내릴 듯하다. 실로 타향의 하늘이었다.

취얼강 상류 오로첸 분포도

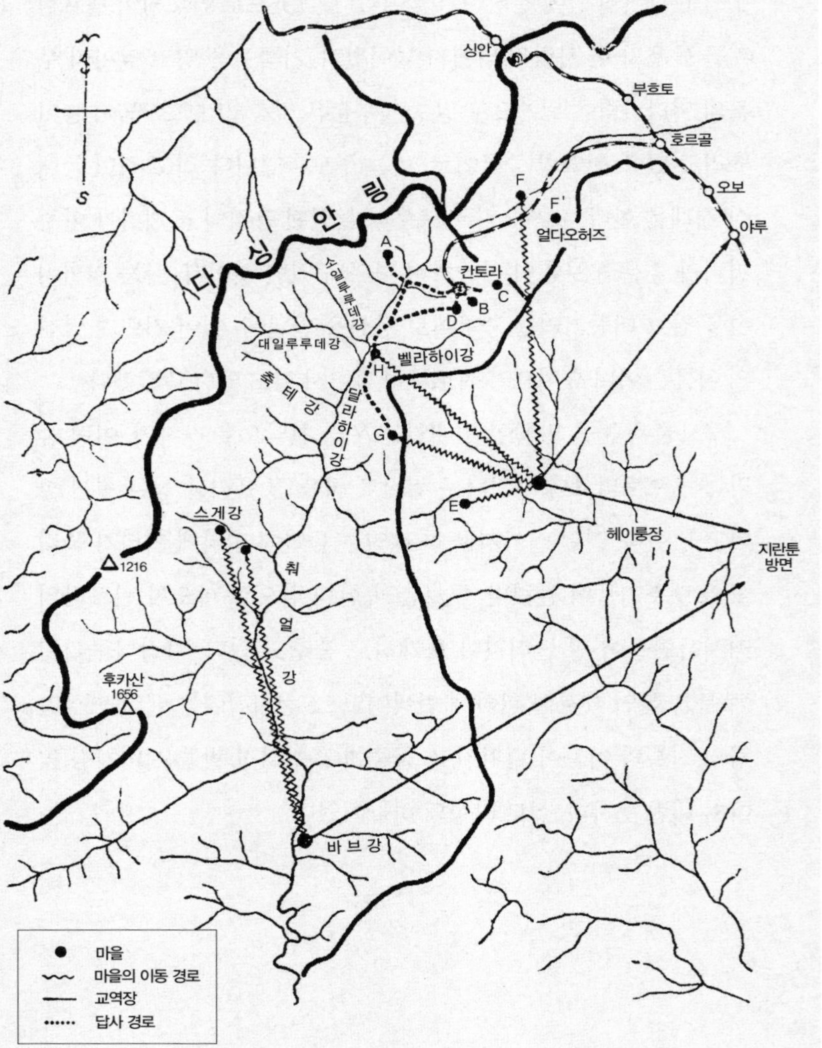

『민족학연구』 제3권 제1호(일본민족학회 편, 산세이도)에서

습원濕原

오룬첸족은 퉁구스어족으로서 다싱안링과 샤오싱안링小興安嶺의 침엽수림지대, 즉 타이가로 불리는 지대에 널리 산재해 있다. 그들은 이끼가 자라고 있는 북방의 툰드라지대에서는 순록을 사육하고, 남쪽의 풀이 무성한 지대에서는 말을 기르고 있는데, 어느 경우든 수렵을 주된 생업으로 하고 있는 것은 시베리아의 퉁구스족인 에벵키족과 마찬가지이다. 싱안링의 밀림 속을 유랑하고 있는 것만으로 오룬첸족의 생활은 언뜻 보아 고립되어 있는 듯이 생각되지만, 결코 자급자족경제를 영위하고 있는 것은 아니다. 그들의 주거지 서쪽에는 몽골초원이 펼쳐져 있고, 동쪽은 북만주의 농경지로 이어지고 있다. 몽골초원의 동쪽 끝에는 다우르daur족[20]과 할하khalkha 몽골족[21]이 살고 있고, 북만주평야에는 한족과 만주족이 착착 잇달아 이주해 오고 있었다. 그런 가운데 한족과 다우르족 상인은 오룬첸족이 사냥한 동물 모피를 예전부터 눈여겨보고 있었다. 그리고 오룬첸족이 살고 있는 밀림 주변의 시가지와 촌락들에 교역소상점를 설치하고, 모피와 식료품 기타 일상용품 즉 밀가루, 차, 소금, 설탕, 식용유, 아편, 바늘, 의복, 금속 그릇 등을 물물교환하고 있었던 것이다. 그 때문에 그들은 이제는 그러한 물품

20 내몽골자치주와 헤이룽장성에 주로 거주하는 중국의 몽골계 소수민족 중 하나. 몽골어와 유사한 고유언어 다우르어를 갖고 있으며 개척자라는 뜻이다.

21 몽골의 할하부를 말하며 예부터 몽골지역의 주요 민족이었고 현재 몽골국에 거주하는 몽골인의 주축을 이룬다(2010년 인구조사에서 몽골인구의 82.4%).

없이는 생활을 할 수 없게 되어, 말하자면 교역소에 주박당해 있었던 것이다.

칸토라도 그런 교역소 중 하나로서 춰얼강綽爾河[22] 줄기의 ㅇ ㄹ첸족은 이 해1936년 여름을 칸토라를 중심으로 보내게 되어있었던 것이다. ㅇ ㄹ첸족의 지연地緣집단은 겨울과 여름에 그 크기가 다르고 게다가 매년 같은 장소에 사는 것도 아니다. 그들은 겨울이 되면 바람이 평온하고 따뜻하며 눈이 적은 장소를 택하여 그곳을 사냥터로 하되, 그 한가운데로 숙영지를 옮겨서 그곳에서 10여 가족이 한 무리가 되어 생활한다. 그런 동안에는 교역소에는 거의 모습을 드러내지 않고 사냥한 모피는 냉동해 둔다. 그렇지만 여름이 되면 겨울 동안 함께했던 집단은 두 개 또는 세 개의 소집단으로 나누어져 교역소에 가깝고 쇠파리가 적으며 목초가 풍부한 곳으로 분산한다.

이렇게 분산한 소지연小地緣 집단, 즉 개별 숙영지들을 하나하나씩 방문하여 그들의 생활을 관찰해 보려고 나는 먼길을 마다않고 왔던 것이다. 칸토라에 도착한 다음날 그중 한 곳의 숙영지를 서둘러 방문할 예정이었지만, 아침에 일어나보니 지난밤 풀어놓은 말이 어디로 갔는지 찾을 수가 없다. 침엽수와 자작나무로 거무스레해져 완만하게 오르내리는 언덕과 그를 누비듯 연이어 있는 낮은 골짜기는 밝은 초록의 카페트처럼 보이지만, 가까이 가보면 그것

22 내몽골을 흐르는 강으로서 아무르강 수계에 속하는 눈강의 오른쪽 지류 중 하나이다.

은 타이가의 특징이라고도 해야 할 바닥 모를 습지인 것이다. 쿠보촌을 위시하여 나를 맞으러 와준 오로첸 사람들은 목적지에 도달하자 안장을 내리고는 말을 묶어 두지 않고 삼림 속으로 풀어 보내 버린다. 그리고 필요한 때에 찾으러 가는 식이어서 태평스런 모습이다. 그러다보니 필요한 때에 말을 곧 찾는다고 할 수가 없다. 그날도 오전 중 내내 말을 찾으러 다녔지만 끝내 찾을 수 없었다. 찾기를 포기하고는 칸토라에 교역하러 나온 오로첸족들의 이야기를 들으며 하루를 보냈다.

그들끼리는 오로첸어를 일반적으로 사용하고 있지만, 이민족과는 다우르어 또는 중국어로 대화를 하고 있다. 헤이룽장黑龍江을 넘어 시베리아로 들어가면 에벵키족은 중국어 대신에 러시아어를 쓰고 있다. 저녁나절이 되어 마침내 말을 붙잡았다. 말안장을 얹게 해서 승마연습을 하였다. 말이 없이는 싱안링 습지 속에서 행동하는 것은 불가능하다.

그다음 날 쿠보촌과 동행하여 처음으로 다싱안링의 습원에 발을 들여놓았다. 검은 밀림언덕은 끝없이 이어지고, 그것들을 마치 누비기라도 하듯이 내달리고 있는 넓은 골짜기가 문제의 습원인 것이다. 가까이 가보니 그곳에는 야치보즈[23]들이 뿌리를 내리고 있어, 그루터기에서 그루터기를 타고 무수한 발자국들이 달리고 있다. 오로첸의 말들은 이 그루터기에서 그루터기로 교묘하게 발을

23 谷地坊主 : 사초풀 그루터기. 습지에 사초풀들이 빽빽한 그루터기 모양으로 자란 모습이 아이 머리처럼 보이는 것을 지칭한다.

움직여가서 습지를 건널 수 있도록 훈련되어 있었다. 만약 그루터기에서 발을 헛디디게 되면 우선 한쪽 다리가 잠겨버리고, 그것을 빼내려고 발버둥치면 오히려 사지가 습지 속으로 빠져들면서 행동의 자유를 잃게 되고 결국은 모든 것이 진흙 속으로 빠져버리는 일도 있다고 한다.

내가 탄 백마는 ㅇㄹ첸족에게서 들은 대로 고삐를 느슨하게 해두자 천천히 그루터기를 밟고 넘어간다. 선두에 가는 쿠보촌의 말은 더 솜씨가 좋다. 쿠보촌은 노루모피 바지에 노루가죽 웃옷을 입었는데, 어깨에는 펼치면 십자모양이 되는 총받침대에 총을 걸어매고 있다. 습지가 펼쳐진 곳은 밀림으로 이어지는데, 밀림과 습지의 경계에 있는 약간 높은 언덕들이 그들의 주거지였다.

우리가 가까이 가자 10여 마리의 개들이 맹렬하게 짖으며 뛰쳐나왔다. 드디어 원추형 천막들이 밀림을 배경으로 나타난다. 사람들은 천막 앞의 광장에 나와서 우리를 지켜보고 있다. 쿠보촌이 ㅇㄹ첸어로 소리쳤다. 광장에서 들리는 사람소리에 개들이 잽싸게 물러간다. "개를 묶어라"라고 했던 것 같다.

광장에 도착하자 남녀노소 모두가 웃는 얼굴로 맞아주고 말을 잡아준다. ㅇㄹ첸족은 한족과 같은 드러나는 겉치레의 붙임성은 없지만 소박한 친절함과 애정을 갖고 있는 듯하다. 그들의 천막은 통나무를 원추형으로 조립하여 기둥 틀로 하고 거기에 여름에는 자작나무 껍질, 겨울에는 노루가죽을 대어서 벽으로 하고 있다. 천막의 꼭대기는 연기 구멍이 되어 있어, 안으로 들어가 올려보면 낮에는 창공이, 밤에는 별하늘이 마치 우물 밑바닥에서 올려보는 듯하다.

천막 안은 의외로 쾌적하다. 중앙에 돌을 두세 개 놓은 화로가 있고 불이 항상 타오르고 있다. 이 화로를 중심으로 정면과 좌우에 세 개의 자리가 만들어져 있다. 자리라고는 하지만 모피가 깔려 있을 뿐이다. 정면 자리를 '머르'라고 하며 그 뒤에 여러 가지 신상神像, 특히 말의 신상이 모셔지고 있어 최고의 자리이다. 손님에게 머르를 권하는 것이 예의이다. 그 다음이 정면 왼쪽의 노인 자리, 정면 오른쪽은 젊은 부부와 아이들 자리인 동시에 잠자는 자리이기도 하다.

천막의 자리 구성에서 보면 가족은 노인 부부와 젊은 부부 및 그 아이들로 구성되어 있는 것 같다. 그렇지만 남자가 자라서 부인을 얻게 되면 새로운 천막을 만들어 독립하는 것이 원칙이다. 노부부가 형제 중 누구와 동거할지는 특별히 정해진 것은 없고 오히려 노부부의 뜻에 맡겨져 있다.

ᄋᆞᄅᆞ첸족의 숙영지는 나에게는 왠지 모르게 진귀하게 느껴졌다. 노트를 쓰고 사진을 찍고 담소를 하고 있는 사이에 시간은 점점 흘러가 버렸다. 베이킹파우더가 들어있지 않은 밀가루로 구운 빵과 얼린 노루고기로 된 아침 식사도 맛있었다. 게다가 아주 개방적인 ᄋᆞᄅᆞ첸족들이어서 그 속에서 나는 마음이 아주 편해졌다. 그래서 한라산의 조난을 둘러싸고 발생했던 경성에서의 여러 가지 사건과, 이번의 조사를 중단시키려 했던 대학의 움직임 등 나의 주변에서 일어났던 불유쾌한 사건을 완전히 잊어버릴 수 있었다.

말에서 내동댕이쳐져

그로부터 며칠간 나는 칸토라를 근거지로 하여 춰얼강 유역에 산재해 있는 여름 숙영지들을 방문했다. 모두 열네 군데 숙영지가 있었는데 그 절반인 일곱 숙영지에 갈 수 있었다. 여름 숙영지는 다소의 차이는 있어도 모두 하루 안에 칸토라까지 왕복할 수 있는 거리에 있었지만, 그 어느 것이든 습지의 미로로 둘러싸여 있어서 근처 주민들조차 ᄋᆞ ᄅᆞ첸족의 안내 없이는 도저히 갈 수가 없는 지형이다.

밀림 언덕을 오르고 습지 골짜기를 내려가기도 하면서, 소나기에 젖어 여름 싱안링을 여행하고 있으면 그 으스스한 풍경 속에 말과 함께 녹아들어가 버릴 것 같다. 너무나도 단조로운 반복 속에서 인간은 언덕과 골짜기에 대해서도 아무 감동을 느낄 수 없게 되고, 오히려 발밑의 꽃들과 아차 하는 사이에 모습을 감추는 동물들, 언덕위에 진을 치고 있는 사냥꾼에게 마음이 이끌리는 것이다. 나처럼 산을 좋아하는 사람도 여기에서는 자연의 단조로움에 완전히 우울해져 버리게 되니, 필드노트에 꽃을 끼워둔다든지 새와 동물의 이름을 적어두는 정도가 일이었다.

그 숙영지들을 한 바퀴 걸어보고 나서 나는 처음으로 방문한 쿠보촌의 숙영지에 자리를 잡기로 결정했다. 쿠보촌에게 그렇게 말하자 그는 즐거이 자신의 천막에 숙박하도록 허락해 준다. 말에 식량과 일용품을 싣고 칸토라를 출발한다. 습지에 들어서자 생각지 못한 방해물이 기다리고 있었다. 어제 내린 비 때문에 사초풀 그루터기의 뿌리가 물러져서, 짐을 실은 위에 나까지 태운 말은 도저히 통과해 갈 수 없다. 말에서 내려 끌어 보았지만 되지 않는다.

짐과 말을 칸토라로 돌려보내 물이 빠진 뒤에 가져 오기로 하고, 쿠보촌과 함께 도보로 습지를 걷는다. 사초풀 그루터기 위에 너무 오랫동안 서 있으면 뿌리가 가라앉게 되므로 깡충깡충 뛰듯이 가볍게 걷지 않으면 안 된다. 그럼에도 여기저기 위험한 곳들이 많다. 그런 장소에서는 근처에서 흘러온 나무들과 미리 준비한 통나무를 꺼내어 물에 띄우고 그 위를 곡예사처럼 건너는 것이다.

그날은 날도 개어 구름 한 점 없는 창공이 ᄋᆞᄅᆞ첸지역 전체에 가득 펼쳐 있었다. 우리는 마침내 습지를 지나서 숙영지에 도착했다. 이 숙영지 사람들은 이미 우리 둘이 도보로 습지를 질러 오고 있는 것을 알고 있어서, 뜨거운 차를 끓여내어 주었다. 그들의 차는 몽골과 마찬가지의 전차[24]이다. 눌러서 굳힌 벽돌 모양의 차로서 그것을 깎아 낸 뒤 물을 부어 끓여서 마신다.

나는 이 숙영지에서 여러 가지 이야기를 들었을 뿐 아니라 다양한 사건들을 기록할 수가 있었다. ᄋᆞᄅᆞ첸족 조사는 이제까지 이루어진 허다한 조사 가운데 가장 인상이 강했던 것 중 하나이어서, 조금 더 상세하게 쓰고 싶지만 지나치게 옆길로 빠지면 언제 원고를 끝낼지가 염려되므로 본론으로 돌아가기로 한다.

---

24 磚茶. 중국차의 하나. 홍차 또는 녹차의 잎사귀에 소나 양의 피, 아교 따위를 섞고 반죽하여 엷게 펴서 말린 것으로 만주·몽골·시베리아 지방에서 일상적으로 마신다.

쿠보촌의 숙영지에 갔을 때 취얼강을 가능한 한 아래로 내려 가 본 적이 있다. 지독한 습지의 연속이었는데, 이가프를 족장으로 하는 숙영지에 겨우겨우 도달했을 때 창백해진 사내가 비틀비틀 천막에서 나왔다. 그 남자가 이가프 바로 그였는데, 그의 이야기에 의하면 열이 나서 누워있는 동안에 습지에 물이 차올라 최근 4, 5일 아무것도 먹지 못했다는 것이다. 이처럼 흩어져 있는 숙영지에서는 사냥을 할 수 있는 남자가 병이 들면, 식량이 완전히 동이나는 일도 있게 되는 것 같다. 농경민들과 목축민들에게도 기근이 없는 것은 아니지만, 수렵민처럼 식량 저장이 적은 주민들의 경우 고작 한 사람이 며칠간 병든 탓으로 하나의 숙영지 전체에 기근이 순식간에 닥쳐오는 것이다. 매우 불쌍한 생각이 들어 손에 있는 식량을 모두 넘겨주고, 여기서 숙영하는 것은 그만두기로 한다. 인간을 대상으로 하는 과학에서는 인명을 위해 조사 연구를 희생시키고 철수하는 일도 어쩔 수 없는 것이다. 날이 완전히 저문 밀림을 벗어나 칸토라에 겨우 도착했을 때, 나는 물먹은 솜처럼 지쳐 있었다. 스무 시간동안 입에 아무 것도 대지 않았기 때문이다.

취얼강변 ᄋᆞᄅᆞ쳰 조사를 끝내고 나는 부흐토 시내로 일단 철수했다. 그리고 기차로 만주리까지 가서 거기에서 트럭에 편승하여 달라이 호수를 지나 케를렌강변의 알타이 면에 도착했다. 처음으로 몽골족의 파오包[25]를 방문하고는 호완티 사원이라는 라마사원

25 몽골인이 사는 이동식 천막을 말하는 중국어. 몽골어로 게르라 한다.

을 참배한다. 특히 알타이 면에서는 지렁이를 미끼로 하여 케를렌 강에서 메기를 낚았던 것이 생각난다. 몽골의 초원에서 강에 낚싯줄을 드린다는 것은 생각조차 못한 일이었다. 게다가 한 시간 반 정도에 스무 마리가 넘게 낚았던 것이다.

만주리에서 부흐토로 돌아간 나는 취얼강의 ᄋᆞᄅᆞ첸족과는 씨족 구성을 달리하는 쿠마르첸庫瑪爾千 ᄋᆞᄅᆞ첸족을 방문하기로 했다. 그즈음 만주국 경비대에서 통역을 하시던 시로이시 씨가 안내의 수고를 해 주셨다. 두 사람은 부흐토에서 말을 빌려 시내를 벗어나 철도 선로를 따라 좁은 길로 북쪽을 향한다. 마침내 길은 동쪽으로 휘어져 습지로 들어섰다. 나는 ᄋᆞᄅᆞ첸족 말을 탈 때 배웠던 대로 고삐를 느슨하게 잡았다. 그렇지만 네다섯 걸음도 가지 못한 사이에, 내가 탄 한족의 말은 앞다리가 습지 속에 깊숙히 빠져버리고는 미친 듯이 뛰어 오른다. 나는 그 여세에 휘말려서 습지 안으로 곤두박질로 내동댕이쳐졌다. 말은 뛰어올라서 습지로부터 벗어나자, 쏜살같이 마구간이 있는 부흐토시로 향해 달려 나갔다. 도저히 붙잡을 수가 없다. 시로이시 씨도 도망가는 말을 좇아 달려 나갔다. 아차 하는 사이에 벌어진 일로서 두 사람은 거의 말할 새도 없었지만, "부흐토시에서……"라는 시라이시 씨의 외침만이 바람에 실려 내 귀에 들려왔다.

내가 가진 것은 모두 마구에 올려져있었기 때문에, 사진기도 노트도 모두 말과 함께 달려가 버렸다. 뒤에 남겨진 내 허리에는 모젤2호 권총이 남았을 뿐이다. 이 모젤2호라는 것도 싱안링의 산에 들어와 ᄋᆞᄅᆞ쳰족과 함께 하면 도적을 겁낼 위험은 없지만, 쿠마르쳰 ᄋᆞᄅᆞ쳰의 숙영지에 들어가려면 철도 연변을 통과해야 하는데 만일의 사태가 벌어지면 안 된다고 하여 시내의 일본인이 빌려주었던 것이다. 태양빛이 몹시 내리쬐는 싱안링의 작은 길을 혼자서 걷기 시작한다. 사람이라고는 하나도 없는 길이라 편하긴 하다. 나는 마타리 꽃을 뜯기도 하고 휘파람을 불기도 하면서 한가로움을 만끽하고 있는데, 갑자기 사람의 신음소리가 귀에 들렸다. 주변을 둘러보니 한 사람의 남자가 풀섶 위에 넘어져있다. 놀라서 가까이 가자 중국인 노동자 같다. 게다가 대퇴부에서 피가 뿜어 나오고 있다. "어찌된 거요"라고 묻자 "도적 총에 맞았소"라고 대답한다.

갖고 있는 수건으로 응급지혈을 한다. 탄환은 한 발이 아니라 두 발이다. 이야기를 잘 들어보니 경과는 다음과 같았다. 이 남자는 산둥성에서 온 뜨내기 노동자로서 북만주에 와서 3년간 일하고 돈을 모아서 귀국하게 되었던 것이다. 그리고 그 날 정오쯤 부흐토시내에서 예전에 노무자 합숙소에서 일하고 있던 두 사람의 남자를 만나서 같이 식사를 하고 자기 돈 번 일을 이야기했다. 식사 후 그는 자신의 합숙소에 물건을 가지러 가기 위하여 시내를 벗어난 곳에서 친구와 헤어지고 조금 전에 내가 왔던 길을 걷기 시작했다. 그러자 얼마 안 있어 그 두 사람의 친구가 뒤를 쫓아와 다짜고짜 권총을 쏘고는 배에 두르고 있던 돈을 훔쳐 도망갔다고 한다. 정신을 잃은 것처럼 하고 있었기에 확인사살의 한 발만은 맞지 않았다. 시내에서 치료를 받게 하지 않으면 죽어버릴 것 같아서 내 어깨에 기대게 하여 천천히 걷기 시작한다. 그때 문득 생각이 떠올라 모젤 2호의 탄환을 장전했다.

부흐토 시내가 점점 가까이 다가왔다. 그리고 입구까지 50미터 밖에 남지 않은 곳에 왔을 때, 두 사람의 검은 중국복장의 남자들이 시내 쪽으로부터 잰걸음으로 나타났다. 내 어깨에 기대고 걷고 있던 남자가 급히 오른손을 들어 두 사람을 가리키며 "저 남자들이다"라고 외쳤다. 그 순간 사내들도 무슨 일이 일어났는지 깨달았다. 죽었어야 할 남자가 눈앞에 모습을 드러낸 것이다. 두 사람이 멈춰서자 '빵' 하는 둔탁한 소리가 났다. 나는 어깨에 기댄 남자를 감싸 안듯이 땅 위에 눕히고 본능적으로 반격 사격을 하였다. 그리고 길을 따라 쌓여있는 제방에 뛰어올라 다시 사격하였다.

철도경비대가 이 사격전을 발견하고 움직이기 시작하자. 두 사람의 사내는 시내 안으로 모습을 감췄다. 누구도 다치지는 않은 것 같다. 나는 부상당한 노동자를 들쳐 업듯이 하고는 시내병원에 데려가서 탄환을 뽑아내는 수술을 받게 했다. 입원비가 없어서 원장에게 부탁했더니 무료로 해준다고 말해 주었다.

마구간으로 돌아오자 습지로 나를 내동댕이치고 사라져 갔던 말은 안장도 내리지 않은 채 건초를 먹고 있다. 아무런 일도 일어나지 않았던 것처럼…….

구형 롤라이플렉스Rolleiflex 카메라

ᄋᆞᄅᆞ첸족 조사를 둘러싸고 생각지도 못한 일이 몇 가지 일어났다. 선배인 세토 토시오瀬戸俊夫 씨의 소개로 귀로에 하얼빈의 마이니치신문사 지국으로 모리모토 타마오森本太眞夫, TBS 부동산 사장 기자를 방문하자 매우 환대해 주었다. 곧바로 사진을 현상하고 확대한 뒤에 설명들을 적어 두었다. 그리고 밤이 되자 판타지아라는 카바레로 나를 데려갔는데, 빨강 파랑의 불빛이 요란한 가운데 스트리퍼가 춤추는 모습에 다싱안링 밀림에서 불쑥 뛰쳐나온 청년은 완전히 혼비백산하고 말았다. 마이니치신문에 난 기사를 보고 본바닥의 경성일보사가 입다물고 있을 리가 없다. 다롄의 아버지 댁에서 휴양한 뒤 경성으로 돌아오자 곧바로 기자가 와서 ᄋᆞᄅᆞ첸족 탐방기를 쓰라고 한다. 제주도의 조난 사건으로 지긋지긋할만큼 이야깃거리가 되었던 아픔은 잊어버리고 한번 써보려는 기분이 들었다. 그즈음에 나 나름으로도 말하고 싶은 것이 있었기 때문이다. 제목은 분명히 신문사 쪽에서 '싱안링 저멀리 ᄋᆞᄅᆞ첸족을 찾다'로 붙였던 것으로 기억하고 있지만 확실하지는 않다. 약 일주일에 걸쳐 연재하였다. 평판은 나쁘지 않았던 같아서 원고료로 그즈음의 100엔을 받고 놀라서 어머니에게 송금했다.

겨울휴가에 부모님 댁을 가니 어머니는 그 돈으로 좋은 사진기를 사라고 말씀해 주었다. 나는 소년 시절부터 사진기를 좋아해서 소학생 때부터 베스트 카메라[26]로 찰깍찰깍 간편하게 찍곤 했었는데, 중학교에 들어가자 명함배판名銜倍版의 어둠상자를 사 주어서 본격적으로 사진을 공부했다. 스튜디오에서의 촬영은 그즈음 경성제국대학의 사진실 주임을 하고 있던 엔조지 이사오円城寺勳 씨에게 배웠다. 이 사진실은 미학·미술사 교실에 소속돼 있었는데, 그즈음 발굴된 낭랑고분벽화의 대형 촬영 같은 것도 이루어지고 있었다. 나는 사진실에 틀어박혀서 현상과 인화의 심부름을 하면서 사진술을 배웠던 것이다. 이번의 다싱안링 조사에 임하여 사진기가 필요하다는 것은 알고 있었지만 명함배판 어둠상자밖에 마침 갖고 있는 것이 없었다. 이것으로는 여건에 맞지 않아서 앞에서 말한 세토 씨로부터 독일제의 수퍼 세미 이콘타Super semi-ikonta라는 카메라를 빌렸다. 브라우니Brownie 카메라의 반절 크기로서 레인지파인더Range Finder : 거리계가 붙어있는 것이 특색이다. 이 사진기는 잘 찍혔다.

어머니는 인류학 같은 학문을 하기 위해서는 좋은 기계가 필요하니까 이번 기회에 사라고 한다. 그즈음 다롄은 자유항이었기 때문에 외국 제품을 싸게 살 수 있었다. 사진기 가게에 가서 여러 가지 살펴보니 일본에 막 들어온 2안 리플렉스[27]에 욕심이 났다. 약간 흔한 듯하지만 35미리 카메라와 비교하면 6×6[28]사이즈여서

26 Vest Pocket Kodak Camera.
27 Twin-lens reflex : 파인더렌즈와 촬영렌즈 두 개가 이어 붙어 있는 카메라
28 203×254mm 사이즈 필름

원화의 질이 좋을 것으로 생각되었다. 게다가 롤라이플렉스에는 테싸[29] 3.5렌즈가 붙어있다. 다만 가격이 200엔이어서 원고료의 두 배가 된다. 나는 어머니에게 이 기계의 뛰어난 점을 거듭 설명했지만 사 주실 것으로는 생각지 않았다. 그러나 생각지도 못하게 시원스레 받아들여 주셨을 때는 온통 기쁨에 들떠 돈을 움켜쥐고 사진기 가게로 뛰어갔다. 내가 샀던 기계는 실로 잘 찍혀서 그 후 종전 뒤까지 수중에 지니고 있었지만, 귀환해 돌아와서 밑바닥 생활을 하고 있을 때 끝내는 도쿄에서 팔아버리고 말았다. 구형 롤라이플렉스여! 지금 어디의 누구 손에 있는가! 정말 그립구나!

고 시부사와 게이조[30]의 추억

오로첸족 조사를 끝내고 경성에 돌아오자 곧바로 보고자료를 정리해 두었다. 말할 것도 없이 아키바 선생의 지도에 따른 것이다. 선생께서는 내 보고자료를 보고는 이윽고 한 장의 원고 용지를 건네주셨다. 거기에는 지금부터 써야 할 보고서의 목차가 적혀 있었다. 그것뿐이었다. 그러나 이 한 장의 용지를 힐끗힐끗 보면서 내 나름으로 보고서를 완성했을 때는 정말 즐거웠다. 사진첩을 첨

29 Tessar : 칼 짜이스 렌즈의 한 종류

30 澁澤敬三(1896~1963) : 관료, 기업가, 민속학자. 도쿄제국대학 경제학부를 졸업하고 은행원을 거쳐 일본은행 총재를 지냈고, 패전 후 내각에서 재무대신을 역임했다.

부하여 아키바 선생께 보고서를 넘기게 되자 기분이 후련해져서 맑게 갠 가을 밤하늘 아래를 내달려 보았다. 말할 것도 없이 이 보고서가 인쇄되리라고는 꿈에도 생각하지 못했다. 아키바 선생께서 읽어주시면 그것으로 좋은 것이었다.

그렇지만 그때 정말 행운의 신이 찾아오셨다. 고 시부사와 게이죠 씨가 다도해 조사를 끝낸 뒤 동행한 사람들과 함께 경성에 와서 우리 연구실을 방문해 주셨다. 틀림없이 모시옷에 흰 파나마 모자를 쓰고 있었던 것으로 기억된다. 아키바 선생께서 소개하셨을 때 시부사와 게이죠 씨가 어느 정도의 사람인지 나는 알지 못했다. "방금 싱안링에서 막 돌아와서 보고서를 완성한 참입니다"라고 말하며 내 보고서를 아키바 선생이 시부사와 씨에게 보여주었다. 시부사와 씨는 100매 정도의 원고를 펼쳐 읽고 사진첩을 넘기고 있다가 이윽고 다음과 같이 말씀하셨던 것을 생생하게 기억하고 있다.

"이것을 『민족학연구』 잡지에 실어보세. 통째로, 그대로가 좋아"

이런 경과로 100매의 원고와 30매의 사진이 「다싱안링 동남부 오룬첸족 답사보고」로 게재되었다. 그즈음의 경성은 일본의 지방도시인 셈이었기 때문에 자주적으로 사안을 생각하고 평가하는 정신이 학자와 지식인들에게 결여되어 있었다. 따라서 모든 것에 도쿄에서 이루어진 평가가 경성으로 매섭게 튕겨져 오는 식이었다. 그런 마당에 중앙의 학회지에 당당하게 논문이 게재되었기 때문에 약간 트릿한 학생의 전형으로 보이던 나에 대한 평가가 점차 변해갔다. 그 일은 분명히 나의 일생에 있어서 큰 의미를 갖고 있었다. 다시 태어난 듯이 공부도 하고 조사에도 나서곤 했다. 이와 같은 찬스를 만들어 주셨던 시부사와 씨 영전에 여기서 다시 감사드린다.

그 뒤에도 시부사와 씨와의 교제는 미미하게나마 패전 때까지 이어졌다. 졸업논문인 「제주도－그 사회인류학적 연구」도 당신께서 주재하시던 애틱 뮤지엄[31]에서 간행해 주기로 하였기에 도쿄로 갈 때마다 만나뵙곤 했다. 그렇지만 내가 군대에 들어간 뒤 다시 뉴기니에 가기도 하는 동안 전쟁이 치열해지면서 약속을 다 지키지 못한 채 패전을 맞이했다. 경성에서 귀환해 올 때에도 나는 시부사와 씨와의 약속을 생각하고 그 원고만은 륙색 바닥에 감추고 돌아왔던 것이다. 그러나 그 때에는 시부사와 씨가 재무대신으로서 시부사와 재벌을 스스로 해체한 직후여서 재정적으로는 매우 어려운 생활을 하고 계셨다. 운전수 집의 거실에서 술 사발을 기울였던 일이 기억난다.

그로부터 시부사와 씨와의 인연이 깊어지기 시작한다. 1950년에 그즈음의 8학회연합[32]이 최초의 공동조사단을 대마도에 보내게 되었다. 이 공동실태조사는 패전의 밑바닥에서 허우적거리며 기진

---

31 Attic Museum : 시부사와가 고교 때 민속학에 심취, 자택 다락에 동식물 표본, 화석, 향토 완구 등을 수집, 개설한 사설박물관. 전후 일본상민문화연구소를 거쳐 일본국립민족학박물관 수장 자료의 모체가 되었다.

32 일본의 인문과학계학회들의 연합조직. 일본민속학을 이끌어 왔던 시부사와 게이조의 제창으로 1947년 6학회로 발족, 1950년 일본민족학회, 일본민속학회, 일본인류학회, 일본사회학회, 일본언어학회, 일본지리학회, 일본종교학회, 일본고고학회의 8연합이 되고, 1951년 일본심리학회가 추가되어 9학회연합이 되었다.

맥진해 있던 일본의 야외과학field science계에게, 도로登呂유적[33]의 발굴과 함께 큰 자극이 되었던 것은 부정할 수 없는 사실이다. 시부사와 씨는 학회연합의 창시자였던 관계도 있어서 이 공동실태조사의 위원장을 맡았다. 그리고 내가 간사장이 되었던 것이다. 공교롭게도 그때 시부사와 씨는 공직추방 대상자로 지정되었기 때문에 일시 위원장을 그만두었지만, 공석을 메꾸지 않고 그대로 놔두고 있던 중에 이윽고 대마도로 가게 되었을 때 추방이 해제되었다.

대마도의 공동조사는 한국전쟁을 즈음하여 시작되었다. 시부사와 씨는 제1회 조사만으로 위원장을 그만두고 나도 간사장을 물러났지만, 9학회연합은 그 뒤에도 계속하여 학회의 공동실태조사를 해오고 있다.

전후 10년간 일본인에 의한 해외연구는 허용되지 않았지만, 1952년에 미일강화조약이 체결되자 폭발적으로 성행하게 되었다. 게다가 처음에는 모두 등산과 밀접한 관계를 갖고 있었다. 등산대는 학술조사를 겸하고 있거나, 적어도 그것을 명목으로 하지 않으면 외화를 취득할 수가 없었다. 한편 학술조사대의 편성에 있어서도 등산에 경험이 있는 사람이 참가하여 그 운영과 장비에 대하여 경험을 살리곤 했다. 그러나 해외원정에는 돈이 들었는데, 자신의 힘으로는 좀처럼 마련할 수 없어서 아무래도 그것을 따로 모

33 시즈오카시 도로 5번지에 있는 야요이시대의 취락 · 논농사 유적. 1943년에 발견되었으나 1947년 고고학 · 인류학 · 지질학 등 각 분야의 학자들이 함께한 일본에서의 최초의 종합적인 발굴 조사가 행해졌다.

금하지 않으면 안 되었다. 미국과 유럽에는 그에 합당한 재단들이 있어서 그곳에서 원조해 주지만 일본에는 그 같은 재단이 거의 없었고, 있다 해도 그 재정규모는 미미한 것이었다. 그래서 각 기업에 직접 기부를 부탁하지 않으면 안 되었고, 그 때마다 시부사와 씨에게 알선을 부탁드렸다. 그런데 이러한 사례가 매우 많아지면서 그 대단한 시부사와 씨도 비명을 올리게 되어 "나는 그저 교환기라네. 부탁이 있으면 그것을 적당한 곳에 이어줄 뿐이야"라고 말씀하셨던 적이 있다.

나중에 말하게 될 사정 때문에, 나는 전후 남미의 연구를 위시하여 특히 안데스지역에서 10년 가까이 발굴에 종사하였고 그것이 끝내는 일생의 작업이 되는 듯하다. 그 계기를 만들어 주신 것이 시부사와 씨이다. 이동대사로서 남미에 파견되셨을 때 페루의 사막과 브라질의 밀림을 나도 함께 걸었던 일이 어젯일처럼 떠오른다.

1963년 10월 25일 나는 세 번째의 페루 발굴을 끝내고 하네다 비행장에 도착하자 거기에서 시부사와 씨의 부음을 들었다. "자네가 돌아오기를 기다리고 계셨다네"라고 친구가 알려주었다. 곧바로 도라노몽의 병원에 달려갔을 때는 부검이 한창인 때였다. 어두운 해부실 앞 복도에서 나는 여장도 풀지 못한 채 넋을 잃은 듯이 언제까지나 서 있었다. 어떤 산보다도 더 잊기 어려운 사람이었다.

고 시부사와 게이죠 씨

강남의 여로

쑤저우의 운하와 성벽

상하이의 우중충한 봄

ᄋᆞ ᄅᆞ첸족 조사는 나의 인류학에 대한 관심을 한층 강하게 만들어 본격적으로 공부할 결심을 굳혔다. 그렇게 하려면 뭐라 해도 훌륭한 졸업논문을 쓰는 것이 매우 중요하다. 시간과 돈이 허용하는 한 제주도로 가서 농촌에 눌러 앉아 조사를 되풀이했다.

1937년 봄 다롄의 집으로 돌아가니, 급하게 돌아가고 있는 중국과 일본의 관계를 중국 요로에 있는 사람들이 어떻게 생각하는가를 조사하기 위하여, 만철에서 아버지를 중·남부 중국지역에 파견하게 되었다. 아버지의 건강은 그다지 좋지 않아서 혼자 여행이 위태롭게 보였고, 사람들은 내가 비서로 동행하는 것이 좋겠다고 하였다. 나의 중국어는 그 정도로 어려운 회화의 통역이 가능할 정도로 훌륭하지는 않았지만, 필요에 따라 만철의 지역 출장소 또는 일본영사관 사람들에게 도움을 받기로 했다. 태어나서 처음이면서 그리고 마지막이 된 아버지와의 2인 여행은 다롄을 출발점으로 하여 칭다오靑島를 거쳐서 상하이上海에 상륙하고 항저우杭州, 난징南京, 쑤저우蘇州, 한커우漢口 그리고 거기서 양쯔강을 건너 남하하여 창사長沙, 광둥廣東, 홍콩香港에서 산터우汕頭와 샤먼廈門를 거쳐 타이완에서 끝났다. 4월 11일에 다롄을 출항하여 5월 12일에 지룽基隆에 입항했다. 기간은 짧았지만 중일전쟁이 일어나기 직전의 중국의 중부 및 남부지방을 알 수 있었던 것은 좀체 얻기 어려운 경험이었다. 이때의 일기장 표지에는 '강남의 여로 일기'라고 적혀있고 지금 내 손에 남아있어서 가능한 한 그즈음의 원본에 따라서 그 여행을 정리 해 보기로 한다. 일기의 처음에 다음과 같이 적혀 있다.

갑자기 변덕스럽게, 그러나 도무지 변덕스러워서는 될 수 없는 여행에 나서게 되었는데, 먼 여정을 앞에 두고 언제나 그런 것처럼 **진짜라고는 생각되지 않는 기분**인 채로 어느새 오늘의 출항을 맞게 되었다. (…중략…) 호객꾼과 인부들로 혼잡한 정나미 떨어지는 항구 풍경, 환송 테이프를 서로 던지며 이윽고 출항하지만 항구는 좀처럼 멀어져 가지 않는다. 아버지 감기가 염려되니 빨리 객실로 들어가라는 어머니의 손짓을 바라보며 아버지를 선실 안으로 모셔간다.

칭다오를 거쳐 상하이에 입항. 바다는 사나운 기세다.

꿈속에선 듯 기적소리. 눈을 뜨자 흐린 물빛 그리고 안개. 파도의 넘실거림은 높고 배는 바람에 맞서며 심한 피칭을 되풀이한다. (…중략…) 세관에 제출할 서류를 가져온다. '여객이 관원에게 뇌물을 주면 위법한 행위로서 법률로 다스린다旅客向關員行賄以違犯法律論'라고 적혀있다.

지금의 중국은 얼마나 달라진 것일까? 상하이에 상륙해 보니 그 당시 중국의 정치 상황이 온몸으로 강렬하게 느껴진다.

국민당과 중국공산당 사이에는 항일이라는 한 가지 점에 대하여 의견이 일치하여, 양자가 정전하고 동시에 쟁의 행위 등 계급 투쟁도 일시 중단하기로 합의되고 있다.

스코트 로드Scott Road에 있는 서점의 주인인 우치야마 칸조內山完造 씨를 방문한다. 그때 우치야마 씨가 이야기했던 것이 작은 글씨로 메모되어 있는데, 특히 다음 한 구절이 눈에 띄게 적혀있다.

소위 중일친선이라고들 하지 말라. 친선이라는 말은 부르짖지 않아도 좋다. 일본과 중국의 민중들이 자유롭게 모든 일을 이야기할 때가 오고서야 비로소 친선이 있다. 바로 그렇다.

푸단復旦대학에 장이 교수[1]를 방문한다. 유창한 영어로 현실적이면서도 냉철한 의견을 개진한다.

현재 정세로는 중국의 주권은 적어도 만주의 치치하얼[2]까지 인정되어야 할 것이며 북중국에 대한 일본의 관심은 어디까지나 경제적 측면에 그쳐야 할 것인데, 정치적 · 군사적 간섭은 실례다. 특히 최근 허난성에서의 일본특무기관의 행동에 대하여는 이해하기 어렵다. 또 일본의 여

1 章益(1901~1986) : 중국의 저명한 교육자 및 심리학자. 1924년 도미하여 1926년 워싱턴주립대학에서 교육학 석사를 취득 후 귀국하여 상하이 푸단대학장을 역임했다.

2 중국 헤이룽장성에 있는 도시로서 만주국 시절 일본인에 의해 급속하게 발전했다. 주민 대부분을 한족이 차지하지만, 만주족, 조선족, 몽골족, 후이족, 다우르족도 거주한다. 치치하얼의 뜻은 다우르족 언어로 천연목장(목초지대)을 뜻한다.

러 종류 출장 사무소들외무, 육군, 해군 주재기관 상호간의 의견이 통일되지 않을 뿐 아니라 중앙과도 정책 견해를 달리하고 있어서 중국은 도대체 손을 쓸 수가 없다.

그리고 아버지가 제시한 중일 간의 교수 및 학생 교환에 대한 제안에 대해서도

언어가 다르므로 그다지 의미도 없으며 중국 측은 크게 바라지 않을 것이다.

라는 의견이다. 2·26사건의 보도에 뒤쫓기면서 북중국을 여행했던 지난번의 "봄"이 다시 되돌아온 듯하다. 제스필드 공원[3]에는 튤립이 선명한 색으로 피어있었지만 우중충한 상하이였다.

양쯔강揚子江과 동정호洞庭湖

상하이에서의 일요일을 이용하여 항저우를 방문한다. 아버지와 함께 북역에서 기차를 탄다.

창밖 풍경은 비 때문에 한층 더 산뜻해지고 운하 제방의 버드나무, 밭들

3 Jessfield Park : 현재의 종산(中山)공원.

(상) 쑤저우의 다리
(하) 한커우의 번화가

마다 활짝 피어있는 연꽃과 유채꽃이 아름답다. (…중략…) 철로 주변의 농지들은 잘 정리되어 있고, 정거장은 청결하여 질서가 잡혀있다. 우연히 옆자리에 상하이에서 오랫동안 개업하고 있는 아오키 씨라는 의사가 앉았다. 이 사람은 '중국은 최근 변했습니다'라고 한다. 오랫동안 중국 중부 및 남부에 살고 있는 사람은 누구라도 그렇게 말한다. 그러나 이제부터 어떻게 되어갈 것인지에 대하여는 의견이 구구각색이다.

항저우에 도착하여 뉴 호텔에 투숙한다. 비가 그치지 않는다.

택시를 타고 서호西湖로 향한다. 수양버들이 가로수로 늘어선 길. 빗속에서 물안개를 피어 올리는 산들. 남종선南宗禪과 남종화南宗畵의 도시. 그리고 소동파가 술에 취해 혼자 거닐었던 곳. 평호추월[4]을 찾은 후 운림사雲林寺에 다다른다. 빗속의 풍광은 아름답지만 아버지가 비에 젖어 한기가 든다고 하셔서 서둘러 호텔로 돌아온다.

상하이에 10일 정도 체재하고 난징으로 향한다. 이날도 억수같이 내리는 비. 난징은 상하이보다도 오히려 신흥도시로서의 활기에 가득 차 있다. 그즈음의 일본대사는 카와코시川越 씨로서 만주사변 이후의 악화된 중일 관계를 정상화시키려고 중화민국 정부 요로와 몇 번에 걸쳐 공식회담을 되풀이하고 있었다. 난징은 이와 같

4 平湖秋月 : 항저우의 서호 10경 중 하나로서, 호수의 서쪽 끝 부분이 특별히 평탄한 수면으로서 가을달 감상의 최적지로 칭송된다.

은 공식 접촉이 이루어지는 장소였기 때문에 다양한 중국인들이 모여들었다. 아버지와 나는 만철 본사의 소개로 공적 인물들과 만나고, 상하이의 우치야마 씨로부터 받은 소개장으로는 민간인들과 이야기를 나누었다. 원래 나는 정치에 관심이 없는 편이다. 그러나 이런 긴장된 중국에 아버지의 비서로 따라왔던 까닭으로 정치 상황을 모르는 척하고 있을 수는 없다. 상하이와 난징에서 사들인 중국 관계의 책자들, 특히 혁명사를 아버지가 잠든 후 매일 밤늦게까지 읽고 읽기를 마치면 다음 일도 생각하여 다롄의 만철 본사에 보내두었다.

난징에서의 예정을 끝내고 한커우로 향하는 뤄양洛陽호 선박에 오른다. 그다음 날,

> 비가 그치고 엷은 햇살이 비췄다. 양쪽 언덕의 풍광은 주장九江 시에 이르기 전까지가 특히 뛰어났는데, 기암절벽이라고 할 정도는 아니지만 산과 강의 분위기는 남종 수묵화의 정취를 띠어 우리 눈을 즐겁게 한다. (…중략…) 정오를 지나 주장에 이른다. 부두에는 포장마차가 나와 있어 우동과 떡이 날개 달린 듯 팔린다. 그중에서도 인상적이었던 것은 유비油把라고 하여 쌀가루를 반죽하여 떡으로 만들고 (그 속에) 흑설탕을 넣어서 기름으로 튀긴 것이다. 부부가 이 유비를 만들어 팔고 있었다. 아낙은 검은 머리칼을 목덜미가 예쁘게 드러나도록 뒤로 질끈 묶고 남쪽 지방 사람다운 넓은 얼굴을 부끄러운 듯 붉히고 있다. 전족을 하지 않은 발은 상당히 크다. 사내는 드문드문 수염이 난 둥근 얼굴로 정말이지 태평

성대형의 농부[5]를 떠올리게 한다. 유바는 아주 순식간에 팔려버리고 말았다. 한 개에 은화 1센트이다. 나도 두 개 사서 먹어본다. 배 안의 일본인들은 웃기만 하고 먹어보려 하지 않았지만 정말 맛있었다.

그다음 날,

아침 그리고 비. 넓고 평탄한 강기슭에 비구름이 드리워져 한커우와 우창 시내가 빗속에 잠겨있다. 8시 한커우부두에 배가 닿는다. (…중략…) 이곳으로 말하면 항일의 기풍이 매우 강하여 일본 조계 안에도 중국의 비밀 탐정망이 있어 일본과 통하는 한간漢奸의 적발이 철저하다고 한다. 해군 무관을 만나자 '현재 일본은 중국 측을 자극하는 모든 행위를 피하고 현상을 유지하면서 기회를 보아 모든 군사적 · 정치적 기관을 중국에서 철수하여 양국의 친선을 도모해야만 한다'고 진정어린 말을 했다. 육군과 해군 특히 관동군과 해군의 견해는 마치 물과 기름이다.

한커우에 사흘간 머문 뒤 우창으로 향한다. 그즈음 이미 한커우와 우창 사이에는

5분마다 페리보트가 왕복하고 있어서 양쪽 시의 교섭이 빈번함을 말해준다. 배는 상하 2층인 2,300톤 정도로서 크고 속도도 상당히 빠르다.

5 鼓腹擊壤 : 태평세월을 즐긴다는 의미. 중국 요임금 때 한 노인이 배를 두드리고(鼓腹) 땅을 치면서(擊壤) 요임금의 덕을 찬양하고 태평성대를 즐겼다는 데서 유래한다.

(…중략…) 동호東湖 근처에 우한武漢대학을 방문한다. 허난湖南성의 자금으로 설립되어 경영되고 있다고 하는데, 옛성과 같은 건축은 실로 당당한 모습이고 장소와 설비가 모두 좋아 일본의 대학은 발뒤꿈치에도 미치지 못한다. 귀로에 황학루黃鶴樓에 올라 비 내리는 장강을 내려다 본다.

우창을 밤기차로 출발, 계속 남하한다. 다음날,

아침 창사 동역 도착. 역의 번잡함. 헌병의 검사, 드디어 중국 내륙에 발을 들여놓는 느낌이 든다. (…중략…) 인력거에 타고 지나가는 거리는 마치 우물의 밑바닥을 달리기라도 하는 듯 느껴진다. 좁은 포장석이 깔린 길 양쪽으로 3층 또는 4층의 상점들이 처마를 나란히 하여 고풍스러우면서도 화려한 상업 도시이다.

여기에서 그즈음의 허난성의 주석인 헤 지안[6] 씨를 만나고 청룡도를 든 경비병들의 호위를 받으며 저녁 식사를 함께 한 것이 생각난다. 이 때의 회견 메모도 남아있지만 상당히 격세지감이 있는 이야기여서 생략한다.

창사 거리의 동북쪽에 악록산岳麓山이라는 낮은 산이 있다. 주변이 평탄하여서 시가지에서도 장강 너머로 잘 보인다. 하루를 아버지와 함께 이 산을 거닐며 보냈다.

---

6 何鍵(1887~1956) : 허난성 주석. 후에 시안(西安)사건에의 대응으로 장제스의 의심을 사서 실각한다.

장강을 건너고 가운데 섬을 지나서 다시 강을 건너 악록으로 향한다. 허난대학으로 통하는 플라타너스 가로수길이 선착장에서부터 쭉 뻗어 있다. 가마를 빌려 아버지를 태우고 산길에 들어선다. 산을 뒤덮고 있는 나무들의 싱그러운 초록빛, 따뜻한 햇살. 산허리를 누비고 있는 길이 급경사 언덕이 되면서 드디어 광장이 나타난다. 잘 알려진 쑨원孫文의 묘소로서 비문이 보이고 근처에 고록사古麓寺라는 절이 당당히 서있다. 더 올라가니 녹운사麓雲寺라는 이름의 도교사찰이 있다. 용정차[7] 잔을 기울이면서 서북쪽을 바라보니 동정호는 땅 끝까지 펼쳐져 있었다.

남중국해와 타이완

6일간의 창사 체재는 잊기 어려운 추억이다. 성의 주석인 혜 지안 씨를 만나기도 하고 악록산에 오르기도 하면서 장강의 흐름에도 익숙해졌다. 아직 5월의 시작일 뿐인데 매우 더워졌다. 밤 광둥행 급행열차에 타고 침대에 몸을 뉘이자 온몸이 땀투성이다. 열차 안에서 하룻밤을 지새우자 벌써 허난성과 광둥성 경계인 분수령 근처를 달리고 있다. 주변은 풍요로운 논들로서 어딘지 모르게 일

7 龍井茶 : 항저우 특산의 녹차. 원문에서 이즈미는 '龍絲の茶'라고 쓰고 있으나, 그런 이름의 차는 없다. 짐작건대 龍井茶(롱징차)를 착각한 것으로 판단되는데, '井'의 일본어 발음이 いど이며 '絲'의 발음이 いと인 것을 볼 때 청음과 탁음을 착오한 것이 분명할 것이다.

본의 여름을 생각하게 한다. 몇 번인지 모를 정도로 헌병이 올라와 여권을 보고 명함을 요구한다. 매우 요란스런 행태에 이유를 물으니 경비 병력을 배치하기 위한 것이라고 하는데, 광둥어라 잘 알아들을 수 없다. 왜 경비병이 필요한지 분명한 설명도 없다. 이윽고 밤이 되어 11시를 지나 산 속에서 열차가 정지한다. 4, 5명의 경비병이 와서 화물을 가지고 열차에서 내려 따라오라고 손짓을 하는 것 같다. 다른 승객도 모두 어둠 속으로 하차하여 줄줄이 걷기 시작했다. 지독한 모기들이다. 좁은 산비탈길이어서 아버지 건강이 걱정이 되기 시작했다. 이윽고 어둠이 확 밝아지며 그곳에 기관차가 전복되어 있는 것이 보였다. 주변에는 아세틸렌 등불이 환하게 빛나고 중기관총이 으스스하게 배치되어 있다.

이제 슬슬 광둥에 도착해 있어야 할 터인데, 생각지도 못한 사고 때문에 어딘지도 확실히 모르는 광둥성의 산 속을 짚신차림의 중국 경비병의 호위를 받으며 돌아다니고 있는 것이다. 사고 현장을 지나쳐서 그 앞에 기다리고 있던 열차에 오른다. 외국인은 우리 두 사람밖에 없는 것 같고, 경비병이 따라 붙은 것도 우리 만이었다. 그즈음 중국의 오지에는 일본인 여행자가 스파이 혐의로 체포되고 살해되는 사건이 빈번이 일어나고 있었다. 개통한지 얼마 안 된 유에한粵漢선[8]을 우창에서 창사를 경유하여 광둥으로 가는 두 사람의 일본인의 행동에 만약 혐의를 둔다면 얼마든지 의심할 수 있을 터이다. 그러나 그러한 불길한 사건은 일어나지 않고 열차는 날이 새면서 움직이기 시작했다.

광둥에 도착한 것은 8시경이었다. 여관 종업원이 역까지 마중하러 나와 있다. 지난밤부터 교대로 기다리고 있었다고 하니 실로 딱한 일이었다.

라고 그때의 일기에 적혀있다.

역에서 택시로 샤민沙面섬 서교까지 와서 내린다. (…중략…) 샤민이라는 곳은 바다에 면한 작은 섬으로서 프랑스와 영국의 조계가 있어 외국인들이 살고 있다. 섬과 육지 사이의 수로는 고작 15미터 정도로, 동과 서에 두 개의 다리가 걸려있는데 샤민에는 자동차나 다른 일체의 차량을 들이지 않는다. 매트로호텔에 머물게 되어서 준비해 준 목욕을 마치고 아침을 먹는다. 세찬 스콜이 내려서 더위를 가시게 한다. 아버지를 침대에 드시게 한 후 나는 사람들을 만날 준비를 했다.

광둥의 거리는 중국혁명의 발상지인 만큼 자부심 높은 곳이었다. 다양한 사람들을 만난 인상으로는 광둥 사람들은 감정을 그대로 드러내는 편이어서, 과격하기로는 라틴아메리카 사람들의 성격과 아주 닮아 있다. 게다가 상인들의 힘이 강한 것 같아서 시가지가 업종별로 나누어져 있었다. 즉 철물점 거리, 포목점 거리라는 식으로 구획되어 있어 각각의 거리에 개성이 강하게 묻어나고 있었다.

음식은 아주 훌륭하다. 광둥 요리의 본바닥인 만큼 각종 요리를

---

8 우한과 광저우를 연결하는 철도로 1936년에 개통했고 현재는 베이징과 광저우를 잇는 징광(京廣)선의 남부에 편입되었다.

맛보았지만 내 기호에 맞는 것은 뱀 요리인 산쉐차이三蛇菜도 아니고 원숭이 요리도 아니었다. 일반인들이 얌차[9]라고 부르는 점심 식사 스타일의 가벼운 음식이다. 보통의 중국 요리 한 접시의 1/4 정도 분량의 요리를 작은 접시로 가져와 몇 접시씩이나 먹는 것이다. 말할 것도 없이 접시마다 요리가 각각 다르다.

광둥에서 홍콩으로 가는 열차는 유에한선과 비교하면 아주 훌륭하지만 선로가 그다지 깔끔하게 정비되어 있지 않아서인지 매우 흔들렸다. 중산역의 황폐하게 되어버린 도박장을 지나 터널을 벗어나자 주룽九龍이었다. 어두운 바다 저편에 홍콩섬이 우뚝 서있고 산에는 전등들이 진주처럼 빛나고 있다. 열대 해변의 시가지 야경은 어찌하여 이렇게 맑고 아름다울까! 그 후에 리오데자네이루와 리마의 야경에서도 홍콩과 닮은 아름다움을 느꼈다.

광둥에서 홍콩으로 그리고 산터우와 샤먼를 거쳐 타이완의 지룽에 도착한 것이 5월 12일이다. 남중국의 어수선한 그러면서도 긴박한 정세하에서의 여행을 통하여 이미 그대로는 진정될 수 없는 중국 사람들의 감정을 읽어낼 수 있었다. 만주국의 독립, 북중국과 내몽골에 대한 일본 육군의 개입은 난징과 상하이를 거쳐 중국 전역에 항일체제가 구축되게 해버렸다. 견원지간이라 할 법했던 장제스와 마오쩌둥 사이에 항일을 목표로 하는 연합이 시작되고 있었다. 이미 너무 늦었다.

9 원문에는 암차(巖茶)로 되어 있으나, 내용으로 보아 얌차(飮茶)의 오기로 보인다.

타이페이에는 『타이완 민보』를 중심으로 하는 메이지대학 시절 아버지의 제자들이 기다리고 있었다. 타이완에 의회를 설치하여 타이완 민중의 자치권을 넓히자고 주장하는 아버지의 의견은 그즈음으로는 매우 진보적이었다. 아버지는 타이완에 가고 싶어 했지만 총독부에 대한 거리낌 때문에 그즈음은 공식적으로는 들어갈 수 없었다. 그래서 샤먼-지룽이라는 뒷문이라고 할 곳을 통하여 들어왔던 것이다. 제자들에게 둘러싸인 아버지는 아주 유유자적으로 즐거워하는 것 같았다. 그 제자들 모두가 얼마동안 아버지를 맡아준다고 하여 나는 혼자서 타이완의 산에 올랐다. 시즌 전이기 때문일까 간단하게 입산 허가가 떨어졌다. 알리산阿里山에 도착하자 안개가 솟아올라 밤은 매우 서늘하다. 한커우에서부터 더위에 시달려 왔던 나에게는 산의 서늘함은 크나큰 구원이었다.

알리산에 1박하고 그 다음날은 신고산[10]을 향한다. 길 상태가 좋아서, 조선에서 길이 제대로 없는 산을 걸어왔던 나에게는 마치 산을 소풍하는 것 같다. 그러나 그때까지 해발 3,000미터를 체험한 적이 없었기 때문에 그 점에 흥미가 있었다. 신고산은, 후지산보다 높은 꼭대기 부분이 비교적 평탄한 산등성이 길처럼 기억되는데 그곳을 내달려 보기도 했다. 숨이 벅차게 되는 일조차 없어서 안심했던 것이 기억난다.

---

10 新高山 : 타이완의 거의 중앙부에 있는 산으로서 해발 3,952미터로 타이완 최고봉. 현재 이름은 위샨(玉山)이며 일본 지배 시기 후지산보다 높은 새로운 산이라 하여 니타카야마(新高山)로 불렸다.

신고산을 넘어서 일월담日月潭 우셰霧社신사로 향한다. 사탕수수 밭을 지나쳐 밤길을 달려 우셰의 주재소에 이르자, 지금 이름은 잊었지만 순사부장이 전보를 건네준다. 펼쳐보니 '아빠 병, 곧 돌아오라'라고 적혀있다. 화렌항으로 가는 길을 포기하고 밤새 걸어서 기차역으로 와서 타이페이로 돌아간다.

아버지의 병은 피로와 더위 먹음 때문이었다. 사흘 정도 지나자 기운을 차리게 되어 타이완을 떠나기로 했다. 지룽 항구에는 오색 테이프가 흩날리고 아버지도 나도 아버지의 제자들도 손을 흔들었다. 그 후에 아버지는 다시 타이완의 땅을 밟지 못하고 돌아가셨고, 나도 다시 방문할 기회를 갖지 못하고 있다. 배는 규슈의 모지門司에 입항했다. 거기에서 아버지는 다렌행 선박을 갈아타고 나는 관부연락선으로 조선으로 돌아갔다. 아버지와 여행을 함께 한 것은 소학생 때 도쿄에서 경성으로 갔을 때 이후 처음이었고, 게다가 이것이 마지막이 되었다. 경성에 돌아와 며칠 뒤 하숙집에서 펼친 조간신문에 '루거우차오蘆溝橋사건'이 실려 있었다. 드디어 올 것이 왔다…….

쑹화(松花)강과 몽강(蒙疆)의 조사

고비사막을 지나는 대원들

허저赫哲족[1]과 한족 샤먼 따시엔大仙

1937년 한 해는 세 번의 여행으로 분주하게 지냈다. 그중 하나가 이제까지 써온 중국 중부와 남부 및 타이완의 여행, 두 번째가 여름 끝 무렵에 아키바, 아카마쓰 두 선생을 모시고 여행했던 쑹화강 유역 조사이며, 마지막은 졸업논문의 보충조사를 위해 갔던 제주도로의 여행이었다.

그즈음 경성제국대학의 종교학·사회학연구실에서는 조선의 샤머니즘 조사를 거의 끝내고 만주와 몽골의 샤머니즘으로 연구의 중점을 옮겨가고 있었다. 아키바, 아카마쓰 두 선생 콤비는 조선을 조사할 때와 조금도 달라진 것은 없었지만, 철모르는 학생 하나가 10년 만에 나타났기 때문에 조사에 동행시키려고 했던 것 같다. 8월 끝 무렵에 펑톈의 지정된 여관에 도착하자 곧 두 선생께서도 도착할 것이라고 했다. 밤중에 여관에 도착한 선생님들은 다시 만난 것을 축하하면서 "한 잔 마시자고……"라며 흥겨워 하셨다. 나로서는 반대가 있을 턱이 없지만, 아카마쓰 선생께서 말씀하신 것은 안주를 준비하라는 것이었다. 카운터와 의논하자 요리사를 깨워 보자고 이야기가 되었다. 지금 생각하면 상상도 할 수 없는 일이다. 곧바로 제법 갖춘 안주상이 차려지고 한밤중의 술자리가 시작되었다.

---

1 원문에는 한자로 赫哲이라 적고 골디족이라고 병기되어 있는데, 만주에 진출한 일본인들이 이들을 '골디'라고 불렀지만 그 명칭의 유래가 확실하지 않다. 청조의 공식 명칭은 허저족이었으며(번역은 이를 따른다), 러시아에서는 나나이족으로 불리는 소수민족이다.

다음날 펑텐에서 하얼빈으로 가서 2, 3일 체재한 후 쑹화강을 내려가는 배에 탄다. 우선 처음의 목적은 유에라이친悅來鎭이라는 작은 읍의 교외에 사는 허저족을 방문하는 것이었다. 허저족은 오로첸족과 마찬가지로 퉁구스어족의 한 분파로서, 어로를 생업으로 하고 수렵은 부업이다. 옛날부터 물고기 가죽으로 의복을 만들었기 때문에 한인漢人은 그들을 유피다즈漁皮韃子라고 부르고 있었다. 만주 개발이 큰 강을 따라 진척됨에 따라 허저족은 한인화되어 그들의 전통적 문화는 재빠르게 사라져 가고 있었다.

유에라이친에 배가 닿자 지방관청의 공무원이 마중을 나와 있어 그 마을의 양조장집에 숙박하게 되었다. 아마도 적당한 여관이 없었기 때문에 읍내의 부잣집에 의뢰한 것이리라. 밤은 이미 새고 있었는데 술자리가 준비되었다. 부추로 맛을 낸 동북지방 요리에 독한 소주이다. 다음날의 조사를 생각하여 빨리 자고 싶지만 그렇게는 되지 않고 술자리가 끝난 것이 새벽 3시였다.

아침 6시 정각에 마차가 온다. 질척한 진흙길은 아직 잠들어 있다. 아키바 선생은 건강이 조금 좋지 않아서 배에서 내리지 않고 먼저 갔기 때문에, 아카마쓰 선생과 통역 그리고 현청縣廳의 참사관과 내가 일행의 전부이다. 역시나 졸리기 짝이 없다. 아카마쓰 선생과 참사관은 마차 안에서 자고 있다. 성문을 나서자 쑹화강 둑언덕에는 수수밭이 펼쳐져 있고 안개가 피어오르는 강물의 흐름은 끝이 없다. 수수툰蘇蘇屯이라 불리는 허저족 촌락은 성내에서 그다지 멀지 않는 곳에 있었다.

예전에 오웬 라티모어[2]와 링슌쉥[3] 두 사람이 여기를 방문했었다. 우리는 허저족 마을에 이웃한 소주공장에 진을 쳤다. 아카마쓰 선생과 참사관은 거기에서 기울였던 독한 소주 한 잔으로 지난 밤 만취에 빠졌던 탓일까 본격적으로 잠들어 버린다. 어쩔 수가 없어서 나는 통역과 함께 허저족과의 만남을 시작하여 아침부터 오후 4시까지 하루 종일 계속하고 있었는데 이윽고 아카마쓰 선생이 깨어나 오셨다. 경과를 설명하고 더 이상의 조사를 하기 위해서는 더욱 더 시간을 들이지 않으면 안 된다는 점을 인정받았다.

마차에 타고 유에라이친에 돌아가자 벌써 밤이 가까워지고 있었다. 충분한 수면으로 원기를 회복하신 아카마쓰 선생은 이제부터 한족의 샤먼shaman인 따시엔大仙을 조사하자고 말씀하신다. 나는 녹초 상태였지만 나중에는 그만둘 수 없게 되었다. 북만주 샤먼의 굉장한 굿판을 끝까지 기록하기를 마쳤던 것은 오후 10시였다. 그로부터 새벽 1시 반까지 '위로' 잔치가 이어진 후 쑹화강을 내려가는 배에 탄 것이 새벽 2시, 아카마쓰 선생은 이번에는 일본 술로 '위로'해 주신다고 한다. 그것마저 받들고서 잔을 기울이고 있는 동안에 밤이 샜다. 돌이켜보면 완전히 스물 네 시간 동안 한잠도 자지 않고 작업을 하고 술을 마신 꼴이다.

---

2 Owen Lattimore(1900~1989) : 중국 및 중앙아시아 특히 몽골에 정통한 학자로서 존스홉킨스대학에서 가르쳤다. 제2차 세계대전 중 장제스의 고문으로 활동했는데 그 후 메카시즘시기에 공산주의자로 몰린 적도 있다.

3 凌純聲(1902~1981) : 민족학자 및 인류학자. 타이완 중앙연구원 민족학연구소장을 역임했으며, 『쑹화강 하류의 허저족』이라는 저서와 「제지(製紙)의 기원과 수피포(樹皮布) 문화」 등의 논문이 있다.

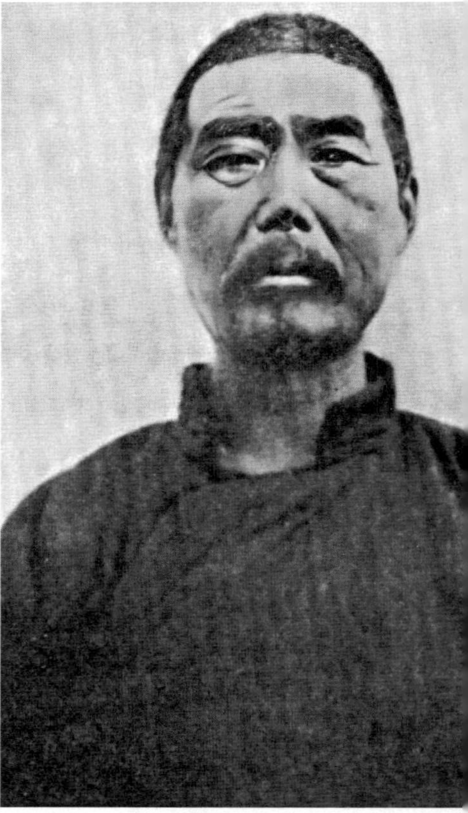

(좌) 서툰 솜씨로 버드나무에 얼굴을 돋을새김한 허저족의 신상(神像)
(우) 당시 57세의 기혼 허저족 남자

이런 나날들이 3주 정도 되풀이된 후 조사가 끝났다. 말할 것도 없이 나도 지쳤다. 그러나 경성에 돌아와 보니 일주일 이내에 필드 노트를 정리하여 제출하라는 엄명이 떨어졌다. 약 150매짜리 보고를 제출하자 두 선생께서는 매우 기뻐하시며 킨치요金千代회관에 자리를 마련하여 '위로'해 주셨다.

10월에 들어서 그때까지 써놓은 졸업논문을 정리해 보니 어딘가 부족하다. 마음을 다잡고 제주도로 가서 재조사를 한다. 돌아와 밤낮없이 졸업논문을 썼다. 나의 대학 생활은 그런 식으로 어수선하게 마침표를 찍었던 것이다.

경성제국대학 몽강학술조사대

1938년 3월에 나는 경성제국대학 법문학부 윤리학과주 전공은 사회학를 졸업하게 되었다. 그러나 그 전에 졸업논문 구두심사를 받았을 때 일단락을 지었다는 실감이 들었다. 왜냐하면 그때에 취직 문제도 결정되었고, 그길로 다시 한 번 몽강에 대한 예비 조사에 나섰기 때문이다. 그래서 졸업식에는 끝내 나갈 수 없었고, 기타 다른 행사에도 참가하지 못했다. 게다가 교원면허증이라든가 졸업증명서를 받는 일조차 잊어버렸던 것 같아서, 지금도 그런 서류는 내 손에 전혀 없으며 받았는지 어땠는지도 분명하지가 않다. 참 천하태평이었다.

분명히 대학 2, 3학년 때에는 그야말로 공부에 열심이었지만 학자가 될 것이라고는 전혀 생각하지 않았다. 인류학을 일생동안 계속하고 떠돌며 인생을 즐기기 위해서는 무엇을 해야 할 것인가 여러 가지 생각한 끝에, '다큐멘터리 영화'의 제작자가 되고 싶다고 생각했다. 그즈음 뉴스 이외에는 다큐멘터리 필름은 없었고, 그 같은 개념조차 아직 생겨나지 않았다. 맹수사냥과 탐험대 같은 엉성한 기록들이 있기는 했지만, '다큐멘터리'라는 독자적인 분야가 영화계에는 존재하지 않았던 것이다. 아니 어쩌면 현재에도 '다큐멘터리' 분야는 영화계에서는 인정받지 못하고, 오히려 텔레비전 세계에서 그런 분야 필름들이 빛을 보게 된 것인지도 모른다. 여담은 뒤로 미루고, 그와 같은 의도를 가지고 나는 영화계에 발을 들여놓고 거기에서 공부하여 새로운 길을 찾아 가려고 했다. 그렇지만 그 계획은 의외로 정면에서 어머니의 반대에 부딪혔다. 일찍부터 양장을 입기도 하고 '친우회親友會'[4]의 회원이었던 어머니의 진보적 태도와는 완전히 상반되게, '딴따라 심부름꾼'[5]이라든가 '천하기 짝이 없는 세계'라 하면서……. 아주 험한 말을 마구 퍼부으셔서 나

4 원문에는 '友の會'로 되어있으며, 1930년 하니 모토코(羽仁もと子, 1873~1957. 일본 최초의 여성 저널리스트이자 자유학원 설립자)의 사상에 찬동한 여성들에 의해 생겨난 단체로서, 기독교 정신에 기초한 사랑과 협력을 모토로 건전한 가정을 통해 좋은 사회를 만들자는 모임이었다.

5 원문에는 '河原乞食の手代'로 되어있는데, 河原(가와라)는 중세 일본의 대표적 천민의 하나로서 소가죽을 다루던 사람을 말하는데, 에도시대에 교토 가와라에서 가부키가 시작된 것에서 河原乞食(가와라코지키)는 현재 예능계에 종사하는 사람을 비하하여 칭하는 말로 쓰인다. 手代는 일꾼을 말한다.

를 매우 놀라게 했다. 그래서 나는 끝내 굴복하고 학교 선생이 되기로 동의했다.

그러나 그때 이미 선생이 되기에는 늦었으니, 중학교 교사 자리는 이미 만원이 되어 있었다. 그렇지만 다행하게도 내가 소속되어 있던 '종교학·사회학 교실'의 조수 자리가, 전임자인 유홍렬현 한국산학회장[6] 씨가 전근하게 되면서 갑자기 비게 되었고, 아키바, 아카마쓰 두 선생의 추천으로 졸업논문 심사가 끝나자 조수로 취직하도록 결정되었다. 법문학부의 조수 자리는 불안정하여 취직한 뒤 2년이 지나면 예외 없이 다른 곳으로 전출해야만 했고, 만약 군대에 입대할 때는 사직해야만 했다. 군대 건에 대해서는 그 후 휴직 처리로 바뀌었지만 어쨌든 그때까지 조수에서 강사와 조교수로 승진한 사람은 경성제국대학 졸업생 중에는 없었다. 그럼에도 나는 아주 흔쾌해져서 교원면허증과 졸업증명서가 필요 없는 취직이라고 자랑스럽게 생각했다.

바로 그와 같은 시기에, 산악부는 제주도에서의 조난 후 부장이 아베 요시시게 선생으로부터 오다카 토모오 선생으로 바뀐 뒤 눈에 띄게 인재와 장비를 갖추면서 숙원이던 몽강의 샤오우타이산 등반과 내몽골 조사계획을 추진하고 있었다. 그리고 1938년 여름에 제1회 조사단을 파견하기로 내정하고, 예과의 고 타케나카 요

---

6 柳洪烈(1911~1996) : 한국사학자. 경성제국대학 법문학부 사학과를 졸업한 후, 동 대학 조수를 거쳐 해방 후 서울대학교 국사학과 교수를 역임했다. 한국산악회의 열성회원으로서 1965년 일본 북알프스 등정 시 등반대장을 맡았다.

교수와 내가 최종적인 현지 교섭을 하기 위하여 2월 말에서 3월에 걸쳐 베이징, 장자커우 및 샤오우타이산 산간지대로 갔다.

2년 전 2·26사건이라는 나쁜 소식에 쫓기면서 방황했던 몽강의 땅에 다시 한 번 발을 디뎌놓는 일은 큰 감격이긴 했지만, 저번과는 달리 북중국에도 몽강에도 일본군이 주둔하고 있어서 주민들의 눈은 한층 싸늘했다. 베이징에서 장자커우로 육로로 가서 거기에서 샤오우타이산 기슭의 유시엔성蔚縣城까지는 트럭으로 갔다. 도중에 몇 번이나 중국군 게릴라의 공격을 받았지만 큰일이 벌어지지는 않았다. 유시엔의 성벽 위에서 내려다본 눈에 덮인 황량한 황토색 대지와 그 위에 솟아오른 샤오우타이산의 웅장함은 인간끼리의 증오를 넘어서 나에게는 아름답게까지 보였다. 그리고 차가운 저녁 어둠에 완전히 휩싸일 때까지 산을 지켜보고 있는 사이에 성 안에 불빛이 켜졌다. 지도로 살펴보고는 비행기에서 내려다보기만 했던 그 산기슭에 직접 와서, 끝없는 전쟁의 어두운 그림자로 덮인 너머로 샤오우타이산을 바라보았을 때의 떨리는 고요함을 지금도 생생히 떠올리지 않을 수 없다.

내몽골 기행

4월 10일에 예비 조사를 끝내고 경성에 돌아오자 산악부장인 오다카 토모오 교수를 중심으로 그해 여름에 조사단을 파견할지 어떨지, 만약 파견한다면 어느 정도의 대원 구성과 연구 계획을 세울까에 대하여 진지한 토의가 벌어졌다. 그 결과 내몽골 일대와 샤오우타이산으로 조사지역을 한정하고, 17명의 대원을 파견하기로 결정했다. 그 당시의 고 하야미 히로시[7] 총장이 힘써 주신 일도 잊을 수 없다.

다른 한편 나는 5월에 징병 검사를 받게 되어서 고향인 홋카이도로 갔다. 구태여 홋카이도에서 검사를 받지 않아도 좋았지만, 만약 입대할 경우에는 한참 동안 헤어지게 될 고향 그리고 고향 사람들과 시간을 보내고 싶다고 생각했기 때문이다. 나는 앞에서도 썼던 것처럼 도쿄에서 태어났지만, 아버지는 본적을 끝까지 도쿄로 옮기지 않았다. 나도 그것을 따라서 오늘까지도 홋카이도를 본적으로 하고 있다. 특별히 큰 이유는 없지만 일종의 향토애 같은 감정을 품고 있기 때문일 것이다.

검사는 이와미자와岩見澤에서 받았다. 그 검사장에서 대학 졸업자 중에서 갑종 합격이 된 것은 나를 포함한 두 사람 뿐이다. 연대사령관은 "갑종 합격 축하해"라고 하면서 희망 병종을 물었다. 내가 항공병을 지원하고 싶다고 하자 대학 졸업자는 나이가 기준을 초과하기 때문에 병종에 대해서는 사령관 쪽에서 결정할 것이라고 단숨에 거절하고 말았다. 아무튼 그해 연말이든가 다음해 1월

---

7 速水滉(1876~1943) : 심리학자. 도쿄제국대학 철학과(심리학 전공)를 졸업하고, 경성제국대학 교수로 부임한 후 유럽 유학을 하고 돌아와 동 대학 심리학연구실의 기초를 다졌으며 1936년에 동 대학교 총장이 되었다.

에는 입대해야만 한다. 나는 이미 일본이 동아시아에서 벌이고 있는 일을 충분히 알고 있었다. 입영하면 언제 돌아올 수 있을지, 생명을 보전하는 것이 가능할지 어떨지도 확실하지 않다. 여차하면 나의 일생이 여기서 종지부를 찍어버릴 것이라는 각오도 했다. 그때까지 반년 남짓한 시간이 남아 있는 것에 지나지 않는다.

징병 검사를 끝내고 경성에 돌아오자 나는 결사적으로 몽강학술탐험대 준비에 분주했다. 2개월 정도 사이에 장비들을 준비하고 여정을 검토하는 것 외에 현지와 연락도 긴밀히 해야만 했다. 게다가 현지는 전쟁터이다. 오늘은 있지만 내일이 없는 세계에서 예측이란 것은 허용되지 않는다. 그러나 그럭저럭 7월 7일에 장비와 식료품들을 발송하고 9일에는 산악반 친구인 하토리 사토시服部敏 군과 함께 선발대로 경성을 출발했다.

그리고 7월 21일에는 본대도 경성을 떠났다. 바로 그 시기에 만주, 조선, 소련 국경에 창쿠펑張鼓峰사건[8]이 발발하여 생각지도 못한 긴장이 조성된다. 그러나 일행은 7월 25일에 무사히 장자커우에 도착했다. 이윽고 전반부 작업인 내몽골 조사 가능성이 생겨난 것이다. 일행은 3대의 트럭에 편승하고 7월 29일 장자커우를 출발했다. 대장인 오타카 토모오 교수는 연구 사정상 부대지휘를 부대장副隊長인 스즈키 타케오[9] 교수에게 맡기고 경성으로 돌아갔다.

---

8 1938년 7월 29일에서 8월 11일까지 조선, 만주국, 소련 3국의 접경지역인 두만강 하산에서 벌어진 국경 분쟁이며, 하산호전투라고도 한다.

9 鈴木武雄(1901~1975) : 경제학자. 도쿄제국대학 경제학부를 졸업한 후 경성제국대학 교수를 지냈고, 종전 후 도쿄대학 경제학부 교수, 무사시노대학 학장을 역임했다.

우리에게 트럭에 의한 편대 행동은 처음이어서 자세한 행동 요령을 사전에 합의했다. 각 차의 간격은 60미터, 발진과 정지의 신호를 파랑과 빨강의 깃발로 하기로 한다. 차는 삭풍을 가르며 장베이張北 가도를 내달려 와이장청外長城선의 할하 고개로 올라간다. 이 고개를 넘으면 이제는 하천이 바다로 흘러들지 않는 이른바 내륙이다. 장베이시안張北縣성을 지나 내외몽골을 잇는 창쿠張庫 가도를 서북진한다. 이 주변은 소위 한몽 혼합지대로서 성벽을 두른 한인 농경부락들이 점점이 보인다. 이 날은 더화德化에 머문다.

다음 날은 더화에서 서수니터기西蘇呢特旗[10]로 향한다. 인산陰山산맥을 가로지르자 더 이상 농경민인 한인 거주자는 전혀 볼 수 없다. 풀들도 짧아져 'Wiesen목초지에서 Steppe초원로'[11] 옮겨간 것이 확실해진다. 서수니터에는 더왕푸德王府[12]가 있어 왕궁과 함께 나란히 선 라마사원이 장대하다. 탐험대는 왕궁의 공식 방문을 끝내고 며칠 동안 몇 개 반으로 나뉘어 조사를 진행했다.

내가 방문한 테미린 노인의 천막에는 두 사람의 젊은 자매가 있었다. 언니를 차간치크하얀 꽃 동생을 알탄치크금빛 꽃라고 불렀다. 노

10 旗는 몽골인의 행정구역으로 한족지역의 현에 해당한다.

11 Wiesen은 키 큰 풀들이 무성한 전형적인 목초지이나, steppe은 건조지역이어서 짧은 풀만 자라는 초원이다. 다만 원문에 stepper로 되어 있는 것은 steppe의 오식으로 보인다.

12 내몽골 수니터기(蘇呢特旗)의 군왕가문 출신인 데므치그돈로브(중국명 더왕(德王))가 소련 영향하의 외몽골정부에 대항하여 일본과의 협력으로 내몽골에 세운 몽골연맹자치정부. 일본관동군의 조종으로 몽강자치연합정부(蒙疆自治聯合政府)가 되었으나, 그 후 관동군과 불화하여 장제스와 제휴하기도 했으며 결국 중국공산당에 의해 중화인민공화국으로 통합되었다.

인은 마두금을 연주하며 갈색 수컷 새 에리보로가의 노래를 불러 주었는데, 그 선율은 오이와케追分[13] 곡조와 아주 닮아서 끊어질 듯이 이어지는 선율이 매우 슬펐다.

에리보로가 에리보로가
너는 그 긴 날개로 높이 날아
가축들을 뒤쫓으며 살아간다
그런데 이리 어린 우리는 무엇을 하면서 살아갈까

서수니터를 중심으로 조사를 끝낸 뒤 일행은 2대로 나뉘어, 1대는 아바하나르阿巴哈納爾의 페이즈미야오로 가고 다른 대는 내외몽골 국경에 가까운 얼렌하오터二連浩特를 경유하여 선발대와 아바가阿巴嘎에서 합류했다. 이 주변이야말로 완전히 유목지대이다. 몽골인은 가축을 키우고 필수품은 한족 상인산시성 사람이 많았다이 경영하는 상점에서 입도선매식으로 빌린다. 경제라는 점에서 유목민은 그 상인들에게 꽁꽁 묶여 있는 셈이었다.

아바가에서 우리는 다시 서우지무친西烏珠穆沁으로 들어갔고, 거기에서 싱안링을 넘어 당시 만주국 영토인 린시林西로 나갔다. 낮은 초원과 모래 언덕의 세계에서 밀림이 있는 린시로 나왔을 때 우리

---

13 민요의 하나로서, 원래 나카센도(中山道)의 오이와케(追分 : 나가노현 남부의 지명) 역참에서 불렸던 애조를 띤 마부의 노래로서 나중에 각지로 퍼지면서 다양하게 변하였다.

'하얀 꽃'(오른쪽)과 '금빛 꽃'(왼쪽)

는 황홀해져서 넋을 잃었던 것이 생각난다. 린시에서 우단성烏丹城, 러허성熱河省의 치펑赤峰으로, 진흙 구덩이에 깊숙히 빠져가면서 트럭을 밀고 가는 고행이 이어졌다.

치펑에서 다시 한 번 둬룬多倫의 반건조지대로 들어가자 초원의 향기가 짙게 감돈다. 이 부근 조사를 마치고 곧장 장자커우로 돌아온다. 모든 여정을 달음질치듯 지나갔으니, 일체의 여행 스케줄을 자유롭게 세울 수 없던 그때 상황으로서는 어쩔 수 없었던 것이었다. 그 후 장자커우에 생긴 서북연구소의 연구원과 선린협회의 주재원 여러분들에 의해 안정된 분위기에서 몽골 연구가 이루어지면서 일본의 몽골 연구는 궤도에 올랐던 것이다.

샤오우타이산 등반기

내몽골 조사를 끝내고 8월 17일에 장자커우로 돌아오자 치안 상태가 좋아졌기 때문에 곧바로 샤오우타이산행을 결행하라고들 한다. 그래서 이런 저런 장비와 식료품들을 정리하고 동월 21일에 장자커우를 출발했다. 우선 예비 조사 때와 마찬가지로 장자커우에서 슈안화宣化로 가고, 거기에서 남하하여 유蔚현 가도를 간다. 길은 깊은 황토계곡을 가로질러 대지 위를 내달린다. 한번 샤오우타이산 기슭에 다가섰던 길이 다시 멀어져 가는 곳에 유시엔성이 있다. 우리는 치안 관계로 산의 북면으로부터 오를 수밖에 없다. 북

샤오우타이산 주봉(3,050미터)을 목표로 오르고 있다.

면으로부터는 두 가지 루트가 있는 것 같은데, 묄렌도르프[14]와 리쌍[15] 신부가 취했던 티에린시鐵林寺로 가기로 했다. 그렇게 하려면 유현에서 주오루涿鹿현 경계 쪽으로 뻗어가는 황토대지를 동으로 가서 타오화바오桃花堡라는 부락을 근거지로 하는 것이 편리한 것으로 생각되었다.

유현에 도착한 일행 중에서 3명의 대원이 타오화바오로 앞서갔다. 그리고 곧바로 진료소를 개설하는 한편 성 밖의 슈앙예시雙葉寺를 방문한다. 절은 도교와 불교 혼합으로 새롭게 지은 것 같은데, 본당 앞에 당대唐代의 석불이 비를 맞고 서 있다.

타오화바오에 본대가 집결하자 일행이 얼굴을 마주하여 등반 협의를 한다. 타오화바오로부터 샤오우타이산의 베이타이北臺로 가는 길은 치야바오赤崖堡라는 작은 부락을 마지막으로 하고 그곳에서 앞쪽으로는 인가가 없다는 것을 알았다. 게다가 치야바오 사람들은 샤오우타이산의 등반로에 통달해 있어 '마등저馬鐙子'라는 톱니가 네 개 붙은 설피를 가죽신에 고정시킨 채로 산길을 왕복하고 있었는데 정말 뛰어난 인부들이다.

우리는 치야바오까지 트럭으로 가서 거기에서 마을 사람들을 고용하여 산중턱의 티에린시 절을 거쳐서 샤오우타이산의 베이타이로 오르고 거기에서 비박한 뒤 다음날 서둘러 최고봉인 둥타이東臺

---

14 Paul Georg von Möllendorff(1847~1901) : 독일의 언어학자 및 외교관. 19세기 후반 청나라 리훙장(李鴻章)의 추천으로 조선 고종의 외교고문으로 활동했으며, 만주어의 로마자 표기를 고안하는 등 중국학에도 크게 공헌했다.

15 본 책의 「등산에서 '탐험'으로」 역주 6번 참조.

를 공략하기로 했다.

8월 25일 새벽에 타오화바오를 출발한 일행은 치야바오에서 미리 준비를 갖추고 있던 인부 40명과 함께 일제히 등반을 시작했다. 산 그 자체는 결코 어렵지는 않아서, 베이타이 정상의 바로 아래에 있는 얀쿠시岩窟寺에 도착한 것은 저녁이 기울기 전이었다. 지리 담당의 측정으로는 베이타이의 표고는 해발 2,730미터였다.

베이타이에서 둥타이에 이르는 산등성이는 그 위를 곧이곧대로 따라가게 되면 매우 어려운 곳도 있다. 다음 날 아침 시간관계상 능선에서 밀림지대로 내려가지 않고 능선을 따라 맹렬한 스피드로 우리는 둥타이의 산 정상에 섰다. 이 정상의 표고는 해발 2,780미터로서 베이타이보다도 50미터 높다. 어쨌든 샤오우타이산의 표고는 처음에 예측했던 것처럼 2,700미터 대였다.

둥타이로 향했던 세 사람의 공격조가 베이타이로 돌아오자 전원이 하산하기 시작했다. 그러나 아래 쪽에서 연락이 왔는데, 새로운 작전이 시작되었기에 전원 시헤잉西合營까지 급행으로 돌아오는 것이 좋겠다는 전갈이다. 우리는 산을 뛰어 내려와 치야바오에서 인부들 삯을 지불하고 트럭에 뛰어 올랐다. 3년 동안 그리던 샤오우타이산과의 이별치고는 실로 어수선한 것이었다. 그 이후 나는 이 산의 모습을 볼 기회가 전혀 없었으니, 전쟁과 산 사이에는 메울 길 없는 검푸른 크레바스가 음산하게 내달리고 있는 것이다.

태평양 전쟁의 어려운 시기

구 만주 시절의 하얼빈 중앙사원

초년병 시절

몽강의 조사를 끝내고 경성으로 돌아오자 입대하기까지 두 달 반의 시간이 남아있을 뿐이었다. 최근에 몇 년인가 시한부로 죽음을 예고받은 한 사내를 그린 TV영화를 보았는데, 그즈음 입대한다는 것은 다른 세상으로 가는 것이고 다시 한 번 이 세상으로 돌아올지 어떨지가 분명치 않은 일이었다. 나는 두 달 반을 어떻게 쓸까에 대하여 충분히 생각할 여유가 없었다. 먼저 그 어떤 일보다도 몽강 조사의 보고를 쓰지 않으면 안 되었다.

조선의 시월은 쾌청함을 떠오르게 한다. 하늘은 푸르고 높으며, 공기는 건조하고 상쾌하다. 따스한 태양빛은 막 지은 밥의 김을 훅 들이킬 때와 같은 느낌이다. 나는 당분간 가을을 즐기기 위하여 금강산 장안사로 갔다. 어릴 때의 추억으로 가득 차 있는 삼나무 숲은 방랑에 지친 나의 몸과 마음을 위로해 주었다. 이것으로 그 방랑은 끝나려고 한다. 산에는 오르지 않고 호텔에 들어박혀 원고를 쓴다. 나중에 1939년에 발행된 『몽강의 자연과 문화』라는 제목의 보고서 중「내몽골기행」과「샤오우타이산 등반기」 및「내몽골의 민속」은 그때에 쓴 것이다.

입대기일은 12월 20일이었다고 기억한다. 경성에서 다롄까지 비행기로 가서 부모님께 작별을 고하고 다시 한 번 경성으로 돌아와 입대지인 아사히카와旭川시로 가는 중에 도쿄에 들렀다. 『몽강의 자연과 문화』 원고를 발행 출판사인 고킨쇼인古今書院에 넘기기 위해서이다.

홋카이도로 건너가자 눈이 내리고 있었다. 눈은 자칫 어두워지기 쉬운 나의 마음을 활기차게 해 주었다. 홋카이도가 할아버지의 땅이어서 군대만은 그곳에서 그곳 사람들과 보내려고 하는 나의 속내는 생각으로는 로맨틱한 것이었다. 그러나 생각과 달리 처음의 매일매일은 쓸쓸한 나날들이었을 뿐이다. 몇 사람의 친척을 제외하면 지인이 거의 없는 홋카이도의 군대에 입대한 것이어서 동기 병사들 중에도 고참병에도 지인은 한 사람도 없다.

12월 10일에 병참부대에 입영한 초년병은 곧바로 두 개조로 나뉘어 한 조는 제7사단의 본대가 주둔하고 있는 치치하얼 또는 하얼빈으로 보내지고, 다른 한 조는 아사히카와에 잔류하게 되어 있었다. 나는 하얼빈 조에 들어가게 되어서 오히려 안심했다. 예방주사를 맞고 매일 뒹굴면서 지내다 드디어 기차에 태워졌다. 긴 기차여행으로 모지門司 항구에 도착하고, 배로 다롄을 향했다. 바로 10여일 전에 왔던 이 시가지로 다시 돌아온 것이다. 잠시 휴가를 얻어 다시 부모님을 만난 뒤 1박하고 초년병들은 하얼빈으로 향했다.

하얼빈에 도착한 것은 분명 1939년 1월 초이어서 지독하게 추운 날이었다. 연대장의 검열을 받고 있는 사이에 초년병 중 몇 사람의 코가 동상에 걸렸던 일이 기억난다. 내가 소속하게 된 것은 마차병참대였기 때문에 처음 훈련은 승마와 말 사육이었다. 내가 그때까지 탔던 적이 있는 말은 모두 만주말로서 작았다. 그러나 일본말은 키가 커서 말등자 없이 뛰어 오르는 것은 어렵다. 그러나 예상외로 이것도 요령을 습득하면 간단하게 할 수 있게 된다. 승마에 관한 한 군대에서 철저하게 훈련받은 것은 잘한 일인 것 같다.

추운 하얼빈의 겨울이 끝나고 북만주에 봄이 돌아왔다. 연대 훈련으로 전원이 며칠간 초원행군에 나섰던 때의 일이다. 특정 상황을 미리 상정하여 훈련하는 것이었는데, 마치 부대가 지독한 습지대에 빠져들어 앞으로 갈 수도 돌아 나올 수도 없게 되어 버렸다. 익숙지 않은 일본말은 습지 속으로 가슴까지 빠져들고 수레는 옆으로 쓰러져 참담한 상태로 되어버렸다. 무리하여 나아가면 사고가 일어날 것이 틀림없었지만, 가만히 있어봤자 상황은 좋아지지 않는다. 나는 초년병의 한 사람으로서 말을 끌어내면서 이 습지의 상태를 지켜보고 있었다. 문득 머리에 떠오른 것은 으룩첸족과 함께 걸었던 다싱안링의 습지에서 겪었던 일이다. 저 북부 다싱안링의 습지는 지금 눈앞에 있는 습지와 비교하면 몇 단계 이상 무시무시한 것이었다. 여기는 사초풀 그루터기의 폭이 넓고 적어도 연속해 있는 것으로 보인다. 나는 동료에게 말고삐를 잡게 하고 사초풀 그루터기 위를 따라가 보았다. 일개 초년병이 대열에서 떨어져 습지 속으로 뛰어 들었기 때문에 분대장은 깜짝 놀랐다. 그러나 그도 내가 습지 속을 뛰어가듯 달리고 있는 것을 깨닫고는 말을 타고 그 뒤를 쫓아왔다. 그리고 "아 이게 통하네, 어떻게 그걸 알았는가?"라고 물었다. 나는 북쪽의 더 깊은 습지대를 걸었던 적이 있어 그때의 지식이 통할지 어떨지를 확인해 본 것뿐이라고 대답했다.

이 일이 중대장에게 전해지고 마침내 연대장의 귀에도 들어간 것 같다. 말을 타고 연대장 앞으로 오라는 명령이 왔다. 큰 일본말 대신에 만주말을 타고 연대장 있는 곳에 가자, "이 습지를 벗어날 때까지 부대를 유도하라"고 명령하며 하사관 1명에 고참병 3명을 나에게 동행시키도록 하였다. 계급 위계질서가 까다로운 일본 육군이긴 했지만 이때만큼은 누구나 내가 말하는 것을 들어주었다. 선도부대의 반은 만주말을 타고 선두에 서고 일본말 부대가 뒤를 따랐던 것이다. 사초풀 그루터기 열을 따라 선도부대가 행동하기 시작하자 모두가 마른침을 삼키며 보고 있다. 드디어 습지를 벗어난 길이 발견되어 부대는 무사히 탈출할 수가 있었다.

말하자면 '뜻밖의 성공'[1]과 비슷한 이 사건 덕분에 나의 운명이 조금 바뀌게 된다. 그즈음 대학에 부과되었던 군사교련에 나는 한 번도 출석한 적이 없었다. 따라서 군사교련의 합격점을 받을 수 없었기 때문에 간부후보생 자격이 없다. 처음부터 일등병 신세로 있을 각오였던 것이다. 그렇지만 이 훈련과정을 보고 연대장이 사단장에게 의견을 상신하고, 사단장으로부터 육군대신에게 허가를 요청하는 특별조치가 이루어졌던 것을 나중에 알았다. 그리고 나도 모르게 간부후보생이 되었던 것이다.

1939년 초여름부터 외몽골과 만주국 사이의 국경분쟁이 계기가 되어 외몽골의 소련군과 관동군이 노몬한[2]에서 충돌했다. 소위

1 원문에는 '怪我の功名'로 되어있는데, 실패했다고 생각하거나 무심코 한 일이 뜻밖에 좋은 결과를 낳게 됨을 뜻한다.

노몬한사건이다. 그때 치치하얼에 주둔하고 있던 제7사단의 주력은 그대로 북상하여 하이랄海拉爾에 도착하고 장준먀오將軍廟 부근으로 전개하여 처음부터 제일선에 서게 되었다. 하이랄에 주둔하고 있던 우리 마차병참부대는 비행기와 전차가 자유롭게 행동할 수 있는 넓은 평원지대에서는 거의 도움이 되지 않았기 때문에 부대로서는 이동하지 않고 가끔 수송열차로 여러 가지 물자들을 장준먀오까지 실어 나를 뿐이었다.

하얼빈에서 하이랄까지 기름진 들판을 얼마간 달리면 다싱안링의 깊은 삼림 속으로 들어서게 되고, 이윽고 이 산맥을 가로질러 나가면 광대한 몽골초원이 펼쳐진다. 나는 화물차에 타고 이 지역를 몇 번이나 왕래했다. 때때로 차량 속에서 전쟁의 격렬함은 잠시 잊고 군용백에 숨겨 둔 스벤 헤딘[3]의 책을 꺼내어 탐독하곤 했다. 화물차의 짚더미 위에 드러누운 채 가끔씩 책에서 눈을 떼면 지평선이 뚜렷하게 보이는 초원 위에는 끝없이 넓은 창공이 가로놓여 있고, 뭉게구름이 캐러밴을 꾸려 떠가고 있다. 그 구름 아래 격렬한 전투가 되풀이 되고 있는 중이다. 언제쯤 평화로운 세상이 되어 저 구름 아래로 오갈 수 있을까? 다시 헤딘의 책으로 눈을 돌렸다.

---

2 1939년 5월부터 8월까지 몽골과 만주국의 국경지대인 할힌골강 유역에서 소련군 및 몽골군과 일본 관동군 및 만주국 간에 벌어진 전투로서 일본군이 대패했다. 정식 명칭은 할인골전투이나 일본식 명칭으로는 노몬한사건이라 한다.

3 Sven Anders Hedin(1865~1952) : 19세기 말에서 20세기 초에 걸쳐 중앙아시아를 탐험한 지리학자. 중앙아시아의 타림분지 동부에서 고대왕국 누란의 유적을 발굴하고 타클라마칸사막과 티베트를 탐사한 뒤 지도를 제작했다. 1908년에 대한제국을 방문하기도 했는데, 본문에서의 책이란 그의 자서전을 말하는 것으로 보인다.

태평양전쟁이 일어날 때까지

9월이 시작되면서 병참부대 간부후보생 중 일부는 구루메久留米의 예비사관학교로 보내지게 되었다. 소학교 마지막 해에 경성으로 옮겨간 후 처음으로 맞는 본토에서의 생활이다. 그러나 그 8개월간의 본토 생활은 기묘한 나날들이었다. 예비사관학교에 입학한 후보생은 그날로부터 졸업 전날까지 한 번도 외출이 허락되지 않았다. 따라서 구루메 시내 사람들과는 전혀 접촉할 기회가 주어지지 않는다.

말할 것도 없이 훈련 때는 영외로 나가지만, 훈련장인 코오라다이高良臺에서부터 구보로 귀대하도록 되어 있었다. 그리고 가끔은 3박 4일간의 행군이 실시되었다. 행군은 학교 이외의 사람들과 만나기도 하고 이야기할 수 있는 단 한 번의 기회이다. 이때 나는 기타규슈北九州의 산과 들을 처음으로 걸었다. 오래된 마을 신당이 있는 조용한 고장들과 사람 기척이 없는 고원들은 내가 알지 못했던 일본이었다. 따라서 밤낮으로 계속되는 훈련이지만 부대로부터 멀리 떨어져 행군하는 것은 무엇보다 즐거운 일이었다. 지금도 기억에 선명한 것은 유후인由布院을 중심으로 한 행군이다. 사흘밤을 전혀 잘 수 없었다. 사람도 말도 완전히 지쳐서 난간도 없는 다리 위에서 사람과 말이 함께 강으로 떨어지기도 하고, 잠든 채로 말을 끌고 있던 자는 길이 굽어지는 곳에서 밭으로 고꾸라지기도 하는 생각지도 못할 사고들이 속출한다. 나는 긴 방랑 여행의 경험에 의해 어떤 자세에서든 아주 잠시 동안이라도 잠잘 수 있는 것은 지금이나 예전이나 다르지 않다. 이런 행군은 나에게 있어서는 그다지 대단한 고통도 아니었고, 오히려 인간의 극한 상태를 체험할 수 있는 일이었다. 많은 경우 산악에서의 곤란을 극복할 수 있는지는 리더가 된 사람이 이런 극한 상태를 몸으로 익히고 있는지 여부에 따라 좌우되는 것이다. 그 점은 군대라 해도 마찬가지여서 완전히 지쳐 떨어졌을 때 자신이 어떻게 되는가를 자기 자신이 미리 알아두는 것이 매우 중요하다.

8개월 동안의 감옥과 비슷한 예비사관학교의 생활이 끝나고 생도들은 각각 원대로 복귀해 간다. 우리 제7사단 소속들은 만주로부터 온 자도, 향토 사단인 아사히카와로부터 온 자도 모두 일단 아사히카와로 돌아가게 되었다. 아사히카와에 도착할 때까지 3일 정도의 여유가 있었기 때문에 귀환부대의 책임자가 된 나는, 학교 문을 나서자 부대를 해산하고 약속일에 아사히카와에 집합하도록 했다. 아무튼 8개월만의 자유는 즐거웠지만, 경성과 다롄으로 돌아갈 시간 여유는 없었기 때문에 도쿄에 있는 숙부와 누이동생을 찾아보고 다시 홋카이도의 고향 가쿠다무라角田村의 숙모집에서 1박했다.

우리는 작년 연말에 입영했던 교문을 견습사관이 되어 다시 빠져나왔다. 위병이 정렬하여 '받들어 총'을 하고 있는 것을 겸연쩍어하면서 대오를 맞추어 문을 통과했다. 이등병이 1년 반밖에 되지 않는 동안에 견습사관으로 된 것이어서, 계급 질서가 분명한 군대로서는 어색한 일이 되는 것이다. 동기병 중 대부분은 일등병이

든가 상병이고, 중대본부의 고참 준위와 하사관보다도 견습사관 쪽이 신분이 높다. 이런 일은 보통의 사회에서는 그렇게 자주 일어나는 일은 아닐 것이다.

아사히카와에서 2주 정도 수습 기간을 거치는 사이에 신임 견습사관의 몸가짐을 갖추게 되었다. 동기들은 숫자로 보면 대부분이 북중국으로, 일부가 아사히카와 그리고 나를 포함한 두 사람만이 만주에 주둔 중인 원부대로 원대 복귀하게 되었다. 원대로 복귀한 두 사람 중 한 사람은 자동차부대의 견습사관 가쓰키香月 군이었다.

우리는 아사히카와를 출발하여 이번에는 육로로 하얼빈으로 갔다. 도중에 경성에 들러 산악부의 친구를 만났지만, 뭐랄까 달세계에서 돌아오기라도 한 사람 같아서 단지 하룻밤만으로는 아무래도 허물없어지기가 어렵다. 홋카이도 사람들과의 사이에서 좀처럼 친구가 생기지 않아 쓸쓸한 생각을 하고 있던 나에게, 고향이라고나 해야 할 경성이 1년 반 사이에 이렇게 멀게 느껴질 줄은 도무지 생각지도 못했지만 그것은 현실이었다. 하얼빈에 도착하여 중앙사원을 보았을 때 안도하고 밀러 병영의 문을 통과했다.

혼자 원래 중대로 돌아왔기 때문에 구체적인 인간관계는 더욱 더 미묘하게 되었는데, 장교를 제외하면 내가 중대에서 가장 높은 계급이 된 것이다. 종전 내무반에 되돌아가니 모두가 큰 소리로 '경례'라고 외치며 일어서서 직립부동의 자세를 취한다. '쉬어'라고 말하지 않으면 그 자세를 풀 수가 없다. 그러나 '쉬어' 다음에는 마음이 서로 통할 수도 있다. 어찌된 일인지 중대는 나를 따뜻하게 맞이해 들여 주었다. 다른 초년병들이 입대하지 않았기 때문에 중대는 사람이나 말 어느것도 변하지 않았다. 변한 것은 내가 견습사관이 되어 되돌아온 것 정도인 것이다. 그즈음 제7사단은 만주에서 아사히카와로 귀환하도록 되어 있었기 때문에, 신임 견습사관은 주력부대가 주둔하고 있는 노몬한 진지로 철수하는 것을 도우라는 명령을 받았다.

나는 기꺼이 전부터 가고 싶었던 하렌 아얼산[4]으로 향했다. 하렌 아얼산은 싱안링에 있는 온천으로 그 안에 백사白蛇가 살고 있는 것으로 유명하다. 제7사단은 1939년 10월에 노몬한사건이 정전이 된 이래 남싱안링에서 월동하면서 진지 구축에 종사하고 있었다. 우리 연대의 자동차부대는 마침 하렌 아얼산 부근의 진지에 있었던 것이다. 나는 왕야오먀오[5]를 지나서 혼자 하렌 아얼산역으로 갔다. 미리 연락을 했기에 역에는 사이드카가 마중하러 나와 있었다. 오래간만의 싱안링이다. 사이드카는 꼬불꼬불 구부러진 길을 달려서 병영에 닿는다. 외몽골의 제일선과 마주하고 있는 실로 최전선인데, 의외로 태평스러웠고 저녁 식사는 멋진 만찬이었다. 중대장에게 "맛있게 먹었습니다"라고 하자 "먹는 것 외에는 즐거운 것이 없는 곳이다. 먹는 것 정도는 잘 먹지 않으면 안 돼"라는 말이 돌아왔다.

---

4 줄여서 아얼산으로 칭하지만, 하렌 아얼산이 본 명칭이며, 뜨거운 성수(聖水)라는 의미이다.

5 王爺廟 : 1947~1950년 중 내몽골자치구의 수도였던 우란하오터시의 옛 명칭.

철수 작업을 돕는다고 하지만 나에게는 초면의 부대이고 자동차와 말은 다르기 때문에 거의 도움이 되지 않는다. 매일 자동차로 진지 내부를 안내받아 덕분에 하렌 아얼산 부근 지리에 밝게 되었다. 1940년 가을도 막바지에 다다르고 제7사단은 하얼빈을 경유하여 다롄에 집결하고, 거기에서 배로 오타루小樽으로 향했다. 안개가 짙은 동해 바다를 배는 며칠이나 달렸다. 고향을 앞두고 병사들은 들뜨기 시작했다. 3년 만에 귀국하는 사람들이다. 오직 나와 가쓰키 군에게만은 귀환이라고 하지만 실감으로 와닿지 않는다. 두 달 전에 떠났던 아사히카와로 되돌아오는 것이기 때문이다.

오타루에 상륙한 부대는 철도로 아사히카와로 돌아갔다. 사단이 통과하는 시가지는 깃발의 물결로 뒤덮였다. 전쟁은 언제 끝날지 모르지만 사단이 돌아온 것을 평화가 다시 온 것처럼 사람들은 받아들였던 것 같다. 그런 뒤에 드물게 고요한 겨울이 왔다. 나는 스키부대의 교관이 되어 매일 눈 속을 내달렸다. 흰 제복을 입고 짧은 스키를 신고는 대설산 기슭을 걷는 것은 나쁘지 않았다. 그리고 4월의 어느 날 따뜻한 비가 내리자 일제히 눈이 녹고 흙이 거무튀튀하게 드러나 그다음 날부터 풀이 싹을 내기 시작하더니 설국의 봄이 다가왔다.

그 시기가 되자 보충병들이 착착 입대하여 단기 교육이 시작되었다. 이 병사들은 신체가 약한 자가 많았고 특히 결핵 환자가 속출했다. 나는 병약한 사병들의 교육을 떠맡게 되어 반쯤 병자인 사병들과 매일 말을 타고 치카부미다이近文臺 언덕에 올라 유유자적

나날을 보냈다. 말할 것도 없는 일이지만 적당히 운동하고 특별 영양을 섭취함에 따라 허약한 사병들도 얼굴색이 좋게 되고 원기를 회복하여 제대해 나갔다.

이러한 유유자적한 반년이 지난 뒤 1941년 여름에 들어서자 소위 간토쿠엔관동군 특종연습(關東軍特種演習)의 대동원이 시작되었다. 매일 매일 수많은 군인들이 입대하여 어딘지도 모르는 곳으로 송출되어 간다. 장비에서부터 치시마千島로 가는 자와 만주로 가는 자로 나누어지는 것처럼 보이지만 확실한 것은 우리에게도 알려지지 않았다.

소집된 장교 중에 정보통이 있어 고노에近衛 총리가 미국 대통령인 루즈벨트에게 회담을 청했지만 거절되었다는 이야기를 듣고서는, 나는 와야 할 것이 오는 것이 아닌가 하고 가만히 각오를 다졌다.

그렇지만 가을이 그 끝으로 다가가면서 대동원으로 모여들었던 병사들이 다 나가버리게 되자, 각 부대가 정원 이상의 예비역을 갖는 것이 금지되었다. 나는 입영한 뒤 3년째였다. 보통 그즈음에는 4년 만에 제대하는 것이 상식이었지만, 이 특별조치 때문에 제대하지 않으면 안 되게 되었다. 그래서 연대장은 나를 사단장의 제3부관으로 추천한 것 같다. 부관이 되려면 아무래도 예비역으로는 곤란하여 현역을 지원하지 않으면 안 된다. 그러나 나는 현역을 지원할 뜻은 털끝만치도 없었다. 그 점을 연대장에게 확실히 말하자 뜻밖에도 잘 이해해 주어서 12월 10일에 제대하게 되었다.

12월 8일 태평양전쟁이 시작되었지만 나는 예정대로 10일에 제대하고 전승 소식과 나란히 하며 경성으로 돌아갔다.

전쟁 중의 대학

1942년 1월 초[6]에 경성에 돌아와 내가 놀랐던 것은, 전쟁과 전쟁에 수반한 강렬한 사회적 긴장의 물결이 대학 안에까지 밀어닥쳤던 일이다. 3년 전 내가 입대했을 즈음까지만 해도 그 물결은 대학의 담장이라는 뚝에 막혀 학교 안에는 물보라가 좀 튀는 정도였다. 대학은 사회의 변화에 민감하지 않고 매사 템포가 어긋나 있었는데, 오늘날도 여전히 그런 편이 좋다고 생각하는 사람이 적지 않다.

태평양전쟁을 시작하기 전에, 그즈음의 정부는 어느 한 사람도 빠져나갈 수 없는 통합적 조직에 의해 일본사회를 재편성하려고 계획했다. 대정익찬회大政翼贊會는 일본 본토 조직들의 중심이었고, 국민총력연맹은 그것을 모델로 한 조선에서의 조직이었다. 경성제국대학의 학우회도 국민총력연맹 안으로 재편성되어 학생과 직원 전부를 조직한 하나의 단위로 구성되어 있었다. 산악부도 그 같은 조직의 일환이 되어 있었지만, 여기에만은 예전의 방랑자적 마음들이 남아있었다. 게다가 유력한 등산대 하나가 겨울 백두산 등

---

6 원문에는 쇼와16년, 즉 1941년으로 되어 있으나 1942년을 오기한 것이다.

정을 목표로 이미 '선만국경鮮滿國境'으로 파견되어 있었던 것이다.

교토제국대학의 겨울철 백두산 등반이 일본의 산악사 및 탐험사 위에 남겼던 공적이 컸다는 점에 대해서는 이미 서술했다. 그 후 겨울철 백두산이 조선산악회에 의해 등정된 외에는 내가 들은 백두산 등반은 없다. 쾌청한 시기를 노려서 경비대가 있는 전방으로부터 공격해 올라가면 8일 정도면 왕복할 수 없는 것은 아니었다. 그러나 정상의 화구호인 천지를 향하여 착착 캠프를 전진시켜 나가서 얼어붙은 천지를 산책하기 위해서는 뛰어난 장비와 강한 조직이 필요하다. 내가 입대할 때까지 경성제국대학 산악부에는 그 중 어느 것도 없었다. 그 모든 것이 자리를 비웠던 3년 사이에 충실해져서 내가 산악부 방에 얼굴을 내밀었을 때에는, 정상부근에 전진캠프가 설치되었다는 사실이 무전으로 보고되어 왔던 것이다.

지도 앞에 자리잡고 앉은 나에게, 후방에 남은 산악부 멤버들이 대강의 계획과 현상황을 설명해 주었다. 그리운 산이다. 나는 모든 것을 완전히 파악할 수 있었던 것 같다. 그리고 가벼운 마음으로 흔쾌히 후방지원 대장을 떠맡았다. 일동은 즐겁게 천지에 도착하여 얼음을 다이나마이트로 폭파하고 천지의 깊이를 측량했다. 그 보고를 혜산진까지 무전으로 보내고 거기에서 다시 경성까지 전보로 알린다. 나는 한참동안 잊고 있던 산을 바로 몸 가까이에서 느꼈다.

그러나 그것은 잠깐 동안이었다. 소집되고 입영하는 자들이 계속 이어져 학교에 남아있는 교직원은 얼마 되지 않게 되었기 때문에, 그즈음 학생과장을 하고 있던 산악부장인 고 오다카 토모오 교수 밑에서 나는 학생들의 뒷바라지를 한다든지 지도를 하지 않으면 안 되게 되었다. 나는 원래 동창회의 뒷바라지를 하는 것조차 좋아하지 않았기에 하물며 지도를 한다든지 교육을 하는 것은 아주 싫어했다. 이런 일들은 나이가 어리다고 해서 혹은 나이 든다고 해서 그다지 달라지는 것은 아니다. 나이가 어리더라도 나면서부터 교육을 좋아하는 사람이 있고 교육 정신에 투철한 사람이 있다. 게다가 그러한 일을 하고 있으면 온종일 사람을 만난다든지 사람들의 마음 움직임에 신경을 쓴다든지 해야만 해서, 완전히 혼자가 될 수 없는 것이다. 나는 어떻게든 혼자서 산에 오르고 싶다고 생각할 때에는 사람들이 무슨 말을 하든 그를 뿌리치고서라도 혼자서 간다. 등산대를 꾸린다든지 훌륭한 팀워크로 산을 오르는 것도 싫지는 않지만, 그렇게만 계속하고 있으면 사람과 사람 사이의 상호관계 때문에 피로해진다. 그래서 나는 조직과 개인 사이에서, 때로는 이쪽 때로는 저쪽을 택하고자 했던 것이다.

그렇지만 '군대 제대남'에게 그런 일은 허락되지 않았다. 게다가 전쟁이 사회적 긴장을 유발하였고, 그런 긴장 속에서 개인의 자유와 방종은 차츰차츰 무너져나갔던 것이다.

서(西)뉴기니 탐험

밀림을 지나고 있는 조사대

고 다야마 리사부로[1] 이학박사

학도병 동원이 시작되었다. 조선 사람들의 이름을 일본식으로 바꾸는 창씨개명운동도 총독부의 이니셔티브로 강행되기 시작했다. 이것은 성과 이름으로 상징되고 있는 조선사회 조직의 근본을 흔드는 중대한 압력이었다. 그리고 조선 사람들의 강제 징용, 마침내는 징병제도까지 시행되려 하고 있었다. 이 같은 일련의 시책 때문에 대동아공영권이라는 그럴듯해 보이는 애드벌룬이 조선에서는 애드벌룬으로서의 효과조차도 갖지 못하게 되어 가고 있었다. 전쟁이라는 명분하에서 정부의 모든 행위에 대한 비판은 봉쇄되고, 모든 것을 긍정하는 것만이 국민에게 허용된 유일한 자유가 되어버렸던 것이다.

나는 견디기 어려운 답답함 속에서 매일매일을 보내지 않으면 안 되었다. 등산도 학문도 뒤돌아볼 여유가 없이 그날그날이 저물어 갔다. 그해 5월에 첫 아이가 태어났다. 만약 그 아이가 남자애라면 오랫동안 꿈꿔왔던 동투르키스탄의 타클라마칸사막의 이름을 따서 타쿠라[2]라는 이름을 붙이려고 생각하고 있었는데 여자아이였다. 연말에 보너스를 100엔 받았다. 당시 예과의 독일어 강사

---

1 田山利三郞(1897~1952) : 지질학자. 중학교 교사로 일하던 중 고등사범을 거쳐 도호쿠제대 지질학과를 졸업하였다. 해상보안청 수로부 측량과장과 모교인 도호쿠대학의 교수를 역임하였으며, 산호초와 해면변동 등의 연구로 알려졌다. 해상보안청 측량과장으로 일하던 중 1952년 후술하는 사고로 사거했다.

2 실제로 첫째 딸 뒤에 낳은 아들의 이름이 '타쿠라(拓良)'이다.

를 하고 있던 크리스찬 후퍼 씨로부터 전화가 걸려왔다. 도쿄의 대사관에 근무하게 되었기에 등산도구들을 넘기고 싶다는 이야기이다. 입대할 때 돌아올 수 없을 것까지 예상하고 지인들에게 등산도구를 모두 기념품으로 나누어 주어 버렸기 때문에 수중에는 슈타이거 아이젠 하나도 없었다. 나는 방금 받은 100엔을 주머니에 넣은 채 후퍼를 만났고, 보너스 금액을 모두 털어서 등산도구 한 세트를 100엔에 양도받아 륙색에 쑤셔 담고 걸어서 집으로 돌아왔다. 등산도 스키도 갈 수 없는 채로 시간의 물살이 흘러가 버릴 줄 알고 있으면서도 하릴없는 저항이라도 하듯 보너스 전부를 탕진해 버렸던 것이다.

나는 꾸중들을 것을 각오하며 이와 같은 초조함을 오다카 토모오 교수에게 털어놓아 버렸다. 오다카 선생은 궐련담배를 파이프에 넣어 연기를 피우면서 말없이 들어주셨다. 그리고 "자네 기분은 잘 알겠네. 국내에 있어봤자 어떻게도 될 수 없지. 어딘가 밖으로 잠시 나가지 않겠나?"라고 말씀하셨다. 나는 아무튼 어디라도 좋으니까 밖으로 나가는 것이 그 당시의 나를 구해 줄 오직 한 가지 길이라는 것을 잘 알고 있었다. 오다카 선생이 도쿄에 있는 태평양협회에 써주신 편지의 답장이 의외로 빨리 도착했다. 육군 사정관司政官[3]으로서 보르네오 원주민 조사를 담당할 업무가 있다는 것이었다. 보르네오의 다약족,[4] 특히 산간 다약족이라면 연구대상으로

3 제2차 세계대전 중, 구 일본 육해군이 점령지의 행정을 담당하게 할 목적으로 설치한 문관 직제.

부족함이 없다. 그러나 나는 육군 사정관이라는 신분이 마음에 걸렸다. 이 점은 오다카 선생도 마찬가지여서 아깝기는 했지만 거절하고 말았다. 이것은 그 뒤의 이야기지만, 보루네오에는 타이완의 고산高山족 연구가인 카노 타다오[5] 씨가 가게 되었다. 그리고 불귀의 객이 되었던 것을 지금까지도 애석하게 생각하고 있다.

1942년 가을 다시 한번 태평양협회로부터 연락이 있어서 서뉴기니에 대규모 조사대가 파견되게 되었고, 나에게도 참가하지 않겠냐고 권유해 왔다. 대장은 도호쿠대학의 다야마 리사부로 박사로서, 대학과 박물관의 지질학자가 중심이 되고 거기에 동물학자와 농학자가 더해져서 여섯 개 반이 편성될 계획이었다. 나에게는 그 본부 요원으로 일하는 한편 인류학 조사를 맡아주기 바란다는 것이었다. 나의 전공은 동북아시아이고 뉴기니에 대하여는 아무것도 알지 못하므로 어느 정도 조사할 수 있을지 자신은 없었다. 그러나 전 세계에 얼마 되지 않는 미개 사회에 접할 기회를 얻을 수 있는 점, 그리고 그즈음 조선에서의 어찌할 수도 없는 답답한 마음에서 잠시 벗어나 생각해 볼 여유가 주어진다는 점도 있어 나는 갈 결심을 굳혔던 것이다.

도쿄에 도착하여 다야마 리사부로 씨를 만나보고 이 선의로 가

---

4 Dayak 또는 Dyak족. 보르네오섬에 거주하는 원(proto)말레이계 원주민을 총칭하지만, 일본에서는 그중 한 부족인 해(海)다약족, 일명 이반족을 가리킨다.

5 鹿野忠雄(1906~1945) : 곤충학자이자 탐험가. 생물지리학, 문화인류학 및 민속학 등 다방면에 걸쳐 업적을 남겼다. 타이완을 중심으로 동남아시아에서 다양한 연구 활동을 하던 중, 제2차 세계대전 종전 직전인 1945년 여름 보르네오섬 북부에서 행방불명되었다.

다야마 리사부로 선생과 함께

득 찬 사람에게 나는 강한 친근감을 느꼈다. 도호쿠 사람다운 묵직함과 모든 것을 선의로 받아들이려 하는 인품은 탐험대의 대장으로서 아주 뛰어났을 뿐 아니라, 그 이상으로 남양 지방에 대한 그의 열렬한 사랑에 감동받았던 것이다. 다야마 씨는 그때까지 미크로네시아에 대한 조사를 계속해 왔기 때문에, 내가 사막과 높은 산들 그리고 타이가지대에 품고 있던 그런 친근감을 산호초와 열대우림에 대하여 품고 있었다. 도라노몽의 그 오래된 붉은 벽돌 건물에 있었던 뉴기니 민정국의 분실에서 다야마 씨를 처음 만나 뵙고 몇 분간 이야기를 나누고 있는 사이에 나는 다야마 씨를 도와서 조사대 편성에 힘쓰려고 결심했던 것이다. 그때 이후 뉴기니의 온갖 어려운 상황 속에서도 이 기분은 변함이 없었고, 충분하지 못했을망정 협력을 거부한 적도 없었다. 종전 후에 다야마 씨는 운수성[6] 수로부의 직원으로서 화산섬인 묘오진쇼明神礁가 해저에서 분화했을 때 조사 작업을 하러 나갔었는데, 그곳에서 선박과 함께 영원히 행방불명이 되고 말았다. 틀림없이 선박 근처에서 해중 분화가 발생하여 한순간 산산조각으로 산화해 버린 것으로 짐작된다. 다야마 씨는 뉴기니에서 말라리아의 고열에 시달릴 때면 "탐험가는 다다미 위에서는 죽지 않는다"라고 입버릇처럼 말하며 우리를 놀라게 한 일도 있다. 그리고는 자신이 말한 그대로 현장조사 중에 세상을 떠났던 순박한 학자였다.

6 運輸省 : 현재의 국토교통성(國土交通省)에 해당되며, 수로부는 지금처럼 외청인 해상보안청에 속했다.

서西뉴기니로의 길

다야마 씨가 태평양협회를 경유하여 해군에 제출한 조사계획의 개요는 앞에서 쓴 것과 같지만, 소위 자원 조사에 중점이 놓여졌기 때문에 인간에 대한 배려가 거의 이루어지지 않은 점이 나에게는 마음에 걸렸다. 게다가 조사대의 장비는 물자가 부족한 시기였기 때문에 대원과는 의논하지 않고 일방적으로 조달되어 그 리스트조차 명확하지 않았다. 그러나 조사대는 이미 굴러가고 있고 선박 수배도 끝났다고 한다. 그래서 10월에 들어서 나는 최소한의 수정이라도 해 주기 바란다고 다야마 씨에게 요청했다. 첫 번째는 조사대의 행동 범위가 서뉴기니이리안의 해안 지방으로 한정되어 있는 것을 변경하여 내륙 고지대 미지의 지역도 조사할 것. 그렇게 하려면 수상항공기에 의해 고지대의 호수에 착륙하여 기지를 건설하는 것이 필요하다. 두 번째는 단독으로 행동하는 조사반에는 반드시 의사와 그 보조자로 구성된 진료대를 붙여서 대원의 건강 관리를 맡게 할 뿐 아니라, 네덜란드 지배 체제의 붕괴에 수반하여 생긴 원주민 건강 보건 관리 체제의 재건에 대하여도 고려할 것. 세 번째는 두 번째와 서로 관련되는데, 원주민의 복지와 생활 향상을 고려하기 위하여 인류학상의 조사를 행할 것. 네 번째는 해군 보도반원이 동행할지 모르지만 조사대의 행동은 그와 별도 단위로 기록해 둘 필요가 있다는 점. 다야마 씨는 이 네 가지 요청에 반대는 하지 않았지만, 조사대 파견 주체인 해군 뉴기니 민정국에 그 뜻을 이해시키는 데 곤란을 겪었다. 특히 '원주민의 복지와 생활 향상'을 고려한다는 점에서 장애에 부딪히고 말았다. 전쟁이 한창인 가운데 피점령지역 주민의 사정 같은 것을 생각할 필요는 없다는 간단한 논리이다. 인도주의로는 그들을 설득할 수가 없었고, 노무관리적인 발상은 이쪽이 받아들이기 힘들었다. 몇 번인가 논쟁을 거듭하고 마침내 의견 합치를 본 점은, 그들도 또한 인간이고 '황화皇化를 입을 권리'가 있다는 점이었다. 16세기 초기의 아메리카 인디언과 관련하여, 그들도 인간이니 '신의 은총을 입어야 한다'는 교황청의 논리로는 신을 갖지 않은 일본인을 설득시킬 수가 없었기 때문에 그 당시 가장 신과 가까운 황화라는 단어를 쓰기까지 했던 것이다.

또한 첫 번째인 고지대의 조사에 대하여는 전쟁 추이를 보고 현지에서 판단하기로 했다. 그래서 1943년 1월 13일 조사대와 오오지王子제지 사람들로 구성한 제8건설대를 태운 시로야마白山호와 묘코妙高호 그리고 가치도키勝鬨호로 구성된 선단이 요코스카항을 출항했다. 460명이라는 대원수는 출항 며칠 전에야 우리에게 알려졌다. 학술조사대의 대원수는 6반 모두를 합해보아도 100명 정도에 지나지 않았는데, 거기에 설영대設營隊라는 일행들이 300명 이상이나 조사대원에 가세하고 있었던 것이다. 다야마 대장은 그것을 알고 있었던 것 같지만, 인원이 300명이나 필요하다고는 생각해 보지도 않았던 것 같다. 도대체 설영대가 무엇을 하는 것인가, 어떤 식으로 편성되어 있는 것인가, 우리는 다야마 씨에게 따져 물어 보았지만 잘 알 수 없었다. 그래서 나는 다야마 씨와 같이 민정국에 가서 설명을 들었다. 그런데 놀랍게도 설영대는 뉴기니의 개발을 하는 것을 목적으로 하며 그런 점에서 농장을 개척하는 것이 개발의 주안점이라고 한다. 그래서 장비도 삽과 도끼 외에는 일본산 종자를 갖고 있을 뿐이라고 한다. 게다가 설영대 간부는 익찬회翼贊會의 정치가가 대부분으로서 농장 경험자는 거의 없었다. 배가 출항하여 시코쿠의 시로하마 난바다에 들어서자 호위함과 비행기가 이 선단을 노리고 있던 잠수함을 발견하여 격렬한 전투가 벌어졌다. 우리는 승리하고 있을 터인 일본 근해에서 이런 일을 당할 것이라고는 꿈에도 생각하지 않았던 만큼 아주 놀라고 말았다.

오오무타大牟田항에서 1박하고 그 후 선단은 일로 남하하기 시작했다. 호위 비행기도 날개를 흔들며 떠나가고 바다 빛깔은 하루하루 푸름을 더해간다. 햇빛은 따뜻하게 되어 마침내 타는 듯한 더위로 변해간다.

남쪽 바다의 내음은 아버지와 함께 지냈던 남중국해를 떠오르게 한다. 그 아버지는 다렌에서 병상에 있었다. 화창한 남쪽 바다의 바람을 쐬고 있으니 이 바다 어디에선가 사투가 벌어지고 있다고는 실감할 수가 없었지만, 다음 기항지를 알 수 없는 만큼 불안이 점점 심해져 간다. 매일같이 선실에서 열리는 연구집회에도 이 같은 불안이 나타나게 되었다. 설영대의 간부들은 낮부터 술을 마시고 뉴기니 개발론을 펼치고 있다. 그것과 대조적으로 학술조사대의 연구집회는 암울하였다. 앞에서도 이야기한 것처럼 장비의 리스트조차 잘 알 수 없고 조사지역의 분담도 결정되어 있지 않다. 뉴기니에 도착한 뒤의 교통 및 운반에 대하여 구체적인 것을 확실히 알 수 없는 것이다. 따라서 연구집회에서도 구체적인 계획에 대하여 토론하는 것은 도저히 불가능하였다.

이와 같은 불안한 기분이 선박 안에 떠돌고 있던 어느 날 저녁 무렵 갑자기 수평선 저쪽에서 한 대의 수상 비행기가 나타났다. 그것이 선단 주위를 휙 한 바퀴 돌고 남으로 사라져 간다. 모두들 모레는 팔라우섬에 입항한다고 한다. 그날 밤부터 갑자기 경계가 엄중하게 되었다. 입항 즈음과 출항한 바로 뒤가 잠수함에 습격당할 공산이 크기 때문이다.

1월 25일 우선 팔라우섬 환초가 푸른 바다에 희게 솟아 올라 보이게 된다. 생각지도 못한 사이에 선단 주위를 구잠정잠수함을 공격하는 소형 구축함이 둘러싸고 있다. 선단이 마침내 환초 안으로 들어가자 거기에는 수십 척의 함대가 정박하고 있었다. 우리는 오랜만에 육지를 보고 안심한다. 그리고 마중 나온 거룻배에 타고 허겁지겁 상륙했던 것이다.

'열대'라는 곳

나는 '열대'가 싫다. 특히 비가 자주 오는 열대의 저지대는 좋아지지 않는다. 이와 같은 '열대'를 처음으로 체험한 것이 팔라우섬이다. 거룻배가 잔교에 접안하자 곧바로 나의 눈에 들어온 것은 부겐빌레아의 저 강렬한 자홍빛 색채였다. 곧이어 발 아래로부터 햇빛을 반사하는 산호초의 흰 모래가 햇빛에 약한 나의 눈을 찡그리게 하였다. 과일을 제외하고는 먹는 것도 마시는 것도 맛있다고 할 수가 없다. 특히 티니안섬에서 제조하고 있던 '위스키'는 위스키라고 이름 붙이는 것이 이상할 정도의 사이비 술이었다. 사탕수수를 짠 즙을 발효시켜 그것을 증류한 것이었기 때문에 럼주라고 해야 할 것을, 위스키와 같은 향이 난다고 해서 그렇게 이름 붙인 것이었는데 아무튼 처치하기 곤란한 술이었다. 다만 '열대'에서 나를 기쁘게 해 준 것은 스콜이다. 오후에 쏟아지는 그 호쾌한 비가 그친 뒤 젖은 지면과 숲에 다시 따가운 태양이 내리쬐고 적란운이 소용돌이치는 것을 쳐다보면서, 나는 그 스콜이 종일 계속 내려준다면 얼마나 기분 좋은 일일까 하고 자주 생각했다. 무더위인 데다 무엇보다도 고온이 가장 불쾌한 것이다.

팔라우섬에서 열흘 정도 지내면서 그중 절반은 맨땅에서 잤다. 2월 3일 선단이 팔라우섬을 출항하자 나는 갑자기 열이 났다. 40도 정도의 열이 거의 내려가지 않는다. 팔라우섬에는 말라리아가 없으니까 뎅기열일 것이라는 판단이 내려졌다. 오한과 발한이 교대 교대로 덮쳐온다. 4일에 적도를 통과하면서 적도제를 요란하게 벌였지만 나는 침대 속에서 끙끙대고 있었다. 그러다가 그날 밤부터 열이 갑자기 내리고 새벽녘에는 평소 체온으로 되었다. 침대에서 뛰어내려 갑판으로 나오니 여명의 하늘에 시커먼 산 그림자가 보이기 시작했다. 뉴기니의 산들이다. 뉴기니섬의 모양은 곧잘 새의 모습으로 비유되어 왔는데, 서쪽으로 새의 머리같은 모양이 있어 포겔코프Vogelkopf : 새의 머리반도라고 불렀다. 우리 선단은 우선 이 반도의 동북 끝에 있는 마노콰리항으로 향했다. 마노콰리는 구 네덜란드령 뉴기니의 수도였는데, 그즈음은 초라한 마을이었다. 자원조사단과 뉴기니 민정부 사람들은 마노콰리에서 하선하고 선단은 다시 더 동쪽의 홀란디아현재의 자야푸라와 웨와크로 향했다.

배에서 내려 우선 놀란 것은 잔교에서 일하고 있는 원주민 파푸아족의 모습이었다. 가냘프게 야위어 있었는데, 훈도시[7]라고도 할 수 없는 조그만 천 조각으로 사타구니 쪽을 가린 채였고, 신발 같은 것은 신고 있는 사람이 아예 아무도 없다. 피부는 초콜릿색이고 두발은 부처님 두상보다도 더 꼬불꼬불 주름져 있다. 게다가 그 두발에 빗과 나무늘보 꼬리가 붙어 있는 비녀를 찌르고 있으니, 잠깐 보아도 무시무시한 모습이다. 말은 극히 일부의 사람에게 말레이어가 통하지만 나머지 사람들은 도무지 알아들을 수가 없다.

팔라우의 인부들에게 일부 화물들을 지게 하고, 우리 조사단은 미리 정해져 있던 마을에서 2킬로미터 정도 떨어진 교회로 안내되었다. 네덜란드인들이 떠난 뒤에 텅빈 채로 버려져 있었던 모양으로 상당히 황폐해져 있었다. 그러나 여기에서 내다보는 전망은 훌륭했다. 약간 높은 언덕 위에 건물이 있고 거기로부터 완만한 잔디

7 일본의 전통 남성용 속옷. 엉덩이를 드러낸 채 중요 부분만 가린다.

헬빙크만의 파푸아인

슬로프가 산호초 해안까지 이어져 있었다. 그리고 헬빙크만의 건너편에는 아르팍산맥이 높이 솟아 있고 바다는 눈이 번쩍 뜨일 만큼 짙은 푸른빛으로 빛나고 있다.

우리는 숙소를 배당받고 차례차례 실내를 정리하고 있었는데, 아무래도 인원에 비하여 공간이 좁아서 처음부터 불평이 일어났다. 특히 '열대'의 무더운 밤, 좁은 방에 모기장을 치고 그 속에서 많은 사람들이 자기 때문에 편한 잠은 불가능했다.

게다가 곧바로 조사작업에 나설 준비에 긴장하고 있는 대원들에게 가장 절실한 수송 수단 준비가 아무것도 되어 있지 않아서, 밀림속의 고도라고도 할 마노콰리마을에서 한 달 반 이상 한걸음도 밖으로 나가지 못한 것도 불평의 크나큰 원인이 되었다. 그즈음 서뉴기니에는 자동차가 갈 수 있는 도로는 전혀 없고, 해안에는 발걸음 흔적 정도의 길조차 없었다. 따라서 마을에서 마을로 가는 교통도 배에 의존하지 않으면 안 되고, 해안에서 오지로 들어갈 경우는 식료품과 기자재를 운반하기 위해 많은 인부를 동행시켜야만 했다. 게다가 모든 마을이 인구가 적은 데다 또 그들이 흩어져 있는 상태여서 인부들을 모으는 것이 쉽지 않다는 것도 알게 되었다. 말할 것도 없이 인부들을 모으기 위해서도 어쨌든 배가 필요하다. 우리는 민정부에 연안을 항행할 수 있는 다이버보트를 7척 요구했지만 마노콰리항에는 2척의 거룻배가 있을 뿐이었다. 그럴 리가 없다고 생각했지만, 미리 조치를 해 두었던 다이버보트는 작전 때문에 동쪽으로 가고 만 것이었다. 황급히 사이판섬에서 몇 척의 보

나판의 군청사무소에 나타난 산지인 야비족

트를 남하시키도록 요청했지만, 속도가 늦은 다이버보트가 마노콰리항에 언제쯤 입항할 수 있을지는 확실하지 않았다.

야무르해협 횡단

3월 중순의 어느 아침 우리는 요란한 야키다마燒玉 엔진[8] 소리에 눈을 떴다. 숙소에서 뛰쳐 나가자 수십 척의 다이버보트가 선단을 꾸려서 헬빙크만에 입항해 왔다. 그중 몇 척이 조사대에 배속되었다. 이날부터 각 반은 출발 준비에 몰두하게 된다. 나는 도쿄과학박물관 반 즉 제3반에 들어가 포겔코프반도가 새머리처럼 굽어져 지협을 이루고 있는 지역의 조사를 수행하게 되었다. 미리 비행기로 관찰한 사항과 지도상으로 검토한 바에 따라 지협의 북단에 해당하는 와오부라는 지점에 기지를 설치하는 것으로 결정되었다. 배가 오자 우선 그곳에서 인부들을 모으기로 하여 오고탄이라는 암본인 우두머리와 난요고하츠南洋興發사 직원인 통역 마스미츠益滿씨죄송하지만 노트에 성씨는 적혀있지 않다와 함께 내가 선발대가 되어 헬빙크만의 동측에 있는 나판이라는 마을로 향했다. 이 마을에는 네덜란드 지배 시절의 군장郡長이 남아 있었기 때문에 그와 인부 모집을 의논하기 위해서이다.

---

8 실린더 헤드 일부를 뜨겁게 가열한 후, 여기에 경유를 분사하여 피스톤을 작동시키는 내연 기관. 구조가 간단하고 연료비가 싸서 어선에 많이 사용되었다.

헬빙크만의 배 여행은 멋진 것이었다. 바다는 푸르고, 바람은 서늘하여 다이버보트의 갑판에 걸터앉아 있으면 모든 것이 평화로웠다. 나판마을은 코코야자숲이 이어지는 흰 모래밭의 안쪽에 있었다. 인부 반장인 오고탄과 동족인 암본인 군장을 만나보니, 네덜란드 시절과 달리 군장의 권위가 추락해 있었다. 그래서 군장은 자신은 휘하의 각 마을로 안내만 할테니 해당 촌장이나 촌민들과 직접 교섭하라는 것이다.

나는 군장과 함께 나판마을 주변의 마을들을 방문하여 야무르 지역 횡단을 위한 인부가 될 희망자들을 모집했으며, 이 인부 모집 과정에서 마노콰리에서는 알 수 없었던 여러 가지 사실을 알게 되었다. 우선 첫째로 네덜란드의 간접 통치에 참여했던 암본인 하급 관리들과 인부 반장들의 권위가 떨어지게 되면서 파푸아인들이 가슴을 펴고 걷기 시작했다는 점, 둘째로는 그럼에도 불구하고 네덜란드의 통화 특히 은화는 일본의 민정부가 발행하는 군표보다도 강력하여 아무도 군표를 제대로 받아주지 않는다는 것이 확실했다. 그리고 문헌상으로 미리 알고는 있었지만, 언어가 매우 복잡하고 몇 개 마을 단위로 다른 말을 쓰고 있다. 그 때문에 말레이어가 공통어로 사용되고는 있지만 노인들은 그 말레이어조차 거의 알지 못한다. 게다가 해안 쪽 사람들은 교역을 위하여 산에서 내려오는 산간지역 사람들로부터 얼마 안 되는 정보를 얻고 있을 뿐이어서, 내륙 지방의 상황은 일부 제한된 내용을 제외하면 제대로 알고 있는 사람이 거의 없는 것이다. 따라서 야무르해협의 횡단로를 안내받기 위해서는 중간쯤에 있는 야무르호수까지 간 뒤에는 다시 호수 부근 사람으로 안내인을 바꾸지 않으면 안 된다는 것도 이때 비로소 알게 되었다.

인부들 노임에 대한 교섭 과정에서도 특별 선물로 우리가 준비해 온 사롱[9] 용의 옷감만이 그들에게 큰 매력을 주었을 뿐 군표는 그다지 의미를 갖고 있지 않았다. 도쿄에서 고생하며 사서 모은 머리장식과 귀걸이 등도 그들이 네덜란드 통치 시절에 손에 넣었던 장신구와 비교하면 아주 보잘것없는 것이라는 점도 확실해졌다. 그럼에도 옥신각신 이야기 끝에 100명에 가까운 인부를 모을 수 있어 우리는 그들과 함께 다이버보트를 타고 와오부로 향하게 되었던 것이다.

헬빙크만의 밤 또한 아름답다. 하늘 가득한 별들 아래서 남십자성을 올려다보면서 배는 밤 항해를 시작했다. 마을 마을마다 숨죽인 이별, 여인들은 훌쩍이는 소리를 내며 울고 있다. 밤이 새면서 우리의 다이버보트는 해안 산호초 속으로 달리는 미로 같은 수로를 벗어나 와오부로 뚫고 들어갔다. 와오부라는 지명이 지도에는 표시되어 있지만 거기에는 열대홍수림熱帶紅樹林 : 맹그로브에 이어지는 나지막한 언덕이 있을 뿐 인가는 한 채도 없다. 와오부 부근의 맹그로브숲은 그다지 폭이 넓지 않았다. 열대지역에는 만조 때에 바다에 잠기고 간조가 되면 육지가 드러나는 지역에, 노출된 뿌리들

9 Sarong : 동남아 여러 나라에서 남녀가 허리에 감는 천.

앙가디섬

이 뒤얽힌 숲들이 생겨나는데 그러한 숲이 맹그로브숲인 것이다. 우리는 맹그로브를 잘라내며 뚫고 나가서 언덕 위에 기지를 만들었다. 지붕을 고무천으로 덮은 집을 여러 채 지어서 침실, 작업실, 취사장 그리고 창고 등으로 썼다. 이 같은 작업이 끝나갈 때, 일단 마노콰리로 돌아갔던 다이버보트가 제3반의 주력 멤버를 태우고 와오부의 해안 산호초로 들어왔다.

눈에 선한 앙가디섬이여

뉴기니섬은 그린란드에 이어 세계에서 두 번째로 넓은 면적을 가진 섬으로서, 그 형상은 앞에서 말한 것처럼 새의 모습을 하고 있고, 섬의 중앙부에는 줄줄이 4,000미터를 넘는 산맥이 동서로 내달리고 있다. 그렇게 새에 비유하자면 머리와 동체를 잇는 목 부분이 바로 야무르지협에 해당하는데, 산맥은 이 부분만큼이 끊어져 있어 그야말로 골짜기를 이루고 있다. 지협의 중앙에 있는 야무르호수의 남쪽 연안에서 옴바강이 흘러 나와 아라푸라해로 흘러 들어 간다는 것도 우리는 알고 있었다. 또 호수 안의 앙가디섬에 사는 사람들의 언어에 대한 보고서가 언어학자 로이의 논문에 실린 바도 있어 더욱 나의 호기심을 끌었다.

와오부에 도착한 제3반의 반장은 과학박물관의 사다케 요시스케佐竹義輔 씨이고 지질학자 이지리 쇼오지井尻正二, 쓰기야마 류지杉山

隆二 씨도 반원이었고 거기에 남양청에서 파견된 엔도遠藤 기수 외 4명의 측량반이 함께했다. 이 정도 규모가 함께 행동하기 위해서는 100명 정도의 인부로는 충분하지 않았고, 게다가 부대가 지나치게 커지면 행동의 자유가 없어지므로 우선 측량반이 앙가디섬까지 먼저 가고 거기에서 대부분의 인부를 와오부로 돌려보낸 후 앙가디섬에서 남쪽으로 가는 인부는 현지에서 모으기로 했다.

3월 17일 측량반과 통역 그리고 나 6명은 오고탄이 지휘하는 약 100명의 인부와 함께 와오부를 출발했다. 맹그로브숲을 벗어나자 깎아지른 듯한 절벽이 가로막아 선다. 절벽은 날카로운 석회암, 즉 융기한 산호초인 것이다. 그다지 높지는 않았지만 무거운 짐을 진 인부들이 이 장벽을 넘어가는데 생각 이상으로 시간이 걸리고 말았다. 거기부터는 소위 '열대밀림'이다. 맹그로브숲은 가지와 뿌리가 서로 뒤얽혀 정말 통과하기 곤란한 숲을 이루고 있는데, 그 깊숙이 끝없이 이어지는 밀림지대에는 풀 이끼조차 드물고 가지는 오직 나무의 머리끝 부분에만 보이는데, 그것들이 서로 뒤얽혀 두꺼운 천장을 이루고 있는 것이다. 햇빛은 이 초록빛 천장에 가로막혀서 땅위를 직접 비추는 일이 아주 드물다. 그리고 가끔 천정에 뚫린 구멍에 접한 곳을 제외하면 밀림 속에는 꽃이나 나비와 같은 화사한 색채는 거의 눈에 띄지 않는다. 소위 '초록의 사막'이다. 그러나 강변이나 나무가 쓰러진 부분과 같은 햇빛이 직접 내리쬐는 곳에는 다양한 식물이 번성하여 꽃도 피고 나비도 춤춘다. 소위 밀림속의 오아시스라고도 할 수 있을 지대이다.

그래서 밀림 속은 편하게 걸을 수 있다. 그러나 그것이 얼마나 무시무시한 곳인가를 나는 이날 밤 지겹도록 깨달았다. 평탄한 밀림에서는 방향을 잃어버리면 어찌할 도리가 없게 된다. 우리는 측량의 필요도 있어서 측량점에는 원칙적으로 말뚝을 세우고 거기에 일련번호를 붙여두었다. 이 말뚝은 길 표시로서도 중요한 역할을 해준 것이어서 우리는 안내인 없이 행동할 경우에는 말뚝을 의지했던 것이다. 와오부를 출발할 때부터 쭉 선두에 서 있던 나는 오후 3시를 지나 와오부강 지류인 야고강 기슭에 닿았다. 루마바토우라고 불리는 곳에 작은 오두막이 있어서 그날의 일정은 끝내기로 했다. 그것을 측량반에 알림과 동시에 야영 준비에 착수했다. 선두로부터 떨어져 있던 인부들은 밀림 속에 흩어져서 대열에서 거의 벗어나 있었다. 해가 저물기 전에 집결시키지 않으면 큰일이 일어날 것 같다고 생각한 나는 오고탄에게 대열의 후미가 어디에 있는가를 확인시키면서 이 숙영지로 집결하도록 전달시켰다. 급기야 비가 억수로 쏟아져 왔다. 스콜이라고 생각했는데 그렇지 않다는 것이 확실해졌다. 얼마가 지났어도 그치려 하지 않고 거센 바람까지 불어온다. 인부들은 좀처럼 모여오지 않아서, 우선 모인 사람부터 가건물을 짓게 했다. 측량반으로부터의 연락 인부가 도착했을 때 날은 완전히 저물어버렸다. 연락사항에 따라 나는 세 개의 수색대를 내어 측량반을 유도함과 동시에 인부들을 집결시키기로 했다. 파푸아의 인부들은 완전히 벌거벗은 채 석유를 넣은 대나무통을 횃불로 삼아 칠흑보다 어두운 밀림 속으로 뛰어나간다. 억센

야성의 남성상이다. 나도 통역인 마스미쓰益滿 씨에게 뒷일을 부탁하고 대열에 함께한다. 오두막을 나서 1분도 되지 않은 사이에 전신이 흠뻑 젖어버린다. 회중전등의 불빛은 밤인 데다가 거센 비가 내리는 밀림에서는 도움이 되지 않는다. 역시 불길이 이글이글 타오르는 횃불이 좋다. 이 근처의 지리에 밝은 사내를 선두로 세 사람의 파푸아인과 나 네 명이 따라붙는다. 횃불을 잡은 사내가 무언가 소리치며 갑자기 땅위에 엎드렸다. 모두 홀린 것처럼 그 사내와 똑같이 땅에 엎드린 순간 천지가 쪼개지는 듯한 소리가 풍압과 함께 일어났다 눈앞의 고목이 휘청휘청 흔들리고 그것이 천정 부근에서 서로 얽혀 있는 다른 나무를 길동무나 되듯 잡고 쓰러졌던 것이다. 쥐 죽은 듯이 고요해졌던 밀림의 감춰진 분노이다. 강한 바람이 부는 밤의 밀림은 정말로 으스스하다.

우리는 그 뒤 강 연안을 따라 내려갔는데, 밤을 지새울 각오로 야영을 하고 있던 인부를 세 명 발견했을 뿐이어서 그들을 데리고 오두막으로 돌아왔다. 다행히 측량반은 다른 수색대에 의해 야영 준비 중에 발견되었다. 그리고 한밤중에 내가 솜씨를 발휘하여 라이스 카레를 만들어 다 함께 먹었다. 날이 밝자 행방불명이었던 인부들도 속속 모여들어 오전 10시에는 전원이 무사하다는 것이 확인되었다. 그날은 하루 종일 느긋이 휴식하고 다음 날부터 밀림의 여행이 시작되었다. 산거머리가 나무 위에서 떨어져 내려 머리와 얼굴에 들어붙는다. 아차 하고 뜯어내면 피가 흘러내린다. 단조롭고 게다가 불쾌한 나흘이 끝나고 다음날 야무르호반에 도착할 예정이었던 그날 저녁에 마키미마을의 파푸아인이, 아카마라는 언덕이라고도 할 수 없는 나지막한 곳에 불을 피웠다. 이것이 앙가디섬으로 보내는 연락이라는 것이다.

다음날 아침 이르게 출발하자 이윽고 밀림이 사라지고 야무르 호반의 대습원이 펼쳐지게 된다. 키 높은 풀들을 쓰러뜨리며 진창을 걸어 나가자 갑자기 풀숲 그늘에서 열 명 정도의 큰 사내들이 나타났다. 앙가디섬의 웨나타 니자미 헤자티야티야[10] 부족이다. 이번의 여정에 의해 파푸아인은 나에게 있어서 친근한 사람들이 되어있었다. 손을 내밀면 그들도 손을 내밀어 악수한다. 촌장에게 안내받아 얼마 동안 걸어서 물가에 두 척의 큰 카누獨木舟가 준비된 곳에 다다른다. 말레이어를 알아듣는 촌장에게 우리가 위험한 자들은 아니라는 점과 식량 기타 필요한 것은 휴대하고 있으므로 신세를 지지 않을 것이라고 설명한다. 그들도 그런 사항은 미리 알고 있었던 듯 내가 탄 카누를 선두로 앙가디섬으로 향한다.

햇살은 따뜻하고 호수를 건너는 바람은 상쾌하다. 앙가디섬은 푸른 호수 위에 외로이 혼자 서 있다. 마을의 집들과 야자나무의 분위기는 평화 그 자체이다. 드디어 카누가 강가에 닿는다. 거기부터 가파른 언덕길을 오르자 마을 가운데의 도로에 나서게 된다. 여인네와 아이들이 마을 입구에 마중나와 주었기에 마음이 놓인다.

---

10 이즈미는 일본어 발음 표기로 '우에타나 미야미 헤야티야티야'로 표기하고 있으나, 현지에서 이즈미의 활동을 현장답사하고 조사한 전경수 교수의 저서(『이즈미 세이이치와 군속인류학-뉴기니 조사를 중심으로』)에 있는 영문 표기 'Wenatanizamihe-jatijatija'를 따라 수정하였다.

(상) 사고야자숲 속에서 사고야자를 빻는 앙가디섬 사람
(하) 옴바강을 내려가다

뉴기니에서는 만약 마을에 여자와 아이들의 모습이 보이지 않는다면 불길한 공기가 떠돌고 있다는 증거인 것이다.

마을 사람들의 협력을 얻어 인부를 전원 앙가디섬에서 구하고 짐들을 이어받게 한다. 그리고 그날 중으로 다섯 명을 제외한 전원에게 와오부까지의 식량을 지게 해서 섬을 떠나게 했다. 서로 다른 부족들 사이에서 예상되는 트러블을 피하기 위함이었다.

옴바강을 내려가다

앙가디섬에 사는 사람들은 헬빙크만의 주민과는 특히 언어상으로는 관계가 희박하고, 야무르호수에서 흘러나와 남쪽으로 구불구불 흐르는 옴바강 연안의 사람들 그리고 그 강이 흘러드는 아라푸라해 연안의 주민과 깊은 관계를 갖고 있다. 그런 당연한 결과로서 앙가디섬 사람은 남쪽의 사정을 잘 알고 있었다. 우리는 촌장과 상담하여 이제까지의 지역횡단계획을 재검토하고 새로운 계획에 따라 준비를 시작했던 것이다.

앙가디섬의 사람들에 따르면 옴바강을 대형 카누로 내려가는 것은 가능하지만, 강 쪽은 그 폭이 좁고 바위가 있기 때문에 공기부양튜브를 한쪽에조차 달 수 없다고 한다. 그러나 강 입구를 지나면 해안을 따라 에트나만으로 가야 하는데, 양쪽 모두에 부양 튜브를 부착한 대형 카누가 아니면 파도 때문에 위험하다는 것이다. 그런데 에트나만에서 도보로 코보이의 산을 넘어 소야무르호마나미호 기슭에 도달하는 길이 있다는 것을 알게 되었다. 우리는 앙가디섬의 카누를 옴바강 입구까지 사용하는 것을 기본 방침으로 하고, 그 후 소야무르호까지는 도보로 강을 거슬러 올라가게 한 뒤 거기로부터 에트나만까지는 옴바마을의 카누를 빌리기로 하였다.

앙가디섬의 사람들은 호수에 떠 있는 길이 15미터 정도의 큰 카누를 끌어올려서 그늘에 말리고 나무의 옹이마다 점토를 정성스레 채워 넣었다. 여자들은 호수 연안의 사고야자sago palm 숲에 와서 그 전분을 만든 뒤 마을에 돌아가서 그것을 휴대 식량인 사고렌펜[11]으로 만들기 위해 토기에 넣어 굽고 있다. 나는 그녀들을 따라가서 사고야자 전분 채집의 처음부터 끝까지를 볼 수 있었다. 서이리안 해안 또는 저지에 살고 있는 사람들에게 사고야자는 무시할 수 없는 중요한 식량이다. 이 야자는 습지에 자생하고 있는데, 그 곁눈 싹을 도려내어 다시 심는 방식으로 재배화하고 있는 곳도 있다. 사고야자는 분얼[12]한 뒤 수년이 지나면 줄기에 질 좋은 전분을 저장하기 시작한다. 파푸아인들은 적당한 때를 가늠하여 줄기를 베어 겉껍질을 벗겨내는데 그 안쪽에 전분 입자를 하얗게 품은 섬유가 나타난다. 그것을 큰 자귀 모양의 방망이로 두드려 섬유를 추출한 뒤 사고야자 잎자루로 만든 통 속에서 씻어내면 전분이 바닥에 가라앉는다. 말로 표현하자면 이처럼 간단하지만, 사고야자 전분을 채

11 Sagolenpen : 사고야자 전분을 구운 비스켓류.

12 分蘖 : 곁눈이 발육하여 줄기와 잎으로 되는 것.

취하는 작업, 즉 '사고야자 빻기' 과정은 실제로 해보면 아주 힘든 작업이다. 사고야자가 자라고 있는 숲은 지독한 습지 혹은 소택지로서 모기가 많이 있어 매우 불건강하다. 게다가 사고야자에는 가시가 나 있어 베어내는 것도 쉽지 않고, 무엇보다도 방망이로 섬유를 풀어내는 '사고야자 빻기' 노동은 예상보다도 힘든 작업인 것이다. 통의 바닥에 쌓인 사고야자전분은 전 세계를 통틀어 가장 순도가 높아 최근에는 강력한 풀의 원료로 되고 있다. 파푸아 사람들은 사고야자에서 점도가 강한 갈분탕과 같은 것을 만드는 외에 여행에 나설 때는 칸막이한 옹기 그릇에 넣어 나뭇잎으로 뚜껑을 덮은 뒤 불을 지핀다. 사고야자 전분에서 수분이 대부분 증발되고 속살이 딱딱한 상태로 된 것이 앞에서 말한 사고렌펜으로서 맛은 고야高野 두부[13]와 아주 흡사하다.

3월 29일 3척의 카누에 나눠 타고 우리는 남쪽으로 향했다. 두 척의 카누를 밧줄로 연결하여 측량을 하기로 한다. 측량반의 엔도 씨 생각이었는데, 선두로 내려가는 배의 선미 부분에서 풀을 떨어뜨린 뒤, 연결 밧줄에 의해 일정 간격을 두고 내려가는 두 번째 배의 선수까지 도달하는 시간을 측량하는 것이다. 동시에 두 번째 배 쪽에서 선두 카누의 방향을 기록함과 동시에 양 기슭의 겨냥도sketch map를 그려내고 그것들을 종합하여 옴바강 기슭의 지도를 카누 위에서 작성하려는 계획이다.

13 두부를 동결, 저온 숙성시킨 후에 건조시킨 보존 식료의 일종으로서 고야산에서 제조되었다는 속설과 관련된 명칭이다.

당연한 일이지만 출발하기 전에 테스트를 마쳤다. 그 결과 선두 카누의 선미 쪽에서 풀을 떨어뜨릴 시기는 앞의 풀이 두 번째 배의 선수에 도달하는 시간으로 하되, 그 순간을 호루라기로 두 번째의 배에서 앞의 카누 쪽으로 지시해 주기로 했다. 그래서 옴바강 내려가기는 '삐삐삐'라는 호루라기 소리로 시작됐던 것이다.

옴바강은 야무르호에서 흘러내리는 곳부터 강 입구까지 경관의 큰 변화는 거의 보이지 않고 그저 깊은 밀림 속을 심하게 구불거리며 흐른다. 따라서 바로 몇 분 전에 오른쪽에 보이고 있던 산이 아차 하는 사이에 왼쪽으로 움직이고, 다시 오른쪽으로 보이게 되는 그런 현상이 수시로 일어났다. 출발한 날은 소야무르호 기슭의 마나미마을에 머무를 예정이었지만, 지독한 스콜 때문에 늦어져 밤이 되어 버렸다. 다시 대나무 통에 석유를 넣은 횃불을 붙여서 위험한 굽잇길을 계속 갔다.

마침내 소야무르호로 가는 입구를 발견하고 카누를 저어 들어가자 호수는 수초가 피운 꽃으로 온통 뒤덮여 있고, 그 건너편 마나미마을로 보이는 언저리에 불꽃이 피어올랐다. 그리고 한 척의 작은 카누가 횃불에 비치어 드러난 꽃 덮인 수면을 좌우로 가르며 화살과 같은 속도로 다가온다. 마나미마을의 촌장이다. 그는 우리가 이 날 도착할 거라는 통지를 받고 기다리고 있었는데, 너무 늦어져 걱정하고 있었다고 한다. 그 카누의 인도를 따라 마나미마을에 도착하자 그 곳에는 집이 한 채밖에 없다. 뉴기니에서 '한 채 한 마을一軒一村'은 진기한 일이 아니라는 점은 알고 있었지만, 실제로 눈앞에서 보게 된 것은 이번이 처음이었다. 이 마을의 집은 마룻바닥이 높고 호수 기슭의 경사면을 이용하여 지상에서 3미터 정도의 높이에 설치되어 있었고, 불은 마루의 아래쪽에서 피우고 있다. 말하자면 마루 위쪽은 항상 훈제되고 있는 셈이 된다.

그 이유는 상륙한 뒤 1분도 채 안 되어 곧 깨달았다. 지독한 모기 때문이다. 입을 열자마자 몇 마리가 뛰어들고 머리와 손 같이 노출된 부분에는 새까맣게 떼 지어 몰려든다. 우리는 훈제가 될 각오로 연기가 매캐한 마루 위에 올라갔다.

찌는 듯한 밤이 새자 수초의 꽃이 온통 뒤덮고 있는 호수에 아침 햇살이 비쳐서 거짓말처럼 상쾌한 공기가 감돌고 있다. 그러나 모기장을 나서면 모기떼의 공격이 무섭다. 마을 사람들과 재회를 약속하고 카누에 오른다. 호수를 가로질러 옴바강 본류로 나가서 다시 강을 내려가기 시작한다.

이날은 여러 가지 흥미 있는 일들을 겪었다. 파푸아인들은 카누를 저을 때 여러 가지 노래를 부르며 매우 용맹스럽다. 이 노랫소리에 놀라서 수면보다 한 단 높은 강기슭에서 낮잠을 자고 있던 악어가 머리로부터 강 속으로 첨벙 뛰어들었다. 파푸아인도 우리도 깜짝 놀라 '꺅' 하고 비명을 질렀다. 다시 오후가 되면서 큰 무리의 박쥐를 만났다. 박쥐 똥이 비처럼 쏟아 내리고, 카누 속에 서있는 인부들은 저공을 어지럽게 나는 박쥐들을 노로 때려서 물 위로 떨어뜨린 뒤 첨벙거리고 있는 순간에 카누로 끌어 올린다. 날카로운 이빨과 손톱으로 저항하는 박쥐들을 파푸아인들은 정글도蠻刀로 때려잡았다. 또 많은 박쥐들이 과일처럼 매달려있는 강기슭의 나무들을 수면으로 베어 넘겨서 한꺼번에 수십 마리를 잡곤 한다.

그날 밤은 강기슭의 아이마키라는 곳에 오두막을 만들어 잠들었는데, 모기가 조금도 없었다. 저녁 식사로는 낮에 잡았던 박쥐를 통구이하여 레몬즙을 뿌려먹었다. 나는 파푸아인들이 박쥐를 즐겨먹는 것을 탐험기 등에서 읽었던 것을 떠올렸지만, 이 정도로 맛있다고는 전혀 예상하지 못했다.

야무르호를 벗어나서부터 3일째가 되자, 옴바강은 그 폭이 넓어지면서 밀림의 구성도 조금 바뀌어 갔다. 파푸아인들은 즐겁게 노래하면서 카누를 조정한다. 물 흐름도 완만해졌기 때문일까 긴장은 사라졌다.

목 따러가세 목 따러가세
목을 따서 아모리의 물을 마시세
목 따러가세

하늘은 활짝 개어 강렬한 햇볕이 쨍쨍 내리쪼인다. 나흘째의 오전 즈음에 밀림이 갑자기 휑 하니 열리며 눈앞에 아라푸라해의 푸른 바다와 절벽에 부서지는 흰 파도를 본다. 모두가 "바다다!"라고 외친다. 강 입구의 왼쪽 기슭에 옴바마을이 보인다. 이 마을은 앙가디 마을과 마찬가지로 웨나타 니자미 헤자티야티야 부족에 속하고 언어도 동일하다. 우리가 카누를 기슭에 끌어올리고 있을 때

옴바마을의 촌장이 나타난다. 정확한 말레이어를 구사하는 상당한 인텔리 청년이었다. 촌장의 인도에 따라 마을에 들어서자 어린이들이 꽃을 들고 마중을 나와 준다. 마을의 변두리에는 멋진 손님용 건물이 있어서 거기서 우리는 숙박하기로 한다.

저녁 즈음 촌장이 거북 알을 가지고 온다. 물에 삶아보니 노른자는 굳어졌지만 흰자는 아무래도 굳어지지 않는다. 맛은 새의 알에 비하자면 감칠맛 없이 덤덤하지만 배가 고팠던 나에게는 이 세상의 음식들 중에서 최상의 맛으로 느껴졌다. 해가 진 뒤부터 강변에 산책하러 나와 보니 저녁 해의 잔광이 어렴풋이 비치고 있는 강 입구에 큰 악어가 세 마리 정도 유유히 떠 있었다.

에트나만으로부터 야무르호로

옴바마을에 며칠 머물고 조사를 하면서 에트나만으로 가는 여정을 준비한다. 그래서 당초 예정대로 옴바마을에서 해상용 카누를 준비하도록 하고, 앙가디섬의 인부들은 일부를 남기고는 기존 카누와 함께 야무르호의 마키미마을로 돌려보내기로 했다. 옴바마을의 해상용 카누가 의외로 빨리 준비가 되었기 때문에 연안을 서쪽으로 항행하여 타렐라마을을 거쳐 에트나만으로 향한다.

해안을 따라 곳곳에 있는 마을들의 인심은 내지 쪽 마을들보다 험악했다. 우리의 카누가 해안에서 가까이 가자 마을 사람들은 밀

에트나만을 지나는 조사대의 카누

림으로 도망해 들어가 버려 상륙할 때는 아무도 없게 된다. 화살을 든 사내들은 마을 변두리에 잠복하고 여자와 아이들은 그 안쪽에 숨어있는 듯한 느낌이다. 때로는 한두 명의 사내가 마을에 남아 있었지만 그들은 우리를 매우 경계하고 있다는 것을 바로 알 수 있었다. 그렇게 불안한 연안 여행을 계속하면서 우리는 에트나만으로 들어갔다. 파도가 뚝 고요해지고 기슭에는 산이 불쑥 다가들었다. 만 안쪽 가까이에 콘크리트를 바른 장소가 있었다. 이곳이 제2차 세계대전 전에 미국의 아치볼드[14]가 항공기를 사용하여 실시했던 오지 탐험대의 기지였던 것 같다.

우리는 만의 가장 깊숙한 곳에 상륙하여 맹그로브숲 변두리의 키룰루라는 곳에 오두막을 지었다. 옴바마을 사람들은 한밤중에 돌아가고 처음으로 적은 인원이 묵게 되었다. 사람 기척이 전혀 없는 숲은 일몰과 동시에 어둠으로 뒤덮이고 만다. 밤새 으스스한 소리를 들으면서 일찍 침상에 든다.

다음날 아침 눈을 뜨자 아침 해가 더디 뜬다. 아직 어두운 중에 출발 준비를 하고 코보이산을 넘기로 했다. 나는 안내하는 파푸아인과 함께 선두에 섰다. 이끼로 덮인 석회암 산이 위로 위로 이어지고 있다. 이끼를 벗겨내자 칼날처럼 날카로운 석회암의 균열이 모습을 드러내어 위험하다. 아침 안개가 낮게 드리워져 있다. 이 회색 안개 속에 한 사람의 안내자가 모습을 감추었다. 이윽고 어딘

14 Richard Archbold(1907.4.9~1976.8.1) : 미국의 동물학자이며 탐험가로서 뉴기니 등의 탐험을 하였다.

지 모를 곳에서 비명이 새어 나왔다. 나는 사라진 사내를 쫓아 소리 나는 곳에 다가가자 비명은 지하로부터 들려온다. 이끼가 갈라진 틈으로 아래를 보자 안내인이 구멍에 떨어져 있는 것이다. 나는 긴 막대기로 그를 끌어올렸다.

코보이산의 남쪽 비탈면에는 무수한 석회암 동굴이 있었고. 그것들은 입구가 두터운 이끼로 덮여있다. 무심코 걷고 있자면 이끼가 찢어지고 함정 같은 동굴에 떨어져 버린다. 나는 순간적으로 한 가지 아이디어를 내어 모두에게 2미터 정도의 긴 막대기를 지니게 하였다. 이 막대기의 중앙을 잡고 걸으면 구멍에 떨어졌을 때 어딘가에 걸리기 때문이다. 그러자 이번에는 내가 당했다. 발밑이 삐끗 흔들렸다고 느끼자 땅이 두 동강으로 쪼개져 신체가 아차 하는 사이에 아래로 떨어져 간다. 그러나 곧 덜컥 막대기에 힘이 걸리며 구멍 속 어느 곳에 매달리는 꼴이 되었다. 위로부터 이끼 덩어리와 흙덩이가 떨어져 온다. 다행하게도 1미터도 떨어지지 않고 멈췄다. 경사면을 올라가는 중에 안개가 흩어지며 비로 되었다.

내리 쏟아지는 빗속을 우리는 전력으로 올라서 드디어 오후 들면서 산맥의 꼭대기에 도달했다. 거기로부터 완만한 경사면이 소야무르호를 향하여 비탈져 가고 있는 것이다. 우리가 올랐던 코보이산의 급경사는 예전 어느 때인가 솟아오른 산호초의 융기면이었다. 비는 어느 곳 할 것 없이 몸 전체에 스며들어 열대인데도 춥다. 우리는 마키미마을로 가는 작은 길을 찾아내어 서둘러 북으로 나아간다.

이윽고 허름한 밭들이 나타나고 어느샌가 마키미의 마을회관에 닿는다. 그리고 놀랍게도 와오부에서 헤어졌던 요미우리신문의 사와 히사지澤壽次 특파원과 나의 조수역을 맡아주었던 나카야마 이나오中山稲雄 군이 '야-' 하고 큰 소리로 맞아주었다. 두 사람은 본대와 함께 앙가디섬에 와서 우리의 소식을 듣고 여기까지 쫓아왔다고 한다. 오랜만에 만난 즐거움에 모기의 침입도 그다지 신경쓰지 않은 채 모기장 안에서 날이 새도록 이야기꽃을 피운다.

스하우튼[15] 제도로의 여로

소야무르호에서 야무르호의 앙가디섬으로 돌아와, 거기에서 이번에는 정남 방향으로 나가 해안의 야우르마을로 갔다. 그 마을에서 잠시 체재한 뒤 마중 나온 다이버보트로 마누콰리로 돌아간 것은 5월 20일이 지나서였다. 우리가 야무르호로 향했을 때의 마누콰리는 평화 그 자체였지만 이번에 돌아와 보니 살기가 넘치고 있다. 이미 B24로 부두가 폭격당하고 가솔린이 가득 든 수백 개의 드럼통이 불타올라 큰 피해를 입고 있었다. 게다가 사흘에 한 번은 오스트레일리아 기지를 발진한 B24 두세 대가 마누콰리 읍내에 나타나 폭탄을 떨어뜨리고 간다. 나도 교회의 숙소로부터 읍내를

15 1615년 이곳을 탐험한 빌렘 스하우튼(Willem Schouten(1567~1625) : 네덜란드 항해가)의 이름을 따서 명명되었다.

향하여 돌아가는 중에 그 비행편대와 마주쳐 방공호에 뛰어든 순간에 폭탄이 폭파되어 위험한 지경을 모면했다.

이 같은 상태에서 헬빙크만 입구의 목줄을 잡고 있는 스하우튼제도의 조사를 인류학 담당반만으로 수행하게 되었다. 스하우튼제도와 야펜섬은 서이리안에서 인구가 가장 조밀한 곳이었고, 주민 중에는 원거리교역과 대장간에 종사하는 사람이 많다. 게다가 제2차 세계대전이 시작되어 네덜란드 세력이 일본군에 의해 배제됨과 동시에 신흥 종교가 발생하여 그 교조를 중심으로 반란이 이어지고 있었다. 우리는 이 같은 현상에 인류학상의 흥미를 갖게 되어 조사를 하기로 했다. 그렇게 하기 위해서는 우리 인류학자들만으로 조사를 수행하는 것이 필수조건이다. 만약 전문적인 인류학자 이외의 사람이 반란 속으로 들어가게 되면 반드시 무언가 트러블이 생기고, 그것을 계기로 반란은 확대되어 우리의 생명도 어찌될지 모른다. 나는 경성제국대학 동기인 하토리 사토시腹部敏, 스즈키 마코토鈴木誠, 다나카 마사시田中正四 의학박사 세 사람의 협력 참가를 요청하여 수피오리섬의 소웩으로 향한 것이 1943년 6월 26일 밤이다. 선박 사정으로 스즈키 군은 조수인 마쓰오 마사테루松尾政照 씨와 그 전날 밤 야펜섬에 들르는 배로 떠나게 되어 소웩항에서 서로 만나기로 했다.

우리가 탄 다이버보트는 헬빙크만 북측에 걸쳐있는 야펜, 논호르 및 스하우튼제도를 잇는 삼각지대로 들어가서 거기에서 소웩항으로 직행한다. 조수 흐름을 탔던 덕분인지 정오 가까이에는 부두가 보이기 시작했다. 해안에 모여 있는 창과 활을 든 수백 명의 파푸아인 집단이 쌍안경의 시야에 들어왔다. 큰북 소리가 산바람을 타고 들려온다. 그중 한 무리의 선두에 검은 바지에 빨간 파자마를 걸친 사내가 기묘한 모자를 쓰고 서 있다. 아마도 아가니타라는 무녀를 추대하여 반란운동을 조직한 스테판이라는 사내임에 틀림없다.

선원들에게 나의 지시가 있을 때까지 하선하지 말라고 명령했던 것은 이처럼 긴장된 파푸아인들 속에서 말도 사정도 알지 못하는 자가 곧바로 뛰어든다면 어떤 트러블이 일어날지 모르기 때문이다. 배가 부두에 접안한 뒤 연결 밧줄을 던져보니 한 사람의 사내가 받아 준다. 기슭의 파푸아인들은 큰 북을 두드리며 대부분이 춤추고 있다. 그들의 전투 행위는 우선 춤춘 뒤에 이어지는 것이 관례이므로 우리는 극도로 긴장했다. 엔진을 켠 채로 우선 내가 부두에 뛰어올라 스테판에게 손을 내밀었다. 그도 손을 내밀어 악수를 하고는 뒤편의 조그만 여자를 "마누라요"라고 말하며 소개했다. 나는 안심했다. 여자가 있는 한 전투는 일어나지 않을 것을 알고 있었기 때문이다. 그렇지만 아무래도 엔진은 끄지 않은 채로 조사대 대원을 모두 하선시키고 짐들을 내린다.

그 사이에 스즈키 군의 소식을 물어보니 어젯밤 이미 도착하여 교회의 버려진 집에 숙박하고 있다고 한다. 스테판에게 안내하게 하여 좁은 길을 따라 교회로 향한다. 함석지붕의 교회다. 무전탑 그리고 숙소로 이루어져 있는데, 전쟁 전에는 네덜란드인 여의사가 진료에 종사하고 있었다고 한다. 나는 스테판에게 내일부터 진료를 시작할 것이니 환자들은 염려 말고 오도록 하라고 하였는데, 그는 "그것은 신의 계시로 이미 알고 있었기에 당신들을 무사히 상륙시켰던 것이다"라고 대답한다.

스즈키 군과 마쓰오 씨는 숙사의 부서진 문 안쪽에 쌀가마니 등등을 놓아서 바리케이트로 삼고, 지난밤은 한숨도 자지 못했던 모양새이다. 예정보다 빨리 소웩에 도착한 두 사람은 스테판에게 마중 받고 상륙하여 교회로 인도되어 가기는 했지만 하룻밤 내내 교회를 둘러싸고 창을 든 파푸아인들이 춤추고 있어, 언제 습격해 올지 공포에 시달리며 초췌한 모습이었다.

짐들을 모두 내리자 다이버보트는 돌아간다. 우리는 그 짐들을 교회로 옮기게 하고 모든 사람 앞에서 스테판에게 쌀을 두 가마 건넨다. 스테판의 호위대는 하늘에서 식료품이 내려온다고 믿고, 사고야자를 빻는 일도 밭을 돌보는 일도 하지 않고 춤과 기도로 날을 지새우고 있었기 때문에 모두 굶주려 있었다.

그날 밤은 성대한 환영의 춤이 벌어졌다. 교회를 둘러싸고 화톳불이 타오르고, 불을 둘러싸고 10개를 넘는 무리들이 미친 듯이 춤을 춘다. 팽이 모양의 큰북을 든 사내를 선두로 수십 명으로 된 한 조가 둥글게 돌면서 단조로운 노래를 서로 부르고 단조롭게 춤추는 것인데, 점차 흥분하게 되자 큰북을 든 사내가 뛰어오르면서 모든 박자가 빨라진다. 노래방식은 두 조로 나뉘어 전반과 후반을 즉흥적으로 주고받는 식으로 하는 것이다. 이날 밤은 "바다를 건너

화려한 댄스 복장을 한 아우르마을의 여인들

토안[16]이 왔다", "우리의 환자들을 고쳐주기 위해 왔다", "우리는 네덜란드인이 가 버린 뒤로 말라리아에 시달리고 있다", "지금 토안은 말라리아를 고쳐주러 왔다"라는 노래가 대부분이다. 만약 그것이 "토안이 왔다", "우리를 속이려고 왔다", "그들은 시커먼 병균을 흩뿌린다", "더 이상 참을 수 없다", "토안을 죽여라!"가 되면, 그대로 쇠창을 가지고 우리를 공격해 올 것임이 분명하다. 화톳불에 코팔 수지를 수시로 뿌려 넣자 불길이 한층 더 강해지고 미친 듯 춤추는 남녀의 모습이 불빛에 드러난다. 그날 밤 나는 마루 위에 옷을 걸어둔 채로 옆으로 누워 잠들었지만, 큰북 소리는 밤이 샐 때까지 꿈속에서 들려오고 있었다.

다음날부터 우리는 전력을 기울여 소웩마을 사람들의 진료에 종사했다. 질병은 말라리아와 딸기종[17]이 대부분이었기 때문에 진료 효과는 즉각적으로 나타났다. 특히 딸기종은 스피로헤타에 의한 피부병이기 때문에 살바르산 주사가 잘 듣는다. 나도 진료반 일을 도와가면서 청취조사를 수행한다. 스하우튼군도의 섬사람들은 거의 모두가 말레이어를 말하기 때문에 통역의 필요도 없이 마음 편하게 이야기할 수 있다. 게다가 진료하는 곳에서의 조사는 오히려 상호신뢰관계[18]가 잘 작동하여 무엇을 물어보더라도 솔직하게

16 Toan : 스하우튼제도 원주민들에게 공통적으로 존숭되는 신격으로 만세르나라(Mansernarah)와 토안 아라(Toan Arah)가 있었는데, 이 신은 기독교 도래 이후에도 깊이 자리해 있었고 전쟁 전후의 사회 불안과 함께 네덜란드 권력의 급격한 후퇴와 일본 권력 도착 사이의 무정부 상태 속에서 표면화되어 반란 중 지도 원리의 동맥이 되었다(전경수의 『이즈미 세이이치와 군속인류학』에서 재인용).

17 Frambesia : 딸기 모양의 부스럼이 나는 흑인 특유의 전염병.

대답해주므로 의외로 일이 순조롭게 되었다. 소웩의 진료와 조사를 마치자 나는 본대를 두 개로 나누어 한 분대는 스하우튼군도의 동쪽 부분을 이루고 있는 비악섬으로, 다른 분대는 서쪽의 수피오리섬 조사를 하도록 하였다.

나는 서쪽의 수피오리섬을 담당하여 조사 기지를 소웩에서 코리도의 수상부락으로 옮겼다. 코리도마을은 산호초 위에 늘어선 몇 개의 크고 긴 집들로 이루어져 있어서, 실로 장대한 수상의 촌락이다. 간조 때에는 물이 얼마동안 빠져나가지만, 조수가 차오르면 마룻바닥 아래쪽으로 바닷물이 들어온다. 해안에서 150미터 정도 떨어져 있어서 모기는 거의 없다. 우리는 마을의 촌장집인 한 건물에 머물게 되었다. 집과 집 사이의 교통도 카누로 하지 않을 수가 없다.

코리도마을의 조사를 끝내고 우리는 수피오리섬 일주여행에 나섰다. 카누 두 척을 해안을 따라 항해시키는데, 길이 있는 곳은 걸으며 길이 없어지면 카누에 다시 타는 식이다. 밤에는 반란운동이 계속되고 있어 위험하기 때문에 카누를 바다 가운데 정박시키고 잠을 잔다. 매일 새로운 마을을 방문하여 진료를 시작하고, 그것과 병행하여 조사를 수행했다. 이쪽 주변은 이차 매장二次埋葬이 일반적이어서, 한 번 매장된 사체의 유골을 파내어 이차적으로 동굴 속에 안치하고 있다. 나는 조용히 동굴로 들어가 사진을 찍어왔지만,

---

18 라포(rapport) : 임상심리학 용어로서, 주로 두 사람 사이의 상호신뢰관계를 말한다.

이차 매장된 인골

자연인류학자[19]인 스즈키 군은 그 유골이 탐나서 참지 못하고 가지고 나왔던 것이 발각되고 말았다. 어쩔 수가 없어서 속죄를 위한 큰 제사를 지냈던 일은 지금도 눈에 선하게 떠오른다.

수피오리섬의 조사는 한 달이 못 되어 끝나고 비악섬 반과 코리도에서 서로 만나서 마중나온 다이버보트를 함께 타게 되었다. 7월 중엽에 마누콰리에 돌아가자 육군부대가 주둔하고 있었고 읍내에는 더욱 살기가 넘치고 있다. 조사대는 재빨리 팔라우군도까지 철수하라는 지시가 민정국으로부터 내려진다. 대원들은 어느 날 들어온 다이버보트 선단에 편승하게 되었는데, 좌석 문제로 아무래도 세 사람 정도가 탈 수 없게 되었다. 일행 중에 자바로 가는 두 사람을 제외하고 내가 남을 결심을 했다. 기적소리를 내면서 다이버보트 선단이 헬빙크만 저쪽으로 보이지 않게 되었을 때 나는 가슴을 쓸어내리는 기분으로 해안의 야자나무 뿌리에 기대어 앉았다.

귀로

1943년 8월 이후 서이리안의 마누콰리에는 한 척의 배도 비행기도 들어오지 않았다. 정확하게 말하자면 8월 어느 날 육군의 MC

19 자연인류학(biological anthropology)은 형질인류학(physical anthropology) 또는 생물인류학(bioanthropology)으로도 불리는 인류학의 한 분야이다.

서뉴기니 비악섬의 맹그로브지대

형 수송기 한 대가 갑자기 마누콰리 상공에 나타나기는 했다. 공습에 겁먹고 있던 경비대가 서둘러 대공전투 태세에 들어갔지만 곧바로 아군기인 것을 알고는 오히려 불같이 화를 냈을 정도로 갑작스런 출현이었다. MC기는 저공으로 선회하여 동쪽으로 사라져 가고 마누콰리는 다시 고도와 같은 나날을 이어간다. 얼마 안 있어 홀란디아[20]에서 카누로 철수해온 민정부의 직원이 나를 방문해 와서 유명한 티니안제 위스키를 한 병 주면서 다음과 같이 말했다.

"어느 날 한 민간인 비행사가 조사대 사람이 있나 하고 홀란디아에 방문해 왔어요. 그 사람이 당신 아우였는데 이 위스키를 한 다스 가져왔었지요. 마누콰리에서 형씨에게 건네려고 비행장을 찾아봤지만 찾지 못해서 그럭저럭 홀란디아까지 가져와 버렸다고 하던데요. 동생 분은 한 병이라도 좋으니 형씨에게 전해 주라고 해서 제가 받았지요. 열 한 병은 우리가 감사하게 마셨습니다. 이 한 병으로 동생분에 대한 약속은 지킨 것이네요."

홀란디아와 마누콰리 사이는 직선으로 치더라도 700킬로미터 정도 떨어져 있다. 그 당시에도 항공기라면 4시간으로 날아갈 수 있었겠지만, 카누로는 한 달 가까이 걸린다. 위스키가 한 병이긴 해도 내 손에 잘 도착했던 것이다. 이런 에피소드 같은 것만이 추억으로 떠오르는 나른한 매일이 끝없이 이어졌다. 나는 교회의 도서실을 정리하면서 뉴기니에 관한 책자를 읽는다든지 베낀다든지

20 뉴기니섬 서부의 이리안자야 북쪽 연안에 있는 항만도시 자야푸라의 옛 명칭이다.

하면서 하루하루를 보낸다.

10월 어느 날 오후 즈음 교회 베란다에서 꾸벅꾸벅 졸고 있었다. 보기 드물게 비행정이 저공으로 들어오는 폭음을 들었지만 별로 신경을 쓰지도 않았는데, 조금 지나서 민정부 직원이 자전거로 들이닥쳐서,

"팔라우섬으로 가는 비행정에 한 자리 공석이 있으니까 조사대의 잔류자인 이즈미 촉탁께서는 여기에 편승하여 철수하라는 명령입니다. 10분 이내에 부두에 와 주시면 합니다."

라고 한다. 이렇게 되라고는 예측도 하지 못했으므로 나는 륙색에 필드노트와 얼마 안 되는 표본을 쑤셔 넣고 자신의 손으로 세탁한 반바지와 흰 셔츠로 갈아입은 뒤 등산화를 신고 부두에 달려갔다. 거기에는 민정부의 아다치 국장께서 기다리고 계셨고, 나는 "수고하셨습니다"라는 한마디 위로의 말을 듣고는 허둥지둥 동력선 안에 올라탄다. 비행정의 트랩을 올라가자 배 안의 시선이 일제히 나에게로 쏠린다. 타고 있는 군인도 민간인도 풀 먹인 새하얀 해군 제복을 차려입고 멋진 트렁크가 산처럼 쌓여있다. 수염도 제대로 깎지 못하고 세탁했다고는 하지만 꾸깃꾸깃한 작업복을 걸친 내가 올라탄 것이 신기했던 것임에 틀림없다. 이 비행정은 자바의 자카르타에서 도쿄로 향하는 도중이었으므로 뉴기니와 같은 전선에 있던 나와는 실은 인연이 없는 존재였다.

비행정이 물위로 날아오르자 부두에서 손을 흔들고 있는 사람들의 모습이 아차 하는 사이에 콩알처럼 작게 되고, 아르팍산맥이

창에 가득 다가오는 듯한 사이에 이윽고 선회하여 헬빙크만을 북상하기 시작한다. 눈에 익은 스하우튼군도를 지나 4시간이 못 되어 팔라우섬에 착수한다.

여기서부터 일본까지 그 다음은 어떻게 갈 것인가는 팔라우의 해군 무관부 지시에 따르라고 했기 때문에, 섬에 도착하자 곧바로 해군 무관을 방문했다. 무관은 2, 3통의 전보를 가져와 내 앞에 보여주는데 거기에 부친의 부고가 적혀있었다.

"뉴기니로 연락하려고 노력했습니다만, 전파관제가 심하여 작전 이외의 전보를 칠 수가 없었습니다. 이 점은 죄송하게 생각합니다. 다행히 내일 아침 사이판 경유로 도쿄로 가는 비행정에 자리가 있으니까 그 편으로 돌아가십시오."

무관부의 언덕길을 내려가면서 다롄에서 돌아가신 부친을 떠올린다. 부친과 나는 나이가 40세 이상 차이가 났다. 그것은 부친이 만혼이었기 때문이다. 내가 대학 2학년 때에 부친이 경성에서 다롄으로 임지를 바꾸게 되었고, 나도 또한 여행을 한다든지 군대 입영하여 집을 비우기 십상이었기 때문에 부친과 천천히 이야기할 시간이 거의 없었다. 다만 앞에서 썼던 중국 중남부를 함께 여행했던 일만이 눈에 선하게 내 마음 속에 남아있다. 팔라우의 검붉은 석양은 부모의 임종을 할 수 없었던 사내의 살 속으로까지 스며들어 그 아련한 듯한 통증을 떨쳐버릴 수가 없었다.

다음 날 아침 비행정이 날아올라 팔라우의 환초를 한 눈에 내려다보게 되었을 때 10개월 전의 기억이 되살아난다. 저 당당하던 함선의 무리는 어디로 모습을 감추어버린 것인지, 거기에는 그럴듯한 배라고는 눈에 띄지 않는다. 미드웨이 해전에서의 패배를 나는 처음으로 실감으로 알게 되었던 것이다. 사이판섬에 착수했지만 시간 관계로 1박하고 그 다음 날 도쿄로 향했다. 길고 긴 바다 위를 비행한 후에 드디어 도쿄만이 보이기 시작했다. 살아서 일본 땅을 밟을 수 있으리라고는 생각지도 못했던 뉴기니에서의 매일이 주마등처럼 스쳐가는 사이에 철썩 하고 파도위에 착수했다.

부두에는 배로 돌아갔던 경성 그룹의 스즈키, 고바야시, 다나카 세 사람이 마중해 준다. 한 달 이상 나를 도쿄에서 기다리고 있어 주었던 것이다. 우리는 곧바로 경성으로 돌아가기로 했다. 일본은 아직 평온하여 피투성이의 전투가 가까이까지 닥쳐오고 있는 것을 아무도 알지 못한다. 구명조끼를 넣은 륙색을 등에 지고 경성으로 향하자 모두 이상하다는 표정으로 우리를 본다.

대학에 인사를 마치자 나는 어머님이 살고 있는 만주 다롄으로 직행했다. 집에 돌아가자 아버지는 유골함에 모셔져 있다. 아버지가 돌아가셨을 때 다행히 아우가 라바울에서 만주의 신경으로 돌아와 있었기 때문에 장례식은 도맡아 주었다고 듣고 안심한다. 장녀 유카幽香가 나를 보고 '아저씨'라고 부르는 데 놀란다. 생후 7개월 만에 헤어져 1년 가까이 집을 비우고 있었기 때문에 무리는 아닐 것이다. "아버지는?"이라고 묻자 액자에 넣어져 있는 내 사진을 가리킨다. 이런 일이 이상하지 않은 것이 그즈음 일본인들의 가정이었다.

패전 전후

1946년 7월, 남장을 한 소녀
고아가 되어 모친의 유골을 가슴에 품고 펑텐까지는 왔지만…….

겨울의 북부 다싱안링大興安嶺

경성에 돌아와 얼마 지나지 않아 시 상공회의소의 부탁을 받아 뉴기니에 대한 강연을 하게 되었다. 그때 이야기가 전쟁에까지 미치게 되어 나는 솔직하게 내 의견을 이야기하는 쪽이 좋겠다고 생각했다. 그즈음의 민간 영역의 지도자들이 태평양전쟁의 실정을 직시하고 각오를 단단히 하지 않으면 안 될 시기라고 직감했기 때문이다. 1943년의 겨울이 경성 거리에 다가오기 시작했던 밤이었다.

"여러 가지 생각했습니다만, 솔직히 말씀드리지요. 일본 해군의 중핵을 이루는 부분은 미드웨이 해전에서 심각한 손해를 입고 말아서 일본 함선이 안심하고 항행할 수 있는 바다는 없습니다. 극단적으로 말하면 인천 앞바다에도 전쟁의 파도가 밀려오고 있는 것입니다."

일동이 깜짝 놀라 "그렇다면 이 전쟁은 어떤 모양새로 끝날 것이라고 당신은 생각합니까?"라는 질문이 나왔다.

"지금 바로 평화가 이루어진다면 문제가 없겠지만, 전쟁이 더 이상 이어지면 마침내 일본 본토가 연합군에 의해 점령되는 일이 생길 수도 있습니다. 물론 식민지는 독립하든지 이전의 주인에게 돌려지지 않으면 안 될 것이고요."

이 강연회는 참석자들에게 큰 쇼크를 주었던 것 같다. 며칠 후 경성시의 중심부를 관할하고 있는 혼마치本町[1]의 경찰서장인 호시데 토시오星出壽雄[2] 군으로부터 전화가 있어 오랜만에 한 잔 하자고 한다. 호시데 군은 나보다 1년 선배로 고 오다카 토모오 교수와 아주 가까웠던 관계도 있어서 학생 시절부터 잘 알고 있었다. 그날 밤 그가 지정한 요정에 들르자 가장 구석진 방을 잡고 있다. 잔을 주거니 받거니 하는 사이에 호시데 군이 다음과 같이 말을 꺼냈다.

"자네, 곤란해."

"도대체 뭐가 곤란해요?"

"저번에 상공회의소에서 한 이야기가 특고特高[3]에서 문제가 되고 헌병대도 움직이는 듯해서 걱정이란 말이야. 특고 쪽은 내가 어떻게 해볼 수 없는 것이 아니지만 헌병은 골치 아프다네."

"상공회의소에서의 이야기가 그런 문제로 된다는 것이 이상하네. 나는 현실을 직시해서 지도자들은 마음을 정리하시라……라고 이야기했을 뿐인데. 거짓말도 아니고 나쁜 일도 아니라고 지금도 믿고 있어요……."

"이 전쟁이 질 수 있다……는 것은 이야기해서는 안 되는 것이야. 물론 나로서도, 아니 나야말로 특히 전쟁이 되어가는 형편을 정확히 알고 싶어. 그러나 설사 그것이 사실이라 하더라도 전쟁에 진다라고는 말할 수 없는 거야."

"사실을 직시하고 대결하지 않으면 사태는 점점 악화되어 호되

---

1 지금의 서울시 중구에 해당한다.

2 원문에는 星出春雄으로 되어있으나 壽雄의 오식으로 보인다. 그는 총독부 경무국 사무관으로서 조선연 극사에도 이름이 나온다. 종전 후 우베(宇部)시장을 지냈다.

3 특별고등경찰의 준말.

게 당하는 것은 국민들이지요. 나는 방랑객처럼 등산부터 시작하여 최근 7, 8년간 아시아 각지를 싸돌아 다녀왔어요. 표면만이 그런지 모르겠으나, 그곳들에서 일본의 여러 가지 처사를 보아왔는데 좋지 않아요. 지금부터라고 하면 늦었지만, 그렇다고 해서 머뭇거리고 있을 수 없는 기분입니다."

"응……. 그런가. 그렇긴 하겠지만 그렇다고 말하게 되면 자네 신변이 위험해."

호시데 군은 멋진 남자였다. 그의 입장에서 내 신변에 닥쳐오는 어두운 그림자를 보고 충고해 주었던 것이다. 뒤에 가서 알게 된 일이지만 내게는 말하지 않고 그 후에도 이런저런 노력을 해주었던 것 같다.

12월에 들어서 열대지방에서 돌아와 얼마 되지 않은 나에게 다싱안링의 북쪽 끝에 있는 ᄋᆞᄅᆞ첸족 조사에 가지 않겠느냐는 요청이 의학부의 이마무라 유타카 교수로부터 왔다. ᄋᆞᄅᆞ첸족은 앞에서도 말한 것처럼 나에게 있어서는 잊을 수 없는 사람들이다. 나는 학생인 사카모토 카즈히데坂本和英 군과 도쿠나가 신조德永信三 군 두 사람을 데리고 우선 신징新京, 현재의 長春으로 향했다. 그즈음의 만주국 수도였던 신징은 구 시가지를 제외하면 완전히 신흥도시로 되어 있어서 나는 그 거리가 아무래도 마음에 들지 않았다. 그곳에서 방한복을 빌려서 하얼빈으로 향한다.

하얼빈에서 기차를 갈아타고 헤이룽강黑龍江이 크게 굽어지는 지점을 향하여 북상한다. 긴 기차여행이다. 기온은 북상함에 따라 내려가서 낮 동안에도 영하 30도를 밑돌고 있다. 이윽고 만주국에서도 가장 북쪽 편인 다헤이강大黑河에 이른다. 헤이룽강을 경계로 하여 건너편은 소련 영토인 브라고베셴스크이다. 우리가 이 거리에 도착한 것은 해질 무렵이었다. 정말 얼어붙을 듯한 추위 속에서 맞은 편 언덕까지 밝히는 네온사인과 그리스정교사원의 종소리가 떨리는 듯이 요동쳐 온다.

그다음 날 아침부터 우리는 더욱 북쪽으로 향하여 썰매를 달리게 되었다. 아침인데 태양은 9시가 되어도 뜨지 않고 오후 3시를 지나면 날이 완전히 저물어버린다. 길은 언덕을 누벼가면서 끝없이 이어지고 침엽수림은 시커먼 모습으로 여행자에게 닥쳐온다. 한낮 중에도 태양은 사람들에게 빛만 밝혀줄 뿐 따뜻함을 베풀어주려고는 하지 않는다. 헤이룽강을 따라가는 겨울의 썰맷길에는 3, 4시간의 여정마다 숙소가 만들어져 있었다. 숙소에는 말발굽 대장간과 밥집이 있다. 밤에 밥집 문을 열고 새하얀 입김을 내며 안으로 뛰어들자 그 순간 통증과 같은 추위에서 풀려나면서 눈썹에 얼어붙었던 얼음이 녹아내린다. 시골풍의 중국 요리와 소주를 다들 주문하고 있다. 우리도 앞에 온 사람들의 예에 따라 주문하자 순식간에 소주와 따뜻한 중국 요리가 탁자에 놓이고 조금 뒤에 국물과 쌀밥을 가져다준다. 그 재빠른 처리 솜씨가 추위로 얼고 공복에 지쳐 빠진 겨울 다싱안링의 여행자에게 딱 제격으로 느껴진다.

숙소에서 숙소로 썰매를 달려가서 이틀째에 우리는 오로첸족과의 국영교역소가 있는 지점에 도착했다. 8년 전에 부흐토시 외곽의 오로첸족을 방문했을 때는 그들과 교역을 하고 있던 상대가 다호르인과 한족 상인들이었고 그들의 지독한 착취에 시달리는 형편이었지만, 이제 국영교역소가 생겨서 주로 모피가 합리적인 가격으로 거래되게 되었다는 것이다.

교역소로부터 곧바로 2킬로미터 못되는 숙영지에 도착하자 벽에 모피를 붙인 천막집들이 늘어서있다. 나에게 있어서 오로첸족의 겨울 숙영지는 처음이다. 곧바로 "자- 자-"하고 인사를 나눈 뒤 천막 속에 들어가 이야기를 시작한다. 뉴기니에서 겨울의 다싱안링으로, 너무나도 지독한 환경변화이다. 열대의 저 단색조의 밀림 그리고 지금은 그 모든 것이 얼어붙은 타이가, 같은 숲지대라고는 해도 완전히 다른 별세계이다.

한마디 두 마디 오로첸족과 서로 이야기를 나누게 되자 그들은 헤이룽강 오로첸 중에서 사마부使馬部 부족의 일부라는 것을 알게 된다. 그로부터 열흘 정도 우리는 조사를 진행했다. 나는 문화인류학상의 연구를, 두 사람의 학생은 오로첸의 내한耐寒 적응에 대한 조사를 했던 것이다. 그리고 마지막으로 우리는 그들과 함께 겨울 사냥에 나섰다. 두터운 방한복을 걸치자 말을 타는 것도 내리는 것도 만만치 않다. 그들 수십 명과 함께 숙영지를 나섰는데 어느새 뿔뿔이 흩어져 우리는 산중에 버려진 꼴이 되어버린다. 서로가 잡은 사냥감을 쫓다보니 거기에 손발이 묶이는 꼴이 되면서 따로따로가 되어 버린 것이다. 이런 상태에서 지리도 알지 못하는 산중을 그저 돌아다니기만 해서는 우리가 어디로 빠져들어 버릴지를 알 수 없다. 그렇다고 가만히 있다 보면 추워서 어쩌지도 못하게 될 것이어서, 말을 타고 일정한 범위 안에서 계속 달리게 하는 것 외에 할 일이 없는 것이다. 이윽고 날이 저물게 되자 모두 돌아와서 타이가 숲의 고목을 모아 불을 붙인다. 큰 장작에 새빨간 불길이 따뜻하게 피어오르자 사냥으로 잡은 노루고기를 굽는다. 품 안에서 소금을 꺼내어 불고기에 흩뿌리자 훌륭한 맛이다.

고기를 먹으면서 우리를 남겨두고 가버리다니 지독하다고 농담조로 말하자 그들은 태연한 얼굴로 이렇게 대답했다.

"여기서부터 말을 타고 열흘 걸리는 범위라면 우리는 곧 찾아내지요. 고작 반나절의 거리라면 당신들이 어디에 있더라도 한 시간도 걸리지 않고 찾아냅니다."

지당한 말이다. ᄋᆞᄅᆞ첸족들은 말발굽 발자국이나 동물의 발자국에 민감하다. 하물며 사람이 탄 말의 발자국을 놓치는 일은 있을 수 없다. 무슨 특별한 일은 아닌 것이다. 우리는 ᄋᆞᄅᆞ첸 삼장법사의 손바닥에서 말을 달리고 있던 손오공에 지나지 않았던 것이다.

대륙 자원과학연구소의 시작과 끝

1944년,[4] 그즈음의 이공학부장이었던 야마가 신지[5] 선생께서 경성제국대학 총장에 취임하셨다. 나는 이공학부장 시절의 야마가 선생을 자연과학적 독선주의자라고 생각하여 좋아하게 되지는 않았기 때문에 학우회 같은 모임에서는 상당히 반항한 적도 있다. 그러나 선생께서 속좁은 자연과학자가 아니라 창설한 지 얼마 안 되는 이공학부의 기초를 다지기 위하여 언뜻 보아 이공학부 지상주의적 정책을 취해왔다는 것이 총장에 취임한 뒤에 확실해졌다. 내가 처음으로 총장실에 불려갔던 것은 취임한지 일주일도 되지 않은 그야말로 초창기였다. 그즈음 28세의 한 애송이를 총장이 불러내어 어쩌자는 것일까 하고 조심조심하며 문을 열고 널찍한 총장실에 들어갔다. 야마가 선생은, 경성제국대학에 부임한 뒤 얼마 되지 않아서 돌아가는 사정을 잘 모르고 특히 젊은 사람의 의견을 들은 적이 없어서 그날은 신임 총장이 무엇을 해야 할 것인가 대하여 솔직한 의견을 듣고 싶다는 것이었다.

지금 그때 말한 것을 전부 기억하고 있지는 않지만, 아시아의 자연과 문화를 종합적으로 조사 연구하는 기관을 대학에 부설해야 한다고 말한 것은 확실하다. 야마가 선생은, 좀 늦어질지는 모르지만 아무튼 노력해보려 하니 협력해주겠는가 하고 말씀하셔서 나는 협력을 약속했다. 부속연구소의 신설이므로 쉽지 않은 일이다. 우선 구상을 확정하고 규모를 생각하여 예산과 법안을 준비하지 않으면 안 되었다. 다행히 나의 구상에 의학부의 이마무라 유타카 교수와 이공학부의 야스미 마사루安宅勝 교수 등이 찬성하셨기에

4 원문은 1943년이나 1944년의 오기이다.

5 山家信次(1887~1954) : 일본의 화학자. 경성제국대학의 교수로서 화약계 권위자였다. 1944년 3월 20일 경성제대의 마지막 총장으로 취임했다.

계획은 신속하게 진행되었다. 그리고 1944년 공식적 관제 정비까지는 되지 못했지만 우선 연구비가 대폭적으로 책정되었다.

그 연구비를 기반으로 하여 실적을 내기 위해서도 그리고 지금까지의 연구를 종합 정리하기 위해서도 제3차 몽강지대 학술조사대를 파견하게 되었다. 연구반은 몽골지대와 한인지구로 나누어져 조사를 시작했다. 나는 그즈음 유목민과 수렵민 인구에 흥미를 가지고 있었기 때문에 그 문제와 씨름하려고 몽골 지방을 돌아다녔다. 자형인 나카무라 타다시中村正가 바로 그때 바오터우包頭에서 만철 조사부의 지소장을 하고 있었기 때문에 그 부근을 다니는 데는 편리하였다. 특히 황허가 크게 굽어짐에 따라 생긴 포켓 모양의 소위 오르도스 지방은 몽골에서도 특색 있는 지대를 이루고 있다. 우리는 황허를 건너서 오르도스로 들어갔다. 중국군이 눈앞에 포진하고 있었지만 그곳에는 잠정협정이 있었던 것 같다. 조사는 충분히 하지 못했지만 얻은 것은 컸다.

그해의 조사보고는 활자화할 수 없었다. 인쇄 사정이 악화된 데다가 무엇을 하더라도 군사기밀에 걸리고 만다. 어쩔 수 없어서 우리는 몰래 등사판으로 보고를 정리하고 표지에 '秘'자 도장을 딱 찍어 동료들에게만 배포했다. 그럼에도 그 취급에는 신중하지 않을 수 없다. '자유'가 이 정도까지 짓눌려질 때 어떤 모양새가 되는지를 몸에 저리게 알게 되었다.

1945년 봄에 들면서 연구소의 관제가 승인되게 되었기 때문에 세부에 걸친 교섭을 위하여 총장을 모시고 도쿄로 갔다. 방공마스크와 구명조끼를 가지고 구급약품도 준비하며 비상식량도 륙색에 넣어서 오랜만에 도쿄에 도착했다. 언제나처럼 제일호텔에 묵었는데 신바시 일대도 사람이 드물어 전쟁의 결말이 이미 눈 앞에 보이고 있는 것처럼 생각되었다. 법제국에 가서 관제의 설명을 했을 때 이리에入江 참사관이 푸른 와이셔츠에 넥타이를 깔끔하게 매고 있었던 것이 생각난다. 그즈음 대부분의 사람들은 카키색 국민복을 입어야만 했던 것이다. 양복을 입기 위해서는 와이셔츠와 넥타이가 필요하지만 그것을 쉽게 손에 넣을 수 없었기 때문에 속옷이 보이지 않게 국민복을 몸에 걸치는 것이 관례가 되어있었다. 이리에 씨가 양복정장을 입고 있었던 것은 그즈음의 권력에 대한 무언의 저항이었던 것일까, 법제국 참사관이라는 엘리트적 존재를 뚜렷이 드러내기 위한 것이었을까 나로서는 잘 알 수 없다. 그러나 그의 푸른 셔츠만은 지금도 잊을 수가 없다.

도쿄에 며칠 체재한 뒤 경성으로 돌아가려고 했을 때, 시모노세키와 부산 사이에 기뢰가 부설되어 연락선이 다닐 수 없게 되어버렸다. 어쩔 수 없어서 하카타로 돌아서 겨우 배를 타고 부산에 도착하자 그날 몇 시간 전에 떠났던 하카타 거리가 폭격을 당하여 거의 불타버리고 말았다는 것을 알았다. 우리는 그럼에도 조사를 그만두려고는 하지 않았다. 6월에 대륙자원과학연구소의 관제가 승인되었기 때문에 연구소로서 최초의 조사대가 7월에 몽골 지방으로 파견되었던 것이다.

나는 의학부 학생을 데리고 주로 광산지대 한족들의 인구를 조사한 뒤 베이징에 돌아가 근교 농촌으로 들어갔다. 그때까지 나는 한족들의 문화에 어프로치하는 것을 피하여 그 주변 조사만을 수행해왔다. 나는 한족과 한족문화에 육박해보고 싶었지만, 그것은 매우 크고 대단히 심오한 주제여서 처음은 주변에서부터 공략하려고 생각했기 때문이었다. 그렇지만 주변 여러 민족의 조사 연구가 끝난 것은 아닌 생태에서 그해 여름 우연한 계기로 중국인 농촌에 들어갈 기회가 주어졌기 때문에 그것이 마지막 조사가 될 것이라고는 알지 못한 채 베이징 근교의 농촌에 뛰어들었던 것이다.

그해 봄 나는 베이징의 대사관에서 특별한 청년들을 소개받았다. 젊고 순진한 사람들로서 이야기를 하고 있는 중에 공명하는 바가 많았다. 그들과 어울리고 있는 사이에 일본군 세력권 바깥의 베이징 근교 농촌에서는 생활개혁운동이 진행되고 있는 것을 알게 되었다. 그 농촌에 우리 일본인이 갈 수 있을까…… 하고 물어보자 일본의 헌병만 괜찮다고 하면 연안까지라도 갈 수 있다고 젊은 친구들은 웃는다. 그래서 나는 연안은 그렇다 치고 그 마을에 몇 주간 체재하여 조사를 하고 싶다고 신청하자 그들은 안내해 보겠다고 하는 것이었다.

7월 말경의 어느 날 밤, 나와 젊은 어느 중국 청년 두 사람이 살며시 베이징을 출발하여 일본의 보초선을 돌파했다. 목적지 마을은 야트막한 언덕 주위에 있어 아침 아지랑이에 휩싸여 있었다. 한가한 전원 풍경이다. 나는 걱정할 것도 없이 그곳에 숙박하며 농촌 조사에 임했다. 마을의 사람들도 낯선 일본인이 왔다고 처음은 이상한 눈으로 힐끗 흘겨보았지만 그것도 며칠간의 일이었고 완전히 사이가 좋게 되었다. 순식간에 2주간이 지나서 베이징에 돌아간 것이 8월 7일이다. 그날 대사관에서 히로시마에 원자폭탄이 떨어졌다는 것을 알게 되었다.

하룻밤 자고 다음날 아침 소련군이 만주국과 내몽골의 국경에서 일제히 남하하기 시작했다고 라디오에서 소리치기 시작했다. 나는 뛰쳐 일어나 전화기를 붙잡고 장자커우, 바오터우, 구이화성歸化城 : 내몽골자치구의 수도 후허하오터의 옛 명칭을 차례차례 호출했다. 조사대가 아직 그곳들에 남아있었기 때문이다. 신기하게도 그즈음 잘 통하지 않던 전화가 전부 통했다. 어쨌든 한시라도 빨리 베이징으로 철수할 것, 2단계로는 베이징에서 펑톈으로 나가고, 3단계로 펑톈에서 경성으로 돌아가기로 했다.

그날 저녁시간 각오는 하고 있었지만 패전을 당하여 허둥대고 있던 우리 앞에 불쑥 나타난 것이 나를 농촌으로 안내했던 젊은이들이다. 그들은 느긋하게 다음과 같이 나에게 권유했다.

"내일은 돌아가시게 되겠군요. 중국과의 잠시 동안의 이별에 술 한 잔 하실까요?"

나는 담장을 높게 둘러 친 그들의 집으로 안내되어 갔다. 잔디가 깔린 안뜰에 탁자를 놓고 누란주樓蘭酒 : 실크로드 누란지역의 와인를 서로 권한다. 뭐라고 떠들었는지 기억나지 않지만 그 사이에 밤이 깊어지고 마침내 베이징의 아침이 찾아왔다. 비둘기 무리가 피리 소리를 내면서 날아오른다. 나는 술잔을 놓고 청년들에게 작별의 말을 남기고 그 집을 나섰다.

그리고 꼬불꼬불 구부러진 베이징의 후퉁[6]을 걸어가면서 다시 한 번 찾아올 수 있을지 알 수 없는 중국에 작별의 인사를 마음속으로 중얼거렸던 것이다.

패전의 '울부짖음' 속에서

패전이 현실화되고 일본의 중국 지배가 순식간에 붕괴되어 민중들이 소용돌이치는 가운데를 언제, 어디서 멈춰 버릴지도 모르는 열차에 타고 나는 동쪽으로 향했다. 그즈음 의학부 학생이었던 소마 히로아키相馬廣明, 도쿄의과대학 조교수 군과 두 사람이 같이하는 여정이다. 도중에 염려했던 산하이관을 무사히 지나쳐서 펑톈의 정거장에 도착한 것은 8월 14일의 저녁 해질 무렵이었다. 역원에게 문의해보니 조선으로 향하는 마지막 열차는 다음날 아침 일찍 출발할 예정이라고 한다. 문득 학우인 가야마 요헤이香山陽坪, 도카이대학 교수 군 여동생의 시댁에 친구 어머니가 계시다는 것을 떠올리고 방문해 본다. 펑톈시의 중앙부는 폭동화되어 위험한 상태이다. 여동생의 집에 도착하자 남편은 전날 징집되고 여자 두 사람과 어린애가 우두커니 집 안에 앉아 있었다.

---

6 胡同 : 중국의 수도 베이징의 구 성내를 중심으로 산재한 좁은 골목길을 일컫는 말이며 중국 전통문화를 이해하는 데 가장 중요한 것들 중 하나이다.

어찌될지 모르지만 다음날 아침 열차로 경성까지 동행하기로 한다. 전화로 만주항공을 불러내어 아우의 소재를 물어본다. 아마도 신징에 있을 것이라는 대답이어서 신징을 불러내어 본다. 기적적으로 아우가 연결되었다. 아우 말에 따르면 그날 도쿄에서 비행기로 막 돌아온 참이라는 것이었는데, 내일 아침 다시 한 번 도쿄로 날아가서 이번에는 다롄으로 돌아갈 것이라고 한다. 다롄에 있는 어머니와 여동생들을 귀환시킬테니까 일단 형은 경성으로 가라고 해서 언젠가 일본 어디엔가에서 만날 것을 약속하고 전화를 끊는다.

8월 14일 밤 중 펑톈에는 비가 거세게 내렸던 것을 기억한다. 15일 이른 아침 나는 가야마 군 여동생의 아기를 안고 비가 막 그친 거리로 정거장에 도착했다. 다행히 열차가 출발한다고 해서 객차에 올랐는데 예정대로 출발했다. 그러나 도중에서 몇 번인가 멈추어 섰기 때문에 안둥安東, 현재는 단둥을 지나 신의주에 들어간 것은 한밤중이다. 이윽고 밤이 새자 조선의 산과 들에는 '한국기'가 나부끼고 있다. 부끄러운 이야기지만 그것을 본 것은 이번이 처음이었고 약간 일장기와 닮았다고 생각했다. 그리고 전날 일본이 항복했다는 것을 안 것은 바로 이때였다.

소마 군이 해군 군의예비학생이었던 관계상, 여기에서 뤼순항旅順港으로 되돌아가서 마지막 일전은 해야겠다는 것을 뜯어말리며 경성에 오후 5시쯤 도달한다. 경성 시내도 소란했지만 펑톈만큼은 아니다. 그러나 전차도 택시도 없다. 어쩔 수가 없어서 집까지 3킬로미터 남짓을 걸어서 도착한다. 그다음 날 아침 눈을 뜨자 거리는 해방의 기쁨에 취해 있다. 길목마다 집회가 열리고 일본의 압정을 탄핵하고 조선의 장래의 바람직한 모습에 대한 논의들이 들끓고 있다. 그리고 일본인이 경영·관리하고 있는 기관은 조선인 직원에 의해 차례차례 접수되기 시작했다. 가끔은 이 같은 접수에 이론을 제기하는 사람도 있었지만 대부분의 일본인은 대세에 따랐다.

대학도 예외가 아니어서 우리는 연구실 관리는 조선인 교원에게, 사무실은 마찬가지로 사무직원에게 넘기고 자택으로 돌아간다. 학생 시절까지 포함하면 10년이나 살아왔던 대학에서 이런 형태로 떠나게 되는 상황이지만 이상하다는 감상은 솟아나지 않았다. 어딘가 후련한 기분까지 들었던 것이다.

오랜만에 느긋한 날을 보내고 있자, 도쿄 민족연구소의 고 스기우라 겐이치杉浦健一, 와타나베 쇼오코渡辺照宏[7] 오노 시노부小野忍, 도쿄대학 명예교수, 도쿠나가 야스모토德永康元, 도쿄외국어대학 교수 씨 등 일행이 만주에서 서울로 피난해 왔다. 그런 가운데 도쿠나가 씨가 이질에 걸렸기 때문에 막 접수당해버린 대학부속병원에 이야기를 하여 입원시킨다. 이윽고 이들 일행은 최초의 귀환선으로 일본으로 돌아갔다. 우리도 끝내는 거의 외국과 같은 일본으로 돌아가게 되겠지만, 오랫동안 익숙하게 살아온 산천과 조만간 작별할 것이 아쉬워 서둘러 귀환할 기분은 되지 않았다.

---

7 원문에는 '滅辺照宏'로 되어있으나 오타로 판단되며, 와타나베는 인도철학 및 불교학자로 도요(東洋)대학 교수를 지냈다.

조선 가을하늘의 아름다움은 몇 번이나 말한 바 있다. 패전한 해의 가을하늘은 유달리 짙푸르렀던 것으로 기억한다. 매일 나는 북한산을 자주 올려다보았다. 그 암벽의 여기저기에 매미처럼 들러붙어 기어올랐던 즐거움이 되살아났다. 할 일 없는 나날의 저 멋진 하루하루. 뒤돌아보면 대학 1년생이 끝날 때부터 그때까지의 10년간, 전쟁 속에서 어지러울 정도로 단 하루의 여가조차 즐길 수 없었다. 돌풍에 휩쓸려가는 나뭇잎처럼 자신도 스스로가 어디로 가는지도 모르는 채로 잠시 쉴 수도 없는 유랑의 생활이 이어져왔던 것이다. 전쟁이 끝나 한숨 놓은 한 달이 채 못되는 무위의 나날이 지금도 그립다.

1945년 10월 어느 날 대학에 미군이 들어왔기 때문에 대학 구내의 숙소를 철수하고 이마무라 유타카 선생 댁에서 폐를 끼치고 있던 나에게 야마가 총장으로부터 심부름꾼이 왔다. 난민이 된 일본인을 돌본다든지 귀환 작업을 교섭하기 위하여 생겨난 '경성일본인세화회世話會 : 돌봄회' 사무소에서 만나고 싶다는 간단한 전갈이었다.

그날 정오를 지나 걸어서 '경성일본인세화회'에 도착하자 야마가 선생이 기다리고 계셨는데, 언제나와 같이 느릿한 간사이 사투리로 다음과 같이 말씀하셨다.

"다시 자네의 힘을 빌리고 싶은 일이 생겼다네."

"어떤 일입니까?"

"잘 알겠지만 이렇게 혼란스럽다네. 북조선에서 온 난민이 점점 늘어나고 있고 귀환열차도 속속 떠나고 있다네. 가장 곤란한 점은 병자들인데, 개인적인 호의에 의한 진료로는 도무지 되지 않아. 의학부 사람들과 상담하여 일관된 진료와 위생 관리 조직을 만들어 주지 않겠나? 필요하다면 병원을 세우게 해도 좋겠네."

"자금은 어떻게 하지요?"

"첫출발을 위한 돈은 세화회에서 준비하지만, 가능한 한 빨리 경제적으로는 독립하도록 해주시게."

야마가 총장은 내가 의학부 사람들과 친하다는 것을 알고 있어서 어려운 과제를 내었던 것이다. 그 혼란 속에서 한 달이나 어슬렁거리고 있었다는 것을 나는 시내에 나와서 비로소 실감으로 반성했다.

"잘 되어갈지 어쩔지 자신은 없지만 어쨌든 해 보겠습니다."

'경성일본인세화회'의 건물을 나서서 곧 바로 뉴기니에 동행했던 위생학 교실의 다나카 마사시田中正四, 히로시마대학 교수를 방문했다. 다나카 군은 세상사 들은 것이 많은 사람이어서 여러 가지 것을 두루 알고 있었다. 경성제국대학 의학부의 조교수인 고 스에 모쿠지로須江杢二郎8 씨가 중심이 되어 난민수용소의 진료가 이미 이루지고 있었지만, 약품과 의사 수가 충분하지 않다. 지금 필요한 것은 약품과 의사이긴 하지만, 다나카 군의 이야기를 듣고 있는 동안에 그것을 충족시키기 위한 조직이 생기지 않으면 어떻게도 될 수 없다는 점을 알게 되었다. 그러나 이 같은 비상사태하에서는 조직을 만드는데 시간을 소비할 것은 아니다. 나는 다나카 군에게 권유하여 그 당시 대학 부속병원장인 기타무라 세이이치北村精一, 시즈오카 국립병원장

교수를 방문하였고 기타무라 교수도 함께하여 이마무라 유타카 교수 댁으로 갔다.

불문곡직하고 의학부는 전력을 다하여 이 사업에 협력하자는 이야기가 곧바로 결정되었다. 조직을 만드는 것은 우여곡절을 거쳤지만, 의사와 자재를 통합풀로 하여 일반 진료도 하는 구호병원을 만들고 기타무라 세이이치 교수가 원장, 스에 모쿠지로 교수가 부원장이 되고, 그 브랜치로서 각 수용소에 진료소가 개설되었다. 한편 경성 이외의 각지에도 마찬가지의 조직을 만들도록 촉진시킴과 동시에 고 스즈키 키요시鈴木清 교수의 지도하에 이동의료국MRU이 조직되어 특히 서울과 부산 간의 귀환열차, 나아가서는 부산과 하카타 또는 센자키仙崎, 일부 귀환선은 센자키에 상륙했다[9] 사이의 귀환선에 진료반을 승선시키게 되었다. 나는 이 두 가지, 때로는 수없이 가지치기하여 활동하는 여러 기관들을 조정하는 일을 맡지 않을 수 없게 되었던 것이다.

---

8 원문에는 須江杢次郎으로 되어있으나 각종 자료를 보면 須江杢二郎이 정확한 이름으로 판단된다. 다만 같은 뜻으로 쓰이는 이름이어서 통용될 수 있을 것이다.

9 현재는 주위 지역과 합병하여 나가토(長門)시로 되었다.

일본에서의 6년

하카다 부두
마침내 본토로 돌아온 귀환자의 표정에는 1년 만에 미소가 되살아났다.

황폐한 일본

남조선으로부터의 귀환은 1945년의 세밑 무렵에는 일단락을 고하고, 북조선으로부터의 본격적인 귀환은 봄을 기다리지 않으면 안되는 어려운 상태로 빠지고 말았다. 조선의 이러한 상황을 생각해보면 이러한 의료조직은 1년 정도 더 확보하지 않으면 안 된다. 그렇게 하기 위해서는 아무래도 자금 지원이 필요했지만 우리의 지갑 속에는 아무것도 남아있지 않았다. 나는 결심하고 1945년 12월에 하카타로 귀환, 막 발족한 재단법인 재외동포원호회와 서로 의논을 시작하여 서울의 진료소와 이동의료국을 전부 그대로 인수해 주도록 신청했던 것이다. 여느 때라면 이러한 일은 관청과 거의 비슷한 이런 기관에서는 2년을 넘어 3년까지도 걸리는 일이다. 그럼에도 불구하고 전후 과정에서 소요된 날수까지 포함하여 논의는 2주 정도로 결론이 났다. 이사장인 마쓰가 레이스케松田令輔 씨와 이 재단의 여러 이사들이 훌륭했기 때문이기도 했지만, 당시 외지에서 귀환한다든지 복귀해오는 사람들의 처리는 중대한 정치 문제이어서 긴급조치를 요하는 일이었기 때문일 것이다.

나는 그 일을 서울의 책임자였던 스에須江 씨에게 전화했다. 패전 후에 중요한 시설은 전부 미군에 접수되었지만 국제전화 중 일부는 반년 이상 일본인 손에 의해 관리되고 있어서 하카타의 전화국에서 경성으로의 민간 통화는, 표면상으로는 물론 연합군에 의해 금지되고 있었지만 일본인 교환수를 통하면 아주 쉽게 할 수 있었던 것이다. 재외동포원호회의 원조에 의해 경제적으로 쪼들리고 있던 경성의 조직이 소생함과 동시에 우리의 전체 조직을 재외동포원호회 구호부로 재조직하게 되었다. 부장에는 이마무라 유타카 교수가, 서무과장에는 다나카 마사시 군 그리고 혼란 중이라고는 하지만 내가 회계과장이 되었던 것은 어이없는 일이기도 하다. 구호부는 본부를 하카타의 쇼오후쿠지聖福寺 경내에 두고 센자키仙崎, 사세보佐世保, 히로시마廣島, 마이즈루舞鶴에 지소를 설치하여 간토에서 서쪽 편 항구들을 근거로 하는 귀환선에 선의船醫와 간호부를 탑승시키고, 현지의 각각 의료기관과 밀접한 연락을 유지하면서 병자를 받아들이고 전염병 침입을 예방하기 위한 준비를 했다.

나는 매일매일 부두에서 상륙해오는 병자들을 받아내고 고아들의 손을 이끌면서 영양실조 아동을 위한 수용소와 불법 임신부보호소의 건설에 정신없이 일했다. 쇼오후쿠지의 바깥 경계는 역의 바로 근처로서 그즈음에는 암시장에 둘러 싸여 있었다. 싸움질이나 도난은 일상다반사였지만, 북적거리는 속에는 활기가 있었다. 나는 소란한 가운데서 산도 학문도 잊어버리고 만신창이가 되도록 일했다.

봄이 되자 갑자기 북조선으로부터의 귀환이 빈번해져서 38도선에는 각종의 곤란이 발생했다. 그런데 그때까지 의지하고 있던 서울과 하카타간의 국제전화도 연합군에 의해 차단되고, 서신 왕복을 선의들에게 부탁하다 보니 2주 이상의 시일이 걸렸다. 38도선을 넘어오는 귀환자 중에는 특히 영양실조의 어린이들이 많았는데, 연합군이 지급하는 수수나 옥수수죽이 충분치 않아서 사망하는 자가 속출하고 있는 형편이었다. 우리는 진료소를 38도선 부근에 열고 있었지만 이러한 환자에게 쌀미음도 우유도 공급할 수가 없었던 것이다. 재외동포원호회의 보증하에서 남조선에 남아있던 일본인들로부터 조선 원화를 빌려서 그것으로 환자식을 만들 수 있다면 영양실조 아동의 사망을 어느 정도는 막을 수가 있을 터이다. 그런 조치를 하기 위해 나는 서울까지 밀항할 결심을 굳혔다.

부산 진료소로부터의 연락으로 부산에서 귀국하는 의사가 있다는 것을 알고 그에게 들것을 들고 지정된 귀환선에 와 주도록 했다. 나는 한 사람의 의사와 함께 선의로 행세하며 배에 올라탔고 밤이 이슥해서 배가 부산에 도착했을 때 배 안의 의무실에서 그 의사와 자리를 바꾸어 병자를 실은 들것을 맞들고 연합군 감시의 눈을 속이고 상륙했다. 항구는 부산이다. 일본의 어느 항구보다 잘 알고 있는 거리이다. 진료소에서 잠깐 쉰 뒤 아침 기차에 탄다. 기억에 선한 조선의 산과 들, 개나리꽃이 노란색으로 불타고 있었다. 낮이 되어 부산에서 준비해 준 흰쌀 주먹밥을 꺼내어 퍼석퍼석 씹고 있으니 옆에 앉아 있던 한국인이 간장에 절인 마른 명태를 나누어준다. 조선말로 인사를 하자 그 사람은 다음과 같이 말을 걸어왔다.

"당신 일본인이지요. 처음부터 알고 있었습니다. 일본의 조선 통치가 지독했다는 점은 분명합니다. 경찰이 우리에게 가한 폭력과,

말로는 '일시동인一視同仁'이라고 말하면서 노골적으로 드러냈던 차별 대우는 어떤 식으로든 용서할 수 없지요. 그러나 만능의 신이라도 나타나 일본열도를 어딘가 멀리 끌어가 버리지 않는 한 일본과 조선은 가장 가까운 이웃이라는 사실은 부정할 수 없는 겁니다. 이제 어쨌든 끝났습니다. 언젠가 다시 조선과 일본은 사이좋게 살아가지 않으면 안 될 겁니다."

서울에 도착한 것은 한밤중이었다. 계엄령이 펼쳐져 밤중의 교통은 엄격하게 금지되어 있었지만, 교통증을 받고 경성진료소에 도착한다. 내가 온 사실은 서울까지는 연락이 닿아있지 않았던 것 같아서 병원의 큰 문은 이미 단단히 잠겨 있다. 타고 넘어갈 수는 있지만 경비병에게 발각되면 사격 받을 염려가 있다. 둘레를 두루 살피고 낮은 자세로 타고 넘는다.

경성진료소와의 이야기는 곧바로 잘 끝났다. 그리고 사흘 후에는 38도선의 영양실조 아동들에게 쌀죽이 지급될 수 있게 되었다.

학문세계로의 복귀

1945년부터 47년에 걸친 거의 2년간 나는 구호사업에 몰두하여 다른 일은 돌아볼 여유가 없었다. 해외로부터의 귀환이 한 고비 지난 뒤에는 하카타, 히로시마, 도쿄에 설치한 진료소를 병원으로 전환하고 고아수용소를 보육소로 만들었다.

이런 사업을 하기에는 하카타에서는 불편하였기에 도쿄로 갔다. 구호부에서 일하고 있던 의사와 간호부는 일부는 신설병원으로 옮기고 대부분은 고향이나 본래 소속된 기관으로 돌아갔다.

1947년 가을의 어느 날, NHK 옆의 미쓰이 빌딩에 있던 나의 사무실에 고 이시다 에이치로[1] 씨가 방문해 오셨다. 선생은 NHK 건물에 있던 GHQ의 민간정보국 촉탁으로서 한편으로는 학회지 『민족학연구』의 편집에 힘을 기울이고 계셨다. 거기에 협력하고 있던 것이 다이호쿠臺北제국대학에서 귀환해 온 도쿄도립대학 교수 마부치 도이치[2]였다.

이시다 씨는 GHQ에 들어가 『민족학연구』의 편집을 도와주지 않겠느냐고 권유했던 것이다. 그때까지 나는 이시다 씨의 이름은 잘 알고 있었지만 면식은 없었다. 짐작컨대 학회지 편집을 통하여 학문세계로 복귀하도록 권유하셨던 것이리라. 그러나 나는 먹고살려고 하는 것이라고는 해도 GHQ에 근무하는 것은 내키지 않았다.

바로 그때 즈음 다롄에서 귀환해 온 어머니가 메이지대학의 정치경제학 부장을 하고 계셨던 고지마 켄小島憲 선생을 만났다. 고지마 선생은 아버지의 옛날 제자로서 소년 시절 우리 집에 자주 오셔서 아버지의 일을 도와주셨던 일을 잘 기억하고 있다. 어머니에게

---

1 石田英一郎(1903~1968) : 문화인류학자 및 민족학자. 교토제국대학 경제학부 중퇴 후 오스트리아 빈대학에서 역사민족학을 전공하였다. 이후 도쿄대학 교수로 문화인류학교실을 최초로 개설했다.

2 馬淵東一(1909~1988) : 민속학자. 다이호쿠제국대학 사학과 졸업 후 동 대학 교수를 역임하면서 타이완 선주민 연구에 많은 업적을 남겼다.

고지마 선생은 메이지대학 사회학과의 고 아카가미 요시츠구赤神良讓 교수가 공직 추방되었기 때문에 얼마간 사회학과 조수로 일할 생각이 내게 있는지 여부를 물어오셨다. 나는 여러 가지 생각한 끝에 어쨌든 학문세계로 돌아갈 결심을 했다. 거의 동시에 재외동포원호회의 이토 다케오伊藤武雄, 일중우호협회 이사 이사로부터 경제안정본부의 자원조사회 전문위원으로서 일본의 재건에 관한 조사를 맡지 않겠는지 권유받았다. 그래서 1948년 3월에 재외동포후원회를 그만두고 메이지대학의 조교수가 되었다. 그즈음의 사립대학은 어디든지 재정적으로 곤란한 상태여서 1주에 23회, 46시간이나 강의를 담당하였고, 학년말 시험 때 답안지를 방바닥 위에 쌓아 놓고 앉아 있으면 높이가 내 귀까지 닿는 적도 있었다. 주에 2, 3일은 야간반이 있어서 처음은 고통을 느꼈지만 그 오차노미즈지역 변두리의 시끌벅적함이 점차로 좋아지게 되었다.

앞에서 언급했던 경제안정본부의 자원조사회는 회장이 도쿄대학 교수인 아키 코이치安藝皎一 박사로서, 사무국 외에 비상근위원과 전문위원이 있어서 패전 일본을 부활시키기 위한 종합 계획을 입안하고 있었다. 내가 담당했던 것은 물의 종합 이용에 수반된 보상 문제이다. 하천을 막아서 댐을 만들고 그 물을 저지로 낙하시켜서 전력을 만듦과 동시에 관개를 하며, 나아가 전력을 기반으로 하여 공장을 짓는다……라는 방식의 지역계획을 실시할 경우에는 수몰지 및 기타 피해지가 생긴다. 이제까지는 그와 같은 토지와 건물에 대하여 일종의 대물보상이 이루어져 왔는데 그것으로 괜찮

은가 하는 문제였다.

나는 실레를 거의 몰랐고 그런 지역 사람들의 사고방식은 말할 것도 없고 일본의 지방생활 실태에 대한 인식도 없었다. 그래서 문제가 되어 있던 나라현의 신도츠카와촌十津川村과 그들이 이주해 조성한 홋카이도의 신도스카와촌 등 몇몇 마을의 조사를 수행했다. 메이지대학 사회학 연구부의 가모 마사오蒲生正男, 메이지대학 교수 씨와 그 외의 학생 여러분들과 함께 야외 조사를 하기 시작했던 것은 그즈음부터이다. 자원조사회에서 수행했던 일련의 조사는 일본을 알기 위해서 큰 도움이 되었다. 젊은 시절 대부분을 해외에서 보냈던 내게 있어서 일본은 외국과 같은 존재였다. 그러나 일본에서의 조사를 통하여 내 안에도 일본이 살아있다는 것을 확실히 알 수 있었던 것은 큰 행운이었다. 이렇게 야외 조사를 통하여 수몰지와 종합계획에 기초한 피해지의 보상은 물건에 대한 보상이 아니라 '생활붕괴에 대한 보상'이지 않으면 안 된다는 생각이 떠올랐다. 이 점은 법률 면에서의 검토에 참여하셨던 가나자와 요시오金澤良雄, 도쿄대학 교수 교수도 나의 견해에 찬성해 주셨다.

패전에 의해 황폐해진 것은 경제만이 아니라 학문도 그 근거할 바를 잃고 거기에 생활의 빈곤까지 더해졌기 때문에 모든 것이 헐거워진 바퀴처럼 덜커덩거렸다. 그러한 상황하에서 야외과학이 다시 일어서기 위해서는 지금과 같은 각 학회 사이의 가로놓인 개별주의를 배제하고 횡적으로 공동작업을 할 필요가 있다고 깨달았던 분이 앞에서도 이야기한 시부사와 게이조涉澤敬三 씨였다. 시

(상) 쓰시마 연안 밤바다를 가다.
왼쪽부터 저자, 가모 마사오 씨, 한사람 건너 킨다이치 하루히코 씨 등등
(하) 케치읍 학산 전방후원분 앞에서
왼쪽부터 가모 마사오 씨, 저자

부사와 씨의 제창에 따라 우선 여섯 개의 학회연합이 생겨나고 그것이 8학회 연합으로 발전하여 지금은 9학회의 연합체인류학·민족학(문화인류학)·민속학·사회학·종교학·고고학·지리학·언어학 및 심리학가 되어있다. 이 연합체는 그때까지 봄에 공통 테마를 정하여 연합학회를 도쿄에서 열어왔는데, 1950년도부터는 공동 조사를 수행하게 되었다. 전후 최초로 시행된 대규모 야외 조사는 일본고고학협회에 의한 '도로유적登呂遺跡'의 발굴이었는데, 8학회의 공동 조사는 그때보다도 더욱 큰 규모로 될 수 있을 것 같았다.

조사 대상으로 쓰시마對馬가 선정되었다. 그곳은 전시 중에는 요새로서 일반인이 접근하기 어렵고 여러 가지 제한이 있었기 때문에 실태 조사가 거의 이루어지지 않았던 것이 주된 이유이다. 이 계획이 발표되자 예상했던 대로 각 학회로부터의 참가 신청이 쇄도하여 공통 프로젝트를 짜내는 것조차 어렵게 되었다. 그러나 시부사와 씨가 단장이 되어 주셨기에 조사대에 규율이 서고 일거에 100명을 넘는 대조사단이 편성되었다. 일본민족학회가 간사학회였던 관계도 있어서 내가 간사장을 맡았는데, 여느 때라면 도저히 정리되지 않을 학자 선생들께서 이때만큼 서로 협력했던 예를 지금까지도 다시 보지 못했다.

8학회연합의 조사대가 쓰시마에 도착하는 며칠 전부터 한국전쟁이 시작되었다. 대규모 보도진이 한국에 가장 가까운 쓰시마에 몰려들었는데, 제대로 된 정보가 들어올 리가 없다. 지루해하고 있던 보도진 앞에 나타났던 것이 륙색을 짊어지고 운동화를 신은 채

아이누 관혼상제 의식 중 하나

보잘것없는 이 8학회연합의 조사단이었다. 완전한 우연으로 8학회연합의 쓰시마 조사가 각 언론사의 경쟁이 되어 신문상에 크게 보도되었던 것이다.

일본민족학협회의 아이누 조사

1951년부터 3년에 걸쳐 일본민족학협회가 아이누에 대한 종합조사를 수행했다. 그때까지 '인종의 고도' 혹은 '제2의 태즈메이니아인'으로 불려왔던 아이누에 대한 인류학적 연구는 배첼러,[3] 몬탄트 또는 몬로와 같은 외국인과 홋카이도 주민 그룹 및 본토 학자에 의해 이루어져 왔지만, 그 연구는 문학, 언어, 종교 및 물질문화에 중점이 주어졌고 사회구조에 대하여는 빠진 부분이 많은 것으로 생각되었다. 그래서 이번의 종합 조사는 그 점에 중심을 두고 사회구조와의 관련이란 면에서 다각적으로 문제를 파악하려 했던 것이다.

나는 1951년의 봄, 예비 조사로 히다카日高[4]의 사루강沙流川 연변에 도착했다. 아이누에 대하여는 임시변통의 어슬픈 예비지식밖

3 John Batchelor(1855~1944) : 영국 성공회 선교사로 1877년부터 1941년까지 홋카이도의 토착 아이누 사회에서 활동했으며, 아이누족 언어 및 문화에 대해 수준 높은 연구 업적을 남겼다.

4 사이타마현 남서부에서 위치한 도시로서, 고구려 멸망 후 그 왕족 일부가 이 지역에 이주했다고 하며 고구려왕족 高麗若光을 모시는 고마신사(高麗神社)가 있다.

에 갖추고 있지 못했지만, 이제까지의 연구에서 전혀 확실하게 파악되지 않은 친족 구조와 장소청부인場所請負人[5]시대 이후의 경계 다툼에서 예상할 수 있는 영역점유, 즉 호드horde라든가 밴드band로 일컬어지는 소집단[6]과 그 영역의 관계에 중점을 두어 살펴보면 아이누의 사회구조를 분명히 밝힐 수 있지 않을까 하고 생각했다. 따라서 조상 관계와 혼인에 대한 이야기를 들어보지 않으면 안 되었기 때문에 아내를 처음으로 조사에 동행시켰던 것이다.

비라토리[7]에 도착하자 역 앞에서부터 눈이 녹아 매우 미끄러운 길이어서 덴뿐장화[8]를 사서 신고 물어물어 겨우 숙소에 도착했다. 그 후 2주 정도 사루강 연변을 오르락내리락하면서 아이누 촌로들로부터 이야기를 들으며 걸어 다녔다. 대부분은 옛날 이야기여서 지금까지 현실적으로 적용되고 있는 것은 아니다. 그러다보니 이야기에 탄력이 붙기에 따라서는 어디까지 번져나갈지 알 수 없다. 아내와 두 사람이 니커 위스키[9]를 포켓에 감추고 가서 다양한 사람

---

5 에도시대 마쓰마에(松前) 번주나 가신들이 일정 지역 아이누와의 교역을 상인에게 위탁하고 매년 운상금(運上金 : 상인에게 부과하는 영업세)을 수취하는 구조. 이 제도하에서 아이누에 대한 혹사와 타향살이 노동자인 중소 어민들에 대한 중과세 등의 압박이 진행되었다. 1968년에 폐지되었다.

6 Horde 혹은 band는 유목민 또는 수렵채집민 집단을 말한다.

7 平取 : 홋카이도 히다카 지청 관내의 마치(町)이다. 아이누어의 피라우트르(pira utur, 낭떠러지의 사이)에서 유래한다.

8 澱分靴 : 장화의 일종. 전분 장화(澱分靴)로 불린 것은 천연고무 제품에 사용된 배합제의 영향으로 제품 표면에 전분 같은 흰 가루가 드러나 보인 것에서 유래한다.

9 Nikka Whisky : 1934년부터 홋카이도에서 생산된 일본식 위스키로서, 마사타카 다케쓰루(竹鶴政孝)가 1918년 영국 글라스고대학에 유학 시(유기화학 전공) 스카치 위스키의 증류법을 배워와 창립했다.

들에게 몇 번이나 같은 이야기를 물어 보며 다녔다.

그 결과 어렴풋하게나마 알게 된 것은, 우선 아이누 여성들이 걸치고 있는 정조대인 폰쿠트[10]는 어머니 쪽 계통을 나타내는 상징으로서 남자는 어머니와 같은 폰쿠트를 매고 있는 여성과는 결혼할 수 없다는 것, 바꾸어 말하면 모계 족외혼제가 존재한다는 것이었다. 그러나 모계씨족이라 할 수 있는 집단의 기능을 도무지 파악할 수가 없었다. 또 한 가지는 아이누에 있어서는 하나의 강 연변이 거기에 사는 사람들의 영역이었고, 이것을 이오루[11]라고 부르며 다른 강 연변의 사람들이 제멋대로 들어와 경제활동을 하는 것이 금지되어 있었다. 그런데 중세 이후 본토 일본인인 장소청부인이 들어오게 되자, 그것은 곧 전통적인 영역에 대한 침범으로 드러나 분쟁의 씨앗이 되고 있었던 점도 확실해졌다.

나는 이 두 가지 성과를 가지고 도쿄로 돌아왔다. 그리고 다양한 논의들이 되풀이 되면서 여름에는 대규모의 종합조사단이 홋카이도로 보내졌고 그중 민족학 반은 사루강 연변을 조사했다. 이미 작고하신 스기우라 겐이치杉浦健一, 이시다 에이치로石田英一郎 등 여러 선배들도 함께여서 여름의 초록으로 불타오르는 언덕을 오르내리며 보냈던 열흘 동안이 생각난다. 그 뒤 2년간 아이누에 대

---

10 Ponkut. 예전에 아이누의 성인 여성이 하복부에 장착했던 끈 모양의 장신구로서 초경을 맞은 여성 또는 결혼을 앞둔 여성은 한 사람의 여자가 되었다는 증표로 이 정조대를 허리둘레에 매었다.

11 하천을 축으로 한 하천 연변의 아이누족의 생산 및 생활의 장, 즉 하천 연변에 형성된 아이누족 일정집단(하천 공동체)의 기본적 영역으로서의 지리적 공간을 말한다.

한 종합 조사가 수행되었지만 나는 후반부에 좌절해 버렸다. 다음 해 도카치十勝강 입구의 도카치부토十勝太에 가라후토樺太[12]로부터 귀환해온 가라후토 아이누를 방문했을 때에 일어난 일 때문이다. 나는 그들로부터 직접 가라후토 아이누의 친족조직과 이오루라는 것에 대하여 듣고 싶었다. 그것은 여름의 무더운 오후였는데, 방문 의사를 말하자 아이가 밭에 나와 있던 주부를 부르러 갔다. 땀투성이로 돌아온 그녀에게 나는 갑자기 방문한 무례를 사과하며 용무를 말했다. 순간 그녀의 안색이 변하면서 다음과 같이 소리치기 시작했다.

"당신들은 가라후토 아이누들이 어떤 고생을 하고 있는지, 얼마나 가난에 시달리고 있는지 알지 못하지. 그런 마당에 뻔뻔스레 이런 곳까지 들어와서 우리의 치욕을 드러낼 생각인가? 아니면 우리를 구실로 해서 돈이라도 벌 생각인가, 잘난 박사님들이라도 될 생각인가!"

나는 번개 맞은 것보다도 더 격렬한 충격을 받고 그저 용서를 빌며 조사는 하지 않고 돌아왔다. 그때 이후 아이누 사람들과 만나는 일이 괴롭게 되어, 학문상으로는 흥미를 갖고 있지만 아이누의 실태 조사를 단념해 버렸다. 이런 상황을 맞게 되자 이제까지 걸어왔던 필드워커로서의 자신에게 큰 의문을 품지 않을 수 없게 되었던 것이다.

---

12 사할린의 일본어 명칭.

남아메리카의 일본인 연구

티클리오고개

사회적 긴장의 연구

제2차 세계대전 이후 얼마되지 않아 유엔의 외부 조직 중 하나로 유네스코가 만들어지고 유엔 가맹 각국에 국내위원회가 생겼다. 강화조약이 조인되기 전의 일본은 정식 국내위원회는 갖고 있지 않았지만, 교육·과학·문화에 대한 국제기구로서의 유네스코와 사이에는 비공식적 접촉이 있었다. 그중 하나의 채널이 일본인문과학회로서, 회장은 앞에서도 말한 경성제국대학의 산악부장이었던 오다카 토모오尾高朝雄 박사였던 것이다. 그 같은 관계도 있어서 나도 이 회의 회원이 되었고 몇 가지의 조사에도 참가했다. 그중에 주목해야 할 프로젝트는 '사회적 긴장의 연구'였다. 이 프로젝트는 그즈음의 유네스코가 제기했던 국제적인 문제였는데, 일본에서의 이 문제를 조사하기 위해 유네스코는 소르본느의 사회학(여론 전문가) 교수인 장 슈토첼[1] 박사와 라이덴대학의 일본어 교수인 보스 박사를 1951년에 파견해왔다. 오다카 선생은 이 조사에 인문과학계가 협력하라는 명을 받고 소후에 타카오[2]와 후지와라 히로타쓰[3] 그리고 나에게 연락책임을 맡겨서, 그즈음 아직 익숙지 않은 새로

---

1 Jean Stoetzel : 프랑스의 사회학자. 1951~1952년 유네스코로부터 일본 청년의 실태 조사를 하기 위해 파견되어 일본에 체재했다. "Without the Chrysanthemum and the Sword : A Study of the Attitudes of Youth in Post-War Japan"(1955)로 그 결과를 공간했다.

2 祖父江孝男(1926~2012) : 문화인류학자(알래스카 에스키모 전공). 도쿄대학 인류학과, 하버드대학 대학원에서 공부한 후 메이지대학, 국립민족학박물관 교수를 지냈다.

운 방법으로 조사를 수행하도록 했다. 결과는 유네스코로부터 『국화도 칼도 없는 젊은이들』로 출판되었던 것을 알고 있는 사람은 많지 않다.

그런데 이 '사회적 긴장의 연구' 덕분에 내가 갑자기 브라질로 파견되게 되었다. 그 까닭은 '사회적 긴장의 연구'를 국제적으로 수행하기 위해 일본으로부터도 몇 명의 사회과학자를 추천하게 되었기 때문이다. 그 추천 모태가 일본인문과학회이어서 슈토첼 박사와 공동으로 조사를 수행했던 관계도 있고 해서 내가 추천되게 되었다고 기억한다. 내가 할 연구 테마로서는 그즈음 브라질의 일본계 사회에서 일어나고 있던 기묘한 현상이 제시되었다. 종전 직후에 일본계 사회가 일본의 패전을 인정하는 쪽과 승리를 믿고 있는 쪽 두 개로 갈라져 격심하게 대립하고 유혈 참사가 잇따라 발생하여 패전 후 7년을 지난 그즈음도 아직 평상 상태로 돌아가지 않고 있다는 사실에 흥미를 가졌던 것이다. 이와 같은 현상에는 유네스코 주최로 인종 문제의 파일럿 스터디선행 연구를 브라질에서 수행하고 있던 유럽의 학자들도 주목하고 있었던 것 같은데, 격심한 긴장 상태에 있는 일본계 사회에 그들이 접근하는 것은 불가능에 가까웠다. 나의 제안이 파리에서 승인된 후 문제는 브라질 쪽에 있게 되었는데, 즉 그러한 목적에 의한 입국허가는 좀처럼 날 수가 없는 것이었다.

---

3 藤原弘達(1921~1999) : 정치학자 및 평론가. 도쿄대학 법학부에서 마루야마 마사오에게 사사한 후 메이지대학 교수를 거쳐 정치평론가로 활동했다.

그즈음 나는 좀 부끄러운 이야기지만 라틴아메리카에 대한 지식을 거의 지니고 있지 못했다. 책자를 읽는다든지 사람을 만나 이야기를 듣는다든지 하는 사이에 상파울루시의 사회정치학교라는 대학원대학에 사이토 히로시[4] 씨라는 일본인이 있어 일본인 신문의 기자를 하는 한편 브라질 일본계 사회의 연구를 하고 있다는 것을 오다카 구니오[5] 교수의 영부인인 교오코京子 씨로부터 들었다. 교오코 씨가 번역한 베네딕트의 『문화의 양식*Pattern on Culture*』을 읽고 감격했던 사이토 씨가 편지를 교오코 씨에게 썼기 때문이다. 나는 물에 빠진 사람이 지푸라기라도 잡는 기분으로 사이토 씨에게 편지로 협력을 요청했던 것이다.

브라질로부터의 입국허가는 강화조약 조인이 끝나자 브라질 대사관으로 보내져 왔다. 나는 패전 후 7년 만에 일본 본토로부터 그곳으로 출발하는 것에 기쁨을 느낌과 동시에 아시아와는 아주 먼 미지의 나라로 가는 것에 가벼운 흥분을 느끼지 않을 수 없었다. 일본으로 귀환한 뒤 7년 동안 나는 자신 나름으로 지금까지 걸어왔던 여정을 뒤돌아보고 또 지금부터 더듬어 가야 할 새로운 길에 대하여 이런저런 생각에 빠져들었다. 내가 학생 시절부터 친숙해왔던 동북아시아에서 필드워크를 재개할 수 있는 전망은 전혀 서

---

4 齊藤弘志(1919~1983) : 1934년 양친과 함께 브라질로 가서 칠면조 농장에서 일하면서 농학교를 마쳐 브라질 일본계 사회를 대표하는 지식인이 되었고, 상파울루대학 문화인류학 교수와 브라질 일본이민 사료반 반장을 지냈다.

5 尾高邦雄(1908~1993) : 사회학자. 도쿄대학 문학부 교수를 역임하였고 법철학자인 오다카 토모오(尾高朝雄) 교수의 동생이다.

지 않았다. 히말라야와 동남아시아 및 아프리카에 대한 관심은 높아지고, 교토대학의 이마니시 킨지今西錦司 씨를 중심으로 하는 그룹은 이미 히말라야에서 필드워크를 시작하려고 하고 있었다. 어린 시절부터 히말라야는 실현 불가능한 꿈이었고 로맨티시즘만으로는 도무지 될 일이 아니다. 그해의 학회가 교토에서 열렸을 때, 오카 마사오,[6] 이와무라 시노부[7] 그리고 이마니시 킨지 씨 등 학계의 장로들이 히말라야와 남아메리카 둘 중에 택일하라고 몰아세웠을 때 나는 남아메리카를 택하기로 각오했다. 또 그즈음 베이징에서 돌아오신 도리이 류조[8] 선생으로부터도 일본인 인류학자로서 당신께서 남아메리카를 본 유일한 사람인데 누군가 본격적으로 남아메리카에 매달려 보아야 한다는 말씀을 들었다. 이 때의 브라질행은 우선 그 첫걸음에 지나지 않는 것이다. 성대한 환송 모임에 여러 군데 참석했지만 아자부 가스미초麻布霞町의 도리이 선생 임시 거처에서 열어주셨던 송별연을 잊을 수가 없다.

6 岡正雄(1898~1982) : 민족학자. 오스트리아 빈대학에서 민족학을 공부하고 박사학위를 취득한 후 전중전후를 통하여 일본의 민족학, 문화인류학을 주도했다.

7 岩村忍 : 동양사학자. 전공은 내륙 유라시아사 및 동서교섭사, 전후 일본에서의 실크로드학 개척자로 알려져 있다.

8 鳥居龍藏(1870~1953) : 고고학자, 인류학자, 민속학자. 동아시아를 중심으로 다양한 현장 조사 작업을 하였고, 특히 타이완과 조선에 대한 식민지배를 위한 기초 조사를 광범위하게 수행했다. 1937년에는 외무성 문화사절로 남미에 파견되어 잉카제국 등에 대한 자료도 수집한 바 있다.

남아메리카 횡단

1952년 10월 초, 나는 하네다 공항을 날아올랐다. 그즈음의 나는 어떤 경로로 브라질로 가는지도 몰랐기 때문에 모든 것을 여행사에 맡겨서 항공권을 끊어주도록 했고, 내가 한 일은 지도에 항로를 그려보는 것뿐이다. 로스앤젤레스에는 천리교전도청의 요시다 씨가 마중나와 주었다. 브라질의 일본계 사회에 대해서 미리 지식을 얻기 위해 천리교 교주 나카야마 쇼젠[9] 씨의 소개로 귀국한 신자들과 인터뷰했을 때 함께 소개받았던 분이다. 로스앤젤레스의 요시다 씨 자택에서 이틀간 신세를 진 뒤 텍사스의 댈러스로 날아갔다. 브라질로 향하는 브래니프 항공회사 Braniff International Airways [10]의 비행기는 그즈음 댈러스를 기점으로 하고 있었기 때문이다. 비행장에서 호텔을 찾아보려고 하니 항공회사 사람이 '일본인 손님인데 방이 있습니까?' 라고 호텔로 전화를 해주는 것이었다. 처음 전화에는 '노'라는 대답이더니 두 번째 전화에 '예스'라고 했다. 그 호텔에서 리우데자네이루 일본대사관에 전보를 치도록 되어 있었기 때문에 호텔 주인에게 부탁하자, 전화기를 가리키며 스스로 전보국에 전화로 신청하라고 무뚝뚝하게 대답한다. 나는 전화로 영문 전보를 친 일이 없었다. 땀을 뻘뻘 흘리며 한 통의 전보를 치고 다음날 브래니프의 '콩키스타도르 정복자 '호에 올라탔다. 지금 생각해보면 구식의 4발 비행기였다.

9 中山正善 : 천리교의 2대 교주. 보기 드문 수집가로 알려져 있다.
10 1928년부터 1991년까지 영업한 미국의 항공회사.

댈러스에서 마이애미로 날아간 뒤 다시 저녁 무렵 마이애미를 떠나서 파나마에 도착한 것은 한밤중, 그리고 거기에서 곧장 남하하자 밤이 샜다. 왼쪽 창에는 아침 해와 함께 안데스산맥이 끝없이 전개된다. 승객은 그다지 많지 않은데 모두 산과 아침 해의 아름다움에 소리를 지른다. 로스앤젤레스를 출발한 후 일본인의 모습은 전혀 보이지 않는다. 이윽고 페루 리마탐보[11]의 공항에 닿는다. 공항에서 한 시간 정도 휴식하고 오전 10시를 지나 '콩키스타도르' 호가 다시 날아오른다. 해안을 따라 진로를 우선 남쪽으로 잡는다. 끝없이 이어지는 사막의 연속, 모래파도가 검푸른 남태평양으로 쏟아져 내린다. 이윽고 항로를 동쪽으로 돌리자 사막이 어느샌가 모습을 감추고 안데스의 빙하를 품에 안은 산들이 보이기 시작하면서 곧바로 눈 아래로 거대한 화산 미스티Volcan Misti[12]의 분화구가 보이게 된다. 분화구의 밑바닥에서는 불꽃연기가 오르고 항공기는 분화구를 선회한다.

이윽고 분화구가 멀어지자 왼쪽 창에 큰 호수가 나타난다. 이름만 알고 있던 티티카카호이다. 얼마 되지 않아 고원이 갈라진 계곡 땅에 큰 마을이 펼쳐져 있는 상공을 날게 된다. 볼리비아의 라파스시이다.

---

11 1965년까지 수도 리마의 국제공항이었으나, 그 후 인근 카야오시로 이전되었다.

12 별칭 아레키파(Arequipa)화산으로 불리며, 페루 남부 아레키파의 남동부 서부 안데스산맥 안에 있는 화산으로 표고 5,822미터의 고봉이다. 만년설을 안고 있는 원추형의 아름다운 모습을 가져 잉카제국시대에는 성산으로 우러러지고 전설과 시에서 흔히 노래되었다.

라파스시를 지나서 안데스 고원을 다시 한 번 가로질러 가는 중에 산맥의 동쪽 기슭으로 접어들자 점차로 밀림이 나타났고, 이번에는 구불구불 흐르는 수로 외에는 어느 아무 것도 변화가 없는 광대한 정글이 이어진다. 이것이 아마존과 라플라타강의 원류이다.

오후 세시를 조금 지나자 정글 속에 점점이 개간지가 보이기 시작하더니 서서히 개간지의 밀도가 높아진다. 그리고 마침내 정연하게 조성된 커피농원이 크게 파도치듯 동쪽으로 동쪽으로 이어지며 그 앞에는 저녁 무렵의 자줏빛 안개가 가로로 길게 번지기 시작한다. 남아메리카를 서쪽에서 동쪽으로 횡단하는 비행기 위에서 나는 눈도 깜박이지 않고 자연의 풍치와 그 위에서 벌어지는 인간의 투쟁을 내다보고 있었다. 그것은 내게 있어서는 엄숙하고 대체할 수 없는 하루였다. 비행기는 깜깜해지고 나서도 세 시간 가까이 날아서 별하늘보다도 아름다운 리우데자네이루의 상공에 도달했다.

브라질의 일본계 사람들

파리의 유네스코 본부에서 보내온 연구비를 브라질 외무성으로부터 받는데 리우데자네이루에서 일주일이 걸렸다. 게다가 수취한 금액은 국제통화의 상식을 무시한 비현실적 공정 환율에 따른 것으로 최저생활조차 보증할 수 없는 소액이다. 그러나 리우에서의 일주간은 내게 있어서는 쓸모없다고는 할 수 없었다. 뉴기니에

브라질의 일본계 사람들

상륙했을 때보다도 리우의 길모퉁이를 걷고 있을 때가 내게는 인상적이었기 때문이다. 거기에는 다양한 흑인, 여러 종류의 백인 그리고 나의 셈법으로는 도저히 설명할 수 없는 사람들의 무리가 있었다. 혼혈이라고 불러 버리면 그만이지만, 인종의 개념을 훨씬 뛰어넘은 사람들이 웃고 소리치고 활동하며 춤추고 있는 것이다. 나는 이 활기에 넘친 진정한 의미에서의 국제적인 도시 속에 파묻혀 놀라움을 숨길 수가 없었다. 대사관에서는 지금은 고인이 되신 기미츠카 신[13] 대사와 야마모토 키요시[14] 박사와도 만나 뵐 수 있었고 아직 3등 서기관이었던 다카라 타미오高良民夫, 외무성 아메리카국 참사관 씨와도 자주 이야기를 나누었다.

그리고 일주일 되던 날 상파울루로 가는 버스에 탔다. 리우에서 상파울루까지의 길은 그즈음의 일본에서는 볼 수 없는 고속도로였고 도로 가운데에 꽃이 심어져 있었다. 그리고 나는 차창 너머 처음으로 브라질의 산과 들을 만났던 것이다. 어딘지 모르게 만주를 생각하게 하는 광대한 토지의 숨결을 아련히 맛보면서 고속도로 양쪽 갓길을 맨발로 걷고 있는 카보클로[15] 처녀들의 모습에 눈을 주었다. 그리고 모조리 불타버려 아직 부흥의 도중에 있는 일본

---

13 君塚愼(1891~1956) : 기업인이자 외교관. 기업인으로서 브라질 지점에 오래 재직 후 능력을 인정받아 전후 최초의 브라질대사로 발탁되었다. 즉 전전에는 기업인으로, 전후에는 외교관으로 브라질 일본계 사회의 발전에 크게 기여하였다.

14 山本喜譽司(1892~1963) : 일본계 브라질 사회에서 활약한 농업가. 전후 혼란기의 브라질 일본계 사회를 통합시킨 인물로서 코로니아(개척지)의 천황으로 불렸다. 커피 재배에서 해충 구제에 유효한 우간다 벌의 연구로 모교인 도쿄대학에서 농학박사 학위를 취득했다.

을 떠올림과 동시에 청춘을 보냈던 아시아의 사람들 그리고 산과 들이 주마등처럼 커피농장 앞을 달려 지나갔다.

고속도로가 상파울루 시가로 들어가자 자동차 속도가 뚝 떨어진다. 돌판으로 포장한 오래된 시가지를 지나자 현대적인 건물이 즐비한 상파울루시가 차례로 나타났다. 버스가 서고, 종점이라고 하여 하차하자 테 없는 안경 깊숙한 곳에서 싱글싱글 웃으면서 한 사람의 일본인이 내게 다가왔다.

"사이토입니다. 잘 오셨습니다."

"이즈미입니다. 감사합니다."

"그런데 이즈미 씨, 선생께서는 좀 하십니까?"

사이토 씨는 엄지와 집게손가락을 벌려서 자신 쪽으로 기울여 보였다. 술을 마실 수 있는가라는 의미인 것 같다.

"예……. 조금은."

"그렇다니 안심했습니다. 선생과 6개월간 함께 작업을 할 예정인데 술을 마실 수 없다면 잘 되어갈 리가 없을 테니까요."

그로부터 6개월간 사이토 씨와 나는 거의 숙식을 같이하면서 일본의 20배 이상이나 되는 브라질의 구석구석까지 걸어 다녔는데, 술 덕분인지 어떤지는 모르겠지만 한 번도 말다툼을 한 일도 없고 둘 사이의 교류는 오늘까지 이어지고 있다.

내가 상파울루에 도착한 날 일본계 사람들이 중심이 되어 만들

---

15 Caboclo : 주로 하층의 무지한 시골 사람을 가리키나, 내셔널리즘이 강해지는 풍조 속에서 브라질 국민성을 대표하는 단어로도 사용된다.

어진 코치아농업협동조합[16] 이사장인 고 시모모토[17] 씨의 집에 '토요회'의 젊은 1세들과 2세 사람들이 모여들었다. 호텔에 짐을 던져 놓고 사이토 씨에 이끌려 이 모임에 출석했다. 참석하고 있는 사람들은 상파울루의 일본계 사회에서 인텔리 인사들이었다. '토요회'는 토요일에 모여서 연구발표를 한다든지 술을 마신다든지 담론을 나누는 것이 목적이어서, 거기에서는 어떤 돌출된 이야기를 하는 것도 가능했던 것이다. 이 사람들은 나중에 나에게 있어서도 좋은 친구들이 되었고 조사에도 적극적으로 협력해주었다.

도착 다음날부터 사이토 씨와 나는 일본계 사회의 사회적 긴장을 어떠한 각도에서 분석할까에 대하여 검토를 시작했다. 브라질의 일본계 사람들이 브라질 문화를 어떻게 받아들이고 일본 문화에 대하여 어떠한 태도를 취하고 있는지가 우선 기본적인 문제라는 것에 대하여는 두 사람 모두 같은 의견이었다.

그와 동시에 그런 일본계의 한 사람 한 사람이 일본계 사회 및 브라질 사회에서 어떠한 상호 연계를 가지고 어떠한 역할을 해 왔는가도 무시할 수 없었고, 전쟁 때부터 전쟁 직후에 걸친 일본계 사회 내부의 커뮤니케이션의 경로와 내용에 대해서도 충분히 조사할 필요를 느꼈던 것이다.

대체로 이러한 시각에서 일본에서부터 미리 준비해온 질문 항

16 Cooperative Agricola de Cotia(CAC).

17 시모모토 겐기치(下元健吉) : 1913년 브라질로 이주하여 상파울루 교외 코치아에서 야채 재배에 종사, 1927년에 일본계 이민을 중심으로 코치아농업조합을 조직하여 이사장이 된다. 농업 생산과 유통 확대에 진력하여 남미 최대의 조합으로 육성했다.

목과 테스트의 기준지표, 조사표 등을 재검토했다. 그리고 그것들을 전부 포르투갈어로 번역하게 되었다. 1세에 대하여는 일본어로, 2세에 대하여는 포르투갈어 또는 일본어로 조사를 해야만 하기 때문이다. 이 작업은 쉬운 일은 아니었지만, 토요회 사람들의 협력에 의해 생각한 것보다 빨리 완성할 수가 있었다.

그 다음 조사용지 전체에 대한 사전 테스트를 시작했다. 상파울루 거리의 일본계인의 학교와 근처의 일본계 농촌에 가서 테스트를 수행한 결과, 그다지 수정을 가하지 않고 사용할 수 있다는 것을 알았을 때 사이토 씨와 나는 진토닉으로 축배를 들었다. 다음으로 조사를 수행할 후보지 선정에 착수했다. 그즈음 총영사관이 막 생긴 터여서 브라질에 있어서 일본계 사회의 분포는 확실히 파악되어 있지 않았고, 또 파악했다 하더라도 그 모두를 조사하는 것은 불가능했다. 따라서 우리는 여러 사람의 의견을 듣고 대표적인 개척지를 선택하여 조사에 착수했던 것이다.

10월부터 12월에 걸쳐 사이토 씨와 나는 상파울루주와 파라나Parana주를 걸어 다녔다. 남브라질은 막 여름에 들어서서 더위가 매우 심했지만 우리는 활기에 넘쳤다. 그러나 조사가 진행됨에 따라 승전조勝組(가치구미)[18]는, 일본의 패전을 알면서도 패전조負組(마케구미)[19] 또는 인식파認識派(닌시키하)[20]에 대해 적의를 가진 강경 그룹과, 진정으로 아직 패전을 믿지 않는 파나티코fenatico : 광신자로 나누어져 있는데, 어느 쪽도 패전조와는 타협하지 않고 날카롭게 대립하고 있다는 것이 확실해졌다. 때로는 승전조의 집회에서 규탄당하기도 하고 개를 풀어 내쫓기기도 하면서 일본이 졌다는 것을 누누이 설명하기도 했지만…… 그때마다 생각지도 못한 반응들로 완전히 지칠 수밖에 없었을 때는 렌수lenco 스카프로 흙먼지poeira를 털어내면서 시골 바에서 카샷사cachasa : 사탕수수를 원료로 만든 브라질산 증류주 럼주만 들이켰다. 그런 석 달이 끝나고 우리는 아마존으로 여행을 떠났다.

상파울루시에서 아마존강 입구의 벨렘Belem시까지는 직선거리로 쳐도 2,500킬로미터 정도 떨어져 있다. 브라질의 일본계 사회의 99퍼센트 이상이 상파울루주와 파라나주와 같은 브라질의 남부에 살았고, 아마존 유역의 일본계인의 숫자는 매우 소수이다. 그러나 아마존 유역 그 자체가 인구가 희박하기 때문에, 소수의 일본인이긴 하지만 활발한 경제활동을 하고 있는 까닭도 있어 눈에 띄는 존재였다.

당시 아마존 유역의 일본계 사회는 거의 전부가 바이슈 아마조네스Baixo Amazonas : 아마존 하류에 있었는데, 그중 한 무리는 마나우스Manaus시에서 산타렌Santaren시에 걸친 거의 500킬로미터에 달하는 유역에서 황마jute 재배 또는 중개업에 종사하고 있었다. 또 다른 한 무리는 강 입구 근처의 토메 아수Tome Acu 개척지[21]를 중심으로 후추

18 1945년 8월 포츠담선언 수락 후에도 일본의 패배를 믿지 않고 '일본은 전쟁에 이겼다'고 믿고 있던 재외일본인 그룹을 말한다. 브라질을 중심으로 한 남미 국가들과 미국 하와이 주 등 일본계 사회에 있었다.

19 승전조와 달리 '일본은 전쟁에 졌다'고 믿었던 일본계 이민을 말한다.

20 패전을 바로 받아들이지는 않았지만 그 사실을 인식하고 승전조를 납득시키려 했던 그룹을 말한다.

21 브라질 북부의 주요한 일본인 집단이주지. 1929년 남미척식주식회사의 개척지로

재배에 성공했던 것이다. 인구 면에서는 극히 적은 비율 밖에 점하고 있지 않음에도 불구하고 교통이 아주 불편한 아마존에 우리가 나섰던 것에는 두 가지 이유가 있었다. 그중 하나는 이상하게도 아마존 유역에는 인식파와 승전조의 분열이 일어나지 않았다고 들었기 때문에 브라질 남부와 비교함에 있어서 중요한 의미를 갖고 있었기 때문이다. 또 하나는 아마존강이라고 하는 단어가 암암리에 감추고 있는 미개지에 대한 매력 때문이었다.

1월이 지나자 바이슈 아마조네스는 증수기增水期에 들어간다. 유역에는 매일 수위가 늘게 되어 강이라고 하기 보다 오히려 광대한 늪지와 같은 느낌이 든다. 길이라는 것이 없기 때문에 교통기관은 배와 수상비행기뿐이다.

사이토 씨와 나는 먼저 토메 아수 식민지에서 조사를 하고 그 뒤 산타렌으로 날아갔다. 거기에서 황마 재배자들의 분포지를 따라 다음에서 다음으로 배를 갈아타면서 마나우스시까지 아마존강을 거슬러 올랐던 것이다. 아마존에 가게 되면 모든 것이 한 단계 크게 이야기된다고들 말한다. 전기매기와 물뱀 이야기도 그러했고 믿기 어려운 정력제 같은 것에 대해서도 싫다고 할 정도로 듣게 되었다. 그런 것들도 아마존에서 이야기 듣고 있다 보면 엉터리같은 일들이 진짜인 것처럼 생각되기 때문일 것이다.

아마존의 일본계 사회를 실제로 조사해보자 역시 패전조와 승

발족하여 제2차 세계대전 전 352가구까지 번성한 후 말라리아로 25%만 남았으나, 전후 후추 재배에 성공하여 1962년에는 제2 토메 아수까지 개설되었다.

전조로 나누어진 계기가 있었는데, 일본의 패전을 믿을 수 없었던 사람들은 토메 아수 개척지에도 있었던 것 같다. 그러나 그곳에는 그런 이데올로기의 차이에 따라 집단을 이분하는 그런 사회적 구조가 존재하지 않았던 것이다. 또 황마 재배자들은 고립된 생활을 하고 있었기 때문에 커뮤니케이션 통로가 브라질 쪽으로만 열려 있었기 때문에 일본의 패전이 필연적인 것으로서 받아들여질 수 있었다는 점도 알게 되었다.

아마존의 조사를 끝내고 상파울루시로 돌아오는 길에 이틀 정도 바이아Bahia시에 들렀다. 이 거리는 리우데자네이루 이전의 브라질 수도였던 관계상 오래되고 우아한 거리여서 어떤 의미에서는 브라질다운 거리였다.

브라질에서의 6개월은 꿈처럼 지나갔다. 그 6개월 동안 나는 브라질의 일본계 사회 속에 많은 친구들을 갖게 되었을 뿐 아니라 이 나라의 인류학자와 사회학자들 중에도 적지 않은 지기를 얻었다. 그것이야말로 연구 성과를 뛰어넘는 큰 수확이었다. 재회를 약속하고 브라질을 떠날 때 나는 진심으로 남아메리카로 돌아와야지 하고 자신에게 강하게 다짐했던 것이다.

두 번째 브라질

그 기회는 생각한 것보다 빨리 돌아왔다. 1954년 외무성으로부터 '브라질에서의 일본인 이주자의 동화同化'에 대한 실태 조사를 함과 동시에 1955년 초에 리우데자네이루에서 열리는 남아메리카 연구회의에 출석해 달라고 하는 의뢰가 있었다. 이주에 의해 발생하는 동화현상을 인류학에서 말하는 문화 변용Acculturation의 한 측면으로 파악하려고 나는 생각하고 있었기 때문에 쓰카모토 테쓴도도호쿠대학 조교수,[22] 가모 마사오 메이지대학 교수,[23] 오노 모리오도쿄대학 교수[24] 및 시마 키요시島澄, 메이지약학대학 강사 씨 등과 의논하여 브라질에서 광범위한 조사를 실행할 결심을 했던 것이다.

그러나 이 연구를 의뢰한 외무성 쪽에서는 충분한 예산 조치가 이루어진 것 같지 않아서, 왕복은 이주민 운송 선박에 무임 승선하는 것으로 하고 조사비는 숙박과 체재비를 포함하여 하루 약 2,000엔 정도, 그것도 대부분을 상파울루시에 가서 받는 것으로 되어 있었다. 게다가 당시 가장 많은 이주민을 태웠던 '브라질호'의 이민 감독업무를 내가 해야만 하게 되어버렸다. 처음 이야기로

---

22 塚本哲人(1925~2008) : 사회학자. 도쿄제국대학 문학부 및 동 대학원(사회학) 졸업함. 전공은 농촌사회학으로 도호쿠지방의 농촌 조사에 큰 업적을 남기고 많은 제자를 배출했다.

23 蒲生正男(1927~1981) : 사회인류학자. 메이지대학 정치학과에서 이즈미 세이이치에게 사사한 후 메이지대학 교수, 일본민족학회회장을 지냈다.

24 大野盛雄(1925~2001) : 인문지리학자. 도쿄대학 지리학과 및 경제학과 졸업 후 도쿄대학 동양문화연구소 소장을 역임했다.

는 베테랑 조감독들이 세 사람이나 있으니까 이름만 감독이라고 들었는데, 그렇게만은 될 수 없다는 것을 출국 첫날부터 확실하게 알게 되었던 것이다.

'브라질호'는 1954년 6월 고베항을 출범했다. 선장은 닥쳐오는 태풍을 꿰뚫고 대양으로 나가는 것이 안전하다고 판단하여 저녁 무렵 닻줄을 풀었다. 밤중에 눈을 뜨자 선실 안에 짐 꾸러미가 굴러다니고 있다. 지독한 폭풍우인 것 같다. 퍼뜩 '이민 감독'이라는 직함이 머릿속 어딘가를 스쳐갔다. 옷을 입으려고 했지만 흔들림이 매우 심해서 생각대로 되지 않는다. 겨우겨우 옷을 갈아입고 선실 밖에 나가자 복도에도 계단에도 사람 모습은 없고 으스스한 배의 삐걱거리는 소리가 어디에선지 들려올 뿐이다. 이주자들은 선창의 2단 침대에 누워있다. 내 선실에서 거기까지는 긴 계단을 내려가지 않으면 안 된다. 피칭pitching : 배나 비행기가 앞뒤로 흔들리는 것이 심할 때는 계단을 내리는 것이 어렵게 된다. 나는 작심하고 팔을 손잡이에 걸치고는 미끄러져 내려갔다.

선창에 내려가자 1,100명 남짓한 사람들의 고통은 예상을 훨씬 벗어난 것이었다. 수습선원들이 뱃멀미 조치를 하고 있었지만 손이 두루 미치지 않는다. 나는 배에는 그다지 강하지 않지만 수습선원을 도와서 토사물 처리를 하고 있는 사이에 오히려 기운이 났다. 밤이 샐 때까지 뱃멀미하는 사람들을 돌보았는데 조감독이란 자는 끝내 얼굴을 드러내지 않았다. 그것도 그럴 것이 한 사람은 배에 약하여 조금이라도 흔들리면 머리를 들 수 없었고, 나머지 두 사람은 저녁나절부터 고주망태로 취해 있었던 것이다.

바다가 잠잠해지자 이주자들은 원기를 찾고 배 안은 활발하게 되었지만 그것에 비례하여 여러 가지 문제들이 발생했다. 이시카와 다쓰조石川達三 씨의 「창맹蒼氓」[25]에 나오는 모든 사건이 판박이처럼 일어나니 참으로 야릇한 노릇이다. 설마 「창맹」을 읽고 흉내 내고 있는 것은 아닐 터인데 어찌하여 완전히 같은 일들이 시대도 인간도 다른데 불구하고 일어나는 것일까? 부부싸움에서 시작하여 이혼이야기, 아가씨의 침대로 기어드는 치한, 밤 깊은 갑판 위에서의 밀회, 그런 일들을 찾아서 훔쳐보며 다니는 사내, 자경단을 만들려고 하는 사람들, 출신지별 대립, 환자, 발광……. 나는 배 안에서 이주자에 대한 조사를 할 예정이었지만 그것을 거의 동행하는 친구에게 맡기고 아침부터 저녁까지 각종 분규의 처리에 날을 지새웠다.

배가 로스앤젤레스를 떠나서 남하하기 시작하면서 평온한 항해가 이어졌다. 파나마운하를 통과하여 대서양으로 나가자 적도제를 맞이하게 된다. 모두 그 준비에 매달리게 되자 배 안의 분쟁들도 잦아지게 된다. 적도제가 끝나자 배는 아마존강 입구의 벨렝항에 기항하여 아마존에 이민하는 사람들이 하선한다. 그만큼 휑하니 자

25 이시카와가 1930년 브라질 이민으로 도항했던 때를 그린 소설로서, 제목은 백성을 의미한다('맹'은 유랑하는 백성을 의미). 세계공황의 여파로 극심한 빈곤 상태에 빠진 일본농촌을 대상으로 국가가 적극 추진한 이민정책에 의해 브라질로 도항하는 무지하고 순진한 시골사람들의 모습이 생생하게 묘사되었으며, 이시카와는 당시 무명의 신인이었으나 이 소설로 제1회 아쿠타가와상을 수상하여 일약 인기작가가 되었다.

리가 비게 되자 나머지 이주자들은 벌써 안절부절 못하게 된다.

나는 가모 씨와 함께 여기서 하선하고 이전에 조사했던 토메 아수 식민지에 들러서 거기서 2년간의 변화를 추적 조사한다. 처음에는 코코아를 심어서 실패하고 수많은 흑수병[26] 환자가 나와서 빈사상태에 떨어졌던 이 개척지를 구했던 것은 전쟁 중에 시험재배에 성공했던 후추였다. 그리고 전후 이 개척지에는 1953년경부터 새로운 이주자가 들어왔다. 구 이주자와 신 이주자가 어떤 관계를 갖고 어떤 생활상을 하고 있는지가 우리의 학문적 흥미의 중심이었다. 이제까지의 작업성과를 가모 씨에게 인계하고 나는 항공기로 리우데자네이루로 가서 '브라질호'의 입항을 기다렸다. 여기에서 다시 브라질호를 타고는 곧바로 분주하게 하선 준비에 착수했다. 리우를 출범한 다음날 '브라질호'는 산토스항에 입항하여 이주자들이 전부 하산했을 때 나는 마음 속으로부터 그들의 행운을 기원했다.

그다음 날부터 우리는 사이토 히로시 씨와 당시 상파울루대학의 대학원 학생이었던 미야자키 노부에宮崎 노부에, 현재는 大林 노부에 씨도 함께하여 분주하게 일했다. 조사의 기본 방침을 재검토하고 조사 대상을 구체화하기 위해서는 토론과 자료 수집이 필요했다. 그 결과 아마존에서 돌아온 가모 씨를 포함하여 마침내 조사 계획의 전모가 결정된 것은 상파울루시에 도착한 뒤부터 1개월 정도 지나서

26 심한 말라리아에 걸릴 때 나타나는 급성적 혈구 붕괴로 검붉은 오줌이 배출된다.

부터이다. 일본인의 동화과정과 대비되는 것으로 파라나주의 폴란드 이주자 집단을 조사하는 것으로 하고, 일본인에 대하여는 주로 상파울루주의 여러 개척지를 선정했다.

조사에는 1954년 한 해 모두가 소요되었다. 그리고 상파울루에서는 12월에 이민의 동화에 대하여 브라질 학자들과의 사이에 패널 디스커션이 이루어지고, 1월에는 예정대로 리우데자네이루에서 열린 남아메리카인구회의에도 출석했던 것이다.

중앙안데스로의 여정

아마존강 입구의 벨렝시

안데스로의 첫 여행

브라질에서의 예정이 끝났기 때문에 오래 전부터 대원들의 양해를 구해왔던 대로 남아메리카를 횡단하는 여정에 나섰다. 사이토 히로시 씨와 두 사람의 느긋한 여행이다. 호주머니 속이 텅 비어있었기 때문에 가능한 한 경제적인 방법을 고려했다. 우선 첫째로 항공 비용을 가능한 한 싸게 하기 위해 거의 국내편을 이용하고 국제편은 가능한 한 타지 않기로 했다. 브라질에서는 팬에어 더 브라질사의 비행기로 볼리비아와의 국경마을인 코룸바Corumba로 향했다. 도중에 늪지대가 끝없이 이어지는 판타나우Pantanal를 질러간다. 코룸바에서 1박하고 다음날 자동차로 국경을 넘어 푸에르토 수아레스Puerto Suarez에 닿는다. 허름한 마을이다. 예약해둔 항공기의 좌석을 컨펌하자 없다고 한다. 일주일에 1회밖에 없는 비행기 편이기에 놓치면 큰일이다. 겨우겨우 싸우듯하여 올라타자 아니나 다를까 만원이어서 우리는 보조의자에 앉혀졌다.

밀림 속 숨겨진 도시 산타크루스에 닿는다. 지독히 더운 마을이지만, 산타크루스의 여자를 크루세니아Cruzenia : 크루스 여자라고 특별히 부를 만큼 미녀가 많다고들 한다. 아직 일본인들의 이주가 시작되기 전이었기 때문에 거리에 일본인의 모습은 드물다. 거기서 이틀 정도 체재한 뒤 라파스La Paz로 향한다. 일리마니Illimani라는 눈 덮인 산을 배경으로 하여 해발 4,080미터 높이의 공항이 있는 고원으로부터 완만하게 흘러내리는 경사면에 이 도시는 펼쳐져 있다. 일본의 재외공관이 아직 설치되지 않았기 때문에 라파스에서는 일본인회 쪽 사람들에게 신세를 졌다. 교외의 여기저기를 안내받는 동안에 아이마라Aimara족의 생활에 특히 끌리게 된다. 어느 날 호텔에서 브라질의 토잔東山농장의 야마모토 기요시山本喜譽志 박사를 뵙게 된다. 야마모토 씨와는 1952년 브라질에 도착했을 때부터 서로 알고 있는 사이이다. 아쿠타가와 류노스케芥川龍之介의 사촌형제이기도 한 만큼, 깊은 지성과 차분한 유머도 갖고 있는 야마모토 씨의 성격에 나는 매력을 느끼고 있었다.

"페루에 가서 아마노 씨를 만나서 이런저런 것을 보고 왔습니다."

"잉카보다 잉카 이전pre-inca의 것들 쪽이 훌륭하다고 말하지요?"

"아니 아니 그것보다 멋진 것은 부인이지요. 그런데 이즈미 씨, 페루에 오셔서 즐겁게 지내고 계시겠지요. 그런데 나는 말이죠 남미에 와서 30년, 티티카카 호수 위에 갈대배balsa를 띄우고 호수 물로 칵테일 한 위스키를 마시는 것을 꿈꿔왔답니다. 오늘 오후에 갈 생각인데 시간이 된다면 같이 가십시다."

"멋진 유혹인데 기꺼이 가지요."

우리는 자동차로 호텔을 나섰다. 굽이굽이 휘어진 길을 올라 알티플라노고원Altiplano에 오르자 티티카카호까지는 기복이 거의 없는 길이다. 마침 우기였지만 그날 오후는 다행히 개었다. 이윽고 토토라totora갈대가 무성한 호수 기슭의 모터보트 하우스에 닿는다. 거기에서 한 척의 보트를 빌려서 야마모토 씨와 사이토 씨 그리고 나 세 사람이 호수 위로 미끄러져 나갔다. 물은 푸른빛으로 맑게 개어있어 호수를 둘러싼 얼음 덮인 산들은 창공에 뚜렷한 모습으로 우뚝 솟아있다. 공기는 차갑고 게다가 엄숙할 정도로 투명하다. 호수 면이 해발 3,800미터를 가리키는 티티카카호는 남아메리카는 말할 것도 없고 세계에서도 보기 드문 청정한 호수이다. 야마모토 씨는 호주머니에서 독특한 술잔을 꺼냈다. 표면은 반짝반짝 윤이 나고 있지만 토기임이 분명한데 그럼에도 색채가 매우 산뜻하다.

"아마노 씨에게서 받은 잉카 이전 시대의 술잔이니까 이것으로 먼저 한잔합시다."

야마모토 씨는 다시 호주머니에서 미니어처 위스키 병을 꺼내서 물을 반쯤 부어넣은 잉카 이전 시대 술잔에 위스키를 쭈루룩 따른다. 그리고 "제가 시음하지요"라고 하면서 먼저 잔을 비우고 나에게 술잔을 돌렸다. 이런 식으로 잠시 몇 순배 잔을 돌리고는, 호수에서 물을 떠 담고 그 위에 위스키를 부어넣어 마셨다. 물은 맑고 차가워 얼음을 넣은 물보다 더 짜릿하게 느껴졌다.

이윽고 햇빛이 수면에서 사라져가고 눈 덮인 산꼭대기의 그림자들만 남았다. 기온이 빠른 속도로 낮아진다. 보트를 기슭에 반납했을 때 야마모토 씨는 진심으로 만족한 얼굴을 하고 계셨다. 그 야마모토 씨도 7년 전인 1962년에 돌아가셨다. 잊을 수 없는 사람들 중의 한 분이다.

볼리비아와 페루의 국경은 지금이라면 간단하게 여권만으로 통과할 수 있는 것이지만, 당시 페루에서는 반일 기운이 매우 높았기 때문에 매우 어려운 상황이었다. 그래서 우리는 큰맘 먹고 70달러를 내고 라파스와 리마간의 항공권을 샀다. 이 항공기는 티티카카 호수의 남쪽 기슭을 스치고 지난 뒤 미스티 화산을 둘러서 페루의 아레키파Arequipa시에 착륙한다. 이 도시가 'Ciudad Blanca하얀 거리'라는 별명을 갖고 있을 만큼 백악의 아름다운 거리라는 것을 안 것은 그 뒤 수년이 지난 일이었다. 아레키파에서 리마까지는 완전히 사막으로 우리는 비행기 위에서 사막 풍광을 충분히 즐겼다. 리마에 도착하자 대사관 사람이 마중 나오셨다. 생각지 못한 환영에 당황했지만, 그즈음은 일본인이 페루를 방문하는 일이 곤란했을 정도로 오드리아 정권[1]이 반일 및 반아시아인 정책을 분명히 하고 있었기 때문에 특히 대사가 걱정하여 배려한 것 같았다. 아니나다를까 비행기에서 내린 일본인은 우리 두 사람뿐이었고 공항에는 일본인의 모습은 전혀 보이지 않았다. 우리는 리마시의 플라사 드 아르마스Plaza de Armas : 무기의 광장이라는 의미, 페루에서는 중앙광장의 통칭에 접한 고풍의 호텔 유로파로 안내된다. 뱀장어처럼 좁고 긴 구역이 우리 방들이었는데 그 안쪽 끝에는 길과 접한 발코니가 설치되어 있었다. 그 한 구역 속에 침실, 사무실, 하인 침실 외에 큰 창고와 화장실이 포함돼 있다. 나는 이 호텔에 완전히 놀라고 말았다. 식민지 시절의 바로 그것이 아닌가! 지금은 리마시에도 이제 이런 호텔은 드물지만 처음 온 사람으로서 이런 호텔에 묵을 수 있게 된 것이니…….

1 Manuel Odria(1897~1974) : 페루의 장군으로 군부 집권을 하였다.

리마는 그야말로 부왕副王[2]의 수도. 마차에 가족들을 태우고 사막을 가로질러 리마로 들어가서 한 해의 절반은 그곳에서 지내는 부유한 농장주로 다시 태어난 듯한 착각에 사로잡혀도 어쩔 수가 없다.

내가 리마에 도착해서 우선해야 할 일은 아마노 요시타로[3] 씨를 만나는 것이었다. 아마노 씨는 전쟁 전 파나마에서 아마노상회를 중심으로 하여 중남미 각국마다 한 가지 사업씩을 일으켰던 대사업가라는 것은 모든 사람이 알고 있었지만, 나는 그 점에는 그다지 흥미가 없었다. 아마노 씨를 만나고 싶었던 것은 중남미고대사에 깊은 이해를 갖고 계셨기 때문에 가르침을 청하고 싶었던 것이며, 그즈음 서서히 본 궤도에 오르기 시작한 안데스 유물 수집을 보고 싶었기 때문이다. 또 앞에서 말한 뉴기니를 조사할 때 사진반의 한 사람으로 참가했던 야구치矢口라는 사람이 아마노 씨의 먼 인척이라는 점도 내 마음속에서 아마노 씨를 친숙하게 생각하도록 했던 것이다.

리마에 도착한 다음날 대사관에서 데라오카寺岡 대사에게 인사하자, 거기에서 아마노 씨가 그즈음 경영하고 있던 잉카 어업회사

2 Virrey(Viceroy [영국]) : 총독의 다른 명칭으로 유럽에서 큰 식민지를 다스릴 때 임명했던 왕의 대리인이다. 리마는 피사로가 잉카제국을 정복하고 세운 남미의 스페인어권 지역 전부를 포괄하는 스페인 부왕령의 수도였다.

3 天野芳太郎(1898~1982) : 사업가이며 안데스문명 연구가. 1920년대에 남미 파나마로 건너가 아마노상회를 개업한 후 그를 기점으로 칠레(농장), 코스타리카(참치어업), 에콰도르(제약업), 페루(금융업) 등 남미 전역에 사업을 전개했다. 그리고 찬카이 문화등 고대 안데스문명을 조사,연구하여 많은 유물을 수집했으며, 이를 기반으로 페루 리마에 박물관(Museo Amano)을 설립했다.

찬카이의 유적

로 전화를 해주었다. 아마노 씨는 곧바로 산 이시드로의 대사관에 자동차로 마중하러 와주셨고, 미라플로레스의 자택으로 데려가셨다. 그날부터 아마노 씨와 편하게 이야기할 수 있었고 "잉카나 잉카 이전 시대의 컬렉션보다 훨씬 멋지다"고 야마모토 씨를 감탄하게 했던 부인도 뵙게 되었다.

며칠 동안에 사이토 씨와 나는, 때로는 데라오카 대사 부부도 함께 하여 해안의 유적과 거리들을 아마노 씨 부부의 안내를 받으며 걸어다녔다. 파차카막Pachacamac의 대신전 도시의 폐허, 파사마요Pasamayo의 험준한 길, 찬카이Chancay 계곡의 묘지 등, 나는 2월의 강렬한 태양에 불타고 있는 사막과 유적에 꼼짝 못하게 위압당하고 말았다. 브라질의 광대한 산과 들에도 매력은 있었지만, 페루의 사막이 내게 훨씬 압도적으로 다가왔던 것이다.

아마노 씨와 헤어진 후 탔던 볼리비아로 향하는 비행기 속에서 나는 진지하게 페루의 고대 문명과 씨름해보자고 결심했다. '진지하게' 씨름하는 일이 쉽지 않다는 점은 잘 알고 있었다. 일본에는 남아메리카고고학의 전통이 전혀 없고 문헌도 자료도 아무것도 없다. 무에서 시작하여 어디까지 물어물어 갈 수 있을까? 게다가 나는 이미 마흔 살이다. 불안했다. 그러나 비행기에서 내려 보면 사막이 이리와 이리와라고 부르고 있는 듯한 느낌이 들 수밖에 없다.

두 번째의 페루

중년 나이 들어 시작한 남아메리카고고학을 '본격적으로' 할 기회가 그때 이미 내 손 안에 들어와 있었다는 것을 자각한 것은 조사를 끝내고 도쿄로 돌아온 뒤부터였다. 두 번째의 브라질 조사에 나서기 직전 그즈음의 도쿄대학 총장이던 야나이하라 다다오[4] 선생께서 나를 총장실로 불러 1년 반 정도 아메리카 등 외국에서 인류학을 다시 공부하고 오도록 록펠러재단에 이야기를 해 두었으니 거절해서는 안 된다고 말씀하셨던 것이다. 나는 이 1년 반을 늦깎이 공부에 사용하려고 생각했다.

1956년 8월 나는 세 번째 태평양을 건너 아메리카 대륙으로 넘어갔다. 로스앤젤레스에는 미리 연락해둔 대로 도쿄대학의 문화인류학교실에서 일본 농촌의 연구를 했던 제임스 히라바야시James Hirabayashi[5] 군과 그의 친구인 아놀드 브라이언 군 두 사람이 낡아빠진 스테이션 왜건차와 함께 맞이하여 주었다. 남아메리카를 공부하기 전에 북아메리카 유적과 인디언을 보아 두는 것이 좋겠다고 생각하고 있던 참에 이 두 사람이 동부로 가는 도중에 마침 같은 생각을 하고 있어 내게 권유해 주었던 것이다. 내가 기름값을 전부

---

4 矢內原忠雄(1893~1961) : 경제학자, 식민정책학자. 도쿄제국대학 법학부를 졸업하고 도쿄제대 교수를 역임, 1937년 중일전쟁을 비판하여 교수직을 사임하였으나 전후에 도쿄대학 총장을 지냈다. 무교회파 기독교 지도자로도 알려져 있다.

5 James 平林 : 일본계 미국인으로서 선구적인 민족학자였고 샌프란시스코주립대학 교수를 지냈다.

대고 두 사람이 자동차 운전을 제공하게 되었다.

우리는 로스엔젤레스를 저녁시간에 출발하여 열사의 애리조나 사막을 야간에 횡단한 후 플래그스테프Flagstaff시로 나갔다. 거기서부터 매일같이 유적을 본다든지 젊은 고고학자들의 모임에 나간다든지 하면서 시카고까지는 그야말로 고고학여행이 이어졌던 것이다. 남서부라고 불리는 이 지역의 자연과 문화에 접할 수 있었던 것은 그 후 남아메리카를 연구하는데 큰 도움이 되었다.

9월에 들어서서 필라델피아에서 열린 제5회 국제인류학·민족학연구에 출석하고, 그 뒤에 우리는 하버드대학으로 갔다. 여기에는 그즈음 문화 이론에서 뛰어난 견해를 보여주고 있던 클럭혼[6] 박사 외에, 남아메리카고고학의 제일선에서 활동하고 있던 고든 월리[7] 박사 등 미국 인류학계의 준재들이 몰려있었다. 나는 전쟁과 유랑으로 떠밀려 다녔던 청춘을 되돌려 보려고 늦깎이 공부를 시작했다. 특히 월리 박사의 '남아메리카고고학'이라는 제목의 세미나는 활기차 있었고 모이는 사람들도 얼굴에 광채를 띄고 있었던 것이다. 월리 박사의 세미나에 항상 많은 인재들이 모인다고는 할 수 없지만, 그 해에 한해서는 지금 중남미고고학의 지도적 역할을 수행하고 있는 예를 들면 마이클 코[8]나 레이스로프 같은 사람이 매

6 Clyde Kluckhohn : 미국의 문화인류학자. 20년에 걸쳐 나바호 인디언을 조사한 『나바호 요술』(1944) 및 『문화와 행동』과 가치문제에 관한 연구로 유명하다.

7 Gordon Randolph Willey(1913~2002) : 미국의 고고학자로 남미, 중미, 미국 동남부 지역을 발굴하면서 신세계 정착지 형태에 대한 연구를 개척하여 '신세계 고고학 학장'으로 불린다. 스미스소니안협회와 하버드대학의 인류학 교수를 역임했다.

8 Michael Douglas Coe(1929~2019) : 미국의 고고학자 및 인류학자. 하버드대학을

주 한자리에 모여 열띤 토론을 주고받고 있었다.

9월에 시작한 학기는 다음 해 4월에 끝났다. 나는 그로부터 약 1개월을 시카고 대학에서 보내게 되어있어 클럭혼, 윌리와 함께 피바디박물관 관장인 브류를 포함한 세 분 선생님께 작별인사를 하러갔다. 그때 세 사람이 관장실에 모여서 나의 장래계획에 대한 지원을 함께 의논해 주셨다.

첫 번째 지원으로 남아메리카고고학의 기초적인 문헌 중에서 박물관 도서실에 있는 중간본 서적들을 특별한 가격으로 도쿄대학 문화인류학교실에 넘겨준다는 것, 두 번째로는 내가 지금부터 페루로 가게 됨에 따라 페루정부 요로에 하버드대학 부속 피바디박물관이 공식적 소개장을 써서 발굴 조사를 측면에서 지원한다는 것을 약속해 주셨다. 첫 번째 것은 곧 실현되어 나는 상당량의 문헌을 보스턴으로부터 도쿄로 발송했다. 그리고 두 번째의 약속도 수행되어 나는 페루의 리마국립인류학·고고학박물관장인 호르헤 모예 박사와 산마르코스대학 민족학·고고학교실 주임인 매터스 말 교수에게 보내는 각각 두 통의 소개장을 받아들었던 것이다.

시카고대학 인류학교실에서 1개월 정도 보내면서, 소위 시카고학파의 라틴아메리카 연구를 접하고 1957년 6월 1일 우리는 마이애미를 경유하여 두 번째로 페루정확하게 말하면 세 번째로 향했다. 새벽

졸업하고 대학원에서 인류학 박사를 취득했는데 지도교수는 고든 윌리 교수였다. 콜럼버스 이전 메소아메리카, 특히 마야문명에 대해 깊이 연구하여 최고의 마야 전문가에 속한다.

안데스산맥의 아름다움은 5년 전과 조금도 다름이 없었고, 리마탐보Limatambo의 공항도 조금도 변함이 없었다. 그러나 공항에는 아마노 씨가 마중을 나와 주셨기에, 그전과 비교하자면 페루 그 자체에 대한 친숙함이 나의 마음에는 더해져 있었다.

리마에 도착한 6월 2일 밤은 내 생일 전날 밤이었다. 그런데 아마노 씨의 아들인 마리오 군의 생후 1년 돌잔치 만찬회가 아마노 씨 댁에서 열렸다. 우연의 일치로 아주 기분이 좋아져서 내 생일이 되는 다음날까지 위스키 잔을 거듭 주고받았던 것이 기억난다. 그 다음 날 대사관에서 모예 박사에게 전화를 걸어주었고 나는 소개장을 손에 들고 국립박물관으로 갔다. 박사는 이런 저런 이야기를 하면서 온후한 모습으로 이렇게 말했다.

"어떤가요, 당신도 페루에서 발굴해보지 않겠습니까? 허가 문제에 대해서는 내가 힘을 쓸 테니까요. 대사관을 통하여 서류를 제출해 주세요."

나는 반일 분위기가 한창인 페루에서 대통령령에 의한 발굴허가가 일본인에게 이렇게 쉽게 주어지리라고는 예상도 하지 못했다. 그러했기에 발굴에 대해서는 어떤 준비도 되어있지 않았다. 그러나 여기에서 실적을 내어 두지 않으면 미래의 전망이 없어지게 될 것이다.

"감사드립니다. 그러면 찬카이계곡[9]에 대한 발굴허가를 요청 드

9 Chancay culture : 페루의 중부 해안지대인 찬카이계곡을 중심으로 번영한 문화로서 연대는 불명이지만 치무왕국(Chimu Kingdom)과 같은 시대였던 것 같으며 15세기

립니다. 그리고 산마르코스대학의 고고학 전공 학생을 두 사람 정도 빌려주실 수 있습니까?"

대사관에서 서류를 만들어주어서 우리는 리마로부터 찬카이계곡의 우알라Huaral마을로 거처를 옮겼다. 거기에서 이제까지 브라질에서 수행해왔던 것과 마찬가지로 일본인 이주자들의 동화同化에 관한 조사를 수행하고 싶었기 때문이다. 우알라마을에서의 2개월은 나의 생애 중에서 가장 즐거웠던 시간 중 하나였다. 이 마을은 전쟁 전에는 많은 일본인이 살고 있어서 매우 번성했던 곳이었고, 지금도 그 흔적이 남아있다. 사진관을 하는 마이스토로 씨, 잡화상을 하는 2세대 젊은이인 시몬, 에스페란사에서 귤 농장을 경영하는 후쿠다 일가, 술집을 즐겁게 경영하고 있는 미야기 씨 등등 모두 유쾌한 사람들이 모여 있어 밤이 되면 매번 누군가의 집에 모여 떠들썩하곤 했다. 동화에 대한 연구가 일단락을 지었을 즈음 후쿠다 씨 부부와 쿠스코로 여행을 하고 다시 우알라로 돌아왔다. 그리고 조사 결과를 검토하고 있는데, 리마의 아마노 씨로부터 발굴허가가 내려졌다는 통지가 왔다. 그 소식을 전후로 앞에서 말했던 시부사와 게이죠 씨가 이동대사로 페루에 오시게 되었고, 여러 가지 일을 결정짓고 싶으니 곧바로 리마로 와달라는 대사관으로부터의 요청이 왔다.

시부사와 씨를 만나 뵙고는 우알라로 모셔가기도 했고, 파차카

에 잉카제국에 의해 정복되었다.

마Pachacama의 유적과 초시카Chosica의 양어장도 보러 갔다. 그때 시부사와 씨에게 나는 한 가지 대대적인 발굴을 안데스에서 해보고 싶다고 말하자 즉석에서 다음과 같이 말씀하셨다.

"좋아 해보게. 할 수 있는 한 돕겠네. 지금까지 일본학자로서 안데스에 주목한 사람이 없었다는 게 유감이야. 돌아가면 의논해보겠네."

시부사와 씨가 브라질로 가신 뒤부터 우리는 7월 28일의 독립기념일을 전후하여 찬카이의 라 와카[10]유적의 발굴을 시작했다. 그리고 마지막으로 야마[11]와 함께 순장된 큰 무덤을 발굴했다. 10여 개의 대형 토기 외에 많은 부장품이 출토되고, 주인공인 미이라는 청동단추가 붙은 머리띠를 두르고 있었다.

그해는 3개월 페루에 체재한 뒤 우리는 볼리비아로 갔고, 그 전해 우기 때문에 갈 수 없었던 티와나쿠[12]의 유적을 보고 산타크루스의 일본인 개척지에 들른 뒤 브라질로 나갔다. 내가 페루에 체재하고 있었을 때 두 가지 연락이 도쿄로부터 들어왔다. 첫째는 다음 해인 1958년에 도쿄대학으로부터 안데스지역으로 인류학·지리학합동조사대를 보내려고 하니 현지와 절충을 하라는 것이었다.

---

10 La Huaca 또는 Waka(Waka는 퀘추아어로 묘지, 성소를 의미). 중부 리마 미라플로레스지역의 흙으로 만든 피라미드. AD 200~700 사이에 페루 중부 해안에서 번성한 리마문화의 제의 및 행정 중심지로 생각된다.

11 Llama : 남미 안데스에서만 볼 수 있는 낙타과의 포유류이나 낙타보다 훨씬 작고 등에 혹이 없다. 가축으로 사육되어 털과 가죽, 그리고 식용고기로 이용된다. 영어식으로 '라마'라고도 하지만, 현지의 스페인어 발음으로 '야마'이다.

12 Tiwanaku(Tiahuanaco)는 볼리비아에 있는 잉카 이전 시기의 유적이다.

이 점에 대하여 모예 박사와 상의했을 때, 다행히 내게 발굴허가가 내려진 실적이 있기 때문에 문제는 없을 것이라고 하여 이 조사를 실현시키도록 노력하게 되었다. 나는 도쿄대학의 조사는 적어도 1기를 10년 계획으로 수행하지 않으면 안 되기 때문에 처음에는 일반 조사를 위해 널리 안데스지역을 답사한 후 새로운 각도에서 문제점을 찾는 것이 필요하다고 생각하여 그런 취지의 편지를 썼다. 두 번째 연락은 아마노 씨 컬렉션의 전시회를 요미우리신문 주최로 이세탄백화점에서 열고 싶다는 신청이다. 이 점도 아마노 씨의 호의로 '예'라는 대답을 받을 수 있었다.

나는 브라질에서의 조사를 끝내고 유럽으로 건너가 남아메리카 고고학의 자료가 있는 도시들 곳곳을 찾아다녔다. 지금 생각해보면 아주 당연한 상식이 그즈음의 나에게 있어서는 상식이 아니었던 것이다. 즉 무엇을 듣더라도 귀에 새로운 것이었다. 이처럼 하면서 1958년 2월에 나는 1년 반 만에 일본으로 돌아왔다.

일본에서 나를 기다리고 있었던 것은 반년도 되지 않아 시작될 제1차 도쿄대학 안데스지대 학술조사단을 출발 궤도에 올리는 작업이다.

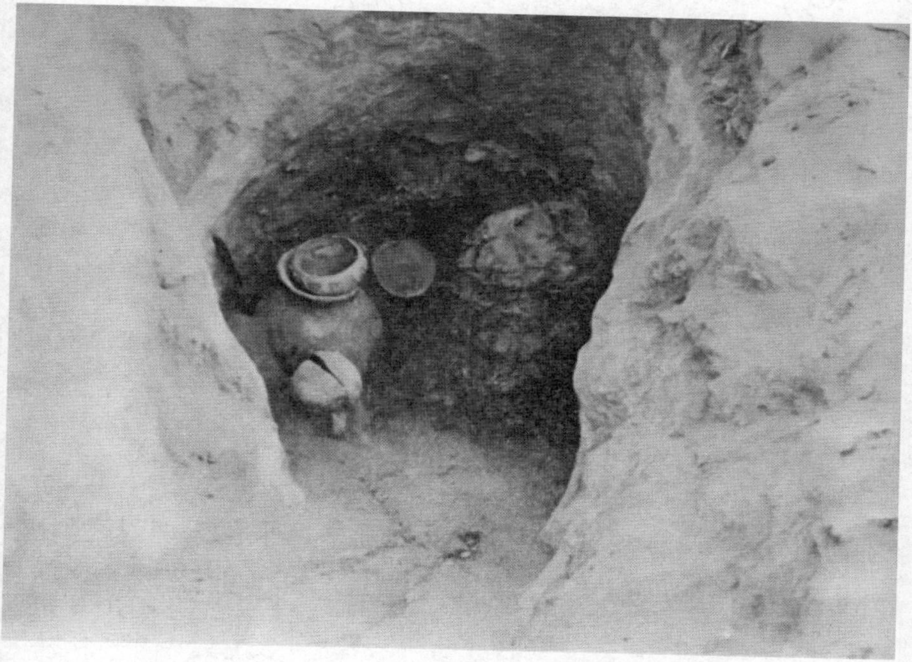

찬카이강 골짜기, 라 우아카의 분묘를 발굴하다.

1958년도 안데스 기행 여정도

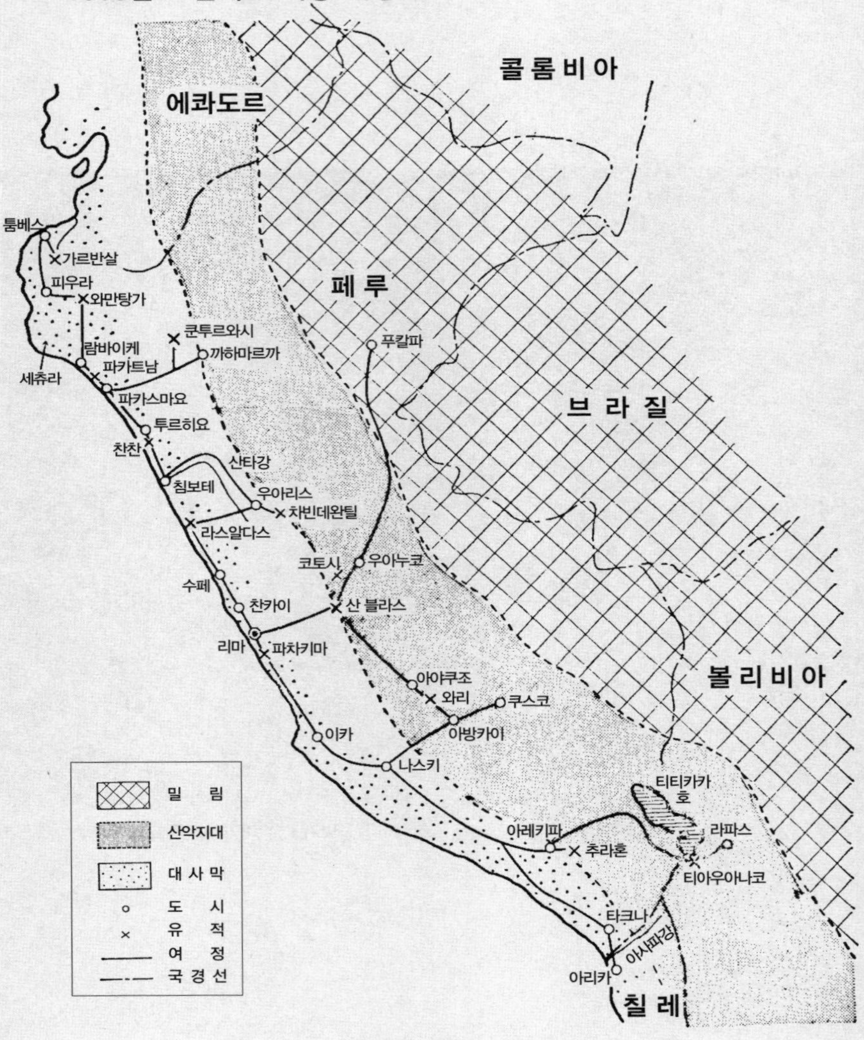

제1차 도쿄대학 안데스지대 학술조사단

다섯 대의 도요타 랜드크루저를 기부해달라고 우리는 작심하고 요청했다. 그리고 사용 후에는 페루와 볼리비아의 학술단체에 기부한다는 조건을 붙였던 것이다. 이러한 좀 염치없는 신청을 도요타 자동차판매주식회사가 승낙해주었을 때 도쿄대학 안데스지대 학술조사단은 실질적으로 활동을 시작했다고 보아도 과언이 아닐 것이다. 단원은 이시다 에이치로石田英一郎 교수를 단장으로 하고 그 외에 지리학 분야의 야자와 타이지,[13] 사토 히사시,[14] 고보리 이와오,[15] 인류학 분야의 데라다 카즈오[16] 씨들과 나를 더하여 모두 6명이었다. 그중에 사토 히사시, 데라다 카즈오 두 사람이 도요타 공장에 파견되어 수리 실습을 받았고, 거기에 나도 함께 자동차 운전훈련을 받았다. 한편 조치대학에서 스페인인 강사를 초청하여 스페인어 속성 강의도 받았던 것이다.

이렇게 준비가 진행되어 선발대의 이시다 교수와 나는 1958년

13 矢澤大二(1913~1994) : 지리학자. 도쿄제국대학 지리학과 졸업 후 도쿄도립대학 교수, 일본지리학회 회장을 역임했다.

14 佐藤久(1920~2020) : 지리학자, 지형학자. 도쿄제국대학 지리학과 졸업 후 동 대학교 교수를 역임했다. 공중사진을 이용한 지형 연구를 개척했고, 안데스산맥의 지형 연구에서 성과를 거두었다.

15 小堀巖(1924~2010) : 지리학자. 도쿄제국대학 지리학과 졸업 후 동 대학교 교수를 역임했으며, 사막 등 건조지대에 대한 연구 성과를 남겼다.

16 寺田和夫(1928~1987) : 인류학자. 도쿄제국대학 인류학과 졸업 후 동 대학교 교수 역임, 1958~1969년간 도쿄대학 안데스학술조사단의 일원으로 페루의 고고학 유적 발굴 조사에 종사했으며, 스승 이즈미의 잉카문화, 안데스문명 연구를 승계했다.

제1차 도쿄대학 안데스지대 학술조사단의 리마 출발
오른쪽부터 로사 훈 양, 이시다 에이치로 교수, 와파이아 씨

6월에 도쿄를 출발하여 멕시코 경유로 리마시로 향했다. 바로 그 때에 미카사노미야三笠宮[17] 친왕 부부가 황족으로서 처음으로 남아메리카를 방문하셨다. 말할 것도 없이 각지에서 대환영을 받았는데, 특히 페루에서는 큰 반향을 일으켰다. 페루사회는 라틴아메리카 중에서도 가장 보수적이어서, 그즈음 사교계는 극소수의 지주 귀족들 손에 장악되어 있었다. 그렇지만 다행했던 것은 철저한 반아시아 인종주의를 유지해왔던 오드리아 장군이 물러나고 프라도[18] 씨가 대통령에 취임한 직후였다. 프라도 씨는 가톨릭교의 교칙에 반하여 전부인과 이혼하고 연인이었던 여성과 막 재혼했을 때였다. 그러나 보수적인 페루 사교계는 이것을 인정하려고 하지 않았다. 그래서 미카사노미야 친왕 부부에 대한 공식적인 사교 행사에 페루의 사교계가 모두 함께 참가할지 여부는 미카사노미야 부부의 개인적 매력에 달려 있었던 것이다.

이시다 교수와 나는 미카사노미야 친왕께서 내방하신 뒤 최초의 초대 파티에 불려갔다. 그것은 플라사 드 아르마스에 있는 대통령 관저에서 열렸고 우리는 의장병의 총검대열의 아치 아래를 통과하여 입장했다. 이 연회에 페루의 사교계는 거의 전원이 참가했기 때문에 프라도 대통령의 새 부인이 공인받게 되었던 것이다. 미카사노미야 친왕의 미카사란 말이 스페인어로는 '나의 집' 또는 '나의 결혼'을 의미한다. 그래서 미카사노미야 친왕의 페루 방문은

17 쇼와 천왕의 사촌.

18 Manual Prado.

프라도 대통령의 '나의 결혼'의 성공을 측면에서 크게 지원한 것이 된다……라는 식은 그야말로 라틴아메리카적인 발상이긴 하지만, 일본과 페루 사이의 국교에 미카사노미야 친왕 부부가 수행한 공적은 큰 것이었다.

우리는 리마시의 활동기지로 미라플로레스 지구에 집 한 채를 빌렸다. 흰색의 석조주택이었기 때문에 '카사블랑카하얀 집'이라고 이름 붙였다. 처음부터 이 조사단은 해당 조사국가의 학계, 대학, 박물관과 공동으로 조사, 연구를 수행하는 것을 명분으로 했기 때문에 리마국립고고학·인류학박물관과 산마르코스대학의 멤버들과는 이 '카사블랑카'에서 몇 번이나 회합을 거듭하면서 계획을 가다듬었다.

이윽고 도쿄에서 선박으로 보낸 랜드크루저의 통관도 끝났기 때문에 우리는 리마시의 북부지역 조사로 출발하게 되었다. 이 조사 여행에는 박물관으로부터 부관장인 메히아 씨와 관원인 와파이아 씨가 참가하고, 산마르코스대학에서는 로사 훈 양이 동행하게 되었다.

출발하는 날 아침 5대의 새로운 랜드크루저가 '카사블랑카'의 앞에 나란히 서고 교포 2세인 소녀가 꽃다발을 이시다 단장에게 드렸다. 그리고 엔진 소리도 경쾌하게 우리는 리마시를 벗어났다. 안개가 내려서 음산한 펜 아메리카 하이웨이를 북쪽으로 달려간다. 도중에 우알라마을에 들러서 후쿠다농장에서 오렌지를 선물받고 다시 곧장 북으로 내달린다.

침보테Chimbote, 트루히요Trujillo, 피우라Piura 시에서 각각 1박하고 나흘째에 페루와 에콰도르 국경마을인 툼베스Tumbes시에 도착한다. 그 사이에 페루 사막지역의 무시무시함을 몸 속 깊이 느낀다. 거대한 말발굽형의 바르칸Barchan : 모래언덕, 모래는 없고 바위들뿐인 황야, 바람결에 흐르는 모래강의 숨결 등 몽골의 고비사막보다도 차갑게 건조된 지역이었다.

툼베스시가는 잉카제국의 정복자였던 돼지치기 목동 출신인 피사로가 스페인군을 이끌고 상륙했던 지점이다. 그 시가를 처음으로 방문한 메히아 부관장은 피사로가 왔을 때의 툼베스마을과 지금의 시가지가 같은 곳인지의 여부에 흥미를 가지고 있었다. 그는 만약 같은 곳이라면 교회와 오래된 건물 주춧돌에 잉카의 석축이 발견되기 마련이라고 호텔에는 들어가지도 않고 먼저 거리 여기저기로 뛰쳐나가는 것이었다. 그러나 지금의 툼베스 거리에는 잉카의 잔향은 발견할 수 없었다.

그다음 날 랜드크루저는 툼베스강 연변의 작은 길로 살도 디 티글레유적을 향하여 올라갔다. 그러나 작은 언덕을 넘는 길을 지나가려했을 때 그 주변에 토기 파편이 여기저기 굴러다니고 있는 것이 눈에 띄었다. 차를 세우고 주워 보니 잉카시대의 파편이 한 조각 확인되었을 뿐 다른 것은 어느 시기 어느 문화에 속한 파편인지를 어느 누구도 짐작하지 못했다. 우리는 흥분하여 근처 민가에 뛰어들어 마을 사람들에게 여러 가지 질문을 던졌다.

"여기는 뭐라고 부르는 곳입니까?"

"가르반살Garbanzal."

"이 근처에서 토기가 출토된 일이 있습니까?"

"가끔 나오지요. 비가 그친 다음에 저 언덕 부근에서 얼굴을 내민다오."

"얼굴을 내민다고요? 가지고 있다면 보여주세요."

여인이 가져온 약간 큼직한 토기 조각에는 선각으로 새긴 기묘한 얼굴문양이 그려져 있는데, 그 파편 자체는 어떤 형태 토기의 어느 부분인지 우리는 알 수 없었다. 어쩌면 굽다리접시의 받침대인지도 모르지만 그때까지 페루에서는 굽다리접시 형태의 토기는 알려지지 않았기 때문에 자신을 가질 수 없었다."

"이 외에 다른 것은 나오지 않았습니까?"

"아…… 그러네요. 저 건너집의 아낙네가 금 세공품을 한번 파낸 적이 있지요."

메히아 부관장은 언덕 위로 달려갔다. 거기에는 아니나 다를까 토기 파편이 아주 많이 굴러다니고 있다. 그의 뒤를 따라갔던 나에게 그는 이렇게 말했다.

"우선 여기에 도랑을 팝시다. 분명히 이 아래에 아직 알려지지 않은 문화가 잠들어 있어요. 조사해 보자고요!vamos a zapar : 자, 삽질해 봅시다!라는 스페인어"

우리는 가르반살의 언덕 위에서 서로 의논한 뒤 그다음 날부터 발굴에 착수하기로 확정했다. 그리고 예정했던 다음날로부터 가르반살의 발굴이 시작되었는데, 두 군데 도랑 속에서 굽다리접시

가르반살 토기의 발굴 상태

형 토기를 위시하여 지금까지 페루에서는 알려져 있지 않았던 형식의 토기가 속속 출토되고, 근처에서 발견된 무덤에는 청동검이 10개 가까이 부장되어 있었던 것이다.

가르반살 및 그 주변 유적에 대한 조사는 1960년에 와타나베 나오쓰네,[19] 데라다 가즈오寺田和夫 두 사람에 의해 계속되어 페루와 에콰도르를 잇는 새로운 타입의 문화라는 것이 증명되었다.

북부 페루의 여러 유적

툼베스시 주변의 여러 유적들을 비교적 정성들여 살피며 답사했는데 코라레스Corrales를 제외하면 건조물이 함께 있는 유적은 없고 분묘나 쓰레기장이 대부분이었다. 코라레스의 유적은 주거지와 신전의 기단부 같은 피라미드로 되어 있어서, 폰 하겐[20] 씨는 이 유적이야말로 피사로가 보았던 툼베스시라고 말하고 있지만, 부근에서 출토되는 토기의 대부분은 잉카보다 이전인 치무[21]식 토기

19 渡邊直經(1919~1999) : 인류학자로서 도쿄대학 교수, 일본인류학회 회장을 지냈으며, 선사유적의 불탄 흙에 잔류한 열의 자기방향에서 연대측정법(자기연대학)을 고안했다.

20 Victor Wolfgang von Hagen(1908~1985): 미국의 탐험가, 고고역사학자, 인류학자. 1950년대 초반 2년간 페루의 고대 잉카제국 도로를 탐험하고 *Highway of the Sun : about an expedition of discovery of the ancient roads of the Inca*(1955)를 썼다.

21 Chimu : 페루 북부에서 리마 일대에 걸쳐 850~1470년까지 잉카제국 이전에 번성했던 제국. 수도인 찬찬(Chan chan)은 현재의 트루히요 근교로서 콜럼버스가 신대륙을 발견하기 전까지 흙으로 만든 세계 최대의 도시로서 치무문명을 "흙벽돌의 문

여서 조금 더 조사를 해보지 않고 단정하는 것은 곤란하다.

우리는 툼베스 주변의 조사를 마치자 남하하기 시작했다. 그리고 일단 피우라마을에 자리잡아본다. 피우라는 피사로가 처음으로 페루에 건설한 마을이라고 알려져 있다. 같은 이름의 강이 고지대로부터 사막으로 흘러 들어와 넓고 긴 오아시스를 조성한 뒤 마을 부근에서 바다로 쏟아지고 있다. 피우라강 유역에는 많은 유적이 있지만 조직적이고 집중적인 조사가 아직 이루어지지 않고 있다. 그러나 툼베스강 유역과 비교하면, 오히려 중앙안데스적 특징을 그대로 갖고 있어 특별한 문화권을 이루고 있다고 할 수는 없을 것 같다.

나는 어느 날 피우라와 치클라요[22]의 사이에 펼쳐 있는 세추라Sechura사막으로 들어갔다. 이 사막의 돌출된 끝부분 곶에 돌 접시와 어망 및 인간의 골격 등이 발견된 유적이 있다고 들었을 뿐 아니라, 그 외에도 해안에 건조물의 잔해가 보인다고 들었기 때문이다. 이 사막은 북부에서는 가장 사막다운 사막의 하나로서, 길이 100킬로미터 이상에 걸쳐 모래언덕과 암석 사막지대가 연속되고 있다. 길다운 길은 없지만 모래가 그다지 두껍게 쌓여있지 않아서 전륜구동차라면 어떤 식으로든 통과 못할 것은 아니다. 나는 그즈음 이미 폐허가 되어있던 세추라항을 향해서 사막을 횡단하기로

명"이라 부른다.

22 Chiclayo : 잉카 이전 시대에 번영했던 시칸문명(Sican cuiture : AD 750~1375 페루 북부 해안지역에 전개되었던 문명, 람바예케문명이라고도 함)의 발상지 람바예케주의 주도이다.

했다. 거기에는 전혀 목표물로 삼을 만한 것이 없어서 항해할 때처럼 나침반에 의해 방위를 유지하지 않으면 안 된다. 하얗게 불타버린 모래언덕이 연속되지만 바람에 흩날려 쌓인 모래더미를 피하면 운전은 그렇게 힘든 일은 아니다. 마침내 모래언덕 지대를 벗어나자 태평양이 푸르게 펼쳐지고 검붉게 탄 암석의 대지가 해안을 따라 이어지고 있다. 세추라항의 부두도 곧 발견하였다. 예전에 세추라 사막에서 채취한 암염을 실어냈던 항구였지만 건조가 매우 심하였기 때문에 끝내는 내버려지고 말았다고 한다.

그 부두를 잘 내려볼 수 있는 언덕 위에 두 개의 십자가가 서있다. 아마도 항구로 사용되고 있었을 때 이 땅에서 세상을 떠난 사람들의 묘지일 것이다. 말할 것도 없이 주변에는 사람 모습이라고는 하나도 없을 뿐 아니라 동물다운 것조차도 만날 수 없다. 완전한 죽음의 세계이다. 나는 차에서 내려서 이 십자가 언덕에 올라갔다. 그리고 언덕의 가장자리에 도착했을 때 아! 하고 놀라 버렸다. 이 언덕 일대가 광대한 유적인 것이다. 근처의 조사를 마치고 곶쪽의 유적으로 가보려 했지만, 랜드크루저로는 무리라는 것을 깨달았다. 도보로 가면 검붉게 탄 바위산과 흰 모래언덕을 몇 군데나 넘어가기에 적어도 왕복 5시간은 걸릴 것같이 생각되었기 때문에 끝내는 포기하였다. 이번 여행에서의 단 한번의 '포기'이다.

그렇게 결정하게 되면 가능한 한 빨리 돌아가는 쪽이 좋다. 날이 저물면 사막 속에서 자동차로 가는 일은 위험하기 때문이다. 어떤 식으로든 날이 밝은 동안에 하이웨이까지 나가지 않으면 안 된다.

오고 간 자동차 바퀴 흔적을 따라서 가면 문제 없을 것이라 생각하고 운전은 운전수에게 맡기고 나는 깜박 잠들고 말았다.

"일어나세요."

라는 운전수 소리에 놀라서 눈을 뜨자 자동차가 사막 한가운데 멈춰 있다.

"길을 알 수가 없습니다. 왔을 때의 타이어 자국은 이 언덕에서 끊어져 버렸습니다. 바람이 지운 것 같아요."

"그래. 곤란하군. 그러면…… 자동차 그림자를 정확하게 쫓아서 달려보게. 모래언덕이 있으면 피해가도 좋지만 곧바로 그림자를 다시 쫓는 거야. 펜아메리카 하이웨이는 사막의 동쪽 편을 달리고 있을 것이 틀림없어."

새빨간 석양이 사막으로 쏟아져 내려 랜드크루저의 그림자가 짙은 검정색으로 모래밭에 투사되고 있다.

우리는 그 그림자를 정확하게 쫓아서 달린다. 나침반보다도 그 방식이 재빠르고 쉬웠다. 그리고 해가 지기 조금 전에 포장도로로 나섰다.

피우라 시가를 뒤로 한 일행은 치클라요시 남쪽의 와만 탕가Huaman Tanga유적에 도착했다. 이 유적은 항공 사진으로 발견한 곳으로서 올모스Olmos 시가지로부터 약간 남쪽으로 내려간 곳에 있었다. 와만이란 케추아어로 매, 탕가란 왕관이란 의미로서, '왕관을 쓴 매'라는 것이 되며, 그것은 '신성한 매'를 표시한다고 한다. 석축으로 둘러싸인 마을 옛터이다.

(상) 세추라사막 안의 폐허가 된 항구
(하) 와만 탕가에서의 야영. 오른쪽에서부터 데라다 카즈오 씨, 나가하마 운전수, 저자

우리는 와만 탕가유적 안에서 야영했다. 키가 큰 선인장으로 모닥불을 피워가면서 남십자성을 올려다본 일이 생각난다. 이곳에 대한 소규모 발굴을 통하여 와만 탕가유적이 모치카[23]시기BC 300~AD 1000년의 것이라는 점이 확인되었다. 신전으로 생각되는 건물의 바닥 부근에서 큰 거북과 앙증맞은 토우들이 출토되었기 때문에 이들 유물로부터 연대를 추측할 수 있었던 것이다.

와만 탕가의 조사를 끝내고 남하를 계속하여 람바예케지역[24]에 닿는다. 주변은 사막과 오아시스가 뒤섞이고, 오아시스 주위에는 거대한 신전터가 곳곳에 남아있다. 신전터는 햇빛에 말린 흙벽돌adobe로 만들어져 3, 4단의 피라미드 모습 그대로였고, 높이는 20~30미터에 달하는데 흔히 태양과 달을 암시하듯 그것들은 대소 한 쌍을 이루고 있는 경우가 많았다. 경우에 따라서는 피라미드의 중앙부에 깊은 구멍이 파여 있는 것도 있다. 그러한 신전터 부근에는 주거지 또는 도시의 유적이 흩어져 있어 신전이 제사 중심지였다는 것을 말해주고 있다. 시대는 앞에 말한 모치카 시기의 것과, 그것보다는 후기인 치무 시기1100~1400년의 것이 대부분을 차

---

23 Mochica : 안데스문명의 고전기 문화중 하나로서 페루 북쪽 해안의 모체, 치카마강 계곡에서 발달했으며, 모체(Moche)문명이라고도 한다. 흙벽돌 피라미드인 태양의 신전(Huaca del Sol)은 컬럼버스 이전의 최대 건축물이었으나 스페인 정복으로 많이 파괴되었으며, 근처의 달의 신전(Huaca de la Luna)이 보존 상태가 상대적으로 양호하다.

24 Lambayeque : 잉카제국에 정복되기 전 모체(Moche)문명과 그 후의 치무(Chimu)문명이 발전했던 지역. 후기의 치무문명은 위대한 농부들, 직조 기술자들 그리고 황금 세공에 특기를 가진 훌륭한 황금 공예가들을 배출했다.

지하고 있다. 그러나 나중에 말하게 되겠지만 극히 소수의 예외를 제외하면 북부 해안 특히 람바예케 주변의 도시 유적에 대한 실증적 연구는 거의 이루어지지 않고 있다. 우리는 이 광대한 폐허 무리 속에서 그야말로 꼼짝없이 선채로 얼어붙은 꼴이 되고 말았다.

일행은 람바예케에서 헤케테페케Jequetepeque강 계곡을 거꾸로 올라 카하마르카Cajamarca시로 향한다. 이 강 계곡의 땅은 기름져서 곳곳에 벼가 재배되고 있다. 도중에 옆길로 들어서 산 파블로San Pablo마을의 쿤투루 와시[25]유적을 방문한다. 이 유적은 지금까지 방문했던 곳 중에서는 가장 오래된 곳으로서 차빈 시기BC 1000~BC 500년[26]에 속하며 돌로 된 기단과 새겨진 문양들이 확인되었다. 리마국립고고학·인류학박물관에서 조사 및 발굴을 한 적이 있었고, 중앙안데스지대의 '문명의 기원' 문제를 추적하기 위해서는 간과해 버릴 수 없는 유적 중 하나라는 것이 확인되고 있다.

카하마르카시는 잉카 최후의 황제인 아타우알파[27]가 앞에서 말한 스페인인 피사로의 기만 작전에 기습당하고는 마지막으로 교수형에 처해졌던 시가지이다. 안데스 고지의 아름다운 분지에 위

---

25 케추아어로 쿤트루(Kuntur)는 콘돌, 와시(Wasi)는 집, 즉 콘돌의 집이란 뜻이다..

26 Chavin culture : BC 1200~BC 200년 페루 안데스산맥 고원에서 발전한 남미대륙의 고대 문명. Chavin de Huantar지역 유적은 안데스지역의 가장 오래된 문명으로서 석조 대신전은 종교제의의 중심지이며, 돌 구조물로 둘러쌓인 광장과 테라스, 그리고 다양한 동물 형상의 장식품들이 유명하다.

27 Atahualpa(1497~1533) : 잉카제국의 마지막 황제. 부친인 11대 황제의 갑작스런 병사 후 형제간의 승계 전쟁을 거쳐 13대 황제가 되었으나, 피사로의 소수 스페인군대의 기습에 패전, 포로가 된다.

치하며 근처에서 뜨거운 온천이 풍부하게 솟아나오고 있다. 이 지방에는 "카하마르카의 물을 마신 자는 반드시 다시 돌아온다"는 속설이 있듯이 진정 아름다운 곳이다. 저 뛰어난 페루 가수 이마 수멕[28]의 출생지이기도 하다. 우리는 카하마르카시 주변의 여러 곳에서 유적을 찾으며 답사했다. 연대라는 측면에서 판단하면 차빈 시기로부터 잉카 시기에 이르는 거의 2,500년간의 유적이 가득 남아있지만, 문화적으로는 대부분 중앙 문화의 아류에 지나지 않는다. 그러나 잉카 시기의 직전에 이 지방에서 두드러진 특징이 있는 토기가 만들어진다. 낮은 삼발이 위에 접시가 놓여있고 그 위에 세밀화가 그려져 있는 소위 카하마르카 스타일의 토기이다. 이 분지에서 문화가 전개된 것을 상세히 좇아보는 것도 흥미 있을 것이라고 생각했다.

카하마르카에 작별을 고하고 나는 도중에 참가한 오바야시 타료[29] 씨와 헤케테페케계곡을 올 때와 같은 길로 내려갔다. 도중의 산타 클라라Santa Clara에서 우연히 암각화를 보게 되어 사진을 찍기도 하고 탁본을 떴다. 그 뒤 이 계곡의 강 입구에 있는 파카트나무Pacatnamu의 폐허에 도착했던 것이다.

파카트나무유적은 파카스마요Pacasmayo마을의 교외에 있는데, 모

28 Yma Sumac(1922~2008) : 잉카제국 왕족의 후예로 알려진 페루 출신 여성 가수. 5옥타브 반의 넓은 음역으로 세계 최고의 음역을 지닌 가수로 기네스북에 기록되어 있다.

29 大林太良(1929~2001) : 민족학 학자. 도쿄대학 경제학부를 졸업하고 프랑크푸르트, 빈, 하버드 대학들에서 민족학을 공부한 후 도쿄대학 교수, 일본민족학회 회장을 역임했다.

치카 시기로부터 치무 시기의 마지막까지 번영했던 도시 유적이라고 알려져 있다. 그러나 폐허의 중앙에는 신전이 있고, 그 신전의 어도비 벽돌을 쌓은 모양은 나에게는 아주 확실히 치무 시기 보다 한 단계 오래된 것으로 보였다. 그것은 그렇다 하고, 이 유적에는 독일의 뒈링[30] 박사가 오랜 세월 매달려 있었고, 파카트나무의 발굴을 통하여 뒤셀도르프 박사와 같은 젊은 독일인 페루학자들도 양성되어 왔던 것이다.

중부 페루 산악지대의 여러 유적들

북부 페루의 조사를 끝내고 우리는 침보테항으로 되돌아 왔다. 거기서 기차로 페루의 스위스라고 불리는 카예혼 데 와일라스Callejon de Huaylas강 계곡으로 들어갈 예정을 세우고 있었기 때문이다. 침보테항에서 산타강 계곡을 올라가면 와야가Huallga 광산으로는 철도만이 달리게 된다. 자동차 도로가 없기 때문에 자동차를 기차에 싣고서 우리는 강 계곡을 올라간다. 널따란 산타강 계곡에는 다양한 시대에 속하는 수많은 유적군들이 차창을 통해서도 충분히 확인되고 있다. 북부지역보다 강의 골짜기가 큰 까닭이어서일까 광대한 농경지가 딸린 폐허들이 모래에 파묻혀 있다. 기차가 멈춰서

30 Heinrich Ubbelohde-Doering(1889~1972) : 독일의 고아메리카학 연구자, 박물관장.

면 역마다에는 인디오 아낙네들이 시장을 펼친다. 팔고 있는 물건은 음식물이 주된 것인데, 모두들 아주 즐거워 보인다. 우리도 소염통꼬치구이anticucho와 찐 옥수수를 사서 먹었다.

기차가 종착역인 와양카Huallanca에 도착하자, 여기서부터는 카예혼 데 와일라스계곡을 따라서 자동차도로가 북으로 달리게 된다. 표고 3.000미터에 가까운 이 지역으로부터 흰 코르디예라Cordillera Blanca산맥의 빙하가 덮여 있는 산들을 바라볼 수 있다. 카라스Caraz거리를 지나서 와라스Huaraz시에 도착한다. 거기에서 양가누코Llanganuco호수[31]로 향한다. 도중에 원형 기단을 가진 와일라스식 신전터를 몇 군데 조사하고 호반에 도착한다. 차가운 빙하가 녹은 물을 가득 담은 이 호수는 짙푸르게 투명하여 하얀 산들을 반사하고 있다.

와라스시에 돌아오자 이 부근의 최고봉인 와스카란Huascaran이 그 엄청난 얼음 모자를 석양의 하늘에 높다랗게 걸치고 있었다. 와스카란은 무서운 산이다. 해마다 부풀어 오르는 얼음 모자가 갑자기 무너져 내려 암석과 눈사태를 동반하고 카예혼 데 와일라스강 골짜기로 떨어져 내려 여기저기 마을들을 삼켜버린다. 그때 밀려 내려온 바위들 중에는 직경 5미터를 넘는 것도 적지 않다.

카예혼 데 와일라스의 조사를 끝내고 데라다 씨와 로사 훈 양과 함께 나는 태평양 연안 쪽의 검은 코르디예라Cordillera Negro산맥에

31 페루 중부의 와스카란국립공원 안의 치나코차호수와 오르콘코차호수 두 개를 한꺼번에 총칭한다.

코르디예라 네그라의 밀 수확

올라갔다. 와라스 부근에는 검은 코르디예라산맥의 높이가 해발 5,000미터를 넘지 않기 때문에 빙하가 덮인 산은 없고 주변 지역이 보리밭이다. 하늘은 심연처럼 짙푸르고 보리밭은 노란빛을 띄고 있었다. 마을 사람들은 공동작업으로 보리를 베고 있다. 케추아어로 부르는 노래들이 바싹 마른 공기 속으로 흘러들어 온다.

옥수수 꽃이여 옥수수 꽃이 피었다네
보릿대 꽃이여 보릿대 꽃이 피었다네
그 안에서 나와 그대는 서로 사랑을 노래하자
그 속에서 나와 그대는 서로 사랑을 노래하자

고개 위에 서서 보리밭의 저쪽 서쪽 편을 돌아보니, 와스카란을 최고봉으로 한 흰 코르디예라의 빙하 덮인 산들이 병풍처럼 막아서고 있다. 오랫동안 잊혀져 있던 산에 대한 안달이 나기라도 한듯 동경이 구름처럼 피어오른다. 산은 전쟁에 침식당한 나의 청춘 그 자체였다. 그 산에 대한 동경이야말로 청춘 그 자체로 회귀하고픈 욕구를 나타내는 것일지도 모른다. 안데스에 매혹되고 안데스의 선사고고학에 몰두하는 것은 학문상으로는 이제까지 걸어왔던 모든 것을 부정하고 완전히 미지의 세계 속으로 자신을 내던지게 되는 것이다. 그런 의미에서 안데스에 대한 나의 집념은 나의 학문상의 생애에서 보면 곁길로 빠지게 되는 것일지도 모르지만 그렇다 해도 상관없다. 청춘이란 것은 실수투성이인 것이니까.

검은 코르디예라산맥의 눈이 부시는 듯한 동쪽 경사면을 우리가 탄 랜드크루저는 천천히 천천히 내려간다. 카스마Casma강 계곡으로 내려가는 길은 그즈음은 아주 위험했다. 하루 종일이 걸려서 해안의 카스마시에 도착하자 내친걸음으로 시내로부터 30킬로미터 정도 남쪽인 라스 알다스유적[32]에 도착했다. 여기는 오는 길에 미리 보아둔 곳으로서 그즈음 해안지역에서 알려져 있던 것으로는 가장 오래된 유적 중의 하나이다. 해안에 면한 광대한 사막에 파묻힌 석조 건조물과 수많은 폐기물적치장Basura은 적어도 차빈기보다 후기의 것이라고는 생각되지 않았다. 우리보다 먼저 이 유적을 조사했던 스위스의 엥겔[33]과 미국의 렌닝[34] 두 사람은 여기에 차빈기보다 이전 시대의 층이 있다고 보고했던 것이다.

우리는 이 유적지 안에서 3일간 머물며 세 자루 시굴 파이프를 박아서 조사를 수행했다. 이 광대한 유적의 성격에 대하여 종합적인 인식에 도달하는 것은 곤란하다고 해도, 적어도 우리가 그때부터 추적하려고 하던 안데스지대의 '문명의 기원'이라는 명제와 이 유적과의 관련성을 알고 싶었던 것이다. 사흘간이긴 했지만 우리

---

32 Las Aldas : 페루 중부 해안 모래언덕의 저층 부분에 조성되어 있는 유적지. 이전부터 알려져 있었으나 1958년에 도쿄대학 조사단이 전반적 조사를 하였다.

33 Frederic-Andre Engel(1908~2002) : 스위스(프랑스계 스위스인이다)의 고고학자. 라스 알다스유적에 대한 연구로 저서 *A Preceramic Settlement on the Central Coast of Peru*가 있다.

34 Edward Putnam Lanning(1930~1985) : 캘리포니아대학 버클리에서 고고학과 인류학을 공부하고, 잉카 이전 시기의 페루, 에콰도르, 칠레 문화에 대하여 *Peru before the Incas*를 썼다.

는 이 발굴을 통하여 해안지대에는 차빈 시기와 선 차빈 시기의 경계를 지층 단위로 분명히 하는 것이 매우 어렵다는 것을 체험적으로 알게 되었다. 그것은 무엇을 의미하는 것일까? 즉 엄밀하게 말하자면 해안에서는 차빈 시기에 앞서 그를 준비한 전 차빈 시기가 없었다는 것일까, 아니면 양 시기 사이에서의 문화 전개가 단계적이지 않았던 것인가……. 둘 중 하나이지 않으면 안될 터이다. 이 체험은 우리가 그 뒤의 계획을 세우는 데 있어서 중요한 역할을 했다. 안데스문명의 기원을 분명히 밝히기 위해서는 아무래도 차빈 시기 문화의 형성과정을 분명히 밝히지 않으면 안 되었다. 그러한 목적을 수행하기 위해서는 해안의 유적이 그다지 적당하지는 않은 것이다. 아무래도 안데스산맥의 고지이든가 그 서쪽, 즉 아마존 경사면에서 적당한 유적을 발견하지 않으면 안 된다는 결론이 이 발굴로부터 도출되었다. 그러나 기묘하게도 그 뒤 10년에 걸쳐 아마존 경사면을 발굴한 뒤 우리는 다시 한번 라스 알다스의 중요성을 깨닫게 되었고, 올해1969년 이 유적에 대한 재발굴을 수행하고 있다.

남부 페루의 여러 유적

리마시에서 북쪽의 조사를 끝내고 '카사블랑카'로 돌아온 일행은 며칠간 휴식을 취한 후 이번에는 남쪽으로 향했다. 그리고 나스카시 남쪽의 차비냐Chaviña[35]시로부터 조사를 시작하여 아레키파에 이르렀다. 이 거리는 앞에서 말한 것처럼 별명이 'Ciudad Blanca하얀 거리'로 불렸고, 미스티라는 화산 기슭에 위치하고 있다. 인근의 유적은 시대상으로는 모두 오래지 않아서, 그 대부분이 잉카 직전의 것임에도 불구하고 볼만한 도시나 신전 같은 건물은 없고 문화의 발전상도 북쪽과 비교해 보면 지체된 것처럼 생각된다. 나는 이 거리에서 수수께끼의 나라 추라혼Churajon[36]의 이야기를 듣고 매우 호기심이 동했다.

조사단 멤버 대부분은 아레키파에서 볼리비아로 들어가서, 볼리비아 정부가 주관하는 티아우아나코Tiahuanaco유적[37] 발굴에 협력하도록 되어 있었다. 그러나 그래서는 페루 남부고원과 중앙고원의 조사가 불가능해지기 때문에 나만은 이 나라 학자들과 함께 페루에 머물기로 미리 되어 있었다. 나와 동행해 주었던 사람은 박물관의 에스뻬호 박사와, 그 전 해에 찬카이강 골짜기에서 함께 발굴 작업을 했던 산마르코대학의 루이스 룬브레라현재 산마르코스박물관장 군이었다. 세 사람은 상의하여 우선 수수께끼의 폐허 추라혼을 조

35 페루 루카나스(Lucanas)주의 주도로서 차빈문화의 중심지였으며 주민은 주로 케츄아 후손인 토착민들이다.

36 페루 아레키파 지방에 소재한 고고유적지로서 1931년 말라가 신부에 의해 발견되었다. 잉카제국의 전신이었던 추라혼 문화는 AD 1000년경에 전성기를 맞았으며 석조의 주거지와 계단식 밭이 특징적이다.

37 볼리비아 티티카카 호수 근처에 있었던 고대 도시로서 BC 1580년에서 AD 1200년까지 존속했으며, 전성기(AD 500~800)에는 거대한 잉카제국의 수도였고 종교적 순례지였다.

사하기로 하였다. 그러기 위해서 아레키파대학 고고학교실의 협력을 요청하게 되었고 마리아 박사와 상의한 결과, 대학 멤버라 해도 이 유적에 가본 적 있는 사람은 없으나 단 한 사람 아레키파 시내에서 추라혼을 알고 있는 사람은 말라가[38] 신부뿐임을 알게 되었다. 우리는 곧 신부를 방문하여 유적지로 가는 길을 묻자 말라가 신부는 흔쾌하게 경로를 가르쳐 준다.

"신부님은 며칠 걸려서 추라혼에 도착할 수 있었습니까?"

"말을 타면 3일 걸리지만 지프를 타면 이틀로 충분하지요. 그러나 유적 부근에서 말을 구하는데 3, 4일 걸릴지도 몰라요. 게다가 말도둑에 조심해야 하오. 그들은 방목되고 있는 말을 쏘아 죽여 그 고기를 시장에 팔아 치우고 있지요. 이쪽이 약해 보이기라도 하면 살인강도가 될 수 있고요."

우리는 인사를 하고 신부와 헤어졌다. 대학에 돌아와 동행해 준 아마토페루문화청 고고학 주임 군과도 상의하여 추라혼에 갈 계획을 세웠다. 랜드크루저를 가볍게 채비하여 행동의 자유를 확보하고 우리 일행은 아레키파대학의 학생 한 사람을 합류시켜 운전수를 합하여 6인으로 덩치를 키우는 한편 무기는 지니지 않기로 했다. 우리는 판초와 침낭 외에는 차에 음식만 실었다. 차가 시내를 벗어나자 차의 주행에 따라 아레키파시의 수호산인 미스티의 위치가 달라

---

38 Leonidas Bernedo Malaga(1891~1977) : 페루 아레키파에서 출생하여 산제로니모신학교에서 공부하였고 볼리비아 라파스의 코차밤바신학교의 교수, 총장을 역임했다. 추라혼의 폐허를 처음으로 발견하였으며, 그 연구 성과로 *Prehistory of the Province of Arequipa*가 있다.

추라혼유적에서(왼쪽에서 세 번째가 저자)

지는 것을 보고 가는 방향을 잘 알 수 있다. 말라가 신부가 말한 몇몇 마을을 지나서도 한 줄기 좁은 길은 유적의 중심부를 향하여 아직도 올라가고 있다. 언제 길이 끊어질까 걱정하면서 나아가는데 길은 끝없이 이어지고 있는 것이다. 그리고 오후 3시경 막다른 곳에서 마을에 도착한다.

말라가 신부로부터 소개받은 남자를 찾아갔는데 공교롭게도 부재중이다. 그 아들에게 말 7마리를 모아 주도록 부탁하자 먼 곳에 방목하고 있어서 1주일은 걸린다고 한다. 그보다는 차가 들어가는 곳까지 가서 거기에서 걸어가는 편이 빠를 것이라는 말을 믿고 우리는 그 아들에게 안내를 부탁했다. 그는 흔쾌히 수락하고 판초 하나만 한쪽 팔에 걸친 채 우리 랜드크루저에 올라탔다. 마른 풀들이 가득 자란 골짜기를 한 가닥 길 흔적을 따라 올라가다 보니 어느새 추라혼유적 입구에 와 있었다. 차에서 내려 폐허의 중심을 향해 가는 중에 이 유적의 특징을 알게 되었다. 주거지나 중심 구역의 작은 건물들은 언덕 위에 있고, 탑 모양의 무덤Chulpa이 산등성이 고개 언저리에 늘어서 있는데, 언덕 비탈은 대부분 큰 돌을 나란히 세워 만든 계단밭으로 되어있다. 이러한 마을과 탑 모양의 무덤 그리고 계단밭이 한 세트가 되어 추라혼을 중심으로 주위 10킬로미터에 걸쳐 길게 펼쳐져 있다. 무덤에서 출토되는 토기로 보아도 연대는 잉카 직전부터 잉카시대라는 점이 거의 확실하다. 현재의 마을pueblo은 유적에서 흘러내리는 강에 면한 낮은 언덕 위에 있다. 우리는 그날밤은 모닥불을 피우고 그 주위에서 판초로 몸을

칠레 아사파강 계곡, 세로 추뇨의 암각화

감싼 채 들판에서 잠자고, 다음날 하루를 이 유적과 주위의 유적을 조사한 뒤 근처 마을 선술집의 흙침대 위에서 잤다. 이와 같은 마을 형태는 우르밤바Urubamba : sacred강 상류의 마추픽추Machu Picchu를 위시한 잉카의 성곽도시들과 완전히 같다는 점을 나중에 알게 되었다.

추라혼지방에서 아레키파로 돌아와서 다시 더 남쪽으로 내려가 북칠레의 아리카Arica마을에 이른다. 여기서는 아사파Azapa강 계곡을 올라가서 세로 추뇨Cerro Tuno산의 멋진 암각화를 본다. 농경사회의 작품이라고는 생각할 수 없는 모티브가 많다. 아리카에서 반대쪽으로 나스카로 돌아갔고 그곳에서 다시 산지로 향한다.

푸쿄Puquio에서 아방카이Abancay로 나오자 쿠스코Cusco가 눈앞이지만 거기를 건너 뛰고 산지를 북상한다. 안다와일라스Andahuaylas에서 잉카의 오랜 원수인 찬카Chanca족[39]의 유적을 보고, 아야쿠쵸Ayacucho 부근 와리Wari[40]의 버려진 도읍를 찾은 뒤 우앙카요Huancayo시로 간다. 여기서 만타로Mantaro문화[41]에 심히 매료되었다. 우앙카요로부터 큰 광산도시 오로야Oroya를 지나서 세로 데 파스코Cero de Pasco[42]로 나오자, 이 높은 고갯길에는 눈이 내리고 있었다. 우리는 그곳에서

---

39 페루의 아야쿠쵸지역에 사는 케츄아 소수민족 그룹이며, 그 일족인 Hanan Chanca는 용맹한 전사로서 잉카제국과 많은 전투를 한 바 있다.

40 와리제국은 페루의 고산지역에 AD 600년에 생겨나 500년 정도 지속된 정치체였다.

41 만타로계곡에 거주하는 완카(Huanca)족은 강한 전사들을 보유하여 자치국가를 유지하였으나, 잉카제국 파차쿠텍 황제 때에 결국은 복종하게 되었다. 그러나 그에 대한 복수로서 스페인 침략 시에 그에 협력하기도 했다.

42 페루 중부에 위치한 도시로서 파스코주의 주도이며, 표고 4,330미터에 있다.

아마존의 사면으로 내려가기 시작했다. 갑자기 기후가 따뜻해지고 공기가 흠씬 축축하게 느껴졌다. 아방카이를 나오고부터 2주 남짓 공기가 아주 희박한 속에서 생활해 왔기 때문이리라.

그리고 시월 어느 날 우아누코Huanuco 시내로 들어갔다. 일몰까지는 아직 시간이 있었기 때문에 우리는 호텔을 바로 찾지 않고 시내의 레온시오 프라도Leoncio Prado 군사학교를 방문한다. 그곳 박물관에서 학생들이 수집한 토기 파편을 보여주는데 분명히 차빈 스타일의 토기 파편이다. 출토지를 묻자 '코토시Kotosh'[43]라고 한다. 직원에게 안내를 부탁하고 곧바로 '코토시'로 출발한다. 시내에서 4킬로미터 정도 떨어진 이구에라스Higueras강 오른쪽 기슭에 있는 작은 인공언덕이다. 우리는 강을 건너 유적에 가까이 갔다. 거기에는 선인장과 사이잘sisal[44]이 무성해 있어 유적 안을 둘러 보기가 쉽지 않다. 그러나 토기나 석기 파편이 곳곳에 두루 흩어져 있어서 한쪽 끝에서 손닿는 대로 수집할 수 있었다.

우아누코시내에는 열 가족 정도의 일본인이 살고 있었다. 나는 중앙광장Plaza de Armas : Weapons Square[45]의 호텔 나쇼날을 방문하여 주

---

43 인디오 말로 '돌의 언덕'을 의미하는, 안데스산맥 동쪽의 우아누코시 근처에 있는 유적으로 BC 2000~AD 200년에 걸쳐 번영했던 6개 연속된 문화의 전개양상이 밝혀졌다. 특히 가장 오래된 층으로 보이는 '교차된 손'의 부조(浮彫)를 가진 신전은 민무늬토기 시대의 건물로 주목되고, 그 외에도 안데스지역의 농경 문명의 발달 과정과 관련된 자료가 다수 발견되었다.

44 용설란과의 다년생식물로서 잎에서 섬유를 뽑아 로프나 러그직물 등을 짜는데 사용하며, 중앙아메리카가 원산지이다. 멕시코의 사이잘항에서 수출되어 그 이름을 땄다.

45 라틴아메리카 도시들의 메인 광장으로서 Plaza Mayer라고도 한다.

인 시마즈 씨에게 조사단의 목적을 이야기했더니, 그날 밤 우아누코의 일본인 여러분들이 호텔에 모여서 '스키야키'를 대접해 주었다. 그 자리에서 "어쩌면 우아누코에 다시 올지도 모르겠습니다. 그때도 잘 부탁드립니다"고 불쑥 말해 버렸는데, 그것이 현실로 되어 그 후 10년 가깝게 우아누코시에 폐를 끼치게 되었다.

우아누코시에서 마라뇬Rio Marañon강 깊숙이에 있는 우니온La Union마을 부근의 우아누코 비에호Huanuco Viejo[46]의 잉카유적을 들른 뒤, 다시 와야가Rio Huallaga강의 본류를 내려가 팅고 마리아Tingo Maria[47]와 푸칼파Pucallpa[48] 밀림지대로 들어갔다가 세로 데 파스코로 돌아 나왔다. 우리는 예정된 조사를 거의 끝낸 상태였지만 후닌 고원Junin Plateaur[49]의 산 블라스San Blas[50]라는 유적만은 아직 남아 있었

46 Huanuco Pampa 또는 Huanuco Marca로 불리며, 페루 우아누코지역에 있는 유적으로서 북중부 안데스의 비스카라강 상류의 고원지대에 있다. 고지대 잉카 하이웨이 연변에 건설된 여러 행정 중심지들 중 하나로서 방어가 용이한 고원 위에 건설되었으며, 중요한 상업 유통 루트에 접해 있다.

47 페루 중부의 도시로서 레온시오 프라도주의 주도이다. '아마조니아(아마존 열대우림)의 문' 으로 불리며 1936년까지는 고립되어 있었으나 현재는 커피 생산과 열대기후로 유명하다. 근처에 있는 팅고 마리아 국립공원은 아마존의 열대우림과 올빼미동굴(Cueva de las Lechuzas)로 알려져 있다.

48 페루 동부의 도시로서 덥고 습한 아마존 우림지역 안의 우카얄리강에 면해있다. 식민지시대 초기(1534년)부터 형성된 마을이지만, 리마-푸칼파 고속도로가 완공된 1945년까지는 고립된 상태였다.

49 후닌지역은 서쪽이 눈과 얼음으로 덮힌 산맥이고 동쪽은 높은 빙하계곡을 둘러싼 높은 고원(Altiplano)인데, 오로야시와 세로데파스코시 사이이다.

50 산 블라스의 역사는 잉카시대까지 소급하는데, 당시 T'oqokachi(케추아어로 소금동굴을 의미)로 불렸으나 스페인 정복 후 San Blas로 바뀌었다. 정복자들에 의해 잉카 신전들이 파괴되고 오늘날 볼 수 있는 건물들이 건설되었는데 위대한 안데스적 영향을 간직하고 있는 식민지 건축양식으로 유명하다.

다. 세로 데 파스코로부터 후닌 호수를 지나서 동쪽을 가로막고 서 있는 한 단 높은 평원에 오르자 표고 4,000미터를 훨씬 넘는 높이이다. 그곳에는 산 블라스로 불리는 암염광산이 있다. 우리는 거기서 흰 바탕에 오렌지 색 문양이 있는 수많은 토기 파편과 아주 드물게 흑색으로 문양이 새겨진 토기 파편을 수집했다. 이 흑색으로 문양이 새겨진 토기는 '코토시'의 어느 한 시대와 관계있는 것처럼 생각되었다.

산 블라스에서 와양카로 가는 지름길을 택한다는 것이 잘못이었다. 도중에 형편없는 줄다리를 마주쳤는데, 거기를 건너자 방금 건너왔던 줄다리가 헐거워지며 이제 돌아갈 수 없는 상태가 되어버렸다. 짐들을 전부 내리고 운전수인 나가하마 군 혼자 탄 채로 줄다리를 건너기 시작했다. 정확히 가운데 지점에 간 상태에서 줄다리의 우측을 연결하고 있던 와이어로프 한 가닥이 툭 끊어졌다. 순간 랜드크루저가 기우뚱했지만 손에 땀을 쥐면서 겨우 벗어 나온다. 거기서부터는 티그레 고개Cerro El Tigre 뒤쪽을 가로막고 있는 얼음 덮인 산기슭을 달려 해가 완전히 저문 뒤에 와양카에 도착한다. 여기서부터 리마시까지는 세 시간 정도의 여정이었다.

1958년 제1차 도쿄대학 안데스조사단은 여기까지에 더하여 앞에 말한 볼리비아의 티아우아나코의 발굴, 볼리비아 동부및 나스카시에서 리마시까지의 조사를 하였고, 나중에 데라다寺田和夫 씨가 수행했던 리마-나스카시 사이의 일반 조사를 더한 모든 작업을 종료했던 것이다. 랜드크루저 대부분은 주행거리가 3만 킬로미터 이상에 달했으니, 우리는 안데스를 문자 그대로 몸으로 배울 수 있었던 것이다.

일본에서의 2년간

일본에서 생각한 것

1958년 11월에 제1차 도쿄대학 안데스지대 학술조사단의 작업을 끝내고 도쿄로 돌아오자 여러 가지 바쁜 일들이 기다리고 있었다. 그즈음 안데스라든가 잉카라는 단어가 새로운 유행어가 되었다는 것은, 그해 봄에 요미우리신문 주최로 신주쿠의 이세탄백화점에서 열렸던 '잉카제국 문화전'에 관객들이 쇄도하여 차분하게 관람할 수조차 없는 그런 상태였다는 점을 보아도 분명할 것이다. 우리 조사대도 마치 신기한 나라에서 돌아온 우라시마 타로[1]나 된 것처럼 대접받았다. 그런 일은 몇 가지 중간보고나 사진집을 내는 데는 도움이 되기도 했지만, 나 자신은 지쳐빠진 기분이 되어 버렸다. 그래서 연말에는 연구실에 틀어박혀 이와나미 신서 『잉카제국—사막과 고원의 문명』을 쓰기 시작했던 것이다. 리마시에는 가장 젊은 대원인 데라다 카즈오 씨가 남아서 발굴하거나 채집한 표본을 일본으로 반출하는 것에 대하여 정부와 다방면으로 교섭하고 있었다.

어느 날 토요타 자동차판매주식회사로부터 전화가 와서, 리마에서의 자동차 사고의 뒤처리를 위해 어느 정도의 부품을 보내면

---

1 浦島太郎 : 우리의 별주부전과 비슷한 일본의 옛이야기 용궁설화에 나오는 주인공으로서 거북을 구해준 보은으로 용궁에 가서 공주인 거북으로부터 융숭한 환대를 받은 뒤 고향에 돌아오지만, 지상의 시간은 그 사이 300년이 지나 산천도 변하고 부모와 형제, 친구도 이미 세상을 떠난 것을 슬퍼하며 공주가 준 옥상자를 열자 그도 바로 노인이 되어 버린다는 이야기이다.

좋을지를 물어 왔다. 나는 깜짝 놀라서 회사로 뛰어가 무슨 일인가 경과를 묻자, 데라다 대원의 랜드크루저가 로타리의 가로수에 부딪혀 본인은 부상당하고 차는 대파된 사건이 있었다는 것이다. 황급히 리마에 전보를 치자 곧바로 회신이 왔는데, 이미 다 큰일 없이 지난 사건이라는 말이었다. 자동차 사고는 5회에 걸친 안데스 조사 중 여러 상황에서 흔히 발생하곤 하여 나를 가장 힘들게 했던 일이었는데, 그중에서도 이 사고가 최초이면서 가장 요란스러운 것 중 하나였다.

제1회 조사에 의해 수집된 자료는 데라다 씨의 노력으로 1959년 5월에 도쿄에 도착했다. 이들 자료 중에는 가르반살과 라스 알다스에서의 발굴자료 외에 중앙안데스에 있는 100여 군데 여러 유적들의 지면에 노출되어 있던 채집품들도 포함되어 있다. 따라서 안데스고고학의 개략을 아는 데 있어서는 지금도 그것들이 편리하면서 귀중한 자료이다. 우리는 수많은 자료들을 정리하면서 제2차 조사에서 발굴해야 할 유적에 대한 검토를 시작했다.

다른 한편 안데스조사단이 파견되기 전부터 도쿄대학에서는 에가미 나미오江上波夫 교수를 단장으로하는 '도쿄대학 이라크·이란 유적발굴조사단'이 편성되어, 메소포타미아에서의 원시농촌에 대한 발굴 조사를 준비하고 있었다. 이 조사단의 목적은 메소포타미아에서의 문명의 기원을 알아내고자 하는 데 있었다. 안데스조사단의 목적도 대상지역은 비록 떨어져 있지만 역시 문명의 기원에 대해 연구하고 해명하는 데 있었다. 따라서 두 조사단이 밀접한 연락하에 작업을 수행한다면 인류사에 있어서 문명의 기원과 그 전개에 대한 비교연구가 가능할 것이다. 에가미 교수와 협의하여 두 조사단은 인사와 연구 성과를 교류하면서 거시적 비교연구를 진행하기로 하였다.

이와 같은 관점에서 우리는 제1차 조사의 결과를 재검토하기 시작했다. 문제를 개별적으로 좁게 보게 되면, 해당 목적을 증명하기에 적합한 개별적 유적을 찾아내는 일은 극히 어렵다. 안데스문명의 기원, 즉 농경촌락의 성립에서 도시의 생성까지에 이르는 여러 문화 발전의 각 단계들을 시기적으로든, 내용적으로든 명확히 할 수 있는 유적을 찾아내는 것은 지극히 어려운 것이다. 우리는 몇 개의 후보를 내세워 보았지만 그 각각에 일장일단이 있었기에 아래와 같은 세 개 지역을 검토하고 순위를 매겨서 1960년의 조사활동을 준비하기로 했다.

우선 첫 번째는 안데스의 동쪽 사면, 즉 산의 눈썹Ceja de Montaña지대[2]의 코토시유적, 두 번째는 이미 발굴한 가르반살을 중심으로 하는 툼베스지대, 그리고 세 번째로 해안의 산타강 유역을 각각 발굴후보지로 결정했다. 그리고 메소포타미아 발굴에서 뛰어난 솜씨를 발휘한 고 소노 토시히코[3] 교수를 발굴 주임으로 하여 제2차 조사단 준비를 진행시켰던 것이다.

2 안데스 동쪽 저지밀림(Selva Alta)과 고지대 사이의 전이지대(transition area, 1,800~3,600미터)를 말한다.

3 曾野壽彦(1923~1968) : 도쿄대학 교양학부 조교수 역임. 『서아시아의 초기농경문화』, 『인더스 문명』 등의 저서가 있다.

사할린이 보이는 언덕의 발굴

1959년 여름 오래 동안 찾지 않았던 홋카이도를 한 바퀴 돌면서, 아이누의 촌락Kotan과 유적을 방문했다. 이제까지 검토되어 왔던 아이누 관련 문제들을 신대륙과 관련시켜 다시 살펴보고 싶었기 때문이다. 안데스에서의 조사 경험을 살려서 삿포로에서 지프를 한 대 빌려 오카다 히로아키岡田宏明, 와세다대학 이공학부 조교수 군과 교대로 운전하면서, 레분礼文, 리시리利尻섬과 오시마渡島섬을 제외한 섬 전체를 둘러 보았다. 그 결과 아이누 촌락의 문화가 눈에 띄게 빠른 속도로 붕괴되고 있어, 몇년 전까지만 해도 우리가 할 수 있었던 조사조차 이제는 거의 불가능하게 되었다는 것을 확실히 알게 되었다. 그런 한편 선사시대의 연구에는 아직 확실하게 파악하지 못한 분야가 많이 남아 있는 것이 사실인 반면, 홋카이도 재개발에 의해 엄청난 유적들이 파괴되어 가고 있는 것도 또한 사실이었다.

우리 지프가 오비히로帯廣시 서쪽의 시타코로베下頃邊라는 곳에 접어들었을 때, 도로공사 때문에 잘라낸 절개지 벼랑에 많은 토기 조각들이 박혀 있는 것을 발견했다. 상세하게 관찰해 보자 벼랑의 단면에는 훌륭한 수혈 주거가 포함되어 있어서, 토기 조각들은 바로 그 주거의 바닥면에 있는 것이라는 사실도 알게 되었다. 눈이 닿는대로 조각들을 주워 모아 보니 각각이 서로 아귀가 맞는 것이어서 여관방 한 곳에서 이어붙여 보았다. 그런즉 그릇 표면에 조개껍질을 붙여 맞춘 흔적이 있는, 물결무늬주둥이로 바닥이 평평하고 깊숙한 사발波狀口緣平底深鉢인 것을 알았다. 이 토기는 홋카이도 조몬시대의 가장 오래된 시기에 속하지만, 형식상으로는 미지의 것이었기 때문에 그후 '시타코로베식' 토기로 불리게 되었다. 전체 섬의 조사가 끝난 뒤에 홋카이도교육대학의 고 고노 히로미치河野廣道 교수와 함께 시타코로베유적의 긴급 발굴을 수행한 것도 이제 와서는 그리운 추억이 되어 버렸다.

홋카이도에서의 일반 조사 결과, 오호츠크해 특히 소야宗谷 지방[4]에 있어서는 이제까지 오호츠크 문화로 칭해져 왔던 것 중에 남사할린의 스즈야鈴谷식 토기[5]와 아주 닮은 토기를 포함한 수렵어로 문화가 존재하고 있는 것을 알게 되었고, 그것은 실은 당연한 일이기도 했다. 이렇게 북으로 이어지는 문화에 내가 한없이 흥미를 느꼈던 것은, 시베리아와 알류샨열도 및 알래스카를 이어주는 극북의 회랑極北回廊에 대한 노스탤지어가 틀림없이 내게 숨어 있었기 때문이리라. 마침 그해 학생들에 대한 선사학 실습이 끝나지 않았기 때문에 10월 말에서 11월 중반에 걸쳐 우리는 학생들과 함께 소야의 온코로마나이라는 유적 발굴을 시도했다. 이 유적은 해변의 모래사장과 1단 더 높은 언덕 위 두 군데에 있었고 모래사장 쪽은 패총, 언덕 위는 수혈주거이다. 해안 언덕의 위에서 맑은 날 북쪽 방면을

---

4 일본 본토 기준 최북단 지역, 즉 홋카이도의 최북단이다.

5 사할린 중부로부터 홋카이도 북부를 중심으로 분포하는 토기로서 아무르 하구 사할린의 고금속기 문화와 홋카이도의 속조몬(續縄文) 문화 2가지 토기계통의 융합을 보여준다.

내다보게 되면 사할린의 산들을 어렴풋이 알아볼 수 있었다.

이 발굴 실습 여행에 나선 날, 가벼운 감기로 누워계시던 어머니에게 인사를 드렸다. 어머니는 어찌된 일인지 내 손을 잡고 눈물이 글썽한 채 말씀하셨다.

"다녀 오렴. 잘 다녀 오렴."

나는 잡은 손을 놓으며 말했다.

"다녀 오겠습니다. 열흘 안에 돌아올테니까 그 때까지는 건강해져 계십시오."

온코로마나이에 도착하여 이틀째 되는 밤 시간, 왓카나이稚內의 마이니치신문 지국에서 전보가 전해졌다. 그 내용은 "모친 오후 영면 긴급 귀가 바람母午後永眠 至急歸宅乞", 나는 곧 바로 왓카나이로 가서 밤차로 삿포로로 향했다. 아버님은 내가 뉴기니에 있을 때 서거하셨고, 어머님은 발굴여행 중에 돌아가셨다. 실로 불효자식임에 틀림없을 터이다.

(상) 패총에서 발견된 곰의 머리뼈
(하) 멀리서 본 온코로마나이 유적

코토시의 발굴

묻혀 있던 '교차된 손'의 신전

발굴의 의미

1960년 6월, 제2차 도쿄대학 안데스지대 학술조사단이 페루에 파견되었다. 그 목적은 앞에서도 말한 것처럼 중앙안데스지대 문명의 기원과 그 전개를 편년학적으로, 그리고 문화내용적으로 보아서도 명확히 하는 것에 있다. 그를 위하여 우리가 선정한 첫 번째 유적은 페루의 우아누코시로부터 거의 5킬로미터 정도 동쪽으로 떨어져 있는 조금 높은 인공언덕이었던 것도 이미 말한 바 있다.

조사단은 제1차와는 달리 발굴에 중점을 두었기 때문에 고고학과 인류학 관계자가 많아졌다. 단장직은 이시다 교수를 대신하여 내가 이어 받았고, 발굴반은 소노 조교수당시를 위시하여 와타나베 나오쓰네渡邊直經, 인류학·연대측정학, 데라다 카즈오寺田和夫, 사다스에 타카지貞末堯司, 고고학, 오오누키 요시오大貫良夫, 문화인류학이었고, 지리학반은 사토 히사시佐藤久, 이와쓰카 슈코岩塚守公, 지형학 등 여러 분들로 구성되었다.

코토시의 발굴을 수행하기 위해서는 막대한 자재가 필요하다. 리마시 외항인 카야오Callao항구에 자재들이 도착하고, 이것을 통관시키는데 의외로 시간이 걸렸다. 하물을 가득 실은 5대의 트럭이 표고 5,080미터의 티그레고개를 넘어 우아누코시로 향했을 때 우리도 랜드크루저에 분승하여 일제히 이 거리에 도착했던 것이다.

그것은 우아누코시로서는 놀랄 만한 사건이었다. 외국인, 게다가 그다지 대단치도 못한 패전국일 뿐인 일본에서 조사단이 코토시유적을 대대적으로 발굴하는 이유가 확실하지 않을뿐더러, 그 의미는 더더욱 알 수가 없다. 우아누코 주민들 사이에서도 코토시의 존재를 알고 있는 사람은 얼마 되지 않았던 것이다. 그런 것을 어떻게 바다 저편의 일본인들이 알았던 것일까? 그 언덕 고개에는 옛날 옛적에 도굴꾼들이 긴 도랑을 파헤쳤던 것으로도 알 수 있듯이 틀림없이 잉카의 보물이 묻혀 있을 터이리라. 일본인들은 그것에 대하여 확실한 정보를 갖고 있음에 틀림없다. 그래서 큰 돈이 드는 대규모의 조사단을 보냈다고 밖에 생각할 수 없다는 것이 시내 대부분 사람들의 판단이었던 것 같다.

코토시에서 작업장 설치가 진행되고 있는 중에 나는 누구라 할 것 없이 많은 사람들로부터 회견 신청을 받았다. 그때의 문답은 대체로 다음과 같다.

"내 친구 중에 농장주Hacendado가 있는데 말이지요. 그쪽에 전해오는 이야기를 들어보면, 백마를 탄 남자가 때때로 한밤중에 나타난다고 해요. 잉카시대에는 그 농장 근처에 시가지가 있었다고 들었으니까 틀림없이 잉카의 황금 신상이랄까 보물이 농장 어딘가에 숨겨져 있다고 생각들 하는 겁니다. 백마를 탄 기사는 그 사실을 알리려 왔음에 틀림없고요."

"재미난 이야기입니다만, 유감스럽게도 우리는 보물 사냥꾼은 아닙니다."

"그런 식으로 말씀 마시고……. 귀하들께서 갖고 계시는 황금탐지기로 찾아 주실 수 없습니까? 찾은 보물의 절반은 드릴테니까요."

"황금탐지기? 그런 엄청난 물건은 갖고 있지 않습니다. 지하수나 다른 것들을 찾는 전파탐지기는 갖고 있습니다만, 황금을 찾으려고 가져온 것은 아닙니다."

"귀하들은 정말로 황금을 찾으러 온 것은 아닌 거라고요?"

"정말로……. 신에게 맹세하고 황금을 찾으려고 온 것은 아닙니다."

"그렇다면 무얼 찾으시려고?"

"글쎄요……. 문명의 기원을 찾아요."

"문명Civilizacĩon? 그거 돈이 되는 건가요?"

"돈이 되지는 않습니다. 아니 돈을 쓰려고 왔을 뿐이랍니다."

게다가 코토시에는 또 다른 기묘한 전설이 떠돌고 있었으니……. 그럭저럭 준비가 완료되어 발굴을 시작하려 하자, 인부들이 모이지 않았다. 한참 조사해 보니 이 유적에 발을 들여놓으면 발이 부어올라서 썩어 버린다고 근처 사람들이 믿고 있는 것이다. 유적에 대한 두려움이 아직까지 살아 있다. 그런 이유로 임금이 비교적 후한데도 누구도 이 일을 하려 하지 않는다. 우리는 어이가 없어서 이 미신이 말도 안되는 것이라는 점을 인부 감독Capataz인 카바리에 씨를 통하여 설득하려고 했지만, 전혀 효과가 없었다. 어쩔 수 없이 코토시유적으로부터 50킬로미터나 떨어져 있어 그 전설을 알지 못하는 마을들로부터 인부를 모아 와야만 했다. 이렇게 모은 100명을 넘는 인부들의 임시 막사가 서기 시작하고서야 대발굴의 기분이 실감으로 느껴지기 시작했던 것이다.

보물찾기

코토시라고 불리는 유적은 개략적으로 말하자면, 안데스 산계의 동쪽 비탈면 표고 2,000미터에 해당하는 소위 산의 눈썹Ceja de Montaña지대에 있는 아마존강 상부 지류인 와야가강 상류에서, 다시 갈라진 소지류인 이게라스Higueras강의 오른쪽 언덕에 위치하고 있다. 유적은 앞에서도 말한 것처럼 겉보기로는 높이 고작 13미터이고, 사방이 약 100미터 정도인 작은 산을 중심으로 다양한 건물 자취들로 구성되어 있어, 예전부터 주변 사람들이 두려운 장소로 생각해 온 곳이다. 작은 산의 중앙에는 어느 시대인지 알 수 없는 큰 도랑이 파져 있었는데, 그 단면을 살펴보면 이 작은 산에 여러 채의 건물이 서로 겹쳐진 채 파묻혀 있다는 것을 알 수 있었다.

인류학자 또는 고고학자로서 코토시유적을 처음으로 방문했던 사람은 페루의 석학 훌리오 C. 테요Julio C. Tello 박사였다일설에는 베르트랑 플러노와 박사1라는 주장도 있다. 박사는 코토시와 함께 우아누코시 교외의 시야코토Shillacoto유적도 조사하였는데, 페루문명의 형성기를 대표하는 차빈 문화보다도 한걸음 일찍 생겨난 문화가 그 유적들 중에 퇴적되어 있는 것이 아닐까 하고 생각했다. 테요는 이런 사고방식을 더욱 발전시켜, 페루 고대 문명의 기원은 아마존강 원류인 강우

---

1 Bertrand Flornoy(1910~1980) : 프랑스의 탐험가, 고고학자. 페루 쪽 아마존, 즉 상부 아마존지역에 대해 주로 연구하였고, 1941년 아마존의 주요 구성요소인 마라뇬강의 수원을 밝혀 냈다. *Amazon : Land and men, finding sources, Inca Adventure* 등의 저서가 있다.

림 속에 있다고 주장하기에까지 이르렀던 것 같다. 그것과 반대로 미국의 많은 인류학자들은, 페루에서의 형성기 문화 발전은 먼저 서해안의 사막에 있는 오아시스에서 시작되어 그것이 차례로 산악지대와 '산의 눈썹Ceja de Montaña' 지대로 이어졌다고 계속 주장해 왔다. 이 두 가지의 완전히 대립하는 가설을 입증할 확실한 결정타가 없었던 것은, 그때 당시로는 차빈 문화에 앞선 문화를 지층 단위로 파악하거나 그 내용을 확정시키는 것이, 아직 모든 사람들을 납득시킬 정도로 발전되지 않았기 때문이다. 특히 해안 사막의 유적에서는 자연지층을 구분하여 파악하는 것이 매우 어렵다는 것을 체험한 우리에게, 코토시는 이들 두 가지 가설을 과학적으로 확정시키는데 적합한 조건을 가진 유적이라고 생각되었다.

코토시유적의 발굴은 1960, 1963년 그리고 1966년 3차에 걸쳐서 시행되었다. 1960년에는 코토시의 나즈막한 동산 서북쪽 부분을 발굴했다. 이 때는 이게라스강 오른쪽 언덕에 천막을 치고 발굴 기간 내내 그 속에서 지냈다. 그 외에도 그해에는 앞에서 말한 것처럼 1개 조사대를 멀리 툼베스 주변까지 파견하여 이전 시기의 작업을 잇는 형태로 가르반살의 다른 유적의 발굴도 수행했다. 1963년에는 코토시에서의 가장 대규모 발굴로서 낮은 산의 서남쪽 부분과 서북 일부를 파 내려갔는데, 거의 반년 정도 강의 왼쪽 기슭에 설치한 조립식 주택에서 지냈다. 1966년은 마지막 해로서 코토시 낮은 산의 서북쪽 부분과 남쪽의 작은 언덕 그리고 코토시 주변에 있는 몇 군데의 동시대 소유적들을 발굴했다. 그 해는 숙영

(좌) 발굴 전의 코토시 유적
(우) 조립식 주택

지를 조성하지 않고 우아누코시에 숙소를 임차하여 근거지로 삼았다.

여기에서 이들 발굴 경과를 자세히 서술할 필요는 없다고 생각하지만, 아주 개략적인 것을 총괄적으로 적어 두겠다. 1960년에는 이후의 발굴을 어떻게 해나갈지를 탐색하기 위하여 낮은 산의 정상에서 정서쪽 방향으로 우선 길이 45미터, 폭 3미터의 도랑을 파보았다. 파기 시작하여 사흘 만에 이 도랑에서 고대 차빈 토기의 큰 파편이 출토되었다. 그러나 이 도랑에서 출토되는 토기 파편은 고대 차빈식을 제외하면 그즈음 페루에서 알려지고 있던 것은 거의 없었고, 더구나 낮은 산에 퇴적해 있는 건물들의 뒤얽혀진 상태가 복잡하기 짝이 없어, 좁은 도랑 안에서 그 지층 구조를 파악하는 것이 매우 어려웠다.

아무래도 좀 더 넓은 범위를 파지 않으면 안 된다. 그래서 발굴 주임 소노 교수는 낮은 산꼭대기에서 정북 방향으로 또 한 가닥의 도랑을 파내어 두 도랑이 물리는 사이 부분으로 발굴을 확대했다. 우리는 확대된 도랑 안에서 어디에서나 널리 발견되는 점토를 굳혀 만든 벽으로 이루어진 건물을 발견했다. 이 건물의 바닥면에서는 붉은 색의 비교적 조잡한 토기가 출토된다. 그중에는 쌍두의 야마llama를 본떠 만든 상형 주병에다 점토로 사람과 동물의 얼굴 모습이 덧붙혀진 토기 파편 외에, 새를 추상화한 병도 포함되어 있었다. 나아가 멋진 원두형의 동제 핀옷 고정용과 세공으로 장식된 원두형 머리가 달린 핀 또는 방울이 잔뜩 출토되었고, 그 위에 이전 시기 건물 속에 깊숙이 파고 든 무덤들도 적지 않게 발견되었다. 이 유물층의 문화는 그즈음의 페루에서는 아직 알려지지 않았던 것이다. 우리는 코토시 최상층의 이 시기를 옆의 강 이름을 따서 코토시-이게라스 시기로 이름 붙였다.

이게라스 시기의 건물을 걷어내자 그 아래로부터 1층 또는 2층 건물이 나타난다. 이들 건물은 곳곳이 짤린 형태로 낮은 산의 아래 부분과 남쪽 언덕 위이곳은 나중에 알게 되었다에서만 발견되었다. 바닥으로부터는 반짝거리는 붉은 토기 파편과 갈색의 둥근 점圈點 문양과 점선 둥근 점點線圈點 문양을 조합한 문양의 토기가 많이 발견되었다. 같은 수법으로 만들어진, 힘센 사내가 맹수나 뱀을 짓누르고 있는 모티브를 나타낸 토기도 포함되어 있다. 동제 기구와 황금 도금한 청동제 세공품도 상당히 멋지다. 이 유물층의 토기가 여기에서 와야가강을 조금 내려간 사하라파타나중에 '사구라파라'가 지명으로서는 맞는 발음이라는 것을 알았지만, 혼란을 피하기 위해 시대 또는 문화적으로는 '사하라파타'를 그대로 쓰기로 했다에서 출토되고 있는 파편들과 닮아 있다는 점에서 시대 명칭을 코토시-사하라파타 시기로 이름 붙였다.

코토시-사하라파타 시기 건물의 아래 층에 코토시-차빈 시기 유물층이 펼쳐져 있었다. 거기에는 움푹 들어간 벽감[2]이 있어, 벽을 붉게 칠한 신전 같은 건물과 멋진 석조 배수구가 포함되어 있었다. 게다가 건물 바닥 밑에는 유아가 매장되어 있어 희생 제물로 바쳐진 것처럼도 생각되었다. 이 유물층에서 출토되는 토기는 페루 각지에서 발견되고 있는 고대 차빈식의 토기로서 흑색으로 잘

연마한 뒤 차빈 고양이 또는 특색있는 새의 모티브가 새김 문양 또는 압날 문양으로 그려진 것도 적지 않다. 또 소량이지만 황금도 출토되었다. 다만 이상하게도 산악지대 또는 산의 눈썹지대Ceja de Montaña의 차빈 시기 유적에서 흔히 발견되는 돌 조각이나 해안 언덕에 새겨진 돋을새김 같은 것들이 전혀 눈에 띄지 않는다. 덧붙여 두자면, 상부층 코토시-사하라파타 시기의 토기는 고대 차빈 스타일이라고는 할 수 없지만, 통념을 따른다면 차빈 유형Chavinoide이라고 불러 마땅하다고 생각하고 있다.

코토시-차빈 시기의 바로 아래 층에서 나타나는 건물은 매우 조각 조각이긴 하지만 두꺼운 돌벽을 지니고 있고, 그 바닥에서는 붉은 광택이 나는 토기와 약간 조잡한 검정 토기가 뒤섞여 발견되었다. 두 종류 토기는 모두 불로 소성한 뒤, 전자는 흔히 흑연graphite으로 후자는 적백황 3색의 수성도료로 칠해져 있다. 차빈 고양이의 모티브는 거의 모습이 사라지고 여신의 모티브가 압도적으로 많아지나, 금속은 전혀 눈에 띄지 않는다. 이 시기를 우리는 코토시-코토시 시기라고 이름 붙였다. 실로 기다리고 기다리던 고대 차빈 시기에 앞선 문화층을 이 층에서 층위적으로 확실하게 파악할 수 있었던 것이다.

이어서 특히 낮은 산의 북측에서 우리는 코토시-코토시 시기의 하층에서 새로운 건물을 발견했다. 바닥에 3, 4개의 돌을 놓아 화

---

2 壁龕(niche) : 서양 건축에서 장식을 목적으로 벽면을 오목하게 파서 만든 시설. 보통은 반원형으로 파서 그 안에 선반을 만들고 장식품 등을 얹음.

로로 삼은 듯한데, 화로 안과 주변에 재가 생생하게 퇴적되어 있는 것이 이 층의 하나의 특징이다. 토기는 코토시-코토시 시기에 보이던 번쩍이는 적색의 것이 전부 사라지고 흑회색 외에 약간 갈색을 띈 것들이 나타난다. 흑회색 토기에는 흑연 도색은 아주 없어졌으며, 이전 시기와 마찬가지로 소성 후 적백황 3색의 도색은 보이는데 희미하게 주걱으로 긁은 문양이 새겨진 것이 많다. 석기는 타제석기가 대부분이다. 이 시기를 역시 같은 유적의 이름을 따서 코토시-와이라히르카Wairajirca 시기로 이름붙였다.

코토시-와이아히르카 시기보다 아래 층에서는 토기가 전혀 눈에 띄지 않는다. 그렇지만 거기에는 거대한 석조건물이 있는 것이 확인되었다. 1960년의 발굴도 끝나려 하는 9월 중순을 지나 우리는 토기가 없는 층에 들어앉아 있는 건물 한 쪽을 발굴하기 시작했다. 그것은 흙막이 벽으로 둘러쌓인 채로 자갈과 점토에 의해 깊숙이 묻혀 있었던 것이다. 뒤덮힌 것들을 덜어내자 덧칠이 가해진 벽에는 움푹 들어간 벽감이 있고, 그 벽감 아래에 돋을새김으로 '교차된 손'이 새겨져 있는 것이 아닌가! 게다가 벽감 안에는 사슴 비슷한 짐승뼈가 놓여 있다. 우리는 열광했다. 차빈 시기보다 훨씬 오래 전에 신전이 존재하고 있었다. 그런데 어쩐 일인지 토기가 전혀 보이지 않는다. 토기 보다 앞선 시대에 신전이 존재했다고 이해할 수도 있지만, 그런 바보같은 일이 있다는 말인가? 나중에 코토시-미토 시기라고 이름 붙여진 불가사의한 유물층시기의 한쪽에 도달하고 1960년의 발굴은 이렇게 종지부를 찍었다. 우리는 우기가 찾아온 안데스 고지와 작별을 고하고, 눈이 흩뿌리는 고개를 넘어 흡족한 마음으로 귀국 길에 올랐다.

'교차된 손의 신전'의 수수께끼

1963년 제3회 안데스지대 학술조사단이 파견되었을 때, 이 미스터리한 무토기층의 실제 모습을 분명히 밝히는 일에 전력을 기울였다. 그를 위해서는 뭐라 해도 '교차된 손의 신전'을 완전히 발굴하지 않으면 안 된다. 큰 토목공사가 될 게 뻔하다. 벨트 컨베이어를 준비함과 동시에 가시마건설주식회사로부터 조립주택을 기증받아 현지에 건설하기로 하는 등 장기체재를 위해 필요한 발전 시설과 그 밖의 거주환경을 정비했던 것이다.

페루는 지난 해에 발생한 육군의 쿠데타에 의해 프라도 정권이 무너지고, 군사정권이 선거관리 내각의 역할을 수행하고 있었다. 군부가 추대한 벨라운데 씨[3]는 페루 각지를 열심히 다니면서 페루의 진보와 전진을 부르짖고, "잉카시대처럼, 굶주리는 사람이 없는 사회"를 만들자고 민중에게 호소하고 있었다. 당연하게도 벨라운

3 Fernando Belaunde Terry(1912~2002) : 페루의 건축가이자 정치가로서 국립공과대학 교수를 지냈다. 1962년 쿠데타로 프라도 정권이 무너진 후 1963년 선거에서 친군부 인민행동당 후보로 대통령에 당선되었으나 1968년 또 다른 쿠데타로 실각하였다(1980년 민주화 이후 다시 대통령이 되었으나, 2기 집권시 초인플레와 외채 위기로 불명예 퇴임했다).

'교차된 손의 신전'의 남쪽 정면

데 씨는 고대 페루의 역사에 흥미를 갖고 있었기 때문에 선거운동이 한창인 중에 코토시유적을 찾아 왔다. 그런 한편에서 대통령 선거를 중심으로 페루의 정정은 긴장이 가속되면서 반군부적 입장인 아프라APRA : 아메리카인민혁명당가 봉기할 것이라는 소문이 떠돌았기 때문에 우리 숙영지에도 방어 조치가 필요하게 된다. 가시덤불을 모아서 목책을 세우고 나무상자 덮개로 문을 만들었다.

어느 저녁나절 목욕탕에서 나와서 목욕가운 차림으로 쉬고 있는데 숙소가 떠들썩해진다. 작업실까지 가보니 자동기관총으로 무장한 병사가 입구에 서 있다.

"도대체 어떻게 된 일이오?"

"여기에는 강력한 통신자재가 있다고 들었소만, 조사해야겠소."

"우리는 라디오와 트랜시버 외에는 통신기구를 갖고 있지 않아요."

"귀하는 단장이오?"

"그렇소만."

"그러면 상관에게 보고하고 오겠소."

병사가 가고 얼마 되지 않아 영어를 능숙하게 하는 미남의 중령이 들어왔다. 격식대로의 인사를 나눈 뒤 중령이 다음과 같이 말하기 시작한다.

"귀하는 유도를 잘 하나요?"

"약간은 하지요. 그나저나 저녁 때 한잔 어때요?"

"좋지요. 위스키를 갖고 오게 할게요."

"아니, 내가 일본제 위스키를 갖고 있으니 그걸로 합시다."

이야기가 이런 식으로 되어 군사정권의 이 선거관리 부대장과 목욕 가운 차림으로 한 잔 하게 되었다. 이것은 하나의 에피소드일 뿐이지만, 라틴아메리카에서 야외 조사를 하고 있자면 이런 장면에 흔히 부딪힌다. 쿠데타, 불안, 유쾌한 술자리……. 한바탕 춤……. 그런 가운데 발굴은 진행된다.

'교차된 손의 신전'의 한쪽 모퉁이는 낮은 산의 꼭대기에서 8미터나 아래에서 모습을 드러냈기 때문에, 그 바닥과 꼭대기 사이에는 12미터에 가까운 퇴적물이 있게 된다. 우리는 낮은 산의 위에서부터 한 장 한 장 종이를 벗기듯이 주의 깊게 퇴적물을 떼어내기 시작했다. 제거해야 할 흙과 돌이 막대한 양에 달하기 때문에 유적 안에 도로를 만들어, 버릴 흙을 한 곳에 모은 후 벨트 컨베이어로 덤프카에 옮겨 실어 먼 곳까지 운반한 것이다. 옛날이라면 이런 경우에는 선로를 깐 뒤 광산용 소형 화차로 흙을 내다 버렸으나 지금은 덤프카를 사용하는 쪽이 간단하면서 편리하기도 하다.

우리는 저번의 발굴에서 파악된 층위를 확인해 가면서 한 층 또 한 층 발굴을 진행해 갔다. 그리고 마지막으로 코토시-와이라히르카 층을 확인했는데, 그 지점에서 이 층은 코토시-미토 시기의 건물 바닥 면과 밀착되어 있었다. 이리하여 '교차된 손의 신전'의 바로 윗층에 같은 코토시-미토 시기에 속하는 또 하나의 건물이 얹혀 있는 것을 우리는 알게 되었다. 이 건물의 남쪽 절반 부분은 잘려 있었지만 구조상으로는 '교차된 손의 신전'과 아주 닮아 있다. 벽을 만든 방식도, 움푹 들어간 벽감의 모양새도 조금도 다르지 않지만 여기는 돋을새김된 교차된 손이 보이지 않는다. 다시 바닥 면을 신중히 조사해 보니 바닥은 2중으로 되어 있고 그 위에 세워진 벽체에는 작은 벽감들이 많이 있으며, 중앙에는 멋진 화로가 설치되어 있다. 이 화로에는 두 방향으로 연기 통로가 만들어져 있었고 그 출구는 건물 바깥에 있었다이것은 나중에 바닥면을 벗겨낸 후 알게 된 것이다. 우리는 이 건물을 '작은 벽감 신전'으로 이름 붙였다.

'작은 벽감 신전'은 '교차된 손의 신전'의 주위에 흙막이 벽을 둘러치고 그 안쪽에 자갈과 토사를 채워서 신전을 완전히 덮어 묻은 후, 그 위에 점토로 마루를 깔아 조성한 기단 위에 세워져 있었다. 이 신전을 걷어내지 않는 한 '교차된 손의 신전'의 전모를 알기 어렵다. 그래서 우리는 주의깊게 '작은 벽감 신전'의 구조를 분석하면서 건물을 제거해 갔다.

그런 후 '교차된 손의 신전'의 안팎을 메우고 있는 엄청난 자갈과 토사를 걷어내어 이 신전을 완전하게 파내었다. 신전의 입구는 남쪽 면의 중앙에 있는데 자갈과 점토로 엄중하게 막혀져 있었다. 바닥의 구조는 '작은 벽감 신전'과 완전히 동일하여 건물의 크기가 대략 사방 10미터였다. 북쪽 면의 중앙에는 입구와 마주보고 바닥에 서 있는 큰 벽감이 있고, 그 양쪽 편에 있는 작은 벽감 아래에는 각각 돋을새김으로 '교차된 손'의 형상이 꾸며져 있었다. 마주 봐서 왼쪽 벽감의 아래에 있던 것이 1960년에 드러났고, 오른쪽 것이 1963년에 발견되었던 것이다. 1960년에 출토된 '교차된 손'의 부조물은 보존조치를 취한 후 묻어 두었는데, 1963년에 보니 유감스럽게도 이전 언젠가 파내어져 훼손되어 있었다. 그러나 다행히도 발굴 주임 소노 선생과 야마구치 노부코山口信子 씨의 노력으로 그 본을 뜰 수가 있었기 때문에 좌우의 부조를 비교할 수 있었다. 그 결과 마주 봐서 왼쪽은 오른손을 위로 하고 있는데 크기로 보아 남자의 손이며, 오른쪽은 왼손을 위로 하고 있는 여자의 손으로 생각되었다.

두 개의 '교차된 손'이 출토되자 페루의 저널리즘은 기뻐 날뛰었다. 그리고 각 신문들은 계속 기사를 써내는 등 페루의 '국보', '우아누코시의 심벌'로 받아들였다. 그런 만큼 왼쪽의 부조물이 파괴된 상황을 고려할 때 새로 출토된 오른쪽 '교차된 손'에 대하여 적절한 조치를 취하지 않으면 안된다고 나는 생각했다. 발굴 종료를 고하는 제를 지내면서 초대한 문화재위원 발카르셀 박사와 모예 박사에게 상담한 바, 분리해서 리마시로 가져가 국립박물관에 따로 보관하는 것이 좋겠다는 것이 두 분의 일치된 의견이었다. 나는 그 의견에 따라, 조사단이 마지막으로 철수할 때 부조를 잘라내어 돌아가도록 마쓰자와 쓰기오松澤亞生 대원에게 지시하고, 리마시로 내려가 남은 일들을 정리했던 것이다.

'교차된 손의 신전'의 손 부조

저주의 '손'의 전말

1963년 가을, 내가 리마시로 내려온 뒤에 코토시에서 일어난 불행한 사건은, 대원인 도모에다 히로야스이바라키대학 조교수[4] 군이 발전기를 돌리는 중 실수로 손가락 첫째 마디가 잘려 나가 버린 일에서 시작된다. 그가 병원에 입원하여 치료받고 있는 동안 조사단은 코토시에서 철수하는 작업을 진행하고 있었다. 나는 도중에 리마로 나온 발굴 주임 소노 씨로부터 도모에다 군의 부상에 대해 들었으나, 리마시에서 실시되는 발굴품에 대한 페루 정부의 공식 점검에 대비한 준비를 중단할 일은 아니었다.

코토시에서 전원 철수하는 예정일에 현지의 오오누키 요시오[5] 대원으로부터 한 통의 편지가 전해졌다. 그 편지에 의하면, 신전에서 '교차된 손'의 부조물을 잘라내어 리마시로 가져오려고 했기 때문에 우아누코 시민들이 격앙하여 상황이 혼란스럽게 되자, 경찰이 조사단 일행의 트럭을 세우고 잘라낸 '교차된 손'을 빼앗아 가고 말았다. 그 후 대원들은 석방되었지만 오오누키 군과 부상당한 도모에다 군은 우아누코시에 머물러 '손'을 돌려받을 계획인데, 형세가 여전히 불안정하기 때문에 내가 급히 와주기를 바란다는 것이다.

---

4 友枝啓泰(1935~2009) : 문화인류학자. 도쿄대학 문화인류학과 졸업 후 국립민족학박물관 조교수, 히로시마시립대학 교수를 역임했다. 주로 안데스 사회, 문화를 중심으로 연구하였고 저서로 『숫소와 콘돌—안데스 사회의 의례와 민화』가 있다.

5 大貫良夫(1937~) : 문화인류학자. 도쿄대학 문화인류학과 졸업 후 동 대학교 교수를 역임했다. 라틴아메리카 고대 문명을 연구하고, 페루의 쿤투르 와시 신전유적을 발굴했다.

나는 상세한 내용을 판단하기 어려웠지만 일단 페루 정부의 문화재위원회에 이 일을 보고하고, 우아누코행 비행기 좌석을 알아보는데 다행히 다음 날 표를 구할 수 있었다. 리마시에서 우아누코시로 가는 항공로는, 해안 사막을 넘고 안데스 산계의 서쪽 경사면을 타고 올라 빙하를 이고 있는 고산들이 우뚝 솟은 고지대를 가로지른 뒤 이번에는 안데스의 동쪽 경사면의 골짜기 쪽으로 내려가는, 소위 전형적인 안데스 횡단 노선이다. 나는 홀로 비행기 좌석에 앉아 산소를 들이마시며 창밖에 펼쳐지는 산들의 장관을 지켜보고 있었다. 지금까지 따뜻하게 맞아 주었던 우아누코 시민들에게 없어진 '교차된 손' 에 대하여 어떻게 설명해야 할 것인가? 그들의 분노를 풀어 주려면 어떻게 해야 좋을 것인가? 라틴아메리카인들의 성격을 알기 시작하게 된 나에게 우아누코 시민들의 급변하는 감정은 이해하지 못할 바 아니었다.

한 시간 정도 걸려 우아누코공항에 도착했다. 미리 알리지 않았기 때문에 아무도 마중나온 사람은 없다. 안면이 있는 항공사 사무원이 빙긋 의미있는 듯한 웃음을 보였지만 말은 전혀 하지 않는다. 한 대 서 있던 택시를 잡아타고 시내로 향한다. 차가 움직이기 시작하자 운전수가 빠르게 중얼거렸다.

"박사님 큰일 나버렸어요. '손mano'의 저주예요."

"'손'이라고요?"

"그렇고 말고요. 그 신전의 '손'이 저주하여 대원의 손가락이 잘려나간 것이지요. 그리고 부조의 '손'이 시내 사람들을 광기로 빠

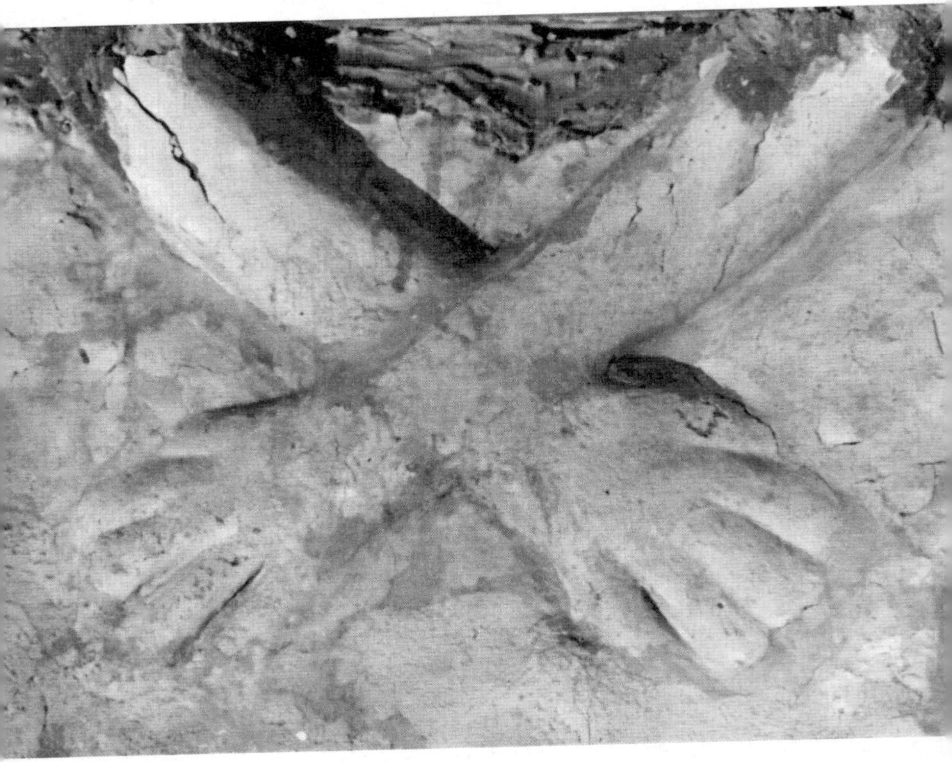

마주 보아 오른쪽의 '교차된 손' 부조

뜨려 넣는 거고요. 나쁜 이야기는 더 않을게요. '손'을 포기하는 게 좋아요."

우아누코시의 대원 숙소에 도착하자 오른손에 흰 붕대를 감은 도모에다 군과 오오누키 군이 있었다. 이 두 사람에게서 상세한 내용을 듣는다. 조사단 전체가 철수하는 날 아침 '교차된 손'은 마쓰자와 대원의 손으로 주의깊게 잘라내어졌다. 그러나 아무래도 점토만으로 된 부조물이었기에 완전한 모습으로 잘라내는 것은 불가능했고 제법 작은 파편들로 쪼개져 버렸는데, 그나마 그 전부를 하나의 골판지 상자에 거두어 넣을 수는 있었던 것이다. 그날 오후 우아누코시의 약방 주인 한 사람이 유적에 와서 '교차된 손'이 잘라내진 것을 눈치채고 대원에게 캐물었다. 대원은 대장이 정부의 문화재위원과 상의한 결과 도려내어 다른 보관장소에 두기로 했다고 대답했다. 그러자 이 약방 주인은 시내로 돌아가 "우아누코시의 보물을 조사단이 일본으로 가져가려고 잘라냈다"고 소리치며 다녔던 것이다. 시민들은 그 말을 믿고 시의 유지들을 망라한 유적보존위원회를 즉시 결성하였고, 경찰이 동원되어 우아누코시에서 리마시로 가는 도로가 폐쇄되어 버렸다. 그런 줄도 모르고 출발한 조사단의 트럭은 우아누코시를 벗어나자 곧바로 경계선에 걸려들어, '교차된 손'의 부조물은 눈깜짝할 사이에 빼앗기고 전 대원은 구속되고 말았다. 그 후 몇 시간이 지나서 트럭과 일행은 출발할 수 있게 되었으나, '교차된 손'의 부조물은 반환되지 않고 지금도 그 위원회가 관리하고 있다고 한다.

이와 같은 시민들의 행동에 항의하여 도쿄대학 조사단의 정당성을 주장했던 것은 일본인 소학교의 전직 교사였던 시의회 의원 에과빌 씨와 여중학교 교장인 알라르콘 씨뿐이었다. 페루 정부에 대하여도 우리는 어떻게든 '교차된 손'을 돌려주어야 할 책임이 있다. 그러나 어디서부터 손을 대야 좋을지 한참 갈피를 잡을 수 없었다.

나는 우선 에과빌 씨를 만나기로 하고 백주 대낮의 시내 거리를 걸어 갔다. 바람이 지독히 불어 먼지가 높이 날아올랐고 하늘은 어두웠다. 마침 낮잠 시간이었기 때문에 사람의 왕래가 적었는데 당시의 나로서는 다행이었던 것으로 생각된다. 플라사 드 아르마스Plaza de Armas 가까이에 있는 에과빌 씨 집의 큰 나무대문을 두드리자 주인장께서 몸소 문을 열어준다. 나는 에과빌 씨에게 '교차된 손'을 일본으로 가져갈 생각은 추호도 없지만, 그대로 놓아둔다면 곧바로 부서져 버릴 것이니까 잘라내서 따로 보존조치한 후 보관하는 편이 좋다고 생각했다는 점, 또 보존조치 작업은 간단치가 않고 긴 시간과 고도의 기술을 요하므로 리마시에서 작업하는 것이 편리하다는 점, 그리고 '손'을 설치해 보관하는 곳에 대하여는 국립박물관이 적당하다고 생각하지만, 이 점에 대하여는 우아누코 시와 문화재위원회가 상의해 주시길 바란다는 점 등등에 대하여 설명했다. 에과빌 씨는 이렇게 대답했다.

"저는 여러분 일본인들의 성의를 믿습니다. 그런데 우아누코 시민들은 어째서 말귀를 알아듣지 못하는 걸까요? 지방주의regionalism

가 지나치게 강한 것입니다. 그들은 중앙정부를 전혀 믿지 않아요. 그러나 우리는 그들과 대화하지 않으면 안 됩니다. 그러려면 주교 obispo를 설득해야 하겠지요. 그분은 물정을 아시는 분이지만 지금은 화가 나 있는 무리들 중에 속해 있어요."

우리는 주교관으로 갔다. 이 주교는 이전부터 우리에게 호의를 가지고 발굴현장에도 자주 와주었던 분이다. 주교를 만났는데 그는 험악한 눈으로 느닷없이 소리치기 시작했다.

"너무 심한 짓 아닙니까? 우리는 그 '교차된 손'의 바깥 쪽에 유리틀을 끼워넣어 우아누코의 혼을 영원히 보관하려고 생각했던 거예요. 왜 잘라낸 겁니까?"

"유리틀을 끼워넣어도 영원히 보관할 수는 없습니다. 게다가 그 유리틀을 제거하고 안에 있는 '손'을 망가뜨릴 미치광이가 없다고 누가 단언할 수 있을까요. 실제로 왼쪽 것은 보시는 것처럼 훼손당했잖아요. 그러니까 잘라내어 박물관에 설치하여 보관하고 잘라낸 자리에다 한 치도 다르지 않는 복제품을 집어넣어 두면 어떨까요. 복제품의 형틀은 떠 두었으니까 조만간 가져오겠습니다."

주교는 심사숙고한 뒤 눈을 반짝이며 다음과 같이 대답했다.

"잘 알았습니다. 아무래도 귀하들의 사고방식이 옳은 것 같네요. 모든 분들과 상의해 봅시다."

나와 에과빌 씨는 광장에 돌아와 유적보존위원회 회장을 만나서 시의회에서 공청회를 열도록 요청한 뒤 내친걸음으로 라디오 방송국으로 갔다. 그리고 보존위원회와 우아누코 시민에 대한 우리의 성명서를 되풀이 방송해주도록 의뢰했다. 공청회는 저녁 시간에 열렸다. 오오누키 군과 내가 출석하여 먼저 그들의 명분을 들었다. 주교의 설득도 있었기에 우리가 '교차된 손'을 잘라내어 일본으로 가져가려 한다고 비난하는 사람은 이제는 없었다. 그들은 만약 '교차된 손'을 리마시로 일단 가져가 버리면 그것은 이제 영원히 우아누코시로 돌아오지 못할 것이니 제발 제발 이 도시에 놓아두라고 호소했다. 우리는 지금 바로 이 도시에서 '손'을 따로 보존조치하는 작업을 하는 것은 기술적으로 무리이며, '손'을 우아누코시에 둘지 리마시에 둘지는 페루 국가의 문제이지 외국인인 우리가 관여할 수가 없는 일이라고 주장했다. 대화를 하고 있는 동안에 페루에서의 중앙과 지방의 관계, 지방의 중앙에 대한 불신을 잘 알게 되었다. 우아누코 시민의 우리 조사단에 대한 불신이 해소된 점에 만족하고 이번은 이것으로 물러가는 것으로 하였다. 그리고 그들이 몰수한 '교차된 손'은 우리가 다음에 다시 올 때까지 시의 책임으로 보관해 주도록 요청했다. 그들도 이 요청을 승낙했기 때문에 오오누키, 도모에다 두 사람과 나는 눈이 내리는 안데스를 넘어 리마시로 돌아 갔던 것이다.

이 이야기는 여기서 끝나지 않았다. 1966년 제4차 도쿄대학 안데스지대 학술조사단이 세 번째 코토시 발굴작업을 했을 때 우아누코시가 보관하고 있던 '교차된 손'의 원형이 조사단에 일시 반환되었다. 마쓰자와 쓰기오 대원은 심혈을 기울여 이것을 별도 보존조치하는 작업에 몰두했다. 여러 조각으로 부서져, 건조되고 더욱

이 잘라낸 뒤 3년이 지난 점토의 부조물을 따로 보존조치하는 일은 어렵기 짝이 없었다. 우아누코시는 보존조치 작업을 위해 조사단에 넘겨진 '손'이 어떻게 되고 있는지 애를 태우면서 그 과정을 지켜보고 있었다.

마쓰자와 군의 노력에 의해 '교차된 손'은 되살아났고, 발굴 종료의 제를 올리면서 공개되었다. 시민들은 고개를 끄덕이면서 지켜보았지만 다시 한바탕 소동이 벌어졌다. '교차된 손'을 우아누코시의 어디에 보관할까라는 문제로 우아누코시의 문화재위원회와 레온시오 프라도Leoncio Prado 군사학교 사이에 다툼이 시작되었던 것이다. 발굴종료제를 지내던 오후, 프라도 군사학교의 교장이 생도 20여 명을 거느리고 '손'을 가져가려고 왔다. 문화재위원회는 항의했지만 힘쓸 사람이 없다보니 싸움이 되지 않는다. 나는 완강하게 '손'을 넘기지 않고 우아누코 시민 사이에서 이 문제를 냉정하게 해결해 주도록 요청했다. 그 목적으로 시에 조사위원회가 설치되어 몇 차례인가 논의가 되풀이된 결과 레온시오 프라도 군사학교 쪽의 승으로 결정되었다. 나로서는 그 이유를 석연하게 알 수 없었지만 어쩔 수가 없는 일이다.

교장은 전교 생도들을 이끌고 선두에는 군악대를 세운 채 시청으로 '손'을 가지러 왔다. 그리고 쟁취한 '손'을 마치 트로피처럼 높이 쳐들고 거리 거리를 행진하며 승리를 뽐냈다. 나는 이렇게 떠나가 버린 '손'을 남의 일처럼 배웅해 보내면서 어깨를 움츠리고 우아누코시를 떠났던 것이다.

유라시아 대륙으로의 회귀

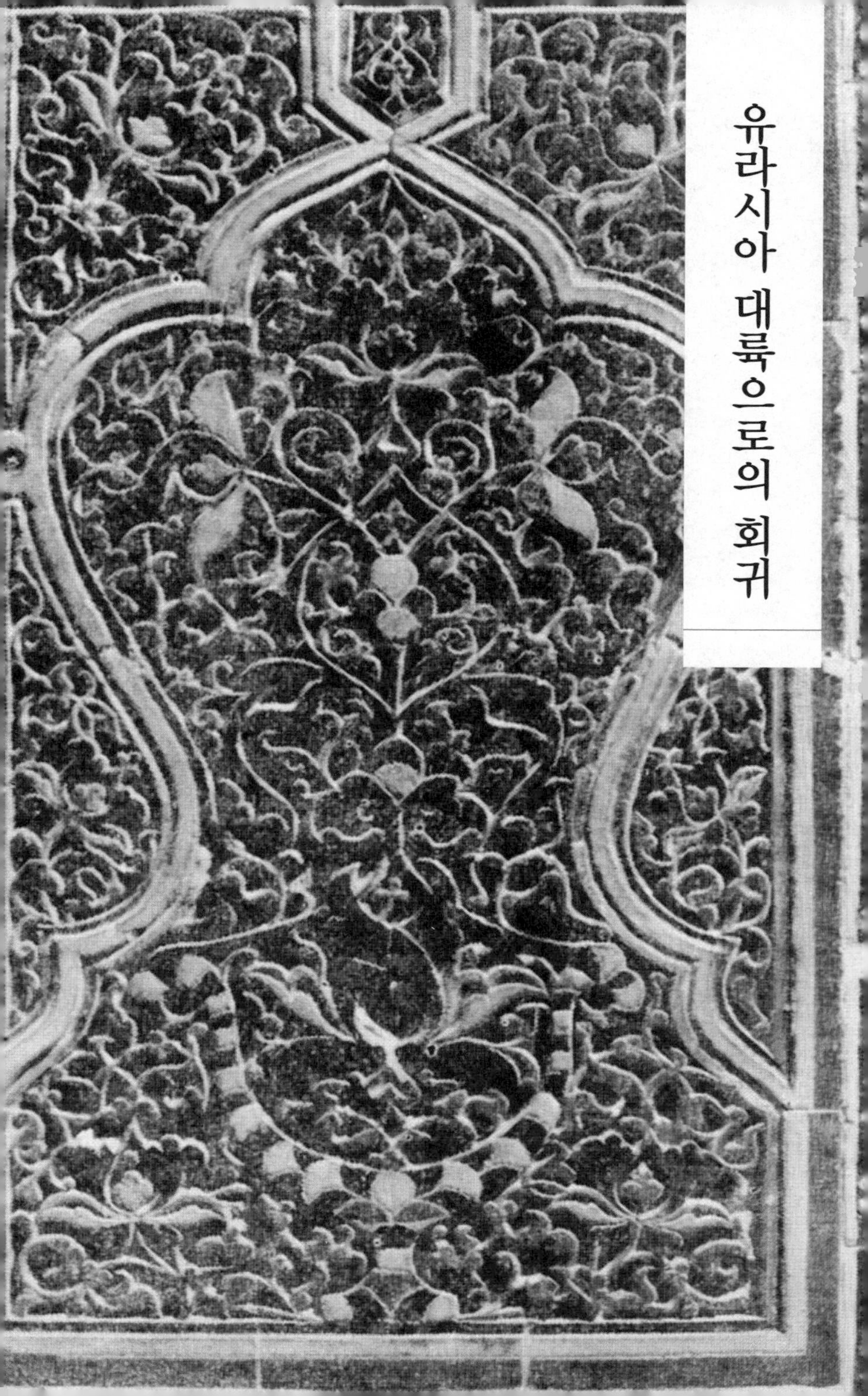

사마르칸트사원의 투각 장식

시베리아와 중앙·서아시아

1952년부터 18년간에 걸쳐 나는 남아메리카의 연구에 거의 모든 힘을 쏟아 부었다. 연구하는 것과 여행하는 것은 나에게 있어서는 동의어와 같다. 따라서 그 동안 다른 지역을 오가는 일은 드물었다. 그 드문 남아메리카 이외로의 여행 중에서 특히 강한 인상을 준 것이 시베리아와 중앙아시아 그리고 한반도의 남부를 둘러본 것이다.

1964년 여름에 모스크바에서 국제인류학·민족학회의가 있었고, 뒤이어 스페인의 바르셀로나, 마드리드 그리고 세비야에서 국제아메리카연구자회의가 열렸다. 그 모두가 나의 학문과 관계가 깊은 회의이지만, 회의란 것을 매우 싫어하는 나로서는 참석하는 것이 그다지 흥미있지는 않다. 그러나 차기 회의를 일본에서 열어야 하는 상황에다가 배를 타고 나홋카를 떠나서, 기차로 시베리아를 이르쿠츠쿠까지 여행하는 점, 그리고 대회가 끝난 후에는 중앙아시아로의 짧은 단체여행이 있다는 점 등 후반부에 구미가 동하여 참석하기로 했다.

이 여행은 분명 즐거웠다. 젊은 날에 그려 보았던 꿈의 저편 나라를 여행할 수가 있게 되었기 때문이다. 하바로프스크에서 우수리강 기슭을 서성이면서 나는 맞은편 기슭 만주의 도시들을 떠올렸다. 같은 우수리강의 반대 쪽에 있는 그 도시들의 강기슭에서 하바로프스크, 더 나아가 시베리아를 간절히 그렸었던 30년 전 그때,

앙가라강 입구의 바이칼호수

허저족 조사 때와 현재를 비교하고는 어안이 벙벙해질 수밖에 없었다. 그때 나는 만주에서 우수리강을 건너 시베리아로 들어갈 수가 없었고, 지금은 시베리아에서 우수리강을 건너 중국 동북지구로 여행할 수가 없다. 정치가 지구상에 그려놓은 경계선은 그 색깔이 어지럽게 바뀌 칠해지는 것이다. 도대체 국경의 색깔을 이렇게 바꿔 칠할 권리를 갖고 있는 자 누구란 말인가?

바이칼The Baikal 또는 Lake Baikal이라는 단어는 젊은 날의 나에게는 마술과 같은 매력을 갖고 있었다. 바이칼호수 기슭을 드라이브하고 바이칼호연구소에서 호소학[1] 이야기를 듣고 있는 동안, 나는 수시로 허벅지를 꼬집으며 이게 꿈인지 생시인지를 확인해보곤 했다. 처음으로 현장 작업field work을 했던 ᄋᆞᄅᆞ쳰족의 종가인 에벤키족의 중심지는 바이칼 지방이기 때문에 그 지방에 들어가지 않는 한 북방퉁구스족에 대해 보다 효과적인 연구는 불가능했던 것이다. 어느 때는 다싱안링 밀림 속에서, 또 한 때는 헤이룽장 기슭을 서성이며 바이칼호수로의 여행을 꿈꾸었지만, 그것은 전혀 이룰 수 없는 꿈이었다. 그렇지만 지금 나는 그 바이칼 지방의 침엽수림 속을 볼가Volga 자동차를 타고 달려가고 있는 것이다. 꿈인지 생시인지 확인하고 싶어지는 것도 당연할 것이다.

시베리아 여행이 나의 회상적 로맨티시즘을 만족시켜 주었던

---

1 湖沼學(limnology) : 육상에 있는 하천이나 호소, 지하수 등에 대해 물리, 화학, 생물학적인 여러 현상을 연구하는 학문으로 육수학이라고도 한다. 그리스어의 호소, 습지, 연못을 뜻하는 limne와 학문을 뜻하는 ~logy가 결합된 용어이다.

것은 확실하다. 그런 반면에 젊은 시절부터 계속 품어 왔던 시베리아 원주민에 대한 민족학적 조사를 내 자신이 실행하는 것은 이미 불가능했고, 설사 실행해본다 해도 효과가 없을 것이 확실해졌다. 절망이라고 하기보다는 체념에 기까운 기분이었다.

모스크바의 회의가 끝나기를 학수고대라도 한 듯이 중앙아시아로 떠났다. 투르키스탄은 내가 하고 있는 일과는 아무 연고가 없는 땅이다. 그럼에도 불구하고 나의 반생은 서역 지방으로의 여행에 홀려 있었다. 어른답지 않은 이야기이지만 아들에게 타클라마칸 사막을 빗대어 타쿠라拓良라는 이름까지 붙여 주었다. 모스크바를 오후에 이륙한 비행기가 저녁나절이 되어 아랄해 상공에 도달했을 때, 아무다리야Amu Darya강과 시르다리야Syr Darya[2]강 입구를 확인하면서 곧바로 이 황량한 반사막지대가 아시아와 유럽을 연결하는 민족대이동의 대회랑으로 되어간 사연을 몸으로 실감하게 되었다.

9월 중순을 지나고 있었지만 타슈켄트공항은 불타듯이 더웠다. 학회 참가자나 관광객이 연이어 모스크바로부터 타슈켄트로 들어왔기 때문에 호텔도 국영여행사Intourist도 몹시 혼잡하여 우리 일행은 일주일 정도 타슈켄트에 발이 묶이고 말았다. 모두가 투덜거릴 정도인데도 나는 이 일주일을 지루하게 생각하지 않았다. 목화를 재배하는 콜호즈의 관개 방식을 보고 있으니 안데스 해안의 사막

2 원문에 시무다리야로 되어 있으나, 시르다리야(Syr Darya)의 오식으로 보인다. 남쪽의 아무다리야강과 함께 아랄해로 흘러 들어간다.

에서 고대로부터 시행되어왔던 방법과 매우 흡사했으며, 거리를 바쁘게 오가는 주민들의 얼굴을 보고 있는 것만으로도 재미가 있다. 얼굴 모습은 우리 황색 인종과 빼어닮았지만 피부색이 하얗고 눈동자는 푸르며 머리칼이 붉은 사람들이 있는가 하면, 피부색이 거무스럼하고 눈과 머리칼도 검은데 짙은 눈썹이 오른쪽에서 왼쪽으로 끊어짐 없이 한 가닥으로 얼굴을 가로지르고 있는 남녀들도 적지 않다. 이러한 사람들 속에 섞여서 황색 인종도 백색 인종도 걸어다니고 있다. 게다가 중앙아시아에는 다양한 언어들이 지금도 사용되고 있는 듯하다. 길모퉁이의 신문 매장에 가니, 우즈벡어와 러시아어 외에 중국어 기타의 문자로 인쇄된 신문 중에 조선어판도 있어서 나는 깜짝 놀랐다. 국영여행사의 안내인에게 물어보니, 블라디보스톡을 중심으로 극동에 살고 있던 조선인 다수가 전쟁 중 이 지역으로 강제이주[3]되었는데 현재는 강력한 벼농사 콜호즈를 몇 군데나 유지하고 있다고 한다.

타슈켄트에 오래 체재하게 됨에 따라 사마르칸트와 부하라 두 도시의 여행에 충분한 시간을 가질 수 없어서 유감이었지만, 어쨌든 서투르키스탄의 중심부를 알 수 있었던 것은 행운이었다. 이 두 도시에서 이슬람보다 이전의 문화에 접해 볼 기회가 없긴 했지만, 부하라의 사마니왕조 영묘[4]나 '죽음의 탑'[5]과 같은 초기 이슬람 건축과, 사마르칸트의 마드라사[6]나 샤히 진다 영묘군[7]과 같은 칭기즈

3 1937년 스탈린 정부에 의해 극동지방에 사는 거의 모든 조선인들(171,781명)이 중앙아시아의 척박한 지역으로 강제이주당한 것을 말한다.

칸 정복 이후에 조성된 건축을 비교할 수 있었던 것은, 자신의 무지를 속속들이 드러내는 일이긴 했지만 생각지도 못한 좋은 기회였다.

이슬람교와 이슬람 문화에 대하여 우리는, 아니 나는 아무것도 알지 못하고 공부한 바도 없다는 것을 이 여행을 통하여 마음속 깊이 부끄럽게 느꼈다. 분주한 중앙아시아 여행을 끝내고 레닌그라드의 에르미타주박물관에서 이슬람 이전 문화를 학습한 뒤 우리는 유럽을 향했다. 빈에서 며칠을 지내고 바르셀로나에 도착하자 국제아메리카학자회의가 시작되려고 하고 있었다. 나는 이 회의에서 그때까지 수행해 왔던 중앙안데스의 코토시유적 발굴의 결과를 보고했는데, 이번 여행에서 거쳐 왔던 시베리아나 중앙아시아의 인상이 방해가 되지는 않았다. 특히 중앙아시아에서 지중해 연안에 걸친 풍토는 남아메리카의 안데스지대나 스페인의 풍토와 매우 닮아있다. 특히 지중해 연안의 여름, 그 뜨거운 공기와 건조함에 의해 식물들이 고사하고 있는 모양새는 안데스사막의 건조기와 아주 똑같은 것이다. 마드리드에서 세빌리아로 향하는 기차

---

4 Samanid Mausoleum : 사만 왕조의 시조인 이스마일 사마니와 그의 아버지와 손자를 위해 905년에 조성된 영묘로서, 낙타젖으로 반죽해 만든 진흙 벽돌로 제작되었다. 원형, 사각형등 각종 모형과 꽃잎 문양이 그려져 섬세한 예술성이 돋보인다.

5 Kalon Minaret(큰 첨탑) : 동부 이슬람에서 가장 높은 첨탑으로 부하라의 상징이기도 하고 8세기 무역상인의 등대이면서 사형을 집행하던 '죽음의 탑'이기도 했다.

6 Madrassah는 아랍어로 모든 종류의 학교를 의미하며, 대체로 이슬람신학교 또는 대학을 가리킨다.

7 Shakhi Zinda Mausoleum : 우즈베키스탄 사마르칸트의 아프라시압 언덕에 있는 이슬람 교도들과 티무르 왕조의 묘지이며, 샤히 진다는 '살아 있는 왕'을 뜻한다.

속에서 스미소니안연구소의 에반스 박사 부부와 만났는데, 스페인 정복자들이 멕시코나 안데스에서 대규모 정복작전을 전개하고 또 성공했던 것은 그 풍토들이 매우 닮아있었기 때문일 것이라고 이야기를 나눴던 것이 생각난다.

이 여행에서, 스페인으로부터 프랑스로 나온 나는 다시 한번 이슬람권으로 들어갔다. 파리에서 먼저 카이로로 날아간 뒤 카이로에서 테헤란으로 갔다. 여기에서는 같은 동양문화연구소의 동료인 오노 모리오[8] 씨와 마쓰다니 토시오[9] 씨 외에 교토대학의 아시카가[10] 교수와 구면인 다무라[11] 교수도 계셔서 완전히 느긋한 마음이 되어버렸다. 그리고 오노 씨의 운전으로 멀리 자그로스Zagros 산계를 넘어 페르세폴리스에 갔고, 다시 더 시라즈Shiraz시까지 발걸음을 옮겼는데, 도중에 케나레Kenareh마을과 꿈의 도시 이스파한Isfahan을 방문했다. 짧았지만 즐거웠고 게다가 얻은 것이 많은 여행이었다. 이 여행에서 이슬람을 이해하는 것이 얼마나 중요한 것인지를 온몸으로 실감하게 됨과 동시에, 건조지대란 것이 어떤 의미를 갖는 곳인지를 숙고하도록 되었던 것이다.

---

8 大野盛雄(1925~2001) : 인문지리학자. 도쿄대학 지리학과 졸업 후 동 대학 동양문화연구소 소장을 역임했다. 저서에 『이슬람의 세계—풍토 · 종교 · 문화』 등이 있다.

9 松谷敏雄(1937~) : 고고학자. 서아시아지역을 전공하여 동양문화연구소 교수를 맡고 있다. 저서에 『고대의 메소포타미아』 등이 있다.

10 足利鍵亮(1936~1999) : 인문지리학자. 교토대학 문학부 졸업 후 교토대학 교수, 일본 인문지리학회 회장을 역임했다.

11 田村實造(1904~1999) : 동양사학자. 교토제국대학 사학과 졸업 후 동 대학 교수를 역임했다. 저서에 『중국정복왕조의 연구』 등이 있으며, 이븐 할둔의 『역사서설(*Muqaddimah*)』을 번역했다.

케나레마을

한국으로의 〈무도회의 수첩〉

전쟁이 끝난 뒤 20년 가까이 나의 제2의 고향이라고도 해야할 한국과 일본 사이에는 큰 정치의 장벽이 생겨나고 말았다. 이 장벽을 넘는 것은 물리적으로도 정신적으로도 매우 어려워서, 나의 학문상의 관심도 그 사이 일본과 남아메리카로 돌려지고 있었던 것도 이제까지 이야기해 온 것처럼 사실이다.

졸업논문인 「제주도」는 햇빛을 보지 못하고 책상 위에 먼지를 덮어쓰고 있었지만, 제주도에 대한 관심이 없어진 것은 아니다. 1950년에 도쿄에 살고 있는 제주도 사람들에 대한 조사 작업을 했던 것도 제주도를 잊기 어려웠기 때문이다. 그후 1965년이 되어서 나는 「제주도」 논문에 손을 좀 보아 동양문화연구소에 출판을 부탁하려고 결심했다. 그것은 지금에 와서 보면 결점투성이의 조사였지만 변화해가는 아시아의 농촌을 이해함에 있어서 의미있는 자료라고 생각했기 때문이다.

그러나 지금의 제주도를 전혀 살피지 않은 채 책으로 낼 수는 없는 것이었다. 그러나 일본인이 한국에 건너가서 조사작업을 하는 것은 그 당시로서는 상당히 어려웠기 때문에 단체관광단의 일원이 되어 도항하기로 했던 것이다.

비행기가 하네다 공항을 날아오르자 나는 뭐라고도 말할 수 없는 흥분에 휩싸였다. 그때까지 외국에는 몇 번이나 오고간 적이 있었고 서울에는 많은 친구들이 있음에도 불구하고 안절부절한 마

제주도의 돌하르방

음이 진정되지 않는다. 비행기는 눈 깜짝할 사이에 김포공항에 가까워졌다. 비행기의 진행 방향을 마주하여 한국의 저 푸르게 쾌청한 하늘을 배경으로 북한산과 삼각산 등의 바위산들이 성큼 다가오고 이윽고 착륙했다. 공항 건물에 들어서자 한국의 아름다운 지상 승무원이 중국어로 내게 "잘 오셨습니다. 똑바로 가셔서 막다른 곳에서 오른쪽으로 돌아 가십시오" 하고 말을 건다. 만약 그것이 한국어이든가 영어였다면 놀라지 않았을 것이 틀림없지만 서울의 공항에서 중국어로 안내를 받게 되자 나는 엄청난 충격을 느꼈다.

통관을 끝내고 밖으로 나가자, 동창 친구와 학우들이 기다려 맞아 준다. 서로 끌어안으며 이야기를 나눴지만, 단체여행이어서 나중에 만날 것을 약속하고 워커힐로 향한다. 한강에 면한 아름다운 언덕 위에 한국인들은 거의 드나들지 않는 외국인 전용의 '성역' 같은 곳이 만들어져 있는 것이다. 그날 밤 나는 '성역'을 벗어나 서울 시내에서 친구들을 만나 술잔을 기울였다. 술이 얼큰해지면서 20년의 벽은 무너져 내리고, 전쟁에 찌들린 친구들의 얼굴에 학생 시절의 모습이 되살아났다.

그 다음 날부터 판에 박힌 관광여행이 시작되어 서울 시내, 판문점, 경주 유적등을 둘러보며 다녔다. 서울에서 20년이나 살면서도 아직 알지 못했던 곳으로 안내받다 보니, 사는 것과 관광하는 것의 차이를 알게 된 것도 의미있는 일이었다. 어쨌든 모든 관광 스케쥴을 끝내고 학우인 김택규[12] 군과 기다리고 기다리던 제주도로 가게 되었다. 서울에서 제주까지 쌍발비행기가 매일 오가고 있다. 도중에 대구에 한번 착륙할 뿐이어서 3시간 정도로 도착해 버린다. 목포에서 배로 하룻밤 걸렸던 예전을 생각해 보니 마치 꿈만 같다.

제주시에 상륙하여 우선 놀랐던 것은 집집의 모양새나 시가지 인상이 거의 변하지 않고 있는 점이다. 그러나 그후 산악지대의 마을들을 찾아보았는데 대부분 새롭게 조성되어 있어서 예전의 마을 모습은 말할 것도 없고 옛날에 살던 사람조차 어디에 있는지 알 수가 없다. 1948년에 시작된 4·3사건 때문에 마을은 불타고 주민은 산지사방 흩어지고 만 것이다. 앞에서 말한 것처럼 예전에 조사 작업을 했던 교래리 사람들의 사진을 가지고 갔다. 근처 사람들에게 그 사진을 보이며 그 사람들이 어디에 있는지 물어본즉, 오직 한 사람 젊은이 또래가 해안마을에 살고 있다는 것을 알았다. 물어물어 찾아 헤맨 끝에 바람이 세차게 휘몰아치는 밭자락에서 간신히 그를 만났다.

다시 이전에 방문했던 어촌으로 갔다. 제주시에 가까운 화북리라는 마을이었는데, 이 마을로 가는 길은 거의 바뀌지 않았지만 방파제 건너편에 일본 해상보안청의 흰 감시정이 떠 있다. 한국의 해경함이 이승만라인에 출동하는 것을 감시하고 있는 것이라지만 제주도 사람들은 그리 좋게 보지 않고 있다. 과거의 역사가 짓누르고 있는 것이다. 또 북의 제주시에서 남의 서귀포시에 이르는 횡단

12 1929~1999 : 문화인류학자. 경북대 대학원 국문학과를 거쳐 도쿄대학에서 외국인 연구원으로 문화인류학을 공부한 후, 일본 국립민족학박물관 객원교수, 도쿄대학 동양문화연구소 객원교수를 지냈고, 1968년 이후 영남대학교에 부임하여 문화인류학과를 개설하고 교수로 지냈다.

30년 전의 지인, 오른쪽은 현재의 모습

도로가 한라산 산허리를 달리고 있다. 일본군이 주둔하고 있던 때에 개통되었던 것이 관광용으로 포장되어 멋진 도로가 되어 있다.

나는 제주대학교 학생 두 사람의 도움을 얻어 30년간의 변화를 알기 위한 간단한 조사를 실시하고 섬을 떠났다. 그후 이 두 학생들로부터 때때로 소식을 듣는 것을 즐거움으로 삼고 있다.

에필로그

몬테 알반의 형성기 석조

최악의 1968년

1968년은 예상하고 있었던 대로 나에게 정신없이 바쁜 해였을 뿐아니라 꿈에도 생각지 못했던 사건이 잇따라 일어난 최악의 한 해였다. 앞에서도 썼던 것처럼 이 해 9월에 제8회 국제인류학·민족학대회가 도쿄와 교토에서 열렸다. 나는 이 대회의 사무국장으로서 그 준비에 몰두해야만 했고, 연구실의 교수진들도 모두 이 대회 업무에 전력을 기울여 왔던 것이다.

그러나 한편 도쿄대학에서는 1월 27일에 발생한 의학부에서의 학생 징계 문제에서 시작된 분쟁이 결국 학교 전체로 번져가려 하고 있었는데, 국제학회의 바쁜 일정 속에 휩쓸려 있던 나는 그것을 체감하지 못하고 있었다. 다만 국제학회의 시작 순서로 홋카이도에서 열릴 예정이던 아이누에 대한 심포지엄과 현장방문에 관한 안내서 내용에 대하여 어디선가 항의가 제기되었고, 그 문제에 문화인류학연구실의 담당학생이 연관되어 있는 것을 알게 되었다. 그 문제에 대하여는 대회 사무국이 항의자의 요구대로 미비한 점을 정정하여 해결하였지만, 이와 같은 항의 행동의 밑바탕에 처음부터 도쿄대학 분쟁과 연결되는 무엇인가가 감춰져 있었다는 것을 당시의 나로서는 알지 못했던 것이다.

국제인류학·민족학대회 그 자체는 예정대로 평온무사하게 끝났고, 참석자들은 아쉬워하는 미소를 띠며 일본을 떠나갔다. 대회가 끝나고 얼마 되지 않아 대학병원에 입원한 소노 토시히코 교수가 백혈병이라는 진단을 받았다. 소노 교수는 같은 연구실의 동료이며, 안데스 조사를 두 번 함께한 사이이다. 생명에 대하여는 예단할 수 없지만 짧으면 십여 일, 길어도 3년이라는 것이 의사의 진단이었다. 마침 그때 내가 소속되어 있는 문화인류학연구실이 대학원 학생자치회에 의해 봉쇄당했다. 그 이유라는 것이 확대일로를 걷는 도쿄대학 분쟁에 연대하기 위한 것이라고 한다. 그런 이유는 받아들일 수 없지만 폭력으로 점거한다면 그것 또한 어쩔 수 없지……라는 말을 남기고 나는 연구실에서 물러났다.

바로 그때 소노 교수의 용태가 악화되어, 생명을 유지할 단 하나 남겨진 방법은 대량의 수혈이라는 것을 알게 되었다. 친구들의 헌혈에는 한계가 있어 아무래도 학생들의 협력이 필요하게 되었는데, 당시로서는 대립관계에 있는 대학원생들에게 도움을 요청하지 않을 수 없었다. 이 점에 대하여는 많은 대학원생들이 협력해 주었던 것이 생각나고 지금도 감사하고 있다. 그러나 수혈의 보람도 없이 소노 교수의 용태는 악화일로를 걸어 끝내는 9월 23일 급서하시고 말았다.

한편 나의 선임자이면서 제1차 안데스지대 학술조사단 단장이기도 했고, 가장 가까운 선배 중 한 분이었던 이시다 에이치로 교수도 국제학회가 끝난 후 건강이 좋지 못해 췌장 검진을 받고 있던 중 심한 영양실조로 두드러지게 쇠약한 상태가 되었다. 내가 이시다 선생 댁에 소노 교수의 부음을 전화로 알리자, 선생께서도 가까운 시일 안에 입원하시게 되어 있다고 한다.

연구실의 봉쇄, 소노 교수의 급서 그리고 이시다 선생의 병환, 이 세 가지 사태가 서로 겹쳐서 일어난 데다 마침 그것이 나의 여행 스케쥴과 우연히 겹치고 말았다. 각 대학의 학우회 조직 안에 탐험부가 만들어진 것은 교토대학을 제외하면 종전 후의 일이었다. 도쿄대학은 그중에서도 가장 늦게 생겨난 조직 중 하나여서, 탐험부가 창설된 것은 그때로 보면 고작 4년에 지나지 않았다. 그러나 좋게 보면 도쿄대학다운 탐험 스타일에 큰 특색이 있었고, 아프가니스탄의 조사를 시작으로 그외 몇 군데의 소탐험을 수행해 왔다. 나는 이 부가 창설된 이후 기꺼이 부장을 맡아오고 있었는데, 그 전년부터 탐험부는 멕시코에서 중남미 대륙을 종단할 계획을 세웠고 나에게 그 대장을 맡아주도록 요청하였다. 1958년 이후 나는 페루에 얽매여서 아메리카 대륙의 다른 지역에 갈 기회는 없었다. 그러나 한편으로는 아메리카 대륙의 문명을 넓게 조망한 뒤 그 안에서 중앙안데스문명을 파악해내야 한다는 것을 통감하고 있던 참이어서 그 대장직을 떠맡고 말았다. 게다가 같은 시기에 워싱턴의 덤바턴 오크스 재단[1]이 중앙아메리카지역의 차빈 문화에 대한 심포지엄을 열게 되어 내가 그 발표자로 출석하도록 요청받았다. 이 문제는 우리가 1958년부터 추구해 왔던 연구와 직접 관계가 있었는데, 드디어 국제적 전문가들의 장에서 토론할 만한 단계에 도

1 Dumbarton Oaks. 미국의 7대 부통령 존 콜드웰 칼훈의 저택을 1920년 로버트 우즈 블리스가 매입하여 확장한 후, 1933년 덤바턴 오크스로 명명하고 하버드대학의 도서관 겸 박물관으로 기증한 것인데 1944년 UN 창설을 위한 국제예비회담이 열린 곳이다.

달했던 것이다. 이 두가지 프로젝트를 하나로 하여 워싱턴에서의 심포지엄을 마친 뒤 나는 멕시코시에서 학생들과 합류하도록 봄부터 계획되어 있었고, 이미 하물은 랜드크루저와 함께 배편으로 아카풀코에 보내져 있었던 것이다.

여행이라면 언제나 서둘러 훌쩍 떠나기 마련이었던 나로서는 이번 만큼은 미련을 떨쳐버리기 어려운 상태였다. 출발 전날 도라노몽의 공무원공제병원에 입원 중인 이시다 선생을 방문했다. 기분 탓일까 선생의 안색은 좋았고 이런 상태라면 회복을 기대할 수 있을 것으로 생각되어 나의 어두운 기분도 조금 밝아졌다. 선생께서도 "자네가 돌아올 때 쯤에는 건강해져 있겠네"라고 말씀하셨기에 더욱더 힘이 나는 것처럼 느껴졌던 것이다.

그러나 다음 날 출발하는 아침 시간에, 정확하게 말하면 10월 24일 아침에 다마미술대학의 우쓰미 마사카즈內海正和 씨로부터 전화가 왔는데, 정밀검사 결과 이시다 선생께서는 암이라는 것 그리고 급성이어서 아마도 호전되지는 못할 것……이라는 의사의 진단을 알려 주었다. 나는 눈앞이 캄캄해지고 손발이 온통 풀리면서 전신에서 힘이 다 빠져버리는 느낌이었지만 화살은 이미 활시위를 떠나 버렸던 것이다.

멕시코만 연안 여행

꿈을 꿀 겨를도 없이 피곤에 쩔어 버렸을 터인데도, 워싱턴에서의 4일 동안은 형체도 확실치 않은 악몽에 시달렸다. 일본에서의 여러 가지 일들이 망령처럼 여전히 내 곁을 떠나지 않고 있었던 것이리라. 심포지엄이 끝난 다음 날 워싱턴을 출발하여 댈러스 경유로 멕시코시로 직행했다. 미리 도착해 있던 선발대의 와다, 노다 두 사람이 공항에 마중을 나와 준다. 올림픽이 끝나고 얼마 되지 않은 멕시코시민들에게 외국인 젊은이는 모두 운동선수처럼 보이는 듯, 우리 일행이 함께 시내로 나가면 인기가 대단하다. 바에 들어가면 누군가 맥주 등 술잔을 건넨다든가 젊은 여성들로부터는 댄스를 신청받곤 한다. 나는 부끄럼을 타는 편이라 안절부절했지만, 젊은이들은 마냥 즐거울 뿐이다. 6명 학생대원들의 나이는 최고가 27세, 최저가 21세이고 나만이 쉰 고개를 넘고 있었기 때문에 이 정도의 차이는 어쩔 수가 없다. 문화인류학연구실의 봉쇄 이후 학생들과 이야기할 기회가 거의 없었지만 이제부터는 24시간 젊은이들과 행동을 함께 해야 하는 것이다.

준비를 위해 멕시코시에 4일간 체재했는데 그 사이에 톨텍[2]의

2 Toltec : 메소아메리카(중간아메리카라는 뜻으로서, 멕시코와 중앙아메리카 북서부를 포함하여 농경민 문화와 마야, 테오티우아칸, 아스텍문명이 번성했던 지역이며, 폴 키르히호프의 연구에서 사용되었다)의 고전시대 이후에 툴라, 이달고, 멕시코 중심에 존재했던 국가이다. 톨텍인들은 마야 세력이 약해진 7세기에 테오티우아칸이 몰락하자 멕시코 중부지역에 이주하여 12세기까지 존속했으며 툴라에 수도를 두었다. 그후 톨텍은 가뭄으로 세력이 약화되었고 그 사이 1150년에 이방인들이 툴라를

톨텍의 수도 툴라의 석조

수도 툴라[3]를 방문한 것과 멕시코 주재의 세키 대사가 나를 위해 이 나라의 주된 인류학자들을 초대해 주신 것이 인상에 강하게 남아 있다. 특히 세키 대사가 연 파티에서 이름만 알고 있을 뿐 만난 적은 없었던 많은 학자들과 만나 이야기를 나눌 기회를 만들어 주신 것에 감사한다.

11월 1일 두 대의 랜드크루저는 멕시코시를 출발하여 멕시코만의 베라크루즈시를 첫 번째 목표로 남하한다. 그것은 정복자 코르테스가 아스텍왕국의 수도인 테노치티틀란[4]에 쳐들어 왔을 때의 루트와 반대 방향이다. 멕시코고원의 높은 산들 중에는 화산이 많고, 동쪽의 포포카테페틀Popocatepetl산[5]과 이스탁시우아틀Iztaccihuatl산은 눈을 덮어쓴 아름다운 산이다. 반건조지대인 고원에서 멕시코만으로 내려가는 고개는 소나무숲으로서 자연환경이 싹 달라진다. 푸에블라 시내를 벗어나서 새파랗게 맑은 몇 군데 호숫가를 지나 할라파Xalapa시 입구에 도착한다. 이 도시는 열대 우림지대와 온대림의 경계에 펼쳐진 분지에 자라잡고 있어 짙은 초록빛이 아름답다.

침략했을 때 거기에서 살아남은 자들이 훗날 아스텍제국의 선조가 되었다.

3 Tula : 톨란(Tollan 또는 Tolan)이라고도 하며 신대륙 발견 이전 메소아메리카에 있던 두 제국(톨텍과 테오티우아칸)의 수도를 가리키는데, 톨텍의 수도가 툴라이며 아스텍의 공용어인 나와틀어로 '골풀이 자라는 곳'이라는 의미이다.

4 Tenochtitlan은 아스텍문명의 수도로 현재의 멕시코시가 있는 자리에 있었다.

5 아스텍어로 '연기를 뿜는 산'이며 몇백 년 동안 불규칙적으로 분화해 왔는데 1994년의 폭발은 최근까지 이어졌다. 이스탁시아우틀산과 자매 산을 이루며, 나우아부족 전설에 따르면 신들이 엇갈린 운명의 연인들을 쌍둥이 산으로 만들었다고 하다.

할라파시의 북측 입구에 넓은 잔디가 있는 야외박물관이 있다. 베라크루즈대학 인류학교실의 부속시설이다. 야외에는 나중에 상술하겠지만, 산 로렌조San Lorenzo 유적[6]에서 출토된 올멕Olmec 시기[7]의 돌 조각이 진열되어 있고, 실내에는 이 지방 토착 타힌El Tajin 문화[8]의 토기 기타 유물이 수장되어 있는데, 규모는 작지만 내용물은 충실하다. 우리가 10년 이상에 걸쳐서 중앙안데스에서 추구해 온 것은 여러번 말한 것처럼 안데스문명의 모태가 된 형성기의 문화이다. 올멕 문화는 메소아메리카 문명의 모태로 된 문명이라고 일컬어지고 있다. 그래서 당연한 일이지만 우리는 올멕 문화에 흥미를 가질 수 밖에 없다. 할라파시박물관에 있는 올멕의 석조각품은 BC 8~7세기의 작품으로 생각되는데, 중앙안데스의 형성기 중기인 차빈 문화와 동일하게 하나의 통일된 양식이 관철되고 있다. 야

6 산 로렌조는 멕시코만에서 60킬로미터 정도 떨어진 베라크루즈주에 있으며, BC 1200년에서 BC 400년까지 멕시코만을 따라 번성했던 올멕 문화의 가장 중요한 정치, 종교, 상업의 중심도시였다. 메소아메리카 최초의 대도시로서 그 유적지는 주변의 작은 마을들과 농촌을 포함한 대규모의 거점이지만, 저온의 저지대 기후로 인해 서적들, 묘지 부장물 기타 직물이나 목재 유물들은 거의 멸실되었고 석조 건축과 조각이 다수 남아 있다. 그중에도 거대한 두상 조각은 높이가 3미터 이상으로서 상세하게 묘사된 지도자의 모습을 보여준다.

7 올멕은 아메리카 대륙에서 발전된 최초 문명 중 하나로서, 초기 형성기(BC 1800~900), 중기 형성기(BC 900~400), 후기 형성기(BC 400~AD 200)로 나눠진다. 그것은 메소아메리카 전역에 전파되고 영향을 주어 메소아메리카의 '모태 문명'으로 알려져 있다..

8 남부 멕시코의 콜럼버스 이전 메소아메리카 고전 시기의 가장 크고 중요한 고고유적지 중 하나이다. AD 600년에서 1200년 사이에 번성했으며, 많은 사원과 궁전들, 공놀이 경기장과 피라미드들이 건설되었으나 1230년 폐허가 되어 잊혀졌으며, 1785년에 우연히 발견되었다.

외에 늘어서 있는, 어금니가 있는 재규어에서 입술이 두꺼운 얼굴 모습에 이르는 일련의 석조각품들을 보았을 때 나는 거기에 못박힌 듯 얼어붙어 버렸다.

할라파시의 고풍스러운 호텔 살모네스에 1박하고 베라크루즈시로 내려가자, 그곳은 푸른 바다가 산호초에 하얗게 부서지는 열대였다. 해안을 따라 멕시코만 연안의 무더운 습지를 달린다. 몇 군데의 시가지 공원에 근처에서 출토된 석조각품들이 나열되어 있다. 모두 올멕 혹은 그보다 시대가 약간 늦은 토토나카[9] 것인 듯하다. 산티아고 투스틀라Santiago Tuxtla 시내에는 근처 트레스 사포테스Tres Zapotes 유적지[10]에서 출토된 올멕 시기 석조각품이 두세 곳 광장에 진열되어 있다. 올멕 문화 중심지 중 하나인 트레스 사포테스에 가보기로 하고 경찰에 안내인을 부탁하자, 젊은 사내 둘이 동행해 주게 되었다.

지금까지 왔던 도로를 조금 되돌아가서, 큰길에서 벗어난 포장되지 않은 시골길을 남서로 향해 간다. 길 사정이 매우 나쁜데 근처에 마야풍의 원추형 집이 보인다. 1시간 반 정도 달려서 울창한

9 Totonaca : 멕시코 중동부, 베라크루스주 중부 멕시코만 연안에서 푸에블라 주 북부의 산간부에 걸쳐 거주하는 민족 집단으로서 AD 600년경 엘 타힌 유적을 중심으로 고전기 문화를 개화시켰으나, 그후 12세기에는 톨텍, 14세기에는 아스테카의 문화로 대체되었다.

10 멕시코만 연안 저지대의 베라크루스주에 위치한 올멕 문화의 유적지로서 산 로렌조와 라 벤타 다음으로 중요한 곳으로 간주된다. BC 300년부터 AD 300년 사이에 올멕문화의 주요 종교 중심지로 발전한 곳이며, 1862년 현존하는 올멕 두상 중 가장 큰 것이 발견되었다.

숲으로 깊숙이 에워쌓인 트레스 사포테스마을에 들어서자 공교롭게도 '죽은 자의 날'이라 하여 마을이 온통 주흥에 젖어 있다. 중앙의 광장에는 올멕의 유명한 인두석상이 서 있고, 학교 운동장에는 '박힌 석두상Cabeza Clava'[11]이 놓여 있다. '박힌 석두상'이란 두꺼운 돌막대기의 한쪽 끝에 두상을 조각하고 다른 한쪽을 조금 뾰족하게 만든 석조각품으로서, 이것을 건물의 벽에 박아 넣어 장식하는 수법이다. 이 수법은 메소아메리카뿐 아니라 중앙안데스에서도 거의 같은 시대부터 있었던 것으로 알려져 있다.

마을 사람들로부터 인두석상과 박힌 석두상 외에 올멕 문화에서 보이는 메소아메리카의 가장 오래된 문자의 출토 지점과 출토 상황을 물어보고 싶었지만, 어른들은 모두 취해 있어서 이야기가 되지 않는다. 대화를 포기하고 왔던 길을 되돌아가서 안내인을 산티아고에 내려준 뒤, 카테마코Catemaco 호수 연변의 호텔에 투숙하고 밤이 깊은 뒤 '달식당'에서 원숭이 요리를 먹는다.

아침에 보는 호수는 아름다웠지만, 그것을 즐길 여유도 없이 열대의 습지를 통과하는 하이웨이를 서남쪽으로 달린다. 도중에 나비mariposa 채집을 하고 있는 다른 한팀의 자동차를 만난다. 나중에 다시 만날 것을 약속하고 내가 탄 차는 국도 18호선을 서쪽으로

---

11 고대 페루의 사원 벽에 장식으로 박힌 두상 석조물(Tenon Head라고 하며, Tenon은 건축에서 뼈대를 이루는 재료의 구멍에 끼울 수 있도록 다른 재료의 끝을 가늘고 길게 만든 부분을 말하는데, '장부'라 칭한다)로서, 콜럼버스 이전 숭배되던 동물인 고양이과들, 뱀, 새가 각각 지상과 지하 그리고 천상을 상징하여 묘사되어 있으며 공동체의 조상을 기리는 뜻인 인두상도 혼재한다.

달려간다. 도로에서 북쪽 해안 쪽으로 라 벤타[12]라는, 올멕 문화의 전형 유적type site이 있어서 그 유적을 보러 간다. 근처는 천연가스 생산지로서 군데군데 밀림이 파헤쳐져 시추공이 설치되어 있고, 가스 분출로 불길이 활활 솟구치는 곳도 있다. 유명한 라 벤타유적도 시추공의 바로 옆에 있기 때문에 유적의 중요한 부분은 파헤쳐졌고 남아 있는 곳은 흙으로 만든 피라미드와 그 발치를 둘러싸고 있는 석책石柵뿐이다. 그 때문일까, 교통이 불편한 라 벤타에 왔던 일본인은 거의 없었고 나만이라도 하는 마음으로 조사에 몰두했다. 작업이 끝나고 마을로 돌아오자 다른 차에 타고 있었을 터인 대원 한사람이 느닷없이 불쑥 나타났다. 이야기를 들어본즉 다른 한 대의 랜드크루저가 라 벤타 코앞에서 사고로 뒤집혀져서 두 사람의 대원이 부상을 입고 근처의 코아트사코알코스Coatzacoalcos 시내의 적십자병원에 입원하고 차는 사고현장에 그대로 두었다고 한다.

나는 시내 가게에서 음료수와 식료품을 구입하고 사고현장으로 돌아갔다. 현장은 절개지를 지나는 급커브의 내리막길이어서 주변 일대에 산산히 부서진 유리 파편이 흩날려 있다. 그러나 대파되어 있어야 할 차는 형체도 그림자도 없이 사라져 어디에 있는지 알 수가 없다. 여우에 홀리기라도 한 듯했지만 어쨌든 차를 운전해 나

12 La Venta : 멕시코 타바스코주에 위치한, 콜럼버스 이전 올멕문명의 유적지로서 시민 생활과 종교 활동의 중심지였음을 보여주는 피라미드, 제대(祭臺), 인두석상 등의 유물이 유명하다.

와서 코아트사코알코스 시내로 들어가 곧 적십자병원을 찾았다. 병원에는 아사히나朝日奈, 하가芳賀 두 대원이 창백한 얼굴로 자고 있었다. 골절은 없는 듯했고 다른 지장도 없어 보여서 행방이 묘연한 차를 찾으러 시내로 나간다.

시내 입구의 수리공장까지 가보니 문제의 차가 주차장에 들어와 있고, 와다 대원과 두 사람의 일본인이 서 있다. 차체는 대파되었지만 흔히 그렇듯이 엔진에는 문제가 없었기에 일단 이 거리까지 운전해 왔다고 한다. 두 사람의 일본인은 시내에서 잡화점을 하고 있는 가토 히데오加藤秀雄 씨와 멕시코국립대학 법학부의 학생인 그의 따님이다. 일본인이 사고를 일으켰다는 말을 듣고 곧바로 달려와 주셨던 것이다. 감사하기 그지없는 일이다.

가토 씨는 우리 일행을 자택으로 데려간 뒤, 다시 코아트사코알코스강 입구의 보카드리카 레스토랑에 초대하여 성대하게 식사를 대접해 주었을 뿐 아니라 대원 중 절반을 자택에 머물도록 해주신다. 우리는 가토 씨의 말씀을 고맙게 받아들여 일찌감치 퇴원한 대원 두 사람을 맡기고, 차 수리가 끝날 때까지 랜드크루저 한 대로 유카탄반도까지의 조사를 시도해 보기로 했다.

유카탄반도 여행

코아트사코알코스 시내에서 타바스코주 수도인 비야에르모사Villahermosa로 간다. 이 도시에는 야외박물관이 있어서 라 벤타에서 출토된 유물 중 석조각품들이 여기에 모여져 있다. 야외박물관이라지만 할라파시의 박물관과는 달리 유물들이 밀림 속에 띄엄띄엄 놓여있는 모양새가 자못 멕시코만 연안의 정취를 보여주고 있다. 유물의 탁본을 뜬다든가 사진 촬영을 한 뒤 새로 난 도로를 타고 팔렝케Palenque로 향한다. 밀림 속으로 이어지고 있는 길은 매우 평탄하여 포장되지 않은 부분도 있다. 그러나 교통량이 많지 않아 시속 100킬로미터로 달린다.

저녁나절 팔랑케유적으로 가는 분기점에 도착하여 곧장 유적으로 향해 간다. 구름이 낮게 드리운 이 고전기 마야의 전형적인 유적을 바라보았을 때 나는 밀림 속에 우뚝 솟은 백악의 신전과 피라미드에 완전히 압도되고 말았다. 내일을 기약하고 시내로 돌아와 1박한다. 무덥다.

그다음 날 아침해와 함께 일어나 7시 반에 유적에 도착한다. 이 유적의 피라미드 중에 부족장으로 생각되는 사람의 무덤이 있는 것이 확인되어 발굴로 이어진 것이 1952년의 일로서, 이시다 에이치로 선생께서 그 이듬해 팔렝케를 방문하신 것이 아련하게 생각난다. 고전기 마야시대의 전단계를 이루는 올멕 시기에는 라 벤타에서 본 것처럼 흙을 쌓아올린 작은 산 같은 제단이 아주 드물게

팔렝케의 피라미드와 신전

조성된 정도에 지나지 않던 것이, 다음 단계에 접어들면서 이처럼 아름답고 거대한 석조 신전과 기단들이 돌연히 나타나게 되는 것이다. 그런 의미에서 메소아메리카는 안데스라는 물리적 경계선에 의한 구분 이상으로, 형성기와 고전기 사이가 더 뚜렷하게 구분되는 것으로 생각된다.

정오까지 팔렝케에서 보낸 뒤 국도 18호선을 타고 서북쪽으로 더 나아간다. 길은 멕시코만을 따라서 푸른 바다를 왼쪽으로 보면서 달려가는데, 해풍과 청명한 바다 기운이 이제까지 무겁게 느껴지던 밀림의 압박을 날려버리고 말끔하게 씻어 내려준다. 저녁나절 유카탄반도에서 가장 오래된 식민지 시절의 항구거리인 캄페체Campeche에 도착한다. 시가지에는 식민지 시절의 건물과 현대적 건축이 뒤섞여 있지만 거기 오히려 묘한 조화가 느껴지는 것은 동유럽 어느 구시가지의 느낌 그대로이다.

캄페체에서 1박하고 국도 18호선을 서쪽으로 달린 뒤 이번에는 북으로 방향을 튼다. 이윽고 타바스코주와 치아파스주의 경계를 넘자 카바[13]의 유적이 도로의 연변에 보인다. 이것은 비의 신 차크[14]

13 Kabah : 멕시코 서부 유카탄반도의 푸욱(Puuc : 마야어로서 유카탄반도 중앙의 구릉지대를 지칭)지방에 있는 마야 고고유적지이며, 동쪽으로 18킬로미터 떨어진 욱스말에 이어 푸욱의 두 번째로 큰 유적이다. 가장 유명한 건축물은 '마스크의 궁전'인데, 수백개의 코가 큰 비의 신, 차크를 조각한 석조 마스크로 장식되어 있다. 그 외에 '푸욱 스타일'(건축물의 벽 한면에 조각을 새긴 벽돌을 조립하여 복잡한 기하학적 문양으로 모자이크 장식한 양식)의 많은 궁전들, 낮은 석조건물들, 계단식 피라미드로 된 사원 등이 있다.

14 Chac : 마야 신화에서 비와 천둥을 다스리는 신으로서, 비를 주관하므로 농업의 수호신이기도 했다.

의 신전터여서 코가 큰 신들이 조각된 벽돌이 신전 건축의 구성단위로 되어 있다. 카바에서 길을 5킬로미터 정도 되돌아가서 사일Sayil 유적[15]에 도착한다. 유적에서 보이는 건물 기둥의 형태는 동아시아와 자주 대비되어, 고전기 마야문명의 형성에 아시아 문명이 상호 연관성을 가진 것이 분명하다는 논의의 근거로 인용되는 유적이다. 사일에서 카바로 돌아가서 다시 욱스말[16]유적을 방문한다. 이 유명한 유적에는 고전기 마야로부터 후기 고전기로 가는 이행기의 건물이 많은데, 그것들은 장대하면서도 균형이 잘 잡혀있다. 이들 세 곳의 고전기 마야 유적에서는 비의 신 차크가 중요한 역할을 수행하고 있지만, 욱스말의 공놀이경기장에는 뱀과 인간의 모티브도 나타나고 있어 후기 고전기로의 이행 과정을 확실하게 읽어낼 수 있다.

저녁나절 욱스말의 피라미드에 무지개가 크게 걸려서 신비스러운 광경을 보여준다. 여기까지 오면 진정 마야의 중심지라는 느낌이 강해지며, 여인네들은 위필[17]이라는 긴 숄 종류를 쓰고 있는데

---

15 유카탄반도의 푸욱 양식 유적군 중의 하나로서 북쪽의 욱스말과 합해져 1996년 유네스코 세계문화유산이 되었다.

16 Uxmal. 유카탄주 푸욱 지방의 중심지로서 AD 700~1000년 사이로 추정되는 제의용 구조물들은 디자인, 배치, 장식 측면에서 후기 마야문명 예술과 건축의 최고 수준을 나타내며, 서로 연관된 도시인 카바, 라브나, 사일과 함께 후기 마야문명의 사회·경제 구조를 잘 보여준다. '마법사의 집'으로 불리는 피라미드, 저층 기단 위에 세워져 추상적이고 기하학적인 문양과 장식이 화려한 '수도원', 거북이 조각된 '거북의 집', 공놀이경기장, 비의 신 차크 조각상과 함께 상징적인 주제들로 화려하게 장식된 '예언자의 피라미드'등이 유명하다.

17 Huipil. 중앙아메리카에서 볼 수 있는 여성용 판쵸의 일종으로서, 지방에 따라 특색있는 짜임새와 자수등의 장식이 화려하다.

그녀들의 코는 마야의 석조각물에 나타나고 있는 신들의 코와 조금도 다르지 않다.

아침에 메리다 시내를 벗어나 국도 18호선을 길 따라 달려보기 시작한다. 길 양쪽은 온통 사이잘 밭이다. 이윽고 유명한 치첸이트사[18] 유적에 도착한다. 이제까지 보아온 고전기 마야 유적과 비교하면 월등하게 크다. 석조 피라미드는 높고 거대한데, 게다가 균형도 잘 잡혀 있어 소름이 끼칠 정도이다. 그렇지만 주요 피라미드들의 뒤편에 있는 '전사의 신전'에 들어서면서 나는 선 채로 얼어붙고 말았다. 십여 일 전 멕시코고원에서 보았던 톨텍족의 수도 툴라의 신전들과 너무나도 똑같은 것이다. 기원전 1,000년경, 말할 것도 없이 톨텍 문화의 영향이 고원지대로부터 전해져 이미 쇠망해가고 있던 고전기 마야지역에 새로운 마야 국가들이 형성되었다는 것을 충분히 알고는 있었지만, 건축물들의 형태나 구조뿐 아니라 개별 석조각물의 모티브까지 완전히 동일한 것이 포함되어 있다는 것을 실제 체험으로 이해할 수 있게 된 것이다. 그런데다 고전기 마야 이후의 전통이 조금도 손상되지 않고 있는 점에도 놀라게 된다. 정오를 조금 지난 무렵 이사말Izamal 시[19]를 방문한다. 교회

18 멕시코 유카탄반도에 있는 마야문명의 도시로서 그중 가장 거대한 규모이다. 마야 고전기 후기(AD 600~900)에 건설되었으며, 마야 후기(AD 900~1200)의 초기 건축 양식도 일부 섞여있다. 최전성기에는 마야 전체에서 인구가 가장 많았으며 타지방들과의 교역도 활발하여 다양한 문화 양식들을 보여준다.

19 유카탄주의 주도 메리다에서 동쪽으로 72킬로미터 떨어져 있는 도시로서 후기 선고전기인 BC 750년부터 200년 사이에 초기 정착이 이루어졌으나 본격적 발전은 BC 200년 이후인 고전기에 이루어졌다. 마야 최고의 신인 창조신 이참나(Itzamna)

한쪽 부분에 유적이 있고 또 교외지역에도 몇 개인가의 피라미드가 보이는데 아직 복구 작업 중이었다.

산 로렌소유적과 와하카주로의 여행

유카탄반도를 뒤로하고 우리는 도중에 에즈나Edzna[20]와 칼데나스Cardenas[21]유적을 들른 뒤 코아트사코알코스 시내로 돌아왔다. 대파된 랜드크루저는 거의 수리되어 있었지만 아직 마무리 작업에 며칠이 더 걸린다고 한다. 그 사이 고대하던 올멕 유적지 산 로렌소로 가기로 했지만 길을 거의 알지 못한다. 다만 주민들의 말에 따르면 국도 18호선으로 미나티틀란Minatitlan 시내까지 되돌아가서 거기서 보트를 빌려 코아트사코알코스강을 거슬러 올라간 뒤 테노치틀란Tenochitlan이라는 개척지 산골마을에 상륙하여 거기에서 다시 말을 타고 목적지로 가면 된다는 것만은 알 수 있었다.

미나티틀란 부두에 도착하자 보트를 가진 남자가 서성이고 있

와 태양신 키니치 아하우(Kinich Ahau)에게 제사를 올리던 곳으로 12개 신전 피라미드가 유명하다.

20 유카탄반도의 캄페체시 교외에 있는 마야 유적지로서 BC 400년부터 도시가 형성되어 AD 200년 이후 마야의 주요 도시로 발전했으나, 1500년경 잊혀진 후 1908년에 발견되었고 1958년에 본격적 발굴이 이루어졌다. 광장 가운데 40미터 기단 위에 세워진 주 신전이 있으며, 마야식 공놀이경기장도 유명하다.

21 타바스코주에서 두 번째로 큰 도시로서, BC 800년경 근처 라 벤타의 올멕문명이 확장되면서 형성되었으며 그후 마야문명의 유적들도 발견되었다.

다. 흥정을 하여 가격을 정하고 모터보트를 빌려서 부두에서 강을 거슬러 가기 시작한다. 강에는 모래톱이 많아서 물길을 모르는 사람은 움직이기가 어렵다. 3시간 정도 걸려서 테노치틀란마을에 도착한다. 먼저 관리인 사무실에 가서 산 로렌소유적으로 안내하도록 부탁하자, 관리인은 내가 가지고 온 국립박물관의 서류를 보고는 '국립역사학·고고학연구소'에서 받은 서류가 아니면 안된다고 한다. 입씨름 끝에 입장료 50페소, 안내료 25페소, 말 한 필당 20페소를 내는 것으로 하여 교섭이 성사된다. 말을 준비하고 있는 동안에 소학교에 보관되고 있는 석조각품을 본다. 할라파시박물관에서 본 것과 분명히 많이 닮아 있다.

밀림을 불태워 생긴 대지의 갈래진 덤불 사이 진흙길을 더듬어 가면서 들판을 가로질러 간다. 마을에서 좀 떨어진 곳에 예일대학 인류학연구실의 기지가 있다. 하버드대학에서 윌리Gordon Randolph Willey 교수의 남아메리카고고학세미나에 나와 함께 참가했던 마이클 코 군이 중심이 되어 이 유적을 발굴했을 때 세웠던 건물은 지금도 사용되고 있다. 산 로렌소유적을 자세히 살펴보면, 아주 평범한 대지 위에 인공적으로 조성한 작은 산 같은 것을 볼 수 있다. 마이클 코 군은 우선 전기탐지기를 써서 이 대지 일대를 탐색하여 백 수십 개의 석조각물들이 묻혀 있는 것을 확인한 뒤 발굴에 착수했다. 안내자가 이끄는 대로 발굴지를 찾아보니 모든 석조각물은 지하 몇 미터 아래에서 발견되는데, 그 대부분은 시간이 흐르면서 자연스레 묻힌 것이 아니라 분명히 인위적으로 매몰시킨 것이라는

산 로렌소의 석두상

그의 학설을 확인할 수 있었다. 이 발굴의 성과는 컸다. 그 전에도 올멕의 석조각물은 얼마든지 볼 수 있었지만, 그것들이 유적지 안에서 어떤 상태로 있었는지가 충분히 알려지지는 않았던 것이다.

유적지에서 돌아오는 길의 말 위에서 나는 올멕 문화에 대한 생각에 완전히 빠져들게 되어버렸다. 올멕 사람들은 이 광대한 밀림 속에서 살면서 뛰어난 석조각품과 경옥세공품들을 만들었고, 돌벽에 큰 구멍을 낸 후 돌에 조각한 자갈을 모자이크로 짜올려 장식했으며, 또 돌 구조물로 훌륭한 배수구를 설치하고는 그것들을 모조리 땅속에 파묻어 버렸다고 밖에 생각할 수 없는 것이다. 신성한 작품들을 땅속에 파묻는다는 것이 무엇을 의미하는 것일까? 중앙 안데스에서 우리가 발굴한 신전들 중에도 다시 정중하게 파묻힌 뒤 그 위에 다시 새롭게 신전이 건축된 사례가 많이 있었다. 나는 고대 아메리카의 문명이 어떤 식으로 출현하게 되었는지를 마음속 깊이 반추하면서 산 로렌소유적을 떠나, 큰비가 내리는 코아트사코알코스 강물 위를 흠뻑 젖은 채 배로 달려 미나티틀란 시내로 돌아온 것은 밤이 이슥한 때였다.

이 거리에서 남쪽으로 가서 아카유칸Acayucan[22]시를 지난 뒤, 멕시코를 횡단하여 테완테펙Tehuantepec으로 나가는 국도가 달리고 있다. 우리는 얼마 동안 정들었던 멕시코만에 작별을 고하고 태평양으로 향했다. 태평양 연안은 멕시코만 연안에 비하면 건조한 곳이

---

22 원문에는 카카유칸(カカユカン)으로 되어 있으나, 주변 도시 위치를 따라 지도를 확인해보면 아카유칸(Acayucan)의 오식으로 판단된다.

다. 테완테펙에서 서쪽편 산악지대는 멕시코에서 지방색이 가장 풍부한 와하카Oaxaca주이다. 여인네들의 복장도, 사람들의 기질도, 사투리까지도 완전히 고립된 지역인 것이다. 이 주의 중심은 와하카시[23]인데, 그 주변에는 무수한 폐허들이 있다. 우리는 테완테펙 시내에서 4시간 정도 산을 올라 미틀라Mitla시[24]에 도착한다. 이 도시는 폐허 위에 새롭게 세워진 시가지로서 교회의 일부도 유적을 이용해 세워졌고, 그 앞의 광장에는 완전히 와하카적인 민예품들이 판매되고 있다. 또 구 제국호텔의 모델이 된 궁전의 단정한 기하학적 문양과 여인네들의 화려한 복장 사이에는 일맥상통한 질서가 보인다. 미틀라시에서 좀 떨어진 곳에 동일하게 후고전기에 속하는 야굴[25]의 폐허가 있지만 여기에는 기하학적 문양의 모자이크는 보이지 않는다.

와하카 시내에서 1박하고 다음날 아침 일찍 시내에서 떨어진 몬테 알반Monte Alban유적[26]에 간다. 형성기선고전기에서 후고전기까지에

23 과테말라 국경과 가까운 멕시코 남부 와하카주의 주도로서 사포텍과 미스테카의 문화 및 고고학 유적지와 식민시대 건축물들 그리고 화려한 의류 및 직물 작품과 인상적인 소품들을 볼 수 있는 섬유박물관이 유명하다.

24 사포텍인들이 몬테 알반을 떠난 후의 종교 중심지로서 제사장들이 살았던 주거유적이다. 9~12세기의 최전성기에는 인간제물 의식도 행해졌다고 하며 그런 의미에서 Mitla의 어원은 고대 멕시코어 'Mictitla(죽은자의 장소)'에 기원한다.

25 Yagul. 컬럼버스 이전 메소아메리카의 사포텍문명의 중심지였던 몬테 알반이 AD 800년경 버려진 후 그 주민들이 건설한 작은 도시들(야굴, 미틀라, 람비티예코) 중 하나이다.

26 메소아메리카의 가장 초기 도시 중 하나로서 사포텍문명이 거의 1,000년 이상 번성한 정치·사회 및 경제적으로 압도적인 중심지였으나, 후기 고전기(AD 500~750)가 끝나면서 일거에 버려지고 작은 규모의 도시들로 흩어졌다.

걸쳐 번영했던 거리인 만큼 그 규모가 매우 웅장하다. 이 유적의 한쪽에 올멕 문화의 영향 아래 조성된 이 지방 형성기 문화의 석조 각품들이 새로운 시대의 건물 장식으로 이용되고 있는 장소가 있었다. 나는 그 자리에 못박힌 듯 붙어서서 탁본을 뜨고 사진을 찍었다. 중앙안데스의 해안에서 볼 수 있는 세로 세친[27]의 조각들과 불가사의하게도 일맥상통하는 바가 있었기 때문이다.

마지막 장

우리는 와하카주에서 테완테펙으로 돌아와 그대로 서쪽으로 향했다. 해안선을 따라서 아름다운 녹색의 '치아파스의 어머니 산맥 Sierra Madre de Chiapas'이 달리고 있는 것을 멀리 보면서 태평양 연안을 여행하는 것도 나쁘지 않다. 거기에는 예전 인디오들의 생활이 지금도 생생하게 보이기 때문이다. 와하카를 나와 이틀째 정오를 지날 무렵 멕시코와 과테말라의 국경 도시 타파출라Tapachula에 도착했다. 밝고 활기찬 도시이다.

이 도시에서 일본계 2세인 의사 가토 씨를 만난다. 이 분은 모친도 부인도 멕시코인이지만 언제나 일본인들을 세세한 일까지 보살펴 준다고 들었다. 우리가 방문 목적을 말하자 오후부터 이사파

27 Cerro Sechin. 북부 페루 안카쉬 지방의 BC 1600년까지로 추정되는 유적지로서, 다수 발견된 석판들은 중부 안데스의 가장 오래된 기념물 조각을 대표한다.

Izapa 유적에 안내해 주었다. 이 유적에는 올멕에서 고전기 마야에 이르는 다양한 단계의 문화들이 포함되어 있는 것 같고, 발굴도 아직 충분히 이루어지지는 않고 있는 것으로 짐작된다. 유적의 여기저기에 보이는 산들은 틀림없이 라 벤타와 마찬가지의 올멕 스타일 피라미드에 틀림없을 것이다.

타파출라에서 1박하고 그 다음 날 멕시코 국경을 넘어 과테말라령으로 들어갔다. 국경을 통과하는 일은 어느 곳이든 그 절차가 번잡하고 비능률적이다. 과테말라에 들어가자 사람들의 복장도, 몸맵시도 달라진다. 멕시코와 비교해서도 훨씬 가난하다고 볼 수밖에 없다. 타파출라에서 과테말라시로 직행하려면 2가지 길이 있다. 하나는 해안을 따라 서쪽으로 달려서 에스쿠인틀라Escuintla로부터 북상하는 길이며, 다른 하나는 그대로 산악지대를 통과하여 유명한 치치카스테난고Chichicastenango[28] 지방의 남쪽을 스쳐 지난 뒤 아티틀란 호반Lago de Atitlan[29]을 거쳐서 과테말라 시로 들어가는 루트이다. 우리는 도중에 여러 마을과 도시들에 들를 수 없다는 것을 알면서도 후자의 길을 택했다. 안개가 자욱한 산악지대를 스쳐 지나고, 으스스 추운 고개길를 넘어 밤 9시 30분에야 시내의 불빛을 볼 수 있었다.

---

28 과테말라 키체현에 있는 도시로서 마야의 키체족 문화가 짙게 남아 있는 곳이며, 매주 목요, 일요일에 열리는 전통시장과 컬럼버스 이전 신전터에 그 기단을 이용하여 세워진 성 토마스교회가 유명하다.

29 과테말라 솔로라주에 있는 호수로서 화산 폭발로 형성된 칼데라 호수이며 그 면적이 130제곱킬로미터(백두산 천지의 14배 크기)로 특히 해발 1,562미터 고지대의 호수라 세계적으로 유명하다.

그다음 날 아침 우리는 걸어서 대사관을 찾아갔다. 대사관 지역에는 삼엄한 경계가 펼쳐져 있어서 경관에게 그 이유를 묻자, 미국 대사가 반정부 게릴라에게 암살된 뒤부터 외교관에 대한 암살의 위협에 대비하여 경계를 엄중히 하고 있다는 것이다. 일본 대사관에 도착하자 서기관께서 기다리고 있었다는 듯이 몇통의 전보를 가져오셨다. 그 전보들에는 '대학 분쟁 심각 즉시 돌아오라'와 '이시다 선생 서거하시다'의 두 종류가 있었다. 이것으로 멕시코와 과테말라에서의 열흘 남짓한 날들도 끝이 나게 되었다. 나는 티에라델푸에고Tierra del Fuego[30]까지의 남은 일정을 단념하고 다음 날 비행기로 격렬한 대학 분쟁의 태풍이 휘몰아치는 도쿄로 돌아갈 수 밖에 없었던 것이다.

30 아르헨티나의 주로서 마젤란해협을 사이하여 본토와 떨어져 있는 섬이며, Land of Fire라는 의미이다.

우메사오 다다오

이즈미 세이이치에게 산과 탐험

1. 후기를 위한 서언

최후의 작품

이 책의 저자 이즈미 세이이치는 1970년 11월 15일 아주 갑자기 세상을 떠났다.

이 책 『머나먼 산들』은 1967년 8월부터 1970년 6월에 걸쳐 산악잡지 『알프*Alp*』에 연재된 것이다. 연재가 끝나고 얼마되지 않아 그는 세상을 떴다. 이 책은 정리된 것으로는 그의 최후의 작품이 되었다.

『머나먼 산들』은 잡지 연재 때부터 매우 평판이 높았다. 지금 한 권의 책으로 편찬되어 신초사新潮社로부터 출판됨에 따라 새롭게 다시 읽어보니, 그의 생애가 이미 완결되어 버린 터이어서 한층 강렬한 감명을 느낀다. 나같은 사람처럼 거의 같은 세대여서 비슷한 체험을 한 입장에서는 읽으면 읽을수록 여러 가지 일들이 연이어 떠올라 중도에 책을 덮을 수가 없는 것이다. 그중에는 몇 가지 점에서 그 일이 저러했던가 하고 저자에게 따져 보고 싶은 것도 있겠지만 지금에 와서 이미 어쩔 수도 없다.

이즈미 세이이치는 그 자신이 산과 산의 연장으로서의 탐험을 축으로 하여 하나의 인생을 살았다. 여기에 있는 것은 그 기록이다. 그는 『머나먼 산들』에서 하나의 인생 그리고 한 시대의 기록을 남기고 세상을 떴던 것이다. 그에게는 많은 저서들이 있고, 그 하나하나가 내용이 충실한 훌륭한 책들이다. 그러나 나에게는 그의 성장 내력, 그의 사람됨 그리고 그가 살았던 한 시대의 배경 등, 그의 작업이나 학문을 이해하기 위한 열쇠는 이 『머나먼 산들』에 가장 많이 담겨져 있는 것처럼 생각되는 것이다.[1]

그가 자신의 갑작스런 죽음을 예상하고 있었다고는 도저히 생각할 수 없지만, 여기에 있는 것은 잘 정리된 하나의 '자서전'임이 분명하다. 도대체 무슨 일이 이렇게 될 수 있는가? 그가 세상을 떴을 때 그는 55세였을 뿐이다. 노인이라고 할 정도의 나이는 아니다. 그리고 이 책의 첫 페이지에서 그 자신이 쓰고 있는 것처럼, 옛날 일들을 이야기하고 싶어 하는 것은 노화 현상의 시작이라고 생각하여 그는 자서전 집필을 거부하는 자세를 보이고 있는 것이다. 그럼에도 불구하고 끝내 이만큼 정리된 것을 깔끔하게 써서 남겨주었다는 것은, 나에게는 무언가 매우 신비스런 일처럼 생각되는 것이다. 이것은 도대체 어떤 의미일 것인가…….

동행자

『머나먼 산들』이 하나의 책으로 묶어지면서 그 '후기'의 집필자로 지명을 받았을 때 나는 약간의 망설임을 느꼈다. 과연 내가 그 적임자일 것인가?

분명히 나는, 어떤 의미에서는, 그에게 가장 친밀한 관계에 있었던 사람 중 하나이다. 아니 좀 옛날식 표현을 하자면 간담상조肝膽相照 : 간과 쓸개를 서로 내보이는 친밀함하는 사이였다고 해도 그다지 과장은 아닐지도 모른다. 그러나 기묘한 일이긴 하지만, 그 정도로 친밀한 사람임에도 불구하고 나는 그에 대하여 거의 아무것도 알지 못하는 것이다. 특히 그의 사적인 측면에 대하여는 완전히 무지하다. 그에게 자식이 몇 명 있는지조차 알지 못하는 것이다. 그러한 인간에게 이와 같은 일종의 자서전적 유작의 '후기'를 쓸 자격이 과연 있을 것인가?

그리고 나는 그와 함께 산에 오른 적이 한 번도 없다. 탐험이나 인류학적 조사, 발굴 등의 필드 워크에도 한 번도 동행한 일이 없다. 그래서 이번에 이 책을 통독한 뒤 새롭게 확인한 것이지만, 이 『머나먼 산들』에 내 이름은 한 번도 나오지 않는다. 그러한 인간에게 이러한 책의 '후기'를 쓸 자격이 있는 것일까?

그러나 생각해 보면 그와 나의 교제는 30년에 이르고 있다. 그의 경성 시절부터 죽음의 시기까지 — 그 죽음의 당일까지 — 그의 산과 탐험과 학문 연구의 거의 모든 기간에 걸쳐 나는 교류를 갖고 있었다. 그리고 그가 활약한 산과 탐험과 학문 연구의 거의 모든 영역에 걸쳐 나는 관계가 있었던 것이다. 그러한 인간은 어쩌면 나 이외에는 그 수가 매우 드물지도 모르겠다.

나이로 보자면 그는 나보다 5년 연상이다. 그런 의미에서는 그는 나의 선배에 해당할 터이지만, 학교든 어디든 같은 코스를 밟은 일은 한번도 없다. 그의 코스와 나의 코스는 겹쳤던 적이 없는 것이다. 우리는 소위 평행하여 달리는 두 가닥의 길을 비스듬히 동행하여 걸어왔다고도 할 수 있다. 나는 그의 옆쪽을 약간 뒤편에서 걷고 있었다고 할 수 있다. 그런 만큼 비스듬히 앞쪽을 열심히 걸어가는 그의 모습이 나에게는 잘 보이고 있었다. 뒤쪽에 있는 나로서는 그의 일거수일투족을 잘 볼 수 있었던 것이다.

나는 그에 대한 것, 그와의 교우에 대한 것들을 언젠가는 어딘가에 새롭게 쓰지 않으면 안될 것이다. 지금 나는 아직 그의 갑작스런 죽음의 충격에서 벗어나지 못하고 있어 조금은 빠르다고 생각하지만, 이것은 정녕 내게 주어진 역할일 것이다. 그에 대한 이해의 부족, 사실의 착오, 해석의 부적절함등 결함에 대하여는 나의 지우知友 이즈미의 영혼에 용서를 빌면서 나는 이 글을 쓰기로 결심했다.

개인적 코멘트

내가 그의 사적인 측면에 대하여는 거의 아무것도 모르기 때문에, 여기서 그의 인간상을 그리는 일 같은 것은 전혀 불가능한 일이다. 그런 일에는 나 외에 더욱 적절한 사람이 있을 것이다. 여기서 내가 그의 인물론이나 추도기를 쓸 생각은 아닌 것이다.

내가 그와 가장 빈번하게 교류를 가졌던 것은 역시 학문의 세계에서이다. 학계에서는 나와 그는 인연이 깊었다. 특히 그의 만년에는 그가 도쿄대학에서 문화인류학연구실을 주재하고, 나는 교토대학에서 사회인류학연구실을 담당하는 그런 입장이었던 점도 있어 서로간에 의논을 해가면서 작업을 진척시킨 적이 많았다. 그 정도로 학계에서 인연이 깊은 사이이긴 하지만, 그의 학문적 업적에 대한 소개와 평가라는 일도 여기서는 일체 하지 않기로 한다. 그

일에는 따로 더 적당한 기회가 틀림없이 있지 않을까 생각된다.

여기서 내가 해야 할 일은 이 자서전적 유작에 대하여 개인적 입장에서 하나의 코멘트를 쓰는 것이다. 이즈미 세이이치는 이 『머나먼 산들』을 하나의 인간적 회상이라는 형식으로 집필했다. 그리고 그것은 이 스케일 큰 학자 한 사람의 자서전으로서 인간적으로 매우 흥미있는 것이 되고 있지만, 동시에 나는 이것이 근대일본문화사에 있어서 하나의 귀중한 사료라고 생각하고 있는 것이다.

현재의 일본은 알피니즘과 탐험에 대하여 질과 양 모두에서 세계 제1급의 수준에 있다고 해도 좋을 것이다. 그 방면의 활동력이라는 점에서 세계에서 가장 주목해야 할 만큼 활발한 국가 중의 하나이다. 그리고 국내적으로 보아도 국민들의 다양한 문화 활동 중에서 등산과 탐험은 이제는 무시할 수 없는 하나의 큰 장르를 형성해 가고 있다. 만약 일본문화대계라는 그런 책을 만든다고 한다면 과학이라든가 예능이라든가 문학 등과 나란히 등산·탐험에 대하여 적어도 한 권을 할애하지 않으면 안될 것이라고 나는 생각하고 있다. 이즈미의 이 『머나먼 산들』은 그를 위한 중요한 사료이며 문헌이라고 할 수 있을 것이다.

다만 나로서는 거기에는 몇 가지 점에서 코멘트가 필요한 것으로 생각한다. 그 자신은 자유로운 마음으로 느긋하게 회상하고 있는 것이지만, 그 하나하나 사실의 역사적 의미에 대하여는 누군가 다른 사람이 주석을 붙이는 것이 바람직할 것이다. 나는 여기서 그런 작업을 자청해 나선 것이다. 그리고 그렇게 함으로써 근대일본

등산탐험사 중에 이즈미 세이이치를 자리매김하는 일을 시도하는 것이라고 보아도 좋을 것이다.

물론 충분한 준비도 없이 하는 일이기 때문에 잘못을 범할 우려는 있다. 객관적이고 공평한 역사는 따로 누군가가 꼭 완성해줄 것이니, 나는 그를 위한 바닥 정비 작업을 조금이나마 해두고 싶은 것이다. 말하자면 비스듬히 같이 가는 길을 조금 뒤따라 걸어온 사람으로서 나 자신의 추억을 더듬어 가면서, 그가 걸어온 시대에 대하여 그리고 그가 살아온 환경에 대하여 완전히 개인적인 입장에서 코멘트를 가해두고 싶은 것이다. 지금 내가 할 수 있는 일이라고 하면 그것이 최대한일 것이다.

2. 연보 속에서

현장연구자Field Worker

이번에 이 후기를 씀에 있어서, 그 자신의 기록을 바탕으로 그의 생애를 간단한 연보로 만들어 보았다. 그리고 그가 얼마나 열심히 활동해 왔는지 새삼스럽게 감동을 받게 되었다. 어느 해를 보더라도 행동의 기록이 없는 해는 거의 없다. 그것도 몇 개월씩 집을 비우고 어딘가에 나가 있는 것이다. 아무튼 경탄할 수 밖에 없는 행동력이다.

'집을 비우고'라고 말했지만, 그는 기미코貴美子 부인을 필드에 동행해 간 적이 있다. 1957년의 페루·볼리비아 여행 때이다. 그 때의 일에 대하여는 『잉카탐험기』라는 기미코 부인의 저서가 있다.[2] 여행기로서도 그것은 매우 귀중한 것이지만, 그 프롤로그 중에 그의 일면을 보여주는 재미난 기록이 있다.

기미코 부인의 회상에 따르면, 결혼이 결정되었을 때 그의 모친으로부터 이렇게 들었다고 한다. "세이이치가 전공한 민족학이라는 학문은 지금 시대에는 통용되지 않는 학문이어서 밥먹고 살아갈 수 있을지 보증할 수는 없지만, 저 애의 신체는 갑종 합격이니까 공사판 막일이든 뭐든 궁리해서 처자를 먹여 살리는 일 만큼은 할 수 있으리라 생각한다네."

기미코 부인은 민족학에 대한 어렴풋한 지식은 있었지만, 결혼할 때까지는, "이 정도로 야외 조사가 주체가 되고 있는 학문이라고는 조금도 알지 못했다. 1년 중 절반은 집을 비우는 모양새다"라는 말씀이시다. 말씀 그대로였을 것이다.

다만 기미코 부인은 그런 행동의 이유를 그가 전공한 학문인 '민족학'의 탓으로 보고 계시지만, 나같은 사람에게 그 점은 반대인 것으로 생각된다. 즉 행동에 대한 욕구가 선행하고, 그것이 전공을 결정할 때에 민족학이라는 필드 사이언스를 선택시킨 것이다. 실은 나 자신을 포함하여 내 주변에는 그와 같은 예가 얼마든지 있다. 내 입장에서는 이즈미 세이이치의 경우도 잘 이해할 수 있을 그런 기분인 것이다.

그러나 그는 그 만큼이나 밖을 나돌면서 도대체 무엇을 하고 있었던가? 그는 도대체 어떤 사람이었던가? 여행가라고 부르면 걸맞지 않을 것이다. 여행가라면 훨씬 행동반경이 넓은 사람이 얼마든지 있다. 그는 동남아시아나 인도, 아프리카에는 전혀 발을 들여놓지 않은 것이다. 등산가인 것은 확실하지만 그것도 오늘날의 젊은 등산가들의 감각과는 다를지도 모른다. 오늘날 등산가로서 히말라야의 경험을 가진 사람은 적지 않으나, 일본의 히말라야 등산사를 뒤져보아도 이즈미 세이이치의 이름은 나오지 않는 것이다.[3] 그와 같은 세대의 등산가들과 비교해 보아도 이것은 조금 기이한 일이라고 하지 않을 수 없다. 왜 그런가 하는 것은 나중에 밝히겠다. 그런 점을 분명히 하는 것이 이 코멘트의 하나의 목적인 것이니까.

또 이즈미를 탐험가라고 하는 것도 틀리지는 않지만, 그것도 그의 일면만을 보여주는 것에 지나지 않는다. 오늘날 탐험가라는 단어는 매우 넓은 의미로 사용되고 있어서 그 말도 괜찮겠지만, 어떤 의미에서는 그는 기미코 부인이 말씀하시는 바대로 현장연구자Field Worker라는 이름이 가장 들어맞을 것이다. 실제로 그의 저서에는 *Field Note*,[4] 『Fieldwork의 기록』[5] 등 Field라는 용어를 쓰고 있는 책이 두 가지나 있는 것이다. 그 자신은 Field Worker라고 불리는 것을 가장 좋아할지도 모르겠다.

모험가Adventurer

그러나 나는 또 하나의 칭호를 그에게 바치고 싶다고 생각하고 있다. 그것은 모험가Adventurer라는 이름이다. 그는 학문의 세계에서의 신중성과 정밀성을 존중하면서도, 그런 한편 인간에게 모험Adventure이라는 것이 얼마나 중요한 것인가를 가장 잘 이해하고 있었던 사람이다. 그의 모든 일들은 항상 미지에 대한 도전적 모험의 자세로 관철되어 있었다. 50세를 넘어서도 그의 핏속에는 모험에 대한 지향이 부글부글 끓어오르고 있었던 것처럼 나에게는 생각된다.

나는 만년의 그에 대하여 그런 증거가 될 몇 가지 사실을 들 수 있다. 그중 하나는 『아사히 모험 시리즈』아사히신문사의 감수이다. 젊은 사람들의 모험 기록을 계속적으로 간행해내자는 취지로 1963년경부터 10권 이상이 출판되었다.[6] 감수는 그와 내가 공동으로 하였지만, 청년들의 모험에 대하여 그는 가장 깊은 공감을 드러냈다.

또 하나는 이것 역시 모험을 권유하는 기획인데, 1970년 이후 산케이신문이 주최하여 Adventure Plan을 공모하고 있는 것이다. 니시보리 에이사부로西堀榮三郎 박사가 심사위원장이고 이즈미는 그 위원으로서 이 Plan의 추진역 중 한 사람이었다. 그 제1회 입선작으로 도쿄대학 학생 그룹의 우스마신타강Usumacinta River : 원숭이의 강을 거꾸로 올라가 마야문명의 유적을 찾는다는 Plan이 채택되어 이미 실행으로 이어졌다. 실은 이 그룹은 이즈미에 의해 지도·육성되었다고 해도 좋은 것이, 이 Plan 자체가 『머나먼 산들』에 쓴 마지막 여행, 즉 도쿄대학 탐험부 학생들과 함께 수행했던 중앙아메리카 여행 때에 착상되었던 것 같다. 그의 사후 학생들은 그의 유지를 잘 이어 멋진 Plan으로 다듬어내었던 것이다.

또 하나의 사례는 『아사히 강좌·탐험과 모험』의 편집이다.[7] 이것은 지금까지의 일본의 탐험과 모험의 성과를 전망하고 향후 활동의 지침을 마련하려는 강좌로서 현재 준비 중에 있는데, 그는 이 기획의 가장 처음부터 그 추진역 중 한명이었다.

일련의 실행Tat

연보 작성을 위해 하나하나의 산행, 여행, 야외 조사 기록을 카드에 기입하면서 나는 오래 동안 잊고 있던 학생 시절에 자주 쓰던 단어 하나를 떠올렸다. 그것은 독일어의 Tat라는 단어이다. 그것은 '수행하다'라든가 '행위하다'라는 의미의 동사 tun의 명사형이다. 일본어를 대응시켜 보면 역시 '행위'라든가 '실행'이 될 것이다.

우리가 학생 시절에 이 단어를 사용한 것은 일반적인 '행위'라는 의미로서는 아니다. 그것은 오로지 '등산 행위'를 가리키고 있었던 것이다. 아니면 하나하나의 구체적인 '산행'을 기리키고 있었던 것이다. "내년은 큰 Tat를 하나 하고 싶은거다"라든가, "금년 겨울은 Tat 없이 공부하기다"라는 식으로 사용했던 것이다. 그러나 Tat라는 이 단어에는 일본어의 산행이나 등산이라는 단어보다도 넓은 것이 어감적으로 포함되어 있었던 것으로 나는 생각한다. 보통의 등산이나 암벽 등반과 같은 수직적인 등고 행위 뿐 아니라 설산을 스키 투어하는 것도 고원을 도보 여행하는 것도 그러한 Tat 속에 포함되어 있었던 것이다. 특별히 산이 아니어도 멀리 외진 섬을 방문하는 것, 나중에는 몽골의 스텝에까지 Tat의 대상은 확대되어 갔다. Tat라는 단어가 표현하고 있는 것은 그들 모두에 공통하는 어떤 무엇인가인 것이다. 일상의 평안에서 벗어나 생생한 자연 속에 몸을 던져 행동한다. 그 격렬한 긴장과 그에 수반된 즐거움, 그것이 Tat라는 단어에는 뒷받침되어 있는 것이다.

이즈미의 연보는 실로 그런 의미에서의 Tat의 연속이다. 표면적으로 본다면 그는 등산, 탐험, 학술 조사, 발굴이라는 여러 가지 것들을 한 것처럼 보인다. 그러나 그에게는 그것들 모두가 근본에 있어서는 일련의 동질적인 Tat이었음에 틀림없다. 어떤 사람은 이즈미가 산은 잊어버리고 발굴꾼이 되어버렸다고 느끼고 있었을지도 모르고, 어떤 사람은 이즈미는 원래 등산과 탐험 등 바보 같은 짓에 정신을 팔고 있었으나 겨우 안정을 찾아 학문 연구에 정성을 다하게 되었다고 보고 있을지도 모른다. 그러나 내가 보는 바로는 이즈미의 내부에 있어서는 이것은 같은 이야기인 것이니, 즉 모두 일련의 Tat이었던 것이다.

그런 점에서 그에게 권유하여 이『머나먼 산들』을 집필하게 한『알프*Alp*』편집자의 착안이야말로 뛰어난 것이었다고 생각한다. 이즈미 자신이 가장 앞부분에서 쓰고 있듯이 "과거의 산행부터 최근 수년의 남아메리카에서의 작업들을 하나의 연쇄적인 체험으로 쓸 수 없겠는지 권유받고 펜을 들어볼 기분이 되었다"는 것이다. 일련의 Tat의 역사로서 그 자신의 체험을 이야기하는 것이 그에게는 가장 자연스러운 행동 양식이며 또한 마음이 끌린 것이 아니었을까? 그리고 그 이룩한 성과도 몇 가지 되는 그의 저작 중에서도 가장 재미있는 것이 되었다. 동시에 객관적으로 보아도 이것은 현대일본문화사 내지는 아시아문화사에 있어서 하나의 주목할 만한 문헌이 되었다고 나는 생각하고 있는 것이다.

3. 알피니스트의 시대

고립과 후진성

경성공립중학교 3학년 시기부터 이즈미 세이이치의 등산 경력은 급속하게 충실해지기 시작한다. 금강산에서 산에 눈을 뜨게 되고 경성 근교의 산들을 닥치는 대로 오르기 시작한다. 바로 그즈음1931년 조선산악회가 결성되고, 중학생인 그는 거기서 경성제대 예과의 다케나카 요竹中要 교수 그리고 조선철도국의 이야마 다쓰오飯山達雄 씨와 서로 알게 된다.

등산과 같은 문화성이 강한 스포츠는 어떤 국가에 있어서도 도시 생활이 충분히 성숙한 뒤가 아니면 출현하지 않는 것이다. 1910년의 한일강제병합 이후 이미 20년 이상 지나고 있다. 그 조선반도의 수도인 경성의 일본인 사회에서 1930년대에 들어서 드디어 산악단체가 결성되었던 것이다. 일본산악회의 결성이 1905년인 것을 생각하면 그 시간 격차가 큰 점에 놀라지 않을 수 없다. 그리고 그 시간 격차의 문제가 그후 이즈미 세이이치의 생애에 미묘하고 심각한 영향을 주고 있었던 것으로 나는 생각하는 것이다.

1933년 그는 경성제대 예과에 입학하여 다케나카 교수 등과 함께 스키산악회를 설립한다. 그것이 그후 그의 활동 거점이 되어 가는 것이다. 이 점에서도 우리는 경성의 후진성과 등산가로서 이즈미가 놓여져 있던 불량한 처지에 주목하지 않을 수 없을 것이다. 일본 본토의 대학과 고교의 산악부는 모두 그보다 훨씬 전에 그러한 초창기의 혼란을 벗어났던 것이다. 만약 이즈미가 경성제대 예과가 아니라 본토의 고등학교에 입학해 있었더라면 물론 그는 자리잡힌 산악부에 들어가 있었을 것이고, 확립된 그 전통 속에서 큰 고생없이 학생등산가로서 쑥쑥 성장하고 있었을 것임에 틀림없을 것으로 생각된다.

실제로 1930년대 초두에 일본의 학생산악회는 그 전성시대를 맞고 있었다. 각 대학과 고교의 산악부는 제 나름으로 충실한 멤버들과 선배단을 보유하여, 매년 일본 알프스를 비롯하여 각지의 산들에서 눈부신 활동Tat를 펼쳐나가고 있었다. 등산이라는 스포츠는 일본에서도 처음에는 사회인들에 의해 개척되었지만, 이 시대가 되면서 이미 주력은 학생산악단체로 옮겨가 있었던 것이다.

예를 들면, 간사이에 있는 여러 학생등산단체의 연합체로서 일본 등산계 발전에 큰 역할을 수행한 '간사이학생산악연맹'은, 1929년 6월에 결성되어 3고3高, 도시샤同志社대학, 간사이關西대학, 간사이가쿠인關西學院대학, 고난甲南대학, 교토대학 등 14개 학교가 가맹하고 있다. 그 후 가맹교는 증가하여 20개교 가까이 되었다. 다음 해1930년 11월에 발행된『보고』제1호[8]는 *Annalen des akade-*

mischen Alpen : vereins, Kwansai 라는 독일어 제목마저 붙인 자못 아카데믹하고 당당한 잡지로서, 교토대학의 기타다케北岳[9] Buttress의 초등반을 위시하여 당시로서 제1급의 등반 기록들을 수록하고 있다. 그 연맹 결성까지의 경과 보고에 따르면, 간토關東 지방에서도 같은 종류의 '학련' 결성 움직임이 있었던 것 같다.

이리하여 일본 본토의 학생등산계는 이미 새로운 단계로 발을 내딛고 있었다고 할 수 있는데, 이즈미 등의 경성제대 예과 스키산악부가 생긴 것은 그보다 몇 년이나 뒤의 이야기인 것이다. 일본의 학생산악연맹 등의 움직임은 물론 잘 알고 있었을 터이나, 바다 건너의 조선에서는 가맹할 처지가 못된다. 실질적으로 그들은 완전히 고립된 존재였고, 또 등산 역사의 측면에서도 일본 본토 학생산악단체의 수준과 비교하면 훨씬 후진적인 것이었던 점도 부정할 수 없을 것이다.

외지 원정

고립과 후진성의 비애를 젊은 이즈미가 지겹도록 맛보았던 일이, 1934년 말부터 1935년 초에 걸친 이마니시 킨지今西錦司 박사를 대장으로 한 교토제국대학의 동계 백두산원정대의 내방이었을 것이다.[10] 이즈미는 "잘 준비된 그러한 원정시스템을, 경성의 한구석에서 선망의 눈으로 가만히 지켜보고" 있었던 것이다. 그리고 동계 백두산 초등정이 일본 본토 대학의 손으로 이루어지는 것을 본고장 사람의 입장에서 매우 아쉬워했으나 "발족이 얼마 되지 않은 그즈음의 경성제국대학 예과 스키산악부의 실력으로는 어떻게도 할 수 없었던" 것이다. 그는 "이 대원정을 곁눈질로 바라보면서" 자신이 감당할 수 있는 북조선의 산들을 돌아다니게 된다.

이즈미 세이이치의 등산가로서의 성장을 이야기하기 전에 이 백두산 원정 전후의 일본 본토에서의 학생등산계의 움직임을 조금 더 주목해보자. 일본 내의 산들은 이미 아주 오래전에 전부 등정되어, 1930년경에는 이미 색다른 난코스variation route들도 거의 다 해결되고 말았던 것이다. 그래서 1930년대에는 소위 '외지 원정'의 시대가 시작되었다. 말그대로 외국의 산을 오르는 것은 당시 일본이 처해 있던 국제적 환경에서는 어려운 점이 많았기 때문에, 주로 당시 일본이 지배하던 여러 지역인 조선, 타이완, 치시마열도등으로 목표가 좁혀졌다. 그 어떤 대학산악부의 보고에도 그들의 외지 원정 기록이 발표되고, 「간사이학련보고」에도 '외지' 항목이 신설되게 된다. 그리고 '외지 원정 시대'를 만나는 마침 그 때에 이즈미는 그 '외지'에 살면서 외지의 산들을 자신의 고향 산천Heimat Gebirge으로 삼아 성장해가고 있었던 것이다.

당시의 학생등산가들에게 '원정' — 또는 expedition으로 불리고 있던 — 이라는 단어는 독특한 매력을 가지고 있었던 것처럼 생각된다. 간사이나 도쿄의 학생들에게 일본 알프스는 사철 언제나 자기 집 안마당이나 다름 없는 곳이었다. 바다를 건너 외지로 나가는 것, 거기에는 일상화된 일본 알프스의 등산행위로는 충족되지 않는 특별한 로맨티시즘이 있었다. 거기에다 외지에 나가려면 여러 가지 장애를 넘어야하고 기간도 장기화된다. 신중한 준비가 필요했다. 외지 원정에서는 소위 작전이라는 것의 규모가 몇 배나 커지게 된다. 실제 등산 루트의 기술적인 어려움과 별개로, 원정은 그 자체의 어려움을 가지며 그런 만큼 젊은 등산가들의 의욕을 불러일으켰던 것이다. 실은 간사이학련과 같은 학교 단위를 넘어서는 조직이 생겼던 것도, 개별학교 산악부로는 처리해낼 수 없는 거대 규모의 원정을 하고자 하는 암묵적 의사가 결성 당시의 사람들에게 이미 있었던 것이 아닐까 생각된다.

히말라야를 목표로

그런데 일본 본토의 학생에게는 외지의 산들이 원정의 대상이 되지만, 외지에 사는 사람에게는 그것이 고향 산천Heimat Gebirge이어서 원정의 대상이 되지 않는다. 그렇다면 외지 거주자는 어찌하면 좋을까? 외지 거주자에게 원정은 불가능한 것인가? 틀림없이 이것이 경성제대 산악부 시절의 이즈미에게 큰 문제였으리라고 나는 생각하고 있다.

따로 원정 같은 것을 하지 않더라도 열심히 고향 산천을 즐기고 있으면 되는 것이라고 사람들은 말할지 모르지만 그렇지는 않은 것이다. 당시의 등산가들에게 원정은 단지 로맨티시즘이라고 할 것만은 아니다. 그것은 일류 등산가로서 가장 고급의 Tat를 지향하기 위해서는 반드시 통과해야만 하는 길이었던 것이다. 왜냐하면 거기에는 히말라야라는 목표가 있었기 때문이다.

일본에서 처음으로 히말라야 원정을 명확한 목표로 내세운 것은 교토제대였다. 1931년[11]에는 이미 그를 위한 조직인 교토대학 학사산악회 — 소위 AACK가 결성되었는데, 그것은 Akademischer Alpen Club, Kioto의 약자이다. 이것은 학생단체가 아니라 주로 그 졸업생으로 구성된 단체로서 처음부터 히말라야를 목표로 본격적인 준비와 훈련을 개시했다. 1934~1935년의 동계 백두산원정도 완전히 히말라야에 대한 하나의 예비 행동으로서 기획되고 실행되었던 것이다.

이러한 기운을 경성의 젊은 리더인 이즈미가 몰랐을 리 없다. 등산가로서 당연한 일이지만 그 또한 히말라야를 목표로 하게 된다. 그렇게 하려면 외지 거주자라는 것이 좀 어려운 처지일 수 있으니 어떻게든 '원정'을 경험해 두어야 하는 것이었다.

그래서 그 자신의 '외지'를 찾게 된 것이다. 그 자신의 '원정'의 대상을 찾은 것이었다. 1935~1936년의 겨울 제주도 '원정'이라는 것은 실은 그런 것이 아니었을까 하고 나는 추측하고 있다. 이 부분은 일본등산사에서도 상당히 중요한 부분이기 때문에 반드시 그에게 확인해 보고 싶은 부분이지만 이 또한 이제는 어쩔 수 없다. 내 나름의 추측에 머물 수 밖에 없는 것이다.

아무튼 이즈미는 이 '원정'으로 바다를 건넜다. 그것은 그에게 하나의 '외지' 경험이었던 것이다.

'선명한 기억'의 오류

경성제대산악부의 제주도 '원정'은 대원 한 사람의 죽음이라는 비극적 종말을 맞았다. 이 '원정'에 대하여는 나 자신이 기묘하게 연루(?)되어 있다.

이즈미는 나중에 『잉카의 선조들』[12]이라는 책을 썼는데, 그 '후기'로서 그 자신의 '방랑기'를 개략적으로 쓰고 있다. 그것은 이 책 『머나먼 산들』을 위한 초고와 같은 것으로서, 그의 성장과정에서부터 1960년 안데스까지의 30여 년간의 방랑이 10페이지 정도로 정리되어 있는 것이다.

그중에 이 제주도 한라산 등정이 나오게 되는데, 그에 따르면 섬의 북쪽에서는 이즈미가 지휘하는 경성제국대학 등반대가, 남쪽에서는 "우메사오 다다오 씨가 리더인 고난고교 등반대"가 1월 1일을 기하여 등정하기로 되어 있었다고 적혀 있다. 그리고 조난이 일어난 것인데, 거기서 "나중에 올라온 우메사오 등반대 일행도 수색에 참여해 준 것을 그 후 26년이 지난 지금도 선명하게 기억하고 있다"고 그는 썼다. 그런데 이것은 물론 그의 "선명한 기억"의 오류이다. 나는 고난고교가 아니라 3고였고 제주도에 간 적도 없다. 무엇보다도 그 해에 나는 아직 교토1중의 중학생인 것이다.

이 착오에 대하여는 이미 생전의 그에게 정정을 요청하였기 때문에, 이 책 『머나먼 산들』에서는 수정되어 나니와浪速고교의 이마니시 토시오今西壽雄, 후에 마나슬루 초등정 씨의 일로 되어 있다.

어찌하여 이같은 오류가 생겼던 것일까? 그 자신은 이 『머나먼 산들』의 첫머리에서 "천성적으로 기억력이 좋지 않아서 지난 일들은 오래된 순으로 잊어버리고 만다"는 식으로 쓰고 있지만, 이 일도 그저 기억력의 탓으로 돌릴 수 있을까?

나는 다음과 같은 식으로도 추측해 본다. 그것은 앞 절의 추측과도 연관되는 것인데, 경성제대의 제주도 한라산 동계 초등정은 그의 잠재의식에서 교토제대의 백두산 동계 초등정과 연결되어 있었던 것이 아닌가, 그래서 그런 관련으로 나중에 교토대학파의 한 사람으로서 그와 가장 깊은 교류를 갖게되는 내가 여기에 끼워넣어진 것이 아닌가 하는 것이다. 너무 지나치게 파고든 해석일지 모르겠으나, 그럴 가능성도 있는 것으로 내게는 생각된다. 어떻든 간에 교토제대의 동계 백두산 원정대가 그에게 매우 깊은 영향을 미쳤던 것은 틀림없다.

'희미한 기억'의 오류

교토제대의 동계 백두산원정대는 나에게도 결정적인 영향을 주었다. 그 당시 나는 중학교 4학년의 산악부원이었다. 그리고 이 백두산원정대는 대장인 이마니시 킨지를 위시하여 4명의 대원이 교토1중의 졸업생인 것이다. 1중은 이 훌륭한 선배들을 초청하여 강연회를 열었다. 선배들의 이야기 내용은 조금도 기억하지 못하지만 후반부에 상영된 멋진 기록 영화는 우리 소년들의 마음을 깊이 사로잡았던 것이다. 나의 일생은 대체로 이 시점에 결정되고 말았던 것 같다. 나는 자신도 이러한 일을 해보자고 생각했다.

실은 그 백두산이 나를 이즈미에게 연결시킨 역할을 한 것이다. 내가 이즈미 세이이치와 교류를 갖게 된 것은 어떤 계기 때문이었던 것인지 정말이지 기억이 없다. 1936년에 3고에 입학한 이후 나는 산악부에 들어있었기 때문에 당시에 이미 경성제대 산악부의 리더로 유명했던 그의 이름을 알고 있었다 해도 이상할 것이 없다. 1940년 여름 나는 경성으로 그를 방문했다. 관모봉 연산 그리고 백두산 방면으로 가는 도중이었다.

이 즈음의 학생 산악계에는 외지 원정 열기가 아직 남아 있었지만, 우리가 북조선의 산들을 종주하려는 것은 이미 그런 원정으로서는 아니었다. 일본 알프스와 마찬가지로 작은 휴대용 텐트 하나만 가지고 아주 가벼운 차림으로 트레킹하려는 것이었다. 그것은 외지의 산들까지 본토 학생들의 Heimat Gebirge고향 산천이 되어가고 있었다는 것을 말한다. 그 산행에서 결과적으로 쑹화강 수원지를 확인하는 의외의 지리적 발견을 하게 되었지만 처음부터 그것을 생각한 것은 전혀 아니었다.[13]

그런데 동료 두 사람은 쓰루가에서 나진으로 배로 직행하고 나 혼자 철도로 경성으로 가서 이즈미 세이이치와 만났다는 것이 나의 희미한 기억이었기에 이즈미가 서거한 뒤 그의 추도문에 그대로 썼던 것인데,[14] 이 『머나먼 산들』을 보고 그것이 오류라는 것을 깨달았다. 그 해에 이즈미는 병역 중이었기에 경성에 있지 않았다. 이번에는 완전히 내 쪽의 기억 오류이다. 이것으로 우리 사이의 기억 오류는 비기게 되었다.

경성에서 그때 친절히 맞아 준 것은 스즈키 마코토鈴木誠, 신슈대학 교수 씨와 이야마 다쓰오飯山達雄, 당시 조선철도국 근무 씨였다. 이즈미 세이이치와 실제로 만난 것은 아마도 그 후 1942년 다싱안링을 다녀올 때이든가, 1944년 몽골로 가는 도중이었을 것이다. 그 점은 내 기억도 확실치 않다. 그럼에도 불구하고 나의 잠재의식 속에서 그는 웬지 모르게 백두산과 깊이 연결되어 있는 것이다. 그리고 교토제대에 의해 동계 초등정되었다는 사실이 틀림없이 잠재의식에서 매개가 되어 있었을 터인, 경성제대의 이즈미도 또한 웬지 모르게 한패거리라는 친근감이 내 마음 속에 쭉 남아있었던 것이다.

4. 탐험가의 시대

등산에서 탐험으로

1930년대 후반부터 1940년대 전반에 걸쳐서는 그의 활동의 중심이 등산에서 탐험으로 옮겨간 시기이다. 1936년의 북중국 여행부터 시작하여 1937년의 쑹화강 유역 조사, 1938년의 샤오우타이산 및 몽골 학술 탐험[15] 그후 3년간의 군대생활을 마친 뒤 1943년의 뉴기니 학술 조사[16]와 다싱안링 오룬첸 조사 및 오르도스 조사 그리고 1945년 다시 북중국으로…… 쉴 틈이라고는 조금도 없을 정도이다.

물론 그 사이 한 가지 사연은 있었다. 즉 그가 일문학과에서 사회학과로 전과하여 자신의 전공을 민족학 내지 요즘 말하는 문화인류학으로 확정한 것과 관계되는 것이다. 그러나 앞에서도 말했듯이 그의 경우는 Field Work에 대한 의욕이 선행하고, 거기에 맞도록 전공을 선택한 느낌이 든다. 사회학 전공의 계기가 된 것도 앞에 말한 제주도 한라산으로 간 원정이었던 것이다.

그는 이렇게 하여 이윽고 동북아시아의 민족학 전문가로 되어 가는 것인데, 그후 여러 가지 조사활동을 통하여 본격적인 학술탐험가로 성장해 갔던 것이다. 쭉 '외지'에 살면서 '본토'로부터의 '원정expedition'을 곁눈질로 노려보고만 있던 그가, 만주·몽골등 동북아시아를 자신의 field로 활동하게 되면서 거기에서 자신의 원정의 대상을 찾아냈던 것이다. 그는 본격적인 탐험가로 되어 갔다.

바로 같은 시기에 경성에서 멀리 떨어진 '본토'의 교토에서도 그와 아주 비슷한 변화가 완전히 평행우주처럼 일어나고 있었던 사실을 간과해서는 안 된다. 교토대학파의 총수인 이마니시 킨지의 문하 중 우두머리라고 해야 할 가토 타이안加藤泰安 — 그는 물론 교토제대 동계 백두산원정대의 대원이었으며, 당시 일본에서 제 1급의 등산가였다 — 이 교토제대 여행부의 학생들을 이끌고 다싱안링에 원정한 것은 동계 백두산원정의 다음 해인 1935년 겨울이었다. 1937년 여름에는 가토는 단신으로 싱안링을 넘어 우주무친烏珠穆沁으로 들어갔다. 우주무친초원에서 에델바이스가 흐드러지게 핀 몽골의 흙을 손으로 움켜쥐고는 눈물이 끝없이 흘러 멈출 수가 없었다고 그는 쓰고 있다.[17] 1938년에는 기하라 히토시木原均 교수를 대장으로 교토제국대학 내몽골학술조사대가 파견되었다. 그 후 이마니시 자신에 의한 내몽골의 조사를 위시하여 학생들이 조직한 탐사대까지 포함하면, 교토에서 다싱안링 및 몽골로 나갔던 탐험대는 그 수를 세기가 귀찮을 정도이다. 그리고 동북아시아에서의 마지막 학술탐험활동은 1944년 이후 장자커우에서 수행된 서북연구소의 활동이었다. 그 연구소 일은 나중에 말하련다.

중앙아시아의 꿈

나는 경성과 교토라는 이 두 도시에서 산에서 탐험으로 평행적인 변화가 진행되었다고 썼다. 그러나 이 중 어느 경우든 산에 종지부를 찍고 탐험으로 옮겨간 것은 아니었던 점에 유의해야 한다. 이즈미는 최초의 북중국 여행인 1936년의 샤오우타이산 정찰행에서 이미 이렇게 쓰고 있다. 그도 또한 최종적으로는 히말라야에 가는 것을 이상으로 삼고 있는데, 유럽인들처럼 인도를 경유하는 것이 아니라 조선에서 육속된 지역 즉 중국령 투르키스탄을 통하여, 소위 배후로부터 공략해가고 싶었다는 것이다. 이미 중일관계는 긴장되고 있었기 때문에 중국 오지에 탐험대를 파견하는 것은 불가능하여, 비교적 의심의 눈길이 덜 가는 산을 택하여 사전연습을 해보고자 샤오우타이산에 주목한 것이라고 하는 것이다.

이런 사고방식은 실은 당시 교토에서 거론되고 있던 것과 거의 같은 것이다. 예를 들면 가토 타이안은 「카라코람으로의 길」이라는 문장 속에서 다음과 같이 쓰고 있다[18]. 1937년에 교토에서 카라코람의 K2봉 정찰대가 출발하게 되어 이토 스나오伊藤愿와 가토가 가게 된다. 그것이 자금 사정으로 출발 직전에 가토 혼자서 가는 것으로 결정되는데, 가토는 답답한 심정이었지만 "인도로부터 갈 수 없다면 차라리 몽골에서 신장新疆성을 통하여 카라코람으로 들어가 보자는 마음으로 하숙에 있던 물건들을 전당포에 맡기고 몽골로 나섰다"고 쓴 것이다.

중앙아시아를 통하여 히말라야로 간다는 발상은 이마니시 킨지에게도 예전부터 분명히 존재하였으니, 장자커우의 서북연구소는 그 최초의 사업으로 구상된 것이었고, 몽골 연구를 시작으로 닝샤寧夏, 칭하이靑海, 티베트로 조사 연구의 발걸음을 진척시켜 북쪽으로부터 히말라야에 도달하고자 하는 것이었다. 몇 년이 걸릴지 모르나 실로 원대한 계획이었다.

이 사람들을 만주에서 몽골로 내몰아 갔던 원동력이 히말라야만이었다고는 나는 생각하지 않는다. 히말라야는 말하자면 일종의 논리적 귀결점이었던 것이고, 현실적으로는 몽골에서 신장, 나아가 칭하이와 티베트 등 소위 중앙아시아 지방이 큰 매력의 원천이 되고 있었던 것은 의심의 여지가 없다. 이즈미 자신이 다른 곳에서도 쓰고 있는 것처럼 "언젠가는 시베리아와 중앙아시아로 연구를 진척시키고 싶다고 한여름의 뭉게구름같은 꿈을 품고 있었다"[19]고 한다.

첫째 아이를 위해 준비해 둔 이름이 타클라마칸에서 따온 타쿠라拓良였다는 것을 그는 이 책에서도 적고 있다. 막상 첫째 아이는 여자였기에 그는 그 후 태어난 장남에게 실제로 이 이름을 붙였던 것이다.

중앙아시아에 대한 동경은 가토 타이안 등에게도 일찍부터 매우 확실하게 나타나고 있다. 그가 쓴 「산으로의 편력」이라는 글[20]에 의하면 중앙아시아에 대한 꿈은 소년 시절에 부친으로부터 물려받았던 것이라고 한다. 그의 경우 등산보다도 오히려 중앙아시아 쪽이 우선이었던 것이다. 메이지 이후 일본 모험가들의 정신 형성에 있어서 중앙아시아가 매우 큰 역할을 수행했다는 점에는 의심의 여지가 없다. 이것이 어째서 그런 것인지는 근대일본정신사에서 하나의 큰 과제라고 생각하는 바이지만 지금은 더 이상 깊이 들어가지 않겠다.

뉴기니

교토에서 탐험가들의 주된 관심이 역시 대륙 방면에 있었다고는 하지만, 연구 대상을 특별히 만주나 몽골로 한정시킨다는 것은 아니었다. 뉴기니나 보르네오 등에 대한 연구도 이전부터 수행되고 있었다. 그리고 1941년 태평양전쟁이 시작되기 전에 교토제대로부터는 이마니시 킨지를 대장으로 하는 원정대가 미크로네시아의 포나페섬폼페이섬의 옛 이름으로 나갔고,[21] 나 자신도 그 대원이었다. 그 외에 실현은 되지 않았지만 뉴기니 원정 계획 같은 것도 있었다. 교토는 탐험가 숫자도 많고 전공이나 관심도 다양했기 때문에 기회만 있으면 어디에라도 원정대를 보내려는 준비가 되어 있었던 것이다.

경성은 사정이 달랐다. 그곳은 조선반도의 수도 지역이면서 대륙의 한 모퉁이다. 거기에 모여드는 탐험가들의 의식은 강하게 대륙에 집중되었다고 해도 이상하지는 않다. 이즈미의 경우도 그 활동 무대는 대부분 동북아시아에 한정되어 있었던 것이다.

전후에 그의 주된 필드는 남아메리카로 옮겨가 버리지만, 만년에 다시 그의 관심은 동북아시아로 되돌아 오게 된다. 결국 그의 일생은 유라시아와 남아메리카 사이를 크게 동요하고 있었던 것 같다. 그리고 충분히 그 발자취를 넓은 지역에 펼치고 있었던 그였지만 끝내 동남아시아와 인도에는 발을 들이지 않고 있다. 그가 스스로 말하고 있듯이 습윤한 열대는 정말 싫어했을지도 모르겠다.

그런 그가 오직 한번 습윤열대에 발을 들여놓았던 것이 1943년의 뉴기니 학술 조사였다. 다야마 리사부로 박사를 대장으로 하여 해군 뉴기니 민정국이 주관한 조사대였다. 거기서 그는 사실상의 부책임자로서 부대를 이끌어가는데 크게 힘을 쏟았던 것 같다.

그 팀이 뉴기니로 간다는 것을 들었을 때 나는 솔직히 말해서 무언가 어울리지 않는다는 느낌을 받았던 기억이 있다. 뉴기니는 전부터 우리도 계획을 가다듬고 있었던 곳이어서 선수를 빼앗기는 것에 샘이 나기도 했지만, 무엇보다 그가 갈 곳도 아닐텐데 하는 느낌이었다. 그의 뉴기니행에는 여러 가지 사정도 있고 또 그 나름의 수확도 있었던 것 같다. 그때의 조사결과 일부가 그의 저서 『필드 워크의 기록』[22] 속에 정리되어 있는데 상당히 충실한 내용이다.

그 자신의 수확은 그렇다치고 일본의 탐험사에서 그의 이 뉴기니행의 의미는 다음과 같은 것이었으리라 나는 생각한다. 즉 이 활동에 의해 그는 동북아시아에서 한걸음 벗어났던 것이다. 그리고 그에 따라 그 자신이 이끌고 있던 경성제대 그룹으로부터도 한걸음 벗어났던 것이며, 보다 넓은 일본 학술 탐험의 인적 네트워크 속에 완전히 입지를 확립하기 시작한 것이다.

일본에서의 탐험의 확립

1940년대의 전반부, 즉 종전까지의 시기는 어수선했지만, 일본에서의 현대적 학술 탐험의 확립기였다고 나는 생각하고 있다. 그 시대까지 집적된 경험과 지식은 이 즈음에 조직화되어 학술탐사 업무는 전국적 규모로 궤도에 오르기 시작했다. 이 시기에 구축된 기초는 전후까지에도 남아서, 종전 후의 휴지기를 거쳤지만 1955년 이후 일본의 탐험 활동이 활발해진 것은 대체로 이 1940년대의 전통 위에 구축되었던 것이다.

'근대일본탐험사'와 같은 꼭 알맞게 정리된 책이 아직 나오지 않은 것은 불가사의한 일이다. 아무튼 그런 책이 나오게 된다면 충분한 사료에 근거한 체계적인 입론이 이루어지겠지만, 지금은 1940년대의 학술탐험 확립기에 이르기까지의 몇 가지 흐름을 간단히 개관해보자.

일본의 경우, 학술 탐험의 전통을 가장 크게 뒷받침한 것은 이미 살펴본 바에서도 분명한 것처럼 산악계인 것이다. 등산과 탐험의 친근성은 세계적으로도 인정되는 바로서, 영국 같은 곳에서도 Royal Geographical Society의 회원 중 상당수가 The Alpine Club의 회원을 겸하고 있다. 일본의 경우도 물론 일본산악회회원이 적지 않지만, 실은 그 이상으로 각 대학산악부 출신이 많은 것이다.

그런 경향은 전후에도 계속적으로 나타나서, 예를 들면 지금의 많은 대학에서 볼 수 있는 탐험부 조직은 산악부에서 파생된 것이 많다. 또 히말라야에 대한 원정 참가자의 거의 전부가 등산가인 것은 그렇다쳐도, 남극 관측이나 북극같은 곳의 학술 활동에서의 중심적 추진력으로 활동하는 사람들 중에도 도쿄대학, 홋카이도대학 등의 산악부 출신자가 적지 않은 것이다. 전후에 동남아시아와 아프리카에서 활동하고 있는 학자들 중 상당수가 역시 등산가인 점도 주목받을 만하다. 등산계는 일본의 탐험계에 있어서 최대의 인재공급원이다. 이즈미 또한 그중 한 사람인 것은 말할 것도 없다.

둘째로 메이지 이후 각 대학, 연구기관에서 권장되어 온 Field Science야외과학의 전통이 1940년대에 드디어 결실하게 되었다는 상황이 있다. 지질학, 동물학, 식물학, 인류학, 역사학, 지리학 등의 여러 분야에서 일본 국내에서의 연구가 대체로 완료되어, 학계의 에너지는 아시아의 여러 주변지역으로 퍼져가려 하고 있었다. 교토에서는 1939년에 이미 교토탐험지리학회가 결성되어 각 학과 별로 전공을 달리하는 야외과학자들의 협력태세가 갖추어져 있었다. 41년의 미크로네시아 원정은 그 교토탐험지리학회가 주관한 expedition이었던 것이다. 도쿄에서는 야외과학의 강력한 추진기관으로서 자원과학연구소가 설립되고 또 자원과학제학회연맹이 결성되었다. 그리고 그런 조직에 소속된 야외과학자들에 의해 42년에는 제1차 산시山西학술조사연구단이 편성되어 북중국으로 파견된다.

바로 그런 시기에 일본에서 근대 학술 탐험이 확립되었음을 보여주는 역사적 사실로서 잊을 수 없는 것이 1942년에 잡지『탐험』의 창간일 것이다. 탐험에 대한 전문잡지가 나온 것이다.

산악잡지 *Cairn*'등산자가 이정표나 기념으로 쌓은 돌무더기'를 뜻한다의 명편집자로서 등산가들 사이에 평판이 높았던 가노 이치로加納一郎가 편집을 맡았다. 일본에서 최초의 본격적인 탐험 저널리즘의 성립이라고 보아도 좋을 것이다. 거기에는 기행, 연구, 탐험사, 문헌 소개등과 함께 여러 가지의 탐험기술에 관한 논고도 볼 수 있다. 창간 제1호에 실린 이즈미의「탐험에서의 수송의 문제」[23]라는 글은 그 선구자였다. 일본에서도 제대로 된 탐험의 전통을 확립해야 한다는 일종의 사명감 같은 것이 이 잡지의 편집자뿐 아니라 기고자에게도 공통적으로 흐르고 있었다. 그리고 이즈미도 그중 한 사람이었다.

북방파와 남방파

차츰 얼굴을 익히게 되고 조직화도 진척되어 갔던 탐험관련 학자들 중에서도 각자 자신있는 무대들이 저절로 생겨났다. 크게 나누면 북방파와 남방파, 두 종류가 될 것이다. 이즈미는 물론 북방파이지만, 1943년경에는 남방파 사람들과도 서로 알게 된다.

뉴기니조사대의 대장인 다야마 리사부로 박사는 나에게도 매우 낯익은 사람이다. 나는 1941년의 미크로네시아원정 때에 항해를 함께 했다. 그는 해양지형학자로서 당시 도호쿠제대의 조교수였다. 친해지고 나서 교토에 오시면 호출을 걸었다. 현재 오사카시립대학 교수인 후지타 가즈오와 내가 그 접대 담당이었다. 전후 해저화산 묘진쇼明神礁폭발로 조난당하셨다.

카노 타다오鹿野忠雄 박사도 잊을 수 없는 사람이다. 이즈미가 사양했던 보르네오를 카노 씨가 뒤를 이어가서 끝내 돌아오지 못하셨다. 카노 씨도 타고난 남방파였다. 타이호쿠타이페이의 일본식 호칭고교 생활 이후 타이완 생활이 길었고 지리학자로서 또 곤충학자로서 이미 유명인사였다.

남방파와 북방파를 비교하자 약간 다른 점이 있는 것을 깨닫는다. 타이호쿠에도 field scientist는 적지 않았을 터이다. 민족학의 동료로도 고 오카다 유즈루岡田謙, 미야모토 노부토宮本延人, 마부치 도이치馬淵東一와 같은 쟁쟁한 인사들이 당시 타이호쿠에는 있었던 것이다. 그런 한편으로 타이호쿠를 중심으로 타이완산악회도 결성되어 있었다. 그런데 어쩐 일인지 타이완에서는 조선과 같이 알피니즘과 필드 사이언스의 결합은 이루어지지 않았던 것 같다. 산이라는 점에서 보면 타이완에는 조선보다도 훨씬 대단한 산들이 있다. 그런데 스포츠 알피니즘은 발육불량이었던 것인가? 조선과 타이완, 경성과 타이페이 그 두곳을 비교해 보는 것은 일본의 등산사·탐험사라는 측면에서 흥미있는 문제이다.

앞서거니 뒤서거니

전황은 점점 어려워진다. 아무래도 학술 탐험 같은 한가한 일은 하고 있을 여유가 없어 보인다. 그러나 탐험가들은 심한 고생을 거듭하면서도 작업을 계속하고 있었던 것이다. 교토의 관계자들은 몽골 연구를 계속하기 위하여 1944년에 장저커우로 본거지를 옮겨 서북연구소에 틀어박혀 있었다. 소장은 이마니시 킨지, 차장은 이시다 에이치로였다. 이 점은 나중에 상당히 중요한 의미를 갖게 된다. 멤버에는 가토 타이안, 후지에다 아키라藤枝晃, 나카오 사스케中尾佐助 등이 있었고 나도 그중 한 사람이었다.

경성의 이즈미는 경성제대를 무대로 새로운 기구를 만들기 위하여 매우 분투하고 있었다. 1945년 봄 대륙자원과학연구소의 관제가 정비되어 이즈미는 그 멤버가 되었다. 그것은 공식적으로 탐험을 할 수 있는 실로 훌륭한 기구였다. 연구소는 그해 여름 재빨리 몽강蒙疆 지방으로 조사대를 파견한다.

그때 이마니시 킨지는 장자커우의 서북연구소 소장실에 있다. 그는 이렇게 쓰고 있다.

"내일은 경성제대 대륙자원연구소 사람들이 트럭 2대를 타고 오지로 출발한다는 날이지. 우리가 트럭을 자유롭게 사용할 수 있다면 보다 확실하게 작업을 할 수 있을텐데……. 그렇기는커녕 현지에 숙달하여 작업을 하려는 사람을 짓밟아버리고 밖에서 온 인간만 추켜세우는 식이니……. 아무리 생각해보아도 이해할 수 없어. 이곳에 온 이후 자주 겪어왔던 억울한 마음이 또다시 고개를 쳐들

것 같아."[24]

예전에 이마니시가 이끈 교토제대의 백두산원정대가 조선에 왔을 때 현지에 살던 이즈미 그룹이 분하게 느꼈던 일을 나는 떠올린다. 이번에는 이마니시가 장자커우에 살고 있는 현지 사람이다. 이즈미 그룹의 경성사람들이 만든 번듯한 연구소가 주관하고 관이 밀어주는 모험이 이마니시 그룹의 울분 앞에서 기세를 떨치고 있는 것이다.

이런 상황 변전은 완전히 앞서거니 뒤서거니하는 형용이다. 교토는 탁월한 리더 이마니시 킨지의 지도 아래 의기양양하게 활동했지만 그 교토파에 속하는 나같은 사람의 눈으로 보면 최대의 라이벌은 역시 경성이었다. 전국적으로 볼 때 개인으로서는 뛰어난 학자, 탐험가는 적지 않았지만 모두 조직을 갖지 못하고 있었다. 그런데 경성에는 강력한 조직이 있었다. 그리고 그 조직의 중심부에 이즈미 세이이치가 있었던 것이다.

그러나 모든 것이 끝났다. 소련이 참전하여 장자커우는 전쟁터가 되었다. 경성제대의 expedition도, 이마니시의 서북연구소 그룹도 황급히 철수해야만 했다.

5. 도쿄에서

날개를 잃은 새

종전이 된 해 12월 이즈미는 경성에서 하카타로 철수했다. 나는 다음 해 5월에 베이징에서 교토로 철수했다. 나는 집에 돌아와 아직 적을 두고 있던 교토대학 이학부 동물학교실로 복귀했다. 교토는 전쟁의 피해를 입지 않았기 때문에 집도 대학도 그대로 남아 있었다. 생활은 힘들었지만 과거의 동료들도 속속 돌아와서 비교적 단절없이 전쟁 전의 생활을 되찾을 수 있었다.

그러한 혜택받은 상황과 비교하면 이즈미의 경우는 결정적으로 다른 상태였다. 그는 모든 것을 상실했던 것이다. 집은 물론이고 그에게는 대학도 없어진 것이다. 교토제국대학은 끝내 간판을 새로 하여 교토대학으로 이름만은 바꿨지만, 경성제국대학은 이름만이 아니라 실체가 없어진 것이다. 그것은 대일본제국의 붕괴에 따라 영원히 소멸했던 것이다.

나는 여기서 이즈미 세이이치에게 근무처가 소멸된 것을 말하는 것이 아니다. 근무처는 바꿀 수가 있다. 그러나 그는 삶의 거점을 상실했던 것이다. 그가 이룩해 왔던 대륙자원과학연구소, 경성제대 산악부, 그리고 예과 스키산악회도 모두 소멸되었던 것이다. 그런 조직들을 모두 상실한 탐험가란 대체 무엇이란 말인가? 그것은 날개를 잃은 새가 아닐까? 그것이 그 후의 그의 행동에 결정적인 영향을 끼쳤다고 나는 보고 있는 것이다.

교토의 경우는 모든 것이 혜택받은 상태였다. 교토에서는 오랜 전통으로 길러진 아카데미즘이 패전의 충격에도 미동조차 하지 않았고 알피니즘도 사멸하지 않았다. 탐험가들의 거점 중 하나인 교토탐험지리학회는 해산된 상태였지만, 무엇보다도 모든 행동의 근원이 될 AACK교토대학 학사산악회는 회원 중 몇 사람의 전사자가 나왔지만 그대로 건재한 상태였다. 이것이 이윽고 전후 히말라야 시대의 선구적 역할을 하게 된다.

양자택일

1952년 이즈미 세이이치는 처음으로 남아메리카로 가게 된다. 그 계기가 된 것은 전전에 그를 뉴기니 조사대로 보내주었던 사람인 전 경성제대 교수 오다카 토모오였다. 그리고 오다카 교수야말로 경성제대의 산악부장이었던 사람이다.

그해 학회가 교토에서 열렸다. 이즈미는 남아메리카행을 앞두고 학회의 원로들 — 이마니시 킨지도 그중 한 사람이다 — 이 히말라야와 남아메리카 중 양자택일하라고 몰아세웠다고 쓰고 있다. 1952년이라면 교토는 이미 히말라야에 대한 행동을 개시하고 있는 상태다. 그해에 이루어질 강화조약 체결을 예측하고 그 전년에는 히말라야 학술 탐험을 목표로 한 생물지生物誌, 소위 fauna & flora연구회가 발족되었고, 1952년 1월에는 회원 니시보리 에이사부로 — 백두산원정의 부부대장이며 후에 제1차 남극 월동대장이다 — 가 네팔을 방문하고 있다. 그리고 그러한 작업들을 바탕으로 마나

슬루계획이 궤도에 오르기 시작했던 것이다.

이마니시가 이즈미에게 히말라야와 남아메리카 중 양자택일하라고 몰아세웠다는 것은 히말라야에 대한 일종의 참가 요청이었으리라고 나는 생각한다. 이마니시는 이즈미의 인물을 매우 아끼고 그의 재능을 아주 높게 평가하고 있었다. 지금부터 이마니시가 수행하려는 히말라야 연구에 이즈미가 그의 역량, 그의 경험을 가지고 참가한다면 크게 힘이 될 것이라고, 이마니시는 그렇게 생각하고 있었던 것이 아닐까?

그러나 이즈미는 이 때에 남아메리카를 선택할 결심을 했다. 나의 해석에 따르면, 그것은 당연한 것이다. 물론 이즈미도 히말라야에 크게 미련이 있었음에 틀림없다. 그러나 교토대학이 이미 원정 실행의 일보 직전까지 도달해 있는 것이다. 그 단계에 참가한들 그에게 어느 정도의 발언권이 있겠는가? 게다가 교토대학으로 말하자면 강철같은 단결을 자랑하는 AACK가 그 주체이다. 그리고 일본산악회로 계획이 이양되어 전 일본적으로 계획을 수행하게 된다고 한들 배후에 강력한 대학산악부가 없는 그의 입장에서 얼마만큼 일을 할 수 있을까? 경성제대 산악부는 이미 존재가 없어져 버린 터에.

이러한 사정을 생각하면, 그가 막 열리고 있는 히말라야로의 길을 포기하고 자력으로 남아메리카로 가는 길을 열고자 했던 기분을 알 수 있을 듯하다. 그것은 틀림없이 현명한 선택이었을 것이라 생각된다.

조직가Organizer

가노 이치로가 편집한 잡지 『탐험』 창간호에 이즈미가 탐험기술론을 전개한 것은 이미 말한 바 있다. 그 뒤를 이어서 나는 다싱안링 탐험의 경험에 근거한 기술론을 썼는데 도쿠라 쿠조土倉九三와 함께 작성한 것으로 『탐험』 3호에 실었다.[25]

그 글에서 나는 탐험대편성법으로서 합성주의와 양성주의라는 두 가지 처리 방식을 구별해 논했다. 합성주의라는 것은 기성의 전문가를 임시로 불러모아 편성하는 방법이며, 양성주의란 젊을 때부터 고도로 훈련한 탐험가를 양성해 두고 그때그때 각각의 전문가가 끝마무리를 시켜주는 진행방식이다. 지금까지의 예를 보면 산시학술조사연구단의 경우는 합성주의 사례이며, 이즈미가 참가했던 뉴기니조사대도 그런 사례이다. 그것과 비교하여 교토의 AACK 같은 것은 양성주의의 표본과 같은 것이다. 교토 계열의 탐험은 거의 이런 시스템이다. 대원들은 학생 시절부터 같은 산악부원으로서의 연대 의식을 갖고 나중에 성장하여 여러 전공 분야의 학자로 되어 갔던 것이다.

경성제국대학에서 이즈미의 방침도 명백히 양성주의를 취하고 있었던 것으로 나는 추측하고 있다. 그는 그 방식에 성공하여 상당한 정도로 자기충족적인 양성 시스템을 만들어 냈다. 그러나 그것은 종전과 함께 괴멸되었던 것이다.

도쿄에서 이즈미는 더 이상 경성에서의 이즈미가 아니다. 동료도, 그를 위한 양성 시스템도 없는 외로운 늑대같은 이즈미인 것이다. 도쿄에서 그는 처음부터 합성주의로 대응할 수 밖에 없다. 전후 그가 8학회공동조사단의 조직과 운영에 열심히 노력했던 것은 틀림없이 이런 점과 관계가 있었을 것으로 생각한다. 그리고 그것은 그의 경험과 능력에서 본다면 조금도 어려운 일이 아니었을 것이다. 그는 집단의 통솔에 놀랄 만한 재능을 갖고 있었다.

놀랄 만한 재능이라고 한다면, 이즈미는 조직결성에도 천재였던 것 같다. 천성적인 조직가Organizer인 것이다. 경성제대 예과 스키산악회에서 시작하여 경성제대 산악부, 대륙자원과학연구소를 조직해 냈고, 전후에는 마침내 도쿄대학 교양학부 문화인류학교실이라는 대형 조직을 만들어 낸다. 그 사이에도 큼지막한 탐험들을 연이어 조직하고 있는 것이다.

그 자신도 고백하고 있는 것처럼 "새로운 조직을 만들어서 예전 조직에 적절하게 끼워넣으려는 끝없는 노력"의 일생이었다.

그 같은 경우 그의 배후에는 대체로 실력자인 원로가 받쳐주고 있었다. 경성제대 예과의 다케나카 요 교수에서 시작하여 경성제대의 오다카 교수, 나아가서는 야마가 총장이 그러했고, 전후에는 시부사와 게이조 씨, 도쿄대학의 야나이하라 총장이라는 최고의 후원자가 붙어 있는 것이 그의 오거나이징의 특징일 것이다. 어떤 의미에서는 그 사람들이 조직가로서의 이즈미의 실력을 꿰뚫어보고, 그로 하여금 마음껏 솜씨를 발휘하도록 만들었던 것인지도 모르겠다.

6. 영예와 죽음

공무합체

나는 전후 오래동안 그를 만날 기회가 없었다. 1950년 전후경에 몽골학 관련이든가 그런 종류 모임에서 오랜만에 그를 만났다. 메이지대학에 있었던 즈음이었을 것이다. 그는 드디어 이시다 에이치로 씨와 함께 도쿄대학으로 옮겨가서 문화인류학연구실을 조직한다. 일본에서 오래 동안 냉대받고 있던 민족학·문화인류학이 비로소 도쿄대학의 한구석에 거점을 마련했던 것이다. 그것은 일본의 문화인류학 거점임과 동시에 경성제대를 놓쳐버린 이즈미 입장에서의 거점이기도 했을 터이다.

교토에서는 히말라야에서 카라코람·힌두쿠시 쪽으로 탐험의 갈래가 뻗어 나가면서, 학문적으로는 이 또한 이마니시의 지도 아래 영장류학 연구가 급속하게 전개되어 갔다. 그리고 동남아시아, 아프리카 등으로 계속적으로 탐험들이 수행되게 된다. 그런 가운데 다양한 사회들에 대한 비교인류학적 연구가 이루어져, 영장류에서 근대 사회까지를 포함한 장대한 진화사적 인류학이 구상되게 된다.

교토대학에서는 인문과학연구소에 사회인류학부문이 신설되고 이마니시 교수가 그것을 담당한다. 머지않아 이학부에 자연인류학연구실이 신설되고, 이 또한 이마니시 교수가 겸임교수로서 그것을 주재한다. 도쿄대학에는 앞에서 말한 것처럼 문화인류학 연구실을 이시다 에이치로가 주재했다. 이리하여 동서의 두 대학에 걸쳐서 이마니시·이시다 연합이 출현하는 것이다.

이마니시와 이시다의 결합은 이미 말한 바처럼 전쟁 중의 몽골 연구에서 형성된 것이었다. 장자커우의 서북연구소에서는 처음부터 끝까지 이마니시 소장, 이시다 차장 콤비가 많은 멤버들의 연구를 지도하고 있었던 것이다.

전후 이즈미의 학계복귀 계기를 만든 것은 이시다였다. 그리고 도쿄대학 문화인류학교실은 이시다 교수, 이즈미 조교수의 콤비로 운영된다. 그리고 이시다 교수의 정년퇴임 후에는 이즈미가 그 뒤를 계승한다. 교토대학에는 이마니시의 퇴임 후에 그때까지 오사카시립대학에 있던 내가 교토대학 인문과학연구소로 옮겨가 사회인류학부문을 담당한다.

학계의 많은 분야에서 도쿄대학와 교토대학의 대립에 관한 숙덕거림이 자주 들린다. 문화인류학·사회인류학에서는 그런 종류의 대립이 없다. 오히려 도쿄대학과 교토대학의 사이가 너무 좋아서 "마치 공무합체公武合體[26]가 아닌가?"라는 식의 놀림을 바깥에서 받는 것이다. 그것은 여기서 말한 이와 같은 경과 때문에 나오는 이야기였던 것이다. 이즈미와 나의 교우 관계도 있겠지만, 그 이전에 이마니시·이시다의 깊은 교우 관계가 존재한 것이다. 그리고 그것은 몽골에서의 공동연구라는 공통의 작업Tat 체험에서 초래되었던 것이다. 학문을 진척시켜 감에 있어서는 대학 연구실에서의 관계뿐 아니라 필드에서의 Tat의 공통 체험이 의외로 큰 의미를 가질 수 있는 것이다.

도쿄대학을 거점으로 하여 그는 남아메리카에서의 작업을 확대시켜 갔다. 1952년 최초의 남아메리카 방문 이래 그는 몇 번이나 이 대륙으로 건너갔던 것일까? 1958년의 제1차 도쿄대학 안데스 조사단은 이시다 교수가 단장이었으나, 제2차 이후는 이즈미 자신이 지휘를 했다. 발굴이 본격화되고 마침내 페루의 코토시에서 그는 남아메리카에서 가장 오랜 문명의 유적을 발굴해냈던 것이다. 그리고 그 공적에 의해 1964년에는 페루 정부로부터 훈장을 받았다.

그의 발굴에 의해 남아메리카의 가장 오랜 문명의 유적이 드러났던 코토시라는 곳은 페루 중부, 안데스 동쪽 경사면의 우아누코라는 도시의 교외에 있다. 1970년 그의 갑작스런 죽음은 이 도시에도 전해졌다. 우아누코시는 그의 공적을 영구히 기리기 위하여 그 도시의 도로 중 하나를 '세이이치 이즈미 거리'라고 이름 붙이도록 결정했다. 1971년 8월 14일 명명식과 기념탑 제막식이 거행되어 일본으로부터 이즈미 기미코 부인께서 참석하셨던 것이다.

그가 남아메리카에 열중하고 있는 사이에 나는 아시아와 아프리카에서 작업을 하고 있었기 때문에, 연구라는 측면에서는 그와 직접적인 교섭은 없었다. 그러나 그의 작업이 진척되는 모습과 훌륭한 성과에는 언제나 박수를 보내고 있었다. 안데스에서의 그의 작업은 그야말로 장대한 탐험이었다 거기에는 그의 전쟁 전으로부터의 탐험가로서의 전체 경험이 결집되어 있는 것이다. 사람들은 과연 탐험가나 할 수 있는 학문이라고 눈이 휘둥그레졌을 것이 틀림없다.

그러나 전쟁 전부터 산과 탐험을 통하여 교류가 있었던 우리 입장에서 보면 남아메리카에서의 그의 작업 수행 방식에는 어딘가 그답지 않은 점이 있다. 그는 돌아다니는 인간이다. 가닿는 모든 곳을 바람처럼 지나쳐가는 인간이다. 그런데 어찌하여 발굴같은 고착적인 작업에 스스로를 붙들어매고 만 것일까?

그의 안데스에서의 일처리 모습에는 무언가 매우 자기억제적인 점이 있는 듯하다. 그는 히말라야를 포기하고 안데스를 택했다. 안데스라고 하면 히말라야에 뒤이은 세계의 대산맥이며, 미답의 고봉들이 아직 몇 개나 있다. 그것에 대하여 그는 한번도 욕심을 내지 않은 것이다. 우리같은 사람의 입장에서 보면 탐험대 안에 반드시 등산의 요소를 포함시키기 마련인데……. 그는 그렇게 하지 않았다.

그 이유를 잘 알지 못하지만 역시 그의 거점이 결국 도쿄대학으로 되었고 함께 뒹굴던 경성제대는 없어져버렸다는 점에 있지 않을까? 산을 오르려면 동료가 필요하다. 도쿄대학에서 그는 훌륭한 Gesellschaft이익사회적 관계의 구축에는 성공했지만, Gemeinschaft공동사회적 관계는 아직 생겨나지 않았던 것이 아닐까? 산은 Gemeinschaft가 아니면 해낼 수 없는 곳이다.

그 점에서 『머나먼 산들』에서의 마지막 여행은 암시적이다. 그는 탐험부 학생들의 대장으로서 멕시코에서 과테말라까지 여행했다. 대학 분쟁에 지쳐있던 그는 이 여행을 진심으로 즐기고 있었던 것으로 보인다. 분쟁이 심각해지면서 그는 도중에 귀국해야 하게 되었지만, 학생들은 그 후에도 남아메리카 종단여행을 계속하여 끝내는 티에라델푸에고Tierra del Fuego까지 갔었다. 그가 만약 마지막까지 학생들과 여행을 계속할 수 있었다면 거기에는 새로운 Gemeinschaft 형성의 싹이 움트게 되었을지도 모른다고 나는 생각해 보는 것이다.

〈무도회의 수첩〉

그의 긴 편력 기록의 마지막에 가까운 부분에 그는「한국으로의 〈무도회의 수첩〉」이라는 글을 쓰고 있다. 이 표현은 우리같은 영화 세대의 인간들에게는 실로 잘 와닿는 것이지만 젊은 독자들에게는 통하기 어려울지도 모른다. 이것은 물론 줄리앙 뒤비비에의 영화 〈무도회의 수첩〉을 말하고 있는 것이다.

딸을 사교계로 내보낼 정도가 된 중년의 여주인공이 자신의 처녀 시절 최초의 댄스 파티에서 춤추었던 상대 남성들 한 사람 한 사람을 찾아다니는 것이다. 50세를 넘은 이즈미는 다감한 청년 시절을 보냈던 한국으로 한번 더 돌아간다. 그리고 예전에 만났던 사람들을 찾아다닌다.

그의 이 여행은 추억의 아름다움만이 아니라 새롭게 현실적인 구상도 가지고 이루어졌던 것으로 생각된다. 그는 조선 문화에 대한 인류학적 연구를 생각하고 있었던 것이다. 서울대학교에서 이

두현 교수를 도쿄대학 객원교수로 초청하고 조선문화연구회를 조직하는등 필요한 조처를 했던 것이다.

나는 남아메리카에는 손을 댈 계획이 없었지만 한국의 문화에는 관심이 있었다. 특히 고대 일본의 국가 성립과 관련하여 한국의 문화를 연구해야만 한다고 생각하고 있었다. 이즈미는 그러한 나를 유혹하여 함께 한국에 가자고 하였고, 나도 그것을 재미있게 생각하고 있었다. 나 혼자 가기보다 한국을 가장 잘 이해하고 있는 그와 함께라면 어느 정도 성과를 낼 수 있을 것이리라.

그것이 실현되었다면 그것은 우리들의 최초의 공동 Field work로 되었을지도 모른다. 그러나 그 일이 실현되기 전에 그는 세상을 떠났다.

그가 세상을 떠난 뒤 몇 달이 지나 나는 혼자서 한국으로 갔다. 한국과 그 문화에 대한 나의 지식은 빈약하여 여기 저기 더듬는 수준이었지만, 이두현 교수와 김택규 교수 등 이즈미를 아는 한국 인류학자들의 도움을 받아 여행은 즐겁고 배울 바가 많았다.

나는 대구에서 강연을 했다. 제목은 '문화인류학에서 본 한국과 일본'이라는 것이었다. 이즈미가 살아 있었다면 그야말로 이러한 제목으로 강연해야 할 사람이었던 것이다. 나는 이야기의 초반에 한국을 가장 깊이 이해하고 가장 강하게 사랑했던 일본의 문화인류학자로서 그의 이름을 소개했다. 그리고 흑판 위에 '이즈미 세이이치'라고 큰 글자로 썼다.

그때 젊은 여성 한 사람이 조용히 강연장에 들어온 것 같았다.

강연회가 끝나고 나는 그 여성과 인사를 했다. 정말 놀랍게도 그 여자분은 이즈미의 영애인 유카 씨였던 것이다. 이즈미의 가정사정 등을 잘 모르는 나는 유카 씨가 매우 어리게 보여서 나도 모르게 "막내 따님이신가요?"라고 해버렸더니 "아닙니다. 장녀입니다"라고 말했다. 그래서 도호쿠대학에서 사회학을 전공하고 있는 따님이 있다는 이야기를 생전의 그에게서 들었던 것이 생각났다.

유카 씨는 그의 사후 이즈미의 유지를 이어 한국 문화 연구를 하기로 결심하고 서울에 지금 유학 중이라고 한다. 그리고 우연히 대구에 왔던 것인데 나의 강연이 있다고 해서 들으려 왔다고 했다. 이것은 우연인 것일까?

나는 이즈미의 영혼이 아직 〈무도회의 수첩〉을 이어가고 있는 것이라고 생각했다.

주석

1 그의 저작은 『이즈미 세이이치 저작집』(전7권)으로 정리되어 요미우리신문에서 출판되었다.

2 이즈미 키미코 『잉카 탐험기』, 도쿠마 서점, 1965.

3 예를 들면 히다카 신로쿠로(日高信六郎) · 가와키타 지로(川喜田二郎)의 『네팔 · 히말라야 탐험기록』(고단샤, 1967) 및 도쿠오카 다카오(德岡孝夫)의 『히말라야-일본인의 기록』(마이니치신문사, 1964) 등을 참조.

4 이즈미 세이이치, 『Field Note-문화인류학 · 사색의 여로』, 신쵸샤, 1967.

5 이즈미 세이이치, 『Field Worker의 기록-문화인류학의 실천』, 고단샤 현대신서, 1969.

6 가타요세 도시히데의 『부와나 토시(스와힐리어로 Mr. toshi의 뜻)의 노래』(아사히신문사, 1963), 이소가이 히로시(礒貝浩)의 『유럽을 히치하이크하다』(아사히신문사, 1963) 등 전부 11권이 간행되었다.

7 『아사히 강좌 · 탐험과 모험』(전8권), 아사히신문사(간행 준비 중).

8 「간사이학생산악연맹보고 I」, 1930.

9 일본에서 후지산에 이어 2번째로 높은 산(3,193미터)이다. 이를 중심으로 3,000미터급 산이 10봉, 2,500미터 이상 36봉이 연이어 있어 '일본 남알프스'로 불린다.

10 교토대학 백두산원정대, 『백두산』, 1936.

11 원저에는 1930년으로 되어 있으나 AACK의 홈페이지에 따르면 1931년 5월 24일에 결성되었다.

12 이즈미 세이이치, 『잉카의 선조들』, 문예춘추신사, 1962.

13 우메사오 다다오, 「백두산을 넘어 만주로」, 『교토탐험지리학회연보』 2집, 1941.

14 우메사오 다다오, 「이즈미씨를 애도한다」, 『고베신문』, 1970.11.18.

15 경성제국대학 대륙문화연구회 편, 『몽강의 자연과 문화-경성제국대학 몽강학술탐험대보고서』, 고킨서원, 1939. 이즈미는 이 보고서 중에서 다음의 세 편을 썼다. 「내몽골기행」, 「샤오우타이산 등반기」, 「내몽골의 민속」.

16 이즈미 세이이치의 『Field Worker의 기록』(고단샤 현대신서, 1969)에는 「오로첸족을 찾다」, 「뉴기니의 사람들」 등의 조사보고가 수록되어 있다.

17 가토 타이안, 『삼림 · 초원 · 빙하』, 메이케이당, 1966.

18 위의 책.

19 이즈미 세이이치, *Field note*, 「후기」, 신초샤, 1967.

20 가토 타이안, 앞의 책.

21 이마니시 킨지 편, 『포나페 섬-생태학적 연구』, 쇼코서원, 1934.

22 이즈미 세이이치, 『필드 워크의 기록』, 고단샤, 1969.

23 이즈미 세이이치, 「탐험에서의 수송의 문제」, 『탐험』 창간호, 호분도, 1932.

24 이마니시 킨지, 『유목론 기타』, 아키다오, 1948. 이것은 후에 이마니시 킨지의 『산과 탐험』(문예춘추 사람과사상 시리즈, 1970)에 수록되었다.

25 우메사오 다다오 · 도쿠라 쿠조, 「다싱안링탐험의 기술적 측면 – 탐험의 평상주의와 비상주의, 합성주의와 양성주의」, 『탐험』 3호, 호분도, 1943.

26 에도막부 말기 일본에서 천황가 조정(公家)의 전통적인 권위와 막번 체제(武家)의 실질적 통치력을 통합하려는 정책을 말하며, 여기에서는 대립적인 두 대학의 협력 관계가 하나가 된 것 같다는 비유이다.

역자 후기

내가 이즈미 세이이치의 회고록 — 전경수 교수의 표현에 따르면 '학문적 자서전' — 인 『머나먼 산들』의 번역에 손을 대게 된 것은 책머리의 추천사에서 전 교수가 밝힌 바대로 그의 적극적 추천과 독려에 따른 것이었다.

아마도 내가 그의 전공인 문화인류학에 대하여 평소 '친구의 업'에 대한 일반적 관심 이상으로 흥미를 보여왔던 바 있었고 — 실은 그가 자신의 학문적 작업에 관한 대화 속으로 문외한인 나를 수시로 끌어들여 훈련시킨 결과였던 것이지만 — 내가 직장 생활 중 일본 근무를 통해 일본어를 익혔고 은퇴 후 독서모임 등에서 인문사회 분야의 일본 서적들을 읽고 그중 몇 권은 공동 번역서로 출간까지 한 점을 그가 눈여겨보아 왔던 까닭이리라.

그러나 보다 결정적인 이유는 이즈미 세이이치 개인이 갖는 '경계인'으로서의 독특한 성격에 대해 우리 두 사람이 공통적으로 큰 관심과 호기심을 가졌기 때문이었다.

그렇다. 그는 조선과 일본에 걸친 경계인이었고, 등산의 실제적 준비와 세밀한 실행 과정을 챙기는 엄격한 실무가이면서도 항시 히말라야와 아프리카 야생의 고원 등 천상에 닿은 산들의 그 너머를 망연히 꿈꾸는 몽상가였다. 그리고 그의 실무가적인 능력은 그 후 중남미의 잉카와 마야문명에 대한 안데스 발굴로 세계적 명성을 드러낸 것도 사실이지만, 내가 보기에 그의 진면목은 오히려 그 산들 너머로 인간의 심연을 꿰뚫어 보는 그의 몽상가적 능력이다.

이러한 점은 이 책의 서술방식에서도 선명하게 드러난다. 많은 머나먼 산들에 대한 회상적 기록이 과거 시제로 이어지곤 하지만, 순식간에 그는 그 너머의 환상적 공간과 시간 속으로 현생하면서 문체도 '역사적 현재'의 임장감臨場感을 드러내면서 살아 움직이는 호흡을 보인다.

나는 이러한 과거형의 회상을 넘어서는 '역사적 현재'에 대한 그의 순간적이고 순수한 몰입을 최대한 살려 보려고 노력하였으나 돌이켜보면 곳곳에 나의 부족함이 드러날 뿐이다. 아무쪼록 그러한 부분에서야말로 독자 여러분의 상상력이 촉발되어 이즈미 세이이치의 진면목이 제대로 전달될 수 있다면 더는 바라는 것이 없을 것이다.